『源氏物語』表現の基層

今野鈴代 *Konno Suzuyo*

笠間書院

序

文学とは、言語表現の芸術。文学研究とは、究極の所、作者がなぜ、そしていかに、その表現を選び取ったか、その効果の程は如何、という一点に向って収斂すべきものでありましょう。しかし、源氏物語などという巨大な作品になりますと、その最終目的に向う道筋は多種多様で、ためにともすれば研究経過の面白さに心を奪われ、究極到達点なる表現そのものの探求にまで至らずに終る恐れもないとは言えません。

本書の著者、今野鈴代さんの研究方法は、歴史資料・諸記録の丹念な読みこみから、書名にうたうところの「表現の基層」に迫ろうとするオーソドックスなもので、それは出身鶴見大学の恩師、池田利夫・高田信敬両教授の学風からしても、自然の事でありましょう。しかもそれが、それ自体で完結し、満足してしまいがちな有職故実研究、准拠論にとどまらず、目次に明らかに示されるように、表現にかかわる問題追求に自覚的に向かいつつある事を、頼もしく、嬉しく思っております。

鶴見大学入学式当日の、受付職員との問答。「御父兄の席はあちらです」「本人です」というエピソードを、今野さんは持っております。高校卒業、ＯＬ生活、結婚、子育て、お年寄の見送りを経て、再び勉強をと大学受験、娘のような同級生達と、いかにも楽しげに共に学び、大学院博士課程まで進んで、学位を取得しました。大教室での講義が終って、板書を消そうと黒板拭きに手をのばすと、「ア、拭きます、拭きます」とすかさず出て来て下さる、そんな形でごく自然に、若い学生達に学ぶ者の姿勢、社会生活のサンプルを示して下さる、ありがたい存在でもありました。卒業後は母校の非常勤講師として長く勤務し、また一般向け源氏物語講座の講師としてもすでにベテランの域に達しており、親しんだ同窓生の誰彼からは、いまだに「横浜のお母さん」と慕われております。

そういう経歴を持つ研究者の手に成った本書は、光源氏の負の面を体現した一皇子の存在や、「蔵人の五位」の生態等を史実から掘り起し、物語登場人物の創造の過程を追求する一方、作者の用いた表現そのものに即して、その成立ちを論証しようとしております。正統的な文献読解力に加え、堅実な家庭経営、社会人常識によって培われた健全な洞察力が、その学風を形成していると申せましょう。
このような女性研究者が、別に特異な存在としてでもなく学界に登場し、ごく普通の事として研究と家庭生活を両立できる世の中になった事を、心から嬉しく、また感慨深く思いますとともに、本書を基点として著者がますます研究を深められます事、またそのために大方の読者の方々から忌憚のない御批判御助言をたまわります事を、切に祈っております。

二〇一一年　春

岩佐　美代子

『源氏物語』表現の基層——目次

序　岩佐 美代子　i
凡例　viii
はじめに　1

凡　例

一、字体は現在通行の新字体を用いた。ただし、常用漢字表にないものはその限りではない。
一、諸資料の引用にあたっては、私に読み下したり、論旨とかかわりのない範囲で表記を変える場合がある。
一、本文引用に使用した主要なテキストは次掲のとおりである。

*『源氏物語』　小学館日本古典文学全集　―以下小学館古典全集と省略―
*『宇津保物語』　小学館新編日本古典文学全集　―以下小学館新編古典全集と省略―
*『落窪物語』　岩波書店新日本古典文学大系　―以下岩波新古典大系と省略―
*『狭衣物語』　新潮社日本古典文学集成　―以下新潮古典集成と省略―
*『夜の寝覚』　岩波書店日本古典文学大系　―以下岩波古典大系と省略―
*『紫式部日記』　新潮古典集成
*『和泉式部日記』　岩波古典大系
*『枕草子』　小学館新編古典全集
*『栄花物語』　『栄花物語全注釈』（松村博司　角川書店）
*『大鏡』　岩波古典大系（新装版）
*『古今著聞集』　岩波古典大系

*『古今和歌集』ほか和歌関連　角川書店新編国歌大観
*『日本書紀』　吉川弘文館新訂増補国史大系　―以下国史大系と省略―
*『日本三代実録』　国史大系
*『公卿補任』　国史大系
*『冷泉家本公卿補任』　朝日新聞社冷泉家時雨亭叢書
*『異本公卿補任』　『奈良平安時代史研究』（土田直鎮　吉川弘文館）
*『吏部王記』　続群書類従完成会史料纂集
*『殿暦』　岩波書店大日本古記録
*『台記』　臨川書店増補史料大成
*『玉葉』　名著刊行会

はじめに

本書は、平成十二年三月に取得の学位論文『源氏物語』表現の基層探求」を中心として、その後発表した論文、その他を併せまとめたものである。当初から体系的な研究を全く意図せずに、その時どきの関心の赴くままに考えをまとめ発表してきた論考ばかりであるが、振り返ってみると結局〝表現〟にこだわってきたという思いを抱く。

この深甚な作品の基底に幾重にも層をなしている多種多様な表現のうちにあって、微小な砂礫に等しいような解明であっても、それらを積み重ねてゆくことは、作品成立当時のあるがままの受容に近づくための確実な一つの手段になるはずと、頑固に信じている。時代的変遷を経て、作品内で明らかに発信しているはずの情報が理解できなくなったり、また情報であることさえ把捉できなくなっていた表現を個別に考証した論考であるが、あるいはもっと素朴に、この物語を享受する際に生じてきた、「何を語り、何を発信している表現なのか」という疑問を明らかにしたくて追求した結果である、という方が一層正直なところかもしれない。いずれにしても『源氏物語』をできる限りそのままに読みたいと願う気持から発した、ささやかな考察ばかりである。

解明のための基本的手法として、作品の基盤、背景に動かしがたく存在する社会の共通理解を知るために、文学作品のみならず公卿日記などの古記録をはじめとする文献中に、究明の対象とする事実を探った。その調査の結果得ることのできた歴史的事実などを文学作品に投射して読み直してみると、作品本文中の当該表現の意図するところが明らかになって、作品世界におけるその表現の必然性が判明してくる。そのように広範多様な作品、資料を見渡すことによって、作品成立当時においては自明であって、殊更に説明するまでもなかった社会の共通認識が自ずと浮かび上がり、作者が作品内に活かした本文表現であることを考証できる必要不可欠な方法と考えるからである。

本書の構成は次の通りである。

第一編「背景としての史実考察」には、まず、「もう一人の一世源氏」、醐醍天皇皇子允明をとおして、光源氏と対極にある一人の一世源氏の現実の姿を探り、また、新たに賜姓源氏という視点をもって『源氏物語』を眺めた。そして、『源氏物語』執筆成立の時期になって初めて乳母子の姿が具体性をもってくる歴史的背景があって、作品内に多様な乳母子像を描くことができたと指摘する「「乳母子惟光」誕生の時代背景」の二編を収めた。

第二編「蔵人所の人々」所収の三編は、物語内に登場する機会が少なくはない、また、活動する場面も与えられているにもかかわらず、研究対象として取り上げられることが少なく、その実態があまり明瞭ではない蔵人所に勤務する人々——頭・五位蔵人・六位蔵人、および栄爵後に蔵人五位と称される人々に関するものである。蔵人頭と五位蔵人の〝兄弟同職〟、また蔵人五位、そして叙爵時の彼らの年齢という視座をもって、その歴史的事実、社会的実態を調査した結果は、作品中の彼らそれぞれが必然性をもって当該職にあることを明証していて、意図して設定されている各人の立場をより的確に把握することになるのである。

第二編「表現のちから」を構成する三編の論考では、まず、紫式部の生きた一条朝において大きく復権し、『源氏物語』の中にもその姿が投影される菅原道真、「天神・道真」を中心とした表敬表記の一方法、すなわち名前を記さずに記号をもって代替表現する表記法に関して提示した。他の二編は、「后と女御」二者にみる「后、女御」と「女御、后」という両様の排列に関して、また若菜下巻における「六条院女楽の奏者」の排列にかかわる、〝排列表現〟という新視点からそれぞれ論証した。

第四編「歌のこころ」は、史実を中心に検証した結果を文学作品の読みに活かすことを目指した第一編から第三編までとは異なり、文学的考察を専らとする。当編には和歌を中心とする三編を収めた。『源氏物語』にみる〝子〟の描写の中でも代表的な、横笛巻にあらわれる幼い薫と筍の印象深い場面を〝父〟光源氏との関係性を軸に、引歌表現を交差させながら考察した一編、そして他の二編は、ともに成立時期が推測の域を出ない同時代の二作品、『源氏物語』と『和泉式部日記』とのかかわりにおける論述であるが、先行作品には見えず当該二作品にのみ認められる、「我は我」表現その他の措辞から、その交渉を指摘した。

第五編「時代とことばと」所載の全三編は、『ぐんしょ』に掲載の論考である。それぞれ直接的には『源氏物語』につき論及するものではないものの、当作品成立の時代、社会相を描く「「由祓」覚書」および「六条院の筍料理」、そして「俊成の父　定家の父」は本書所収の「「天神・道真」一つの表敬表記」と深い関連をもつ、また補完するという観点から載録した。

作品の中に息づく多くの登場人物たちの中でも、脇役端役といった立場にある人々により深い関心をもち、多く研究の対象としてきたが、『源氏物語』の作者はそういう人々の造型をも決して疎かにしてはいず、やはりこの物語は人間一人ひとりを適確に描出する作品であると、改めて確認しながらの編集作業であった。

多少の加筆修正をし、また、一部のテクストをより入手しやすい新しいものに変更するなどはしたが、初稿の論旨は少しも変わらない。その結果、各論考間に挙例を含めて重複する部分もあり、加えて行文の冗漫、冗長のそしりは免れがたいと思う。また、煩瑣な史料や調査結果などを多く掲示する場合もあるが、それは著者の考え、主張するところをご理解いただくため、あるいはご叱正いただくためには必要であると考慮した上での措置であり、ご寛恕いただければ幸いである。

第一編

背景としての史実考察

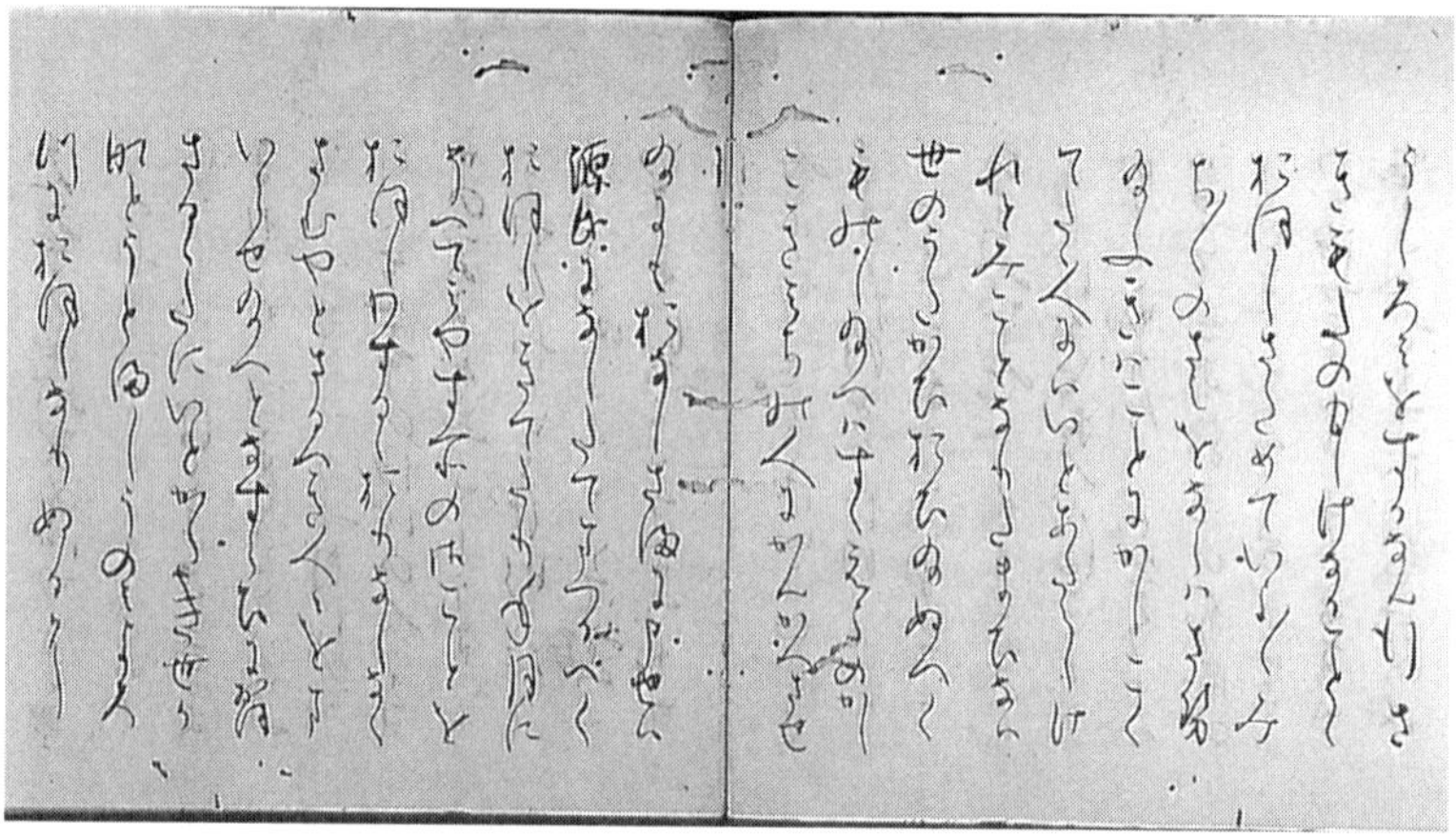

すくえうのかし
こきみちの人にかんかへさせ
給にもおなしさまに申せは
源氏になしたてまつるへく
おほしをきてたり

（『源氏物語』桐壺巻
鶴見大学図書館蔵）

桐壺帝は、最愛の皇子を臣籍に下し、源氏の姓を賜わることを決意する。

第一章　もう一人の一世源氏――醍醐皇子允明の場合

一

「いづれの御時にか、女御更衣あまたさぶらひ給」う御代、『源氏物語』桐壺帝の御代が醍醐・村上天皇のそれに准拠するとは、『河海抄』をはじめ指摘するところであり、[1]その後宮の隆盛に関してもまた同然である。中宮そして「女御更衣あまたさぶら」った醍醐天皇が所生する皇子女は三十七名を数える。更に父宇多院出家後の所生二名を猶子としたので、計三十九名の皇子女となる。そのうち最終的に親王・内親王であったのは二十九名、そして十名が源氏賜姓となった。

延喜二十（九二〇）年十二月二十八日に醍醐天皇の皇子女が源朝臣の姓を賜った。『貞信公記抄』同月二十五日条に「定二当代源氏一」、二十八日条には「賜二源氏勅書一」と記されるが、『類聚符宣抄』の翌二十一年二月五日付太政官符に詳細を知る。

源朝臣高明年八、源朝臣兼明年八、源朝臣自明年四、源朝臣允明年三、源朝臣兼子年七、源朝臣雅子年七、

源朝臣厳子年六、
右右大臣宣、奉勅、件七人是皇子也、而依去年十二月二十八日勅書賜姓、貫左京一条一坊、宜以高明為戸主者、省宣承知、依宣行之、符到奉行

左大弁――源悦　左大史――丈部有澤

延喜二十一年二月五日

最年長八歳の高明を戸主として、左京一条一坊を本貫(2)とした男女合わせて七名の源朝臣が誕生した。親王であると否とにかかわらず醍醐皇子の名につけられている通り字「明」をもつ四人の最年少は允明三歳である。

この源允明の名が次に記録上にあらわれるのは十年後、十三歳になった承平元（九三一）年、『吏部王記』の九月二十九日条である。

……中務卿親王召二寺主延賀一、仰三先可レ申二親王以下諷誦之由一、延賀即持二所々誦経文一来呈レ之、中務卿親王相定分為二四度一、親王等為二第一一、次内親王、次男女源氏、次女御、就レ中無二允明源氏諷誦一、余諮二中務卿親王一云、先日親王・源氏奉二送鋳鐘料一之時、此源氏猶不レ奉レ送、諸人以為二嗤笑一、今此度又不レ奉二仕諷誦一者、如レ遺二天下嗤一、雖レ為二彼恥辱一、即余等同无二面目一、自レ今欲二相代奉仕一如何、答云、誠可レ給レ憐、唯如レ是人事、或覆致二彼人怨一、唯鋳鐘料功畢後奉二送之一、報云、独被レ怨二一人一耳、致二天下嗤一非レ義也、余有二外戚之便一欤、為二彼家一奉二修之一、答云、所レ陳甚叶二義理一、其施物与レ汝共奉レ送耳、中務卿親王即求二紙筆一、秘密手書二彼家誦経文一、即書二陰陽頭藤原朝臣晴見署所一、語（ママ）余書二名字一、以二此由一語二延賀大法師物実相次可レ送之由一、莫レ令レ知二他人一、……

前年崩御の父醍醐天皇の一周忌法要が醍醐寺で執り行なわれた。皇子女がそれぞれに諷誦料を奉仕する中に源

允明だけが責を果たしていなかった。世間の物笑いになると懸念した、『吏部王記』記主・醍醐第四親王式部卿重明が兄中務卿代明親王に相談し、源氏に下った弟允明が負担すべき布施を二人で肩代りし諷誦文も代作する運びとなった。その上この一件を寺主延賀大法師に口固めまでしたのだった。

これに先だつ同年四月二十日、『醍醐寺雑事記』によると、亡き父帝供養のために寄進する鋳鐘料の計銭二十三萬余の費用を、「有二親王二十一人源氏八人一、准二去年御七々日諷誦例一、親王各出二一萬一源氏出二五千一」の負担と、四十九日の際の諷誦料に准じて、身位に応じ各人に割り当てられた。重明親王は早速五月十日に献じているが、その折にも允明は納めずに「諸人以テ嗤笑ス」という有様だったのである。ひき続いてこの度も同様の事態となったのならば、さぞかし允明は世人の嘲笑の的となろうとの憂慮なのだった。允明ただ一人の恥辱であるばかりではなく、父を同じくする兄として自分たちも面目を失することになり、放置しておけないとの思いも強かったであろう。『西宮記』巻十五「定源氏爵人事」は、「不論親王・源氏、王卿中以触弘仁御後之人給宣旨（重明親王　参議等例也）」とある前田家蔵大永鈔本をもつ。どの時点で重明親王が源氏の長者であったかは不明であり、当該時に氏の長者の意識による行為であったのかは知らない。しかしながら、代明親王の「誠ニ憐ヲ給フベシ」などの言辞から二人ながら允明の窮状を理解していて、非難より手をさし伸べようという気持が勝っているとも感じられる文面である。

允明の元服は十六歳。承平四（九三四）年十二月二十七日のことである。

允明源氏於二中務卿親王家一加冠、年十六、外戚无二相労一者、无レ便レ成レ礼、仍余前事申二卿君一、甚憐レ之、仍冠者服并童装、引入・理髪等禄、一事以上皆悉具備成二今日事一、余亦設二飩食十具・献物四十捧一、初親王憚二大臣一、欲レ請三納言為二引入一、通二消息大納言恒佐卿一、而右大臣有下可二相労一消息上、故請レ之、其儀……

当儀も允明には後見役のはかばかしい外戚はなく、結局この度も三年前と同様重明親王が代明親王に諮って、二人で万事調達して行なったと『吏部王記』は記す。代明親王家で挙行されたこの加冠の儀式は、兄親王のお蔭もあって右大臣藤原仲平が引入役となり、「垣下親王・一世源氏」も参加する、一世源氏としての体面を保ったものとなった。(3)

尊貴性の明らかな一世源氏に一旦その範疇から外れた言動があるとき、世間は容赦なく指弾するが、允明の所為に関する反応もその一例である。

みつあきら、よしあきら、あるいは、まさあきらと称されたのであろうか、醍醐天皇十三皇子の允明源氏は元服に際し、一世源氏が慣行として受くべき従四位上に叙されたが、(4)八年後の天慶五（九四二）年七月、二十四歳の若さで卒するまで加階はなく、その位階は変らなかった。官職は播磨権守のみが知られる。

『本朝皇胤紹運録』『一代要記』などに醍醐皇子としてその名は残る。『本朝皇胤紹運録』に記される『皇胤系図』には「母左兵衛佐源敏相女」をみる。従五位上相当の兵衛佐の娘を母として允明は誕生したのだった。

播磨国は大国である。畿内に接する要地であり、国守は従五位下が相当であるものの、実際にはそれより高位の者が補されることの多い国である。従って、当職自体は決して希望のもてない職ではないであろう。承平三（九三三）年正月には異母兄源兼明、のちの兼明親王が権守に任じている。允明は天慶元（九三八）年次、二十歳の権守補任から四年後の卒去までその職にあったと思われる。これにより生活の安定を得たのであろうか、同年三月二十九日に、前年薨じた兄代明親王の一周忌法要が醍醐寺で行なわれた折には、允明は絹十疋を進じたと『吏部王記』は記している。

『源氏物語』の中で、須磨明石への退居から帰京して以後、政界の中枢に位置した光源氏は、その地位、権勢をもって、源氏の長者の任にあったであろう。しかし、氏の長者のこと、また他の源氏たちとの〝氏〟の紐帯は、物語の表面に明らかに描かれることはなかった。

二

『吏部王記』と『源氏物語』とのかかわりについては古来多く論じられてきた。たとえば、行幸巻の大原野行幸には『吏部王記』の記事を准拠とする記述が多い(5)、若菜上、若菜下巻においても同様であると、『河海抄』をはじめ『花鳥余情』以降の注釈書などに指摘される。

儒者である父藤原為時に、「口惜しう、男子にてもたらぬこそ幸なかりけれ」と嘆かれ、一条天皇に「この人は日本紀をこそ読みたるべけれ、まことに才あるべし」と称されたことを『紫式部日記』に記した作者は、その才能と環境とによって漢詩文をはじめ内外典を読破したであろうと考えられるが、重明親王の『吏部王記』も当然そうした典籍の一つである。朝儀を詳細に記録する当王記を読み、儀式・行事・人事その他、作者の生きた時代より半世紀と少し以前の有職故実分野の知識を加増させ、自身の作品制作に活用したであろうことは、想像に難くない。

『源氏物語』には多くの引歌表現をみる。その表現の本となった引歌も多種多様であるが、中でも抜きんでた二十六例という最多の回数を有すると考えられる一首は、藤原兼輔の「人の親の心は闇にあらねども　子を思ふ道にまどひぬるかな」である。紫式部の曽祖父である兼輔の当詠は、「子の闇、心の闇、子を思ふ道」などとして、物語の各場面に子を思う親の情を切々と表現して、一層の情感をもたらすものとなっている。

『後撰集』巻十五雑一に入集の当詠は、

太政大臣の、左大将にて、相撲の還饗し侍りける日、中将にてまかりて、事終りて、これかれまかりあかれけるに、やむごとなき人二三人ばかりとどめて、客人、主、酒あまたたびののち、酔にのりて、子どものうへなど申しけるついでに、（一一〇二）

という詞書をもち、また『大和物語』四十五段には、

堤の中納言の君、十三のみこの母御息所を、内裏に奉りたまひけるはじめに、帝はいかがおぼしめすらむなど、いとかしこく思ひなげきたまひけり。さて帝によみて奉りたまひける。

とあって、この二作品では詠歌事情に少し異なる点はあるものの、いずれにしてもわが子に対する親の愛情がしみじみと心に沁みる一首であり、古来人々に愛誦されてきた。『後撰集』の詞書中には、その具体名は記されないが、『大和物語』によると、兼輔が娘桑子を更衣として醍醐天皇に入内させたのち、桑子への帝寵を気にかけて詠んだものである。

その桑子所生が『大和物語』にいう「十三のみこ」、章明親王である。醍醐第十七皇子として延長二（九二四）年に誕生、父帝臨終間際の同八（九三〇）年に親王宣下を受けて十三番目の親王となった。「堤の中納言」と呼ばれた兼輔の孫であり、紫式部にとっては従祖母である桑子の子にあたる章明親王は、すなわち『吏部王記』記主重明親王、そして源允明の弟宮である。従来の指摘には見られないものの『吏部王記』とのかかわりの中で見過ごせない事実であろう。章明親王より十八歳、また五歳年長の、それぞれに異腹の兄たちとの交渉は定かではないが、紫式部が自らの血縁につながる、通り字「明」を伴う、章明親王の兄たちに関心をもたないわけはない。精読し

たと考えられる『吏部王記』に残されている源允明に関する記事も目にしたことは間違いあるまい。

物語世界に不要な人物は排除されることは言うまでもないが、作品中に描かれはしなくとも、望ましい外戚がなくて漂った一人の源氏の姿を、何の感慨もなく目にしたであろうか。『源氏物語』の作者の胸中に渦巻く思いはなかったであろうか。

三

『源氏物語』の中で桐壺帝は、愛してやまない皇子の処遇を慮って、さまざま思案した結果、

　無品親王の外戚の寄せなきにては漂はさじ、わが御世もいと定めなきを、ただ人にておほやけの御後見をするなむ、行く先も頼もしげなめること、（桐壺）

と決意して、臣籍に下し源氏にしたのだった。

賜姓源氏は嵯峨天皇所生の皇子女のそれを嚆矢とする。嵯峨天皇所生皇子女五十人のうち、親王や内親王などは十八人、源氏賜姓者は皇子十七、皇女十五人の計三十二人である。

『類聚三代格』十七所収　弘仁五（八一四）年五月八日詔によって、嵯峨天皇は一世の皇子女の源氏賜姓を定めたのだった。


　男女稍衆、未レ識二子道一、還為二人父一、辱累二封邑一、空費二府庫一、朕傷二于懐一、思下除二親王之号一、賜二朝臣之姓一、編為二同籍一、従二事於公一、出身之初一叙中六位上、……

と、皇室経済の問題によって皇子女の臣籍降下を行ない、賜姓された者は「公ニ従事セシム」とする。当詔で源

氏を賜姓されたのは信以下の男女八人であり、その後の誕生で賜姓された者も合わせると、嵯峨朝における賜姓源氏は前述のように三十二名にのぼった。それからも歴代続いた一世源氏賜姓だったが、村上朝で終止符を打ち、それ以降は全て二世以下の賜姓となった。

この源氏賜姓は、『三代実録』貞観五（八六三）年正月三日条、嵯峨皇子・源朝臣定の薨伝に、「諸皇子未レ為二親王一者、皆賜二姓源朝臣一、定是源氏之第六郎也。其源之命レ氏始二於此一矣」とあるように、天皇と〝源〟を同じくする、誇り高い、尊貴の対象となるものであった。それはたとえば、『三代実録』貞観八（八六六）年三月二日条にみるように、仁明天皇更衣三国氏所生の皇子が賜姓源氏登となったものの、その後母親の過によって源姓を削られたため、出家して深寂と名乗ったが、のちに還俗した際には本姓に復さずに貞朝臣を賜っていて、これは「嵯峨遺旨、母氏有レ過者、其子不レ得レ為二源氏一」のためであると記されている。このように、本人や母の過失によって源姓を剥脱され、その後許された者は源姓ではなく他の新たな姓を賜わることからも、源姓の高貴性は明白である。

親王宣下に与らず臣籍に列した一世源氏の生母は、当初は広井氏、上毛野氏など中小氏族出身が多く母系が低かったが、平安中期になると、たとえば醍醐一世源氏の、允明と同時賜姓した高明の生母が嵯峨皇子として臣に下った、いわゆる嵯峨源氏唱の女・更衣周子であるなど、藤氏・源氏出身者が多くなるのは政界の傾向と同様である。[6] そうした醍醐後宮の中で従五位上相当の左兵衛佐に過ぎない源敏相の娘を生母としたのが允明であった。

男子源氏賜姓者は、元服に際して叙位を受け官途につき、官位に応じた俸給を手にするが、二歳で源氏に下り、十二歳で父帝を失った允明が、十六歳で元服叙位を受けるまでの間、賜姓者としての待遇はどれ程のものであったのだろう、允明が受け取った時服や月料はどの位のものであったのかなどは明らかではない。允明生誕以前に母は既にその父敏相を見送っていたものと思われる。「行く先も頼もしげなる」「ただ人」一世源氏であっても、「外戚の寄せなき」によって漂わざるを得ない人生だったと言えようか。允明にとっては皇子という立場はいかなるものであったのだろうか。

『源氏物語』が制作された一条朝には既に一世源氏賜姓の例はみられなかった。この作品の時代背景に醍醐朝を比定する一つの根拠とも考えられる。嵯峨天皇弘仁五年詔勅により主として国庫の経済的な問題を理由として始まった一世源氏賜姓は、親王の立場とは相違して、皇位継承候補者になりえないという大事な側面も併せもつ。物語において高麗人の、

「国の親となりて、帝王の上なき位にのぼるべき相おはします人の、そなたにて見れば、乱れ憂ふることやあらむ。おほやけのかためとなりて、天の下をたすくる方にて見れば、またその相違ふべし」（桐壺）

という観相の結果などを受けた結論は、皇位継承権を放棄することによって国の乱れを防ぐために父帝が決断した、光源氏の臣籍降下なのだった。

四

『源氏物語』は言うまでもなく、光り輝く超人的な美質を備えた、桐壺帝の第二皇子、源氏を賜姓された光源氏を中心とした物語であるが、物語中には光源氏以外にも源姓の人物は登場する。一世源氏たる光源氏の子息夕霧そして薫は二世源氏であり、夕霧の子息たちもまた源氏である。その他にも、源良清（若紫〜）、源典侍（紅葉賀〜）、源中将（若菜下）、源少納言（東屋）などと言った人々が源姓をもってあらわれるが、光源氏と同様、賜姓

が判明する一世源氏は一名、また物語中に明らかな二世源氏も一名をみる。

若菜上巻冒頭、病苦に悩む朱雀院が出家を志すものの、皇女の一人・女三の宮の行く末を心にかけて嘆く。

御子たちは春宮をおきたてまつりて、女宮たちなん四ところおはしましける。その中に藤壺と聞こえしは先帝の源氏にぞおはしましける、まだ坊と聞こえさせし時参りたまひて、高き位にも定まりたまふべかりし人の、とり立てたる御後見もおはせず、母方もその筋となくものはかなき更衣腹にてものしたまひければ、

朱雀院の藤壺女御は、先帝の更衣腹の女王から源氏に下ったと記す。藤壺中宮や式部卿宮と異腹のきょうだいではあるが、皇女であるがゆえに母系の後見、外戚の力の強弱により一層左右される存在である。劣り腹であり、臣籍を得ても強力な後見となる外戚不在という心もとない境遇が描かれている。そして「世の中を恨みたるやうにて亡せたまひにし」母女御に先立たれてしまった、寄るべない女三の宮を父朱雀院は、「あまたの御中にすぐれてかなしきものに思ひかしづき聞こえたま」い、宮の婿選びに心を砕いた結果、六条院に思いがけない波紋が広がる展開となるのだった。

一方、二世源氏として臣籍降下していたのは、式部卿宮の御子、すなわち紫の上の異母きょうだいである。玉鬘の求婚者の一人として藤袴巻に登場して以来、従四位下相当の左兵衛督として散見した。「兵衛督は、上達部におはすれば」(真木柱)とあるから参議であろう、そして中納言になっていたのは若菜下巻最終部。朱雀院の五十御賀は、紫の上の発病や女三の宮の懐妊などによって延びに延びたが、やっと歳暮に近い十二月十余日に定まって試楽が行なわれた。舞の童たちは、

右の大殿の四郎君、大将殿の三郎君、兵部卿宮の孫王の君たち二人は万歳楽、まだいと小さきほどにて、い

とらうたげなり。四人ながらいづれとなく、高き家の子にて、容貌をかしげにかしづき出でたる、思ひなしもやむごとなし。また、大将の御子の典侍腹の二郎君、式部卿宮の兵衛督といひし、今は源中納言の御子皇麞、右の大殿の三郎君陵王、大将殿の太郎落蹲、さては太平楽喜春楽などいふ舞どもをなん、同じ御仲らひの君たち、大人たちなど舞ひける。

右掲場面では中納言に昇進していて、今後少なくとも大納言クラスまでの展望を描ける位置にありそうである。童舞は選ばれて舞う童当人だけでなく〝家〟の栄誉を披露する場である。当該童舞において、この源中納言の御子とともに舞った権門、名家の子息たち――右大臣髭黒・大将夕霧・蛍兵部卿宮家の子息たち――に伍するかのような立場を窺わせ、その見通しの可能性は低くないことが示唆されている。

ところで、当該「源中納言」に関して、賜姓源氏に言及する注釈書の多くは、この時点で初めて臣に下り賜姓された旨を注している。しかし、「今は源中納言」の「今は」は「中納言」にかかるものであり、当場面で初めて源氏として登場することを示すものではないと考えられる。従前の、左右各一名定員の兵衛督であった時には、その官職名提示で十分であったのが、定員三名の中納言に任ぜられている現在、〝源〟を冠する必要が生じたことを指示する「源中納言」なのである。

物語内には明らかにされていないが、それではこの人物はいつ二世源氏賜姓に与ったのであろうか。兵衛督を経て中納言に昇進した二世源氏、という視点をもって史料を一覧すると、宇多二世源氏の庶明と重信、そして醍醐二世源氏の延光が該当する。必要事項のみ記すと、

庶明は、右兵衛督（33歳）――参議（39）――中納言（49）、四年後に薨去。

重信は、左兵衛督（34歳）――参議（39）――中納言（51）、そして左大臣まで昇進した。

林陸朗氏は、宇多源氏に関して、「二世の代には男子はすべて源朝臣の姓を賜った」が、「源氏賜姓の時期や事情について語るものはな」く、「恐らく、彼らは誕生間もない比較的早い時期にむしろ当然のこととして賜姓に与ったのではないだろうか」と論じている(7)。

一方、代明親王御子延光については、二十歳での「改姓賜源朝臣」が『公卿補任』尻付により明らかで、その後、右兵衛督（33歳）――参議（40）――権中納言（44）、従三位権大納言が極官である。〃枇杷大納言〃と号され、『拾遺集』初出の歌人としても知られる。

以上の三例が参考になろう。『源氏物語』にみる、式部卿宮御子の年齢は、権門の夕霧や柏木より年長と思われ、この三名の辿った足跡とほぼ重なるとみてよいのではないだろうか。つまり、この御子も同様に、若い時期に二世源氏賜姓に与り、のち左兵衛督・参議を経て、若菜下巻にみるように中納言まで累進したと考えるのである。

その他、先述の源姓をもつ各人物の詳細な身上、源姓が語るところは余り明らかではない。

桐壺帝の皇子たち、光源氏のきょうだいを誕生の順に掲げると、

第一――朱雀院

第二――光源氏

第三――蛍兵部卿宮

第四――四の皇子。花宴巻の行幸で秋風楽を舞う。「四の皇子、まだ童にて」から一三、四歳以下であろう。この時光源氏十八歳。

第五〜七――帥親王。「帥親王よくものしたまふめれど、けはひ劣りて、大君けしき」だと蛍巻で花散里に

評された宮。四の皇子と重なる可能性も残る。

——蜻蛉の宮

の二名が該当し、あと一名に関しては不明である。

第八——宇治八の宮

第九——不明

第十——冷泉院。「この院の帝は十の皇子にぞおはしましける」（橋姫）

そして皇女二名が物語内に語られる。以上のように判明する光源氏の男きょうだいは、帝位についた朱雀、冷泉の二院以外で、宮・親王であることが明らかなのは、蛍兵部卿宮・帥親王・蜻蛉宮・宇治八の宮の四名である。元服以前の「まだ童」だった四の皇子のその後は語られることはなく、結局、桐壺帝の皇子の中で確認できる賜姓源氏は、光源氏ただ一人である。

『源氏物語』の中で一世源氏は光源氏ともう一人、若菜上巻、先帝の皇女から源氏に下り、朱雀院の女三の宮の生母となった藤壺女御、この二名である。光源氏における臣籍降下は、父帝が「無品親王の、外戚の寄せなきにては漂はさじ」、また皇位継承権放棄による国の安泰、官途についての栄達を目的とした、熟慮の結果だった。一方の、劣り腹の藤壺女御は母系に確かな後見も不在であったが、こちらは賜姓源氏始発時の最大の理由である、皇室経済の負担軽減を目途とした賜姓ではなかったか。その母も失った女三の宮を父院が鍾愛して、将来につき腐心した結果の是非はともかくとして、もし父院の偏愛をもたない皇女であったなら、「無品〝内〟親王の、外戚の寄せなきにて」「漂」った可能性も皆無ではあるまい。だからこその父院の心痛という一面もあったであろう。そうした背景を当藤壺女御の「源氏」は語りかけてくる。作者は二名の一世源氏を描いて多くのことを伝えている。

また、「無品親王の、外戚の寄せなきにては漂はさじ」と危惧された立場を一面体現したのは、宇治八の宮であろう。京で重なる悲運にみまわれ、「宇治といふ所によしある山里持たまへりけるに渡」（橋姫）ったのち、俗聖といった生活を送る。出家入道はせず優婆塞であったから無品ではなかったと思われるが、かつてその親王の立場を利用され、皇位継承の政争にかつぎ出されて敗れたと覚しく、政治に翻弄された「世に数まへられたまはぬ古宮」、「公わたくしに拠りどころなくさし放たれたまへるやうな」（橋姫）、失意の八の宮は、仏道の中に自らの立つべき位置を見出したのであった。

作品中にみる「一世源氏」の語は一例、薄雲巻。

母藤壺女院が崩じてのち、夜居の僧から自らの出生の秘密を打ち明けられた冷泉帝は、皇統乱脈の先例を知りたいと、多くの典籍を開くが、

日本には、さらに御覧じうるところなし。たとひあらむにても、かやうに忍びたらむ事をば、いかでか伝へ知るやうのあらむとする。一世の源氏、また納言大臣になりて後に、さらに親王にもなり、位にも即きたまひつるも、あまたの例ありけり。

として、実父と知った光源氏に譲位しようと思案する場面に、一世源氏が官途についた後にまた親王に復して即位する先例、たとえば光孝天皇皇子源朝臣定省を父帝崩御の前日に親王とし、立太子した定省親王は即位して宇多天皇となった例が知られるが、それをふまえた叙述の中にその語をみるばかりである。

五

源允明の母方の祖は仁明天皇第四皇子・人康親王である。『伊勢物語』「むかし、多可幾子と申す女御おはしましけり」で始まる七十八段の中に、「山科の禅師の親王」として記されるように、健康問題を理由に貞観元（八五九）年五月出家した入道親王であった。出家により四品から無品になったが[8]、また「その山科の宮に、滝落し、水走らせなどして、おもしろく造」り風雅な生活を送った人康親王の、御子興基王が元服叙位によって従四位下を授かったのは貞観八（八六六）年正月の十三歳だった。のち侍従や信濃権守といった官に任じられて二十七歳になった元慶四（八八〇）年二月八日に源氏賜姓のことがあった。既に父親王は八年前に薨じていた。当賜姓のことは、『三代実録』当該日に「左京人従四位上行左馬頭兼伊勢守興基王賜㆓姓源朝臣㆒、人康親王之子也」と録されるが、その四ヶ月余の後、六月二十一日条には、

左京人忠相王、敏相王、宜子女王賜㆓姓源朝臣㆒、即是従四位上行左馬頭源朝臣興基之男女也。興基賜㆑姓之日、脱落不㆑載、故今追賜焉。

とあって、本来父興基と同日で二王一女王の御子にも賜姓源氏があるはずであったのに、名簿から漏れていたために遅れて今回なされた旨を知る。一足先に源興基となった父親の方は、二年後の元慶六（八八二）年から陽成天皇の蔵人頭に任ぜられ、譲位によって同八（八八四）年二月に当職を去ったが、昇進はその後正四位下に加階したりと滞らず、寛平三（八九一）年三月には参議に就任した[9]。二十一歳の藤原時平と興基、二人の参議就任だった。だが、その僅か半年後の九月に、源興基は三十八歳の壮齢で卒したのだった。

その参議就任の二年前、寛平元（八八九）年四月、正四位下左中将兼伊勢権守源興基の息敏相は小舎人つまり殿上童であったが、従一位太政大臣藤原基経の子息忠平十歳とともに童舞を披露したことが、『小野宮年中行事』所引の『宇多御記』に記されている。三月に行なわれた殿上賭射の負態の饗応が四月十九日にもたれ、その場での童舞である。

小舎人源敏相、舞骨可レ称、仍賜二之禄一、又太政大臣息忠平齢始十歳、為二納曽利舞一、騰躍迅逸、節不二錯違一、又賜レ禄、

敏相は「舞ノ骨、称スベシ」と宇多天皇から褒められて賜禄に与った。ともに舞った忠平も同様であった。忠平の母は人康親王の「女」であるから興基とはきょうだい――異腹ではあろうが――であり、敏相と忠平は従兄弟の関係になる。童舞は前述したように、単に「いとうたげな」子供の舞で終るのではなく、それぞれが〝家〟の名誉を背負うものであったろう。そうした場で帝から受ける称賛はどんなにか面目を施すものであったろう。それは太政大臣家の喜びよりも左中将源興基の〝家〟により大きな栄誉、喜悦をもたらしたことであろう。

事務処理の不都合のため、父親に少し遅れて臣に下った忠相、敏相の二人の源氏はしかし、父興基の跡を継ぐ参議の座にはもう手が届くことはなかった。

昌泰四（九〇一）年正月二十五日、従二位右大臣菅原道真が「事ニ坐シテ大宰権帥ニ左遷」される、いわゆる道真排斥左降事件がおこった。その二日後、二十七日の除目において道真に連座したとして左降処分を受けた人々の中に、中宮大進[10]から但馬権守に左遷された源敏相の名が認められる。道真と敏相とのかかわり、事の真相は詳かにはならない。時の一の上・藤原時平は、先掲の童舞を敏相とともに舞った忠平と同母のきょうだいである

から、この時平も敏相にとって従兄弟である。もっとも従兄弟とは言いながら片や政治の最中心に存在する左大臣時平、片や従六位上相当の中宮大進という卑位にある敏相、その差異は歴然としている。左大臣藤原時平と右大臣菅原道真との政争の渦中に飲み込まれてしまったのか、そこに源敏相の名を見出す歴史の事実があった。

　左降除目によって処分を受けた人々の召還や帰京の時期は多く不明である。大学頭であった道真長男・高視は、この左降処分によって土佐介に遷っていたが、五年後の延喜六（九〇六）年に召還されている。既に同三年二月には道真が左遷の地大宰府で薨去、五十九歳の生涯を終えているし、高視が帰京した頃には他の人々とも敏相も許されたのではないだろうか。時期はともかくも敏相は帰京し京官に復して、従五位上相当の左兵衛佐が最終的な官であったと思われる。その敏相には「女」がいた。

　允明の母となった「敏相女」と醍醐天皇との出会いは、いつ頃、どのような切っ掛けによるものであったのだろうか。敏相が左降処分が解けて帰京した後であろうとは言うまでもないであろう。左兵衛佐源敏相の死去は延喜十五（九一五）年十月のことと思われ、そして允明の誕生はその四年後のこととなる。「女」は父の死後宮中に出仕していて帝の目にとまったか、などと想像してもみるが、明らかではない。帝との和歌贈答などにもその人の名を見出すことはできない。道真の事件には藤原時平の関与が中心となるにしても、時の醍醐天皇の存在も看過はできず、党与と見做し処分の対象とした人物の娘と皇子を儲けるのは、やはり敏相召還後の何らかの縁によるものであろう。

　源敏相が兵衛佐という卑位ながら没したかと思われる年月日が判明するのは、その死穢が一騒動をもたらしたからである。『日本紀略』延喜十五年十一月二十一日条には、「丁丑　停㆓五節舞姫㆒、依㆓左兵衛佐源敏相曹司死穢㆒也」と記されている。本人の頓死であろうか、あるいは、敏相の曹司で女房や下仕といった者の死による穢の可能性も残るが、いずれにしても、先十月二十二日に発生した敏相の曹司における死穢によって、せっかくの五節の舞姫の儀が停止されてしまったのだった。

寛平元年における童舞の折に共に舞った忠平の年齢は「十歳」と明記されるが、敏相の年齢は記されていない。童舞であるから元服以前、十〜十五歳というところであろうか。仮に十三歳とし、延喜十五年に没したとすると年齢は三十九歳となる。敏相の父興基は三十八歳での卒去であった。その時敏相の娘は何歳になっていたのであろうか。父に代って後見する人はあったのであろうか。たとえ延喜十五年十月に父を喪っていなかったとしても、そののち允明の後見をする「外戚无シ」、心細い状況にあった事実には変りない。

六

源允明の二十四年という短い、苦悩の見えた生涯の中での輝やかしい一事は、天慶五（九四二）年四月二十七日、石清水臨時祭の使に選ばれたことであろう。前年、平将門・藤原純友の乱が平定された報賽のため、石清水八幡宮に臨時に勅使を立て参拝する当祭の、初代の使に選ばれたことは、まさしく允明本人のみならず、生存していたのならその母にとってもさぞかし面立たしいことであったに違いない。源氏であることが一条件でもあったのか、選定の経緯は不明ながら、栄えある祭の、それも初代の使に任ぜられるのであるから、容姿も整い、挙措も及第点の人物ではなかっただろうか。『吏部王記』同日条には、

於二御在所一発二宇佐幣使・石清水臨時祭使一、宇佐使右衛門佐道風、石清水使播磨守《ママ》源允明朝臣、其舞人五位四人・六位六人、陪従等雑事悉同二賀茂臨時祭一、蓋因三去二年兵乱被二祈申一、毎年可レ祭之由也二云々。[11]

とある。この記事を認めながら重明親王の胸中に兄宮として後見した日々が去来しなかったであろうか。それ

からまもない七月五日に卒した允明に関する記事は、逸文を集成した現『吏部王記』の中には何も見えない。そのとき允明には子があったのであろうか。

困窮を極めていたことが原因であろう、父帝の一周忌法要の布施を出さない、出せない、元服の儀施行も思うにまかせなかった不如意な源允明の姿を、兄親王が『吏部王記』にとどめていたからこそ、一人の一世源氏の現実を目の当りにする。重明親王がその時点で氏の長者であったのかは不明ながら、体面を保たねばならない自らの立場と相俟って、弟のそれをも思いやった慈しみからの所為と捉えるとき、代明親王ともども異腹の、身位も大きく異なるきょうだいとの関係性は、当時の社会の中では決して一般的なものではないと考えられる。

「皇子」の範疇から外れてしまったような境涯にあったのは、ひとり允明だけではあるまい、記録には残されていない〝もう一人の一世源氏〟は他にももっとあったはずである。

醍醐天皇にはもう一人、不思議な皇子の存在が知られる。『本朝皇胤紹運録』に、允明の四人あとに記される、すなわち醍醐皇子女の第三十九番目としてあらわれる、「童子〈号嵯峨隠君云　白髪童形云々〉」である。他の記録には載せられていない、ただ『本朝皇胤紹運録』だけに名を残すこの皇子に関しては、益田勝実氏が「心の極北——尋ねびと皇子・童子のこと——(12)」において、元服を拒否(13)して年老いた皇子、「一般貴族からみてもうらぶれたものとしか眼に写らない生涯を、捨て扶持暮らしで飼われて年老いていく、皇胤の運命に対する敏感な状況認識が基礎にあり、その上に、身にふりかかっていたであろうなんらかの特殊事情が、皇子・童子をめぐって推測される」と述べる。この童子が拒否した元服を兄親王の援護によりつつがなくとり行なうことができ、官人として出発したであろう允明、短命でなくもう少しの寿命を得ていたのなら、また皇胤、一世源氏を強く意識しなかったのなら、充分ではなくとも静かな生活を手に入れられたのではあるまいかと、幾許かの期待[14]も抱かせる允明の場合と、この「嵯峨隠君」とは同一にはならないが、しかしまた重なる部分も少なくはないのも事実であろう。

皇子から賜姓される一世源氏という崇敬と栄誉ある立場であっても、一人ひとりの境遇状況は当然ながら異なる。醍醐第十皇子で、延喜二十年十二月、允明と同時に源朝臣となった四人の皇子のうち、最年長八歳で戸主と定められた高明は左大臣に至った。西京に四町を占める広大な邸宅を構え、西宮左大臣と称された。有職故実書『西宮記』を著し、琵琶の名手としても知られたが、安和二（九六九）年藤原氏による源氏排斥事件の「安和の変」に連座したとして大宰権帥に左降、出家した。召還帰京後は六十九歳で薨じるまで官界に復帰せず隠棲生活を送ったのだった。その造型が『源氏物語』光源氏に投影され、准拠の一人と目されてもいる。この高明の同母弟に盛明がいる。醍醐天皇晩年の延長六（九二八）年に第十五皇子として誕生した盛明は、嵯峨源氏唱の女・更衣周子を同じく母として高明より十四歳年少であった。時期は不明ながら兄と同様に賜姓源朝臣となったが、のち四十歳で親王宣下に与っている。その理由は判然とはしないものの政治的な思惑によるものと考えられ、ここにも波乱の人生を窺うことができる。

更にもう一人、允明と同時に源氏賜姓を受けた〝明〟も忘れることはできまい。前中書王とその才を称えられた兼明である。高明と同年の誕生で、これも同時に賜姓の弟自明と同じく藤原菅根女・更衣淑子を母とした。昇進は概ね順調で天禄二（九七一）年に左大臣の座に就いたが、貞元二（九七七）年には親王にされ、二品中務卿という名誉職、言い換えれば閑職に祭り上げられた。当時の政治構造から弾き出され、嵯峨に隠退した兼明親王が吐露した慨嘆は、『菟裘賦』に残されている。

七

光源氏と同じく尊貴性を有し、社会の中にあっては崇敬の対象であり、また自らも恃むところのある一世源氏でありながら、光源氏とは対極とも言える人生、それも短い人生を送った、歴史の片隅に僅かに名をとどめる一人の源氏、允明の姿をみた。

仁明天皇の皇子で入道した人康親王。その御子の興基王は二世源氏賜姓となった。源興基を父とし同様に源氏を賜姓された敏相は、幼少時の晴れがましい一事[15]には相反して、もはや父のようには参議として政務につく力を持ち得ず、時代の渦中に翻弄された。極官が左兵衛佐と思われる、その敏相の娘は醍醐天皇第十三番目の皇子を所生するところとなった。皇子の生母として皇統系譜の末端に名を残した「敏相女」は、更衣と呼ばれたものか明らかではない。ただ皇子所生のゆえに御息所と称されただけだったであろうか。[16]出自の低い母が生んだ皇子は賜姓源朝臣允明となったが、母系に権勢をもつ後見は不在であり、また時に助力を惜しまなかった二人の兄親王も、政治に距離をおかねばならないその立場から、人事に関する後見は望み薄かったであろう。困窮を極めた生活が原因だったのであろう、父帝の周忌法要の負担割当分にも責を果たせず、世間の嘲笑を受けたりもした。元服叙位の位階は一世源氏相応の従四位上であったが、若年での逝去のためか、その後の加階はみられず、官は播磨権守として二十四歳の生涯を閉じた。延喜二十年醍醐源氏として臣に下った皇子四人のうち、允明のみが参議に至らずに卒したのだった。

記録の中に些かとどめられた「もう一人の一世源氏――醍醐皇子允明の場合」を通して、允明につながる多くの人間群像が明らかになった。これらの人々は全て『源氏物語』の作者紫式部の知るところであったろう。「源氏の物語」は、一世源氏の皇子としてはただ一人、光源氏のみを描くけれど、その作品の背後には実に多くの一世源氏、また二世源氏の姿をみることができるのである。

源允明に関しては、『吏部王記』「解説」[17]に、本論前掲承平元年に允明を後見した件につき、重明親王の源氏長者とのかかわりにおいて記し、また、河北騰氏が重明親王を視座とする論考の中に[18]『吏部王記』中にみる、重明親王に助力を受けた允明の姿を述べる。その他管見に入る限りでは、論中に允明に触れる場合には、この件に関してのみである。本論においては、そうした『吏部王記』に結ばれる允明像を軸に、一世源氏允明その人の人物像を、少ない資料ではあるが可能な限り明らかにする観点から論述した。また、光源氏以外の源氏賜姓――若菜上巻に描かれる藤壺女御、また若菜下巻の源中納言――に関して、『源氏物語』古注釈をはじめ、その解釈に及ぶものは多くはない。それもただ臣籍降下という語句説明、史実列記などに過ぎない。しかしながら、当該表現にも作者は何らかの情報を発しているはずであり看過してはならないと、些か考察を加えた。

紫式部は『吏部王記』に親しんだと考えられる。不如意、不本意な事態を書き残された一世源氏允明の名をどのように記憶したであろうか。それとも紫式部が目にした当王記には、その後の允明の平穏な日々の一端も残されていたであろうか。

【注】

（1）醍醐・村上朝を軸としつつも作品制作当時をも反映させるなど自在な設定をしているとは現在知られることである。

（2）高田信敬氏「光源氏の本貫」（『むらさき』第三八輯　武蔵野書院　平成一三年。のち『源氏物語考証稿』〈武蔵野書院　平成二二年〉所収）は臣籍降下者の戸籍編付を論じて有用である。

（3）『西宮記』巻二十一臨時九「一世源氏元服」に、「御装束同二親王儀一、但源氏座在二孫庇一、西面北上、前置二円座一、基下置二理髪具一、入二柳筥一」をみる。

元服の際の引入役は慣例として大臣が担うが、この度は允明側の事情を配慮してか、代明親王は当初「大臣ヲ憚」って代りに「消息ヲ大納言恒佐卿ニ通」わした。ところが右大臣藤原仲平からの申入れによって体裁を整えることができた経緯が記されている。この仲平は周知のように、本稿に後述する時平、忠平と人康親王女を母とする同腹の兄弟である。なお、安田政彦氏『平安時代皇親の研究』（吉川弘文館　平成一〇年）は、醍醐皇子女の経済状態に関して言及する。

（4）『類聚三代格』にみる弘仁五年の詔に「出身之初一叙二六位一」とあるが、嵯峨源氏から村上朝まで四位を殆どとする。『小右記』天元五（九八二）年正月六日条は、藤原道隆の初叙を正四位下とすることに対し、「一世源氏外更無二此例一」と記している。これはまた『源氏物語』少女巻における「四位になしてんと思し、世人もさぞあらんと思へるを」、光源氏の方針で六位にしたという、夕霧の元服初叙ともかかわるものである。

（5）たとえば、『吏部王記』に記載される醍醐天皇の延長六（九二八）年十二月五日大原野行幸との多数の描写の一致である。

（6）黒板伸夫氏「摂関制展開期における賜姓源氏――特に安和の変を中心として――」（『古代学』一五号四巻　昭和

四四年）は、「源是忠（光孝皇子）、兼明（醍醐皇子）、昭平（村上皇子）などの、〈賜姓源朝臣ガ――稿者注〉親王への昇格が行われ得たのも、藤原氏の政治的目的から出ているとはいえ、生母がいずれも名門の出自である事を考え合わせる必要がある」とする。

（7）「賜姓源氏の成立事情」（『上代政治社会の研究』吉川弘文館　昭和五三年）。当書は賜姓源氏を網羅的に捉えていて教示されることが多かった。

（8）『三代実録』貞観元年五月七日条に人康親王出家入道のための上表、および詔をみる。

（9）仁明源氏のうち一世賜姓者の名は嘉字一字であるのに対し、二世賜姓には二字名を与えられていて明らかな区別がみられる。公卿昇進は一世源氏では三名、そして興基一名のみが二世賜姓でその地位に至った。また、興基の年齢に関しては、『蔵人補任』『近衛府補任』（続群書類従完成会　平成元年・平成四年）中の年齢によった。

（10）『政事要略』巻二十二「年中行事二十二　八月四日北野天神会事」に左降除目対象者名が載る。「但馬権守源敏相」に続く、前官が記されているのであろう三文字ほどは空白である。所功氏『菅原道真の実像』（臨川選書　平成一四年）によって「中宮大進」の官名を得た。

（11）『源氏物語』には一例「石清水臨時祭」があらわれる。若菜下巻、御願ほどきに光源氏一行が住吉参詣をする、その盛儀描写の中に「陪従も、石清水賀茂の臨時の祭などに召す人々の、道々のことにすぐれたるかぎりをととのへさせたまへり」とあって、当祭の盛儀の様子を窺わせている。なお、天慶五年の当臨時祭については、紀貫之の一首が知られる。

すざく院の御かどの御時、やはたのみやにかもの祭のやうにまつりしたまはんとさだめらるるに奉る

松もおいてまたこけむすに石清水　行末とほくつかへまつらん

（『貫之集』第九・八〇六。『続古今集』巻七神祇　七〇二では、第一、二句は「松も生ひまたもこけむす」）

（12）『火山列島の思想』（ちくま学芸文庫　平成五年）

(13) 益田氏は『源氏物語』匂宮巻にみる「(薫が)元服はものうがりたまひけれど」の部分に、この「嵯峨隠君」を感じとっている。
(14) 天慶五年七月五日卒去の播磨権守源允明の後任であろうか、十二月十三日付で国守に任じられたのは正四位下伴保平である。保平は三年前に従四位上で参議に補されたがその時既に七十三歳という高齢であった。因みに、保平と同日、こちらは二十六歳で参議として公卿の仲間入りをしたのは源高明である。
(15) 童舞から二十一年後、延喜十(九一〇)年十一月二十三日、賀茂臨時祭を記す『醍醐天皇御記』に、「左兵衛佐敏相為二人長一」をみる。長じても舞を得意としていたのであろうか。
(16) 角田文衛氏『日本の後宮　余録』(学燈社　昭和四八年)には、「更衣ヵ」とあり、また父親の官職による「兵衛御息所」が呼び名として記されている。
(17) 「史料纂集」(米田雄介・吉岡真之氏校訂　続群書類従完成会　平成一三年)
(18) 「吏部王記の文学的特色」(『平安文学研究』六二号　昭和五四年)、「吏部王記と源氏物語」(『国語と国文学』七二—九号　平成七年)

付記・本稿は日本学術振興会科学研究費補助金(基盤C—21520212)による研究成果の一部である。

第二章　「乳母子惟光」誕生の時代背景

一

惟光は光源氏の乳母の子である。源氏の大弐の乳母の子として、『源氏物語』中に明記はされないものの、「乳母子」と考えて差し支えないであろう。『源氏物語』以降の文学作品の中で、乳母子の規範ともなったこの惟光をはじめ、『源氏物語』の中には多数の乳母子をみることができる。古典文学、中でも平安文学作品における乳母や乳母子という存在の重要性についての論議は活発になり、特に吉海直人氏は持続的に研究の対象とし、成果を発表していて、『平安朝の乳母達――『源氏物語』への階梯』(1)においては、網羅的な乳母論とともに、乳母子に関しても論述する。しかし、本論においては、『源氏物語』に描かれる乳母子の造型、そして彼らの中でも、理想的な一典型とも言うべき惟光を誕生させることができた時代的背景、すなわち、乳母子という角度から眺めた、『源氏物語』の歴史的位置に視点を向けて考察するものである。吉海氏をはじめ先学の御論をふまえつつ、本論においては、従来取り上げられてこなかった『公卿補任』や、御記、公卿日記などの記録類を調査し、そしてまた文学作品などについても改めて検証することとする。

「乳母子　めのとこ　乳母の子をいう也」と、『和訓栞』に記される乳母子であるが、乳母の子として乳母所生の子を示す広義の意と、主君と同時期に乳母の乳を必要とする、時に〝乳主〟と表現される場合もある乳母子を指す狭義的解釈との二通りに分けられる。この狭義的解釈をとる場合には、文脈から検討することも可能な文学作品の世界はともかくとして、史実の中では個別に当否を判断することはむつかしく、正確を期しがたい。そこで本論においては、乳母子という枠組みの中に、より明確に把握しうる、乳母の子を指示する広義の乳母子を対象として論をすすめることとする。この場合、「乳母子」の表記を手がかりとするが、これは「めのとこ」、「めのとのこ」双方の読みを含むものであることは言うまでもない。

二

『源氏物語』中、明記されると否とにかかわらず、乳母子と見做されるものは多いが、主君と乳母子とのかかわりの主なものを次掲すると、

- 光源氏──→惟光、大輔命婦
- 夕顔──→右近
- 末摘花──→侍従
- 藤壺──→弁
- 紫の上──→弁

・雲居雁──→小侍従
・女三の宮──→小侍従（乳主）
・柏木──→弁の尼
・匂宮──→時方
・浮舟──→右近

たちである。その他にも、光源氏の大弐の乳母の子である、惟光の兄や姉たち、その惟光の父親の、乳母の息である大徳は父親と乳母子となろう。また、夕顔には右掲右近の母である乳母以外にもう一人の乳母がいて、「西の京の乳母のむすめ……三人その子はありて」（夕顔）、すなわち、揚名介の妻、姉おもと、兵部の君というむすめ三人が知られ、のちに玉鬘巻で玉鬘とかかわる豊後介をはじめとする男子三名の計六名の子をもつから、結局夕顔には判明するだけでも右近以下七名の乳母子があったことになる。更に、浮舟の偽りの葬送を行なった浮舟の乳母の子・大徳などがいて、多彩、多様な乳母子が描かれている。

これらの人々の中から、惟光、末摘花の侍従、女三の宮の小侍従、浮舟の右近、そして匂宮の時方たちを主たる対象として、彼らがどのような役割を担って物語中に呼吸するのかを順次みてゆくこととする。

（一）惟光

冒頭に既述したように、本文中に惟光を乳母子と記す箇所は見出せないが、周知のように光源氏が「親しく思ひむつぶる筋は、またなくなん思ほえ」（夕顔）る大弐の乳母の子と見做される。私的な場面で常に源氏に近侍する乳母子惟光は多様な力を発揮する。人の心の機微に通じ、状況の判断力も見事である。君と新枕をかわした紫の上に三日夜餅を供する際の気遣いの深さ（葵）に加え、若紫を迎える二条院のしつらいを任され（若紫）、明石の君の大堰邸のよそおいを調える（松風）といった方面に至るまで、源氏の分身とも言える多彩な力を有する惟光は、(2)決して隷属的ではない主従のかかわりの中で、源氏の全幅の信頼を得ている存在感のある様子を随所に窺うことができる。源氏の分身であるばかりでなく、「私の懸想もいとよくしお」く「あり処定めぬ」（夕顔）、この働き者惟光、脇役とは言いながら主役クラスにも匹敵する力をもつ、この乳母子の描写はイキイキとして、源氏にピタリ寄り添う影とも言えそうである。相剰効果をもたらす光と影——互いを投影しあう主君と乳母子の理想の姿に他ならない。

むすめ藤典侍に対する夕霧の懸想を知り、契りを結んだ女君たちへの源氏の頼もしい遇し方を語って、我がむすめと夕霧との契りを希む惟光の、源氏への讃辞（少女）は、側近として一部始終を見てきた人物であるだけに、人間的な源氏の美質の一面を語って他の誰にも勝る説得力をもつであろう。

そのような惟光に全面的に頼り切る若い源氏の姿があらわれるのは夕顔巻である。なにがしの院に伴った夕顔が、廃院に棲む物の怪に襲われ息絶える場において、不在の惟光の到着を、「惟光とく参らなん」と、「夜の明くるほどの久しさ、千夜を過ぐさむ心地し」て待ち焦れる。やっと馳けつけた惟光の姿を見て緊張の糸が途切れ、「とばかり、いといたくえも止めず泣」く源氏は、まるで母親に助けを求める幼な児、といった態であり、一方の惟光は、そうした源氏の「泣きたまふさま、いとをかしげにらうたく、見たてまつる人も、いと悲しくておのれもよよと泣きぬ」。そして、発生した異常な事態を処理する惟光の手際は鮮やかであり、(3)源氏の庇護者としての一面があらわれる。「夜半暁といはず御心に従へる者」惟光は、「今宵しもさぶらは」なかったのである。惟光がもしこの場に居合わせたなら、あるいは夕顔は死に至らずとも済んだのではないか、という期待さえも抱かせる信頼感を惟光は持っていて、乳母子惟光の不在、という設定をする必然性を考えなければなるまい。

乳母子の不在を言うとき、末摘花の場合をも想起する。「人の聞こゆることを、えいなびたまはぬ御心」の末摘花が、源氏や年老いた女房の誘いに応じて雪明りの中にその姿を見せてしまった（末摘花）のも、末摘花の乳母子である侍従が不在の折であった。「侍従は、斎院に参り通ふ若人にて、このころは」末摘花の邸内には居なかったのである。侍従が居合せていたなら、しかるべき配慮をして末摘花の姿をあからさまには源氏の目に入れなかったであろう。この場面も同様に侍従の不在によって可能となったものである。吉海氏は〝乳母の不在〟(4)について指摘するが、こうした〝乳母子の不在〟も乳母の場合と同じ論理であろう。以上二例が示すように、乳母子の不在がもたらす主君の危機的な状況は、〝乳母子の献身や知恵によって護られる主君〟という構図を明らかに表出すると言える。その活躍は、主君の私的な場面、空間に限定されることは言うまでもないが。

主君光源氏の立場、心情を足らぬところなく理解し、判断力、行動力に富む力強い存在は、最終的には宰相となって公卿の仲間入りを果たしたのだった。父主と称されて、子の世代への交替が暗示され（少女）、光源氏が准太上天皇となる藤裏葉巻の直前、梅枝巻では「惟光の宰相の子の兵衛尉」と、その子が描かれていて、惟光自身は既にその役目を終えていた。

この惟光の名は、『源氏物語大成』によると、「これみつ、これ光、惟光」の三種の表記をもつ。漢字表記は「惟」と「光」のみである。惟光の命名が、花山院の乳母子と言われ、『勅撰作者部類』に「世人号五位摂政」ともみえる藤原惟成、あるいは先行する『落窪物語』の男主人公道頼の乳母子である惟成の影響を受ける、という指摘(5)がある。紫式部の周辺にも「惟」の字を名にもつ人物は多い。紫式部の夫宣孝の兄で、その妻が藤原道長の乳母である惟孝、その息男の惟憲も同じく道長の家司であり、かつ妻美子は一条天皇皇子敦成親王の乳母であり、道長室倫子の乳母子と言われる人間関係をも伴う。また惟憲の弟には紀伊守となった惟光をみる。加えて紫式部自らのきょうだいが惟規、惟通であるというように。更には、「惟光」、すなわち「光のことを専らに思う」という語義も、「これ」が「惟」に限定される一つの要因と考えられようか。(6) 勿論、作者自身による表記形態が不明であるとは言うを俟たないが。

(二) 侍従

侍従はついに蓬生の中に末摘花を残して大宰府へ去ってしまう。乳母子という立場からはいかなる局面を迎えようとも、主君を見捨てずに護ってゆくことが、あるべき姿、理想のカタチであろう。しかし、蓬生巻のどの部分にも、去ってゆく侍従への冷たい視線を読みとることはできまい。「侍従などいひし御乳母子のみこそ、年ごろあくがれはてぬ者にてさぶらひつれど、通ひ参りし斎院亡せたまひなどして、いとたへがたく心細く」していたものの、「年ごろ、わびつつも行き離れざりつる」侍従が、末摘花の叔母による末摘花に対する報復のための、執拗な誘引によって大宰府へ引き立てられてゆく姿は、あたかも叔母の術中に嵌った末摘花の身替り、といった観さえ抱かせるものである。「かへり見のみせられける」侍従の出立を見送り、「かく別れぬることを、いと心細う思す」末摘花の悲嘆とともに、侍従の追い込まれた、止むを得ない立場が伝わる場面である。〝不在〟でない限り、末摘花の劣りをカバアしていた侍従が去ることは、末摘花が手足を失うにも等しく、蓬生の邸を覆う荒廃が加速されることになる。侍従さえもが去らずにいられない、という末摘花の落魄、零落の程を強調し際立たせる、侍従の大宰府下りなのであって、短絡的に主君に対する裏切りと括ってしまうのは憚られるのである。蓬生巻末部において、須磨・明石の退居から帰京した源氏の再訪を知って、「侍従が、うれしきものの、いましばし待ちきこえざりける心浅さを恥づかしう思へる」と、去って後もなお、蓬生の中に残る末摘花のもとへ思いを至らせていたであろう侍従の胸中を、殊更に思いやり記す作者の筆致は、決して「信賞必罰」と言われるような冷たいものではない(7)。

惟光の露払いによって源氏が再び訪れて、荒廃した蓬生に光が差し込むことになった。侍従の離去によって一層深く濃くなっていた蓬生の闇に、ようやく光が差し込んだのだった。

(三) 小侍従

紫の上と「はかばかしき」少納言の乳母(須磨)が照応し、近江の君がその乳母を映し出す(常夏)と同様、主君と乳母子もまた互いの姿を投影しあう。女三の宮方の様子を見聞きする夕霧が感じる、「をさをさけざやかにもの深くは見えず、女房なども、おとなおとなしきは少なく、若やかなる容貌人のひたぶるにうち華やぎざればめるはいと多く、数知らぬまで集ひさぶらふ」(若菜上)う中でも、乳主と称される小侍従の描写に、女三の宮の心幼いあり様が透かしみえてくるのである。「もの深からぬ若人」(若菜下)で「(宮が)心やすく若くおはすれば(小侍従は)馴れきこえ」て、主君である宮に対してさえも無遠慮な口をきく小侍従は、そうした思慮の浅さとともに、「いとほしきものから、言ふかひなの御さまや」と、宮の幼さを嘆く庇護者たる一面をもみせ、その小侍従の対応が却って女三の宮のあり様をより強く照射することにもなる。源氏の、宮に対する遇し方への不満と、それゆえの不憫さも手伝って、女三の宮を求める柏木に対しても、「はやりかなる口ごはさ」をもち、「はちぶ」

き「はてはては腹立つ」ものの、ついには宮へ手引きをしてしまう。源氏を恐れる宮の気持を承知しつつも、重ねて柏木を手引きし、源氏が二人の密事を知った後でさえ、瀕死の床につく柏木から届いた最後の文への返事を宮に促しさえする。これほどまでも柏木のために尽力する小侍従の行動は、吉海氏も指摘するように(8)、女三の宮の乳母である、小侍従の母親の、その姉が柏木の乳母であることに依拠しよう。この二重の人間関係によって、柏木の、宮への接近が可能となったのであるし、また死に直面する柏木への憐憫ゆえに、宮を責めて文を書かせる小侍従の行動が裏付けをもつものとなる。柏木に関する小侍従の言動の基盤に、この人間的な繋りを考えると納得しやすい。換言すると、この人間関係なくしては不可解なものなのである。

小侍従が女三の宮の出家ののちも引き続いて宮の側に仕えていたことが判るのは、五、六歳の時分に小侍従が病死したことを語る薫によってである（橋姫）。宮のあとを追って出家を願う者のうち、源氏は、「御乳母古人どもはさるものにて、若きさかりのも、心定まり、さる方にて世を尽くしつべきかぎりは、選りて」「十余人ばかりのほどぞ」（鈴虫）出家を許したのであった。柏木との密通事件を引き起こした宮の身辺の人事に心を砕いた源氏は、柏木を手引きした者を勿論承知の上で、小侍従もまた「選りて」残したのであった。小侍従の母である乳母が「さるものにて」残ったことや、事件を表面化させたくない源氏自身の思惑、あるいは、女三の宮の父朱雀院や兄帝への配慮などを忖度するとともに、源氏によっても引き離すことのできない、一体化した主君と乳母子とのかかわり、また、言うなれば、源氏とは別にある女三の宮の〝私的な主従関係〟という側面における、乳母子小侍従の存在を確認できるであろう。従来の注釈の指摘にはみられないものの、こうした主君と乳母子のあり方は、その関係の一側面を物語って興深い。

（四）右近

自分の過失によって、薫を装った匂宮を浮舟のもとへ導いてしまったことを知った右近は、途方にくれる。「いとあさましくあきれて、心もなかりける夜の過ちを思ふに、心地もまどひぬべきを思ひしづめて」（浮舟）もみる。が、右近の母乳母は匂宮を許すべくもなく、右近はただ一人悩む。匂宮を贔屓する同僚女房の侍従が加担してのちは、宮に関する実質的な行動を侍従に任せる。あってはならない失態が引き起こした事態に苦悩する乳母子右近に比して、同じく緊迫した状況下にあっても、侍従の苦悩はほとんど表面にはあらわれてこず、むしろ時として冒険を楽しむかのようにもみえる。三条の小家に隠れた浮舟を薫が訪れた翌朝、浮舟を宇治に連れ出す薫の車に弁の尼と共にお供したり（東屋）と、事の次第を知る侍従ではあるが、また一方、「侍従、色めかしき若人の心地に、いとをかし、と思ひて、この大夫とぞ物語して暮らしける」（浮舟）と、匂宮が浮舟と籠った宇治対岸の隠れ家にお伴した際には、同行する宮の乳母子時方と親しく語らったりもする。匂宮を近づけてしまった原因を作った右近と、そうでない侍従という、立場の相違ばかりではあるまい。浮舟の失踪を知り、「身を投げたまへるか」と危惧して、「幼かりしほどより、つゆ心おかれたてまつることなく、塵ばかり隔てなくてならひたるに、今は限りの道にしも我をおくらかし」（蜻蛉）と嘆き、「足摺といふことをして泣くさま、若き子どものやう」に、悲しみにくれる乳母子右近である。その浮舟の死の真相を知ろうと、匂宮が迎えを遣わした右近の代わりに、「（宮の）ありし御さまもいと恋しう思ひきこゆるに、いかならむ世にかは見たてまつらむ、かかるをりにと思ひなして、参」（蜻蛉）ったのは、侍従であった。

浮舟を失って、亡骸の無い葬儀を行なったのち、「皆人どもは行き散りて、乳母とこの人二人なん、とりわきて思したりしも忘れがた」（蜻蛉）い右近と侍従ではあったが、前述の二人の姿の相違に加えて、匂宮の計らいにより、のちに中宮のもとへ出仕する侍従に対して、母乳母とともに浮舟と過ごした宇治の地にとどまる右近の、浮舟に対する思いの深浅の差は歴然としている。この二人を隔てる分水嶺は、言うまでもなく、乳母子という主君とのかかわりの有無であって、決して立場を入れ替えることはないであろう。小野の僧庵で出家を願う浮舟が折りにつけ思い出すのは、ただ母親と乳母、そして「同じ心なる人もなかりしままに、よろづ隔つることなく語らひ見馴れたりし右近など」(手習)であった。

(五) 時方

匂宮の「御乳母子の蔵人よりかうぶりえたる若き人」(浮舟)、時方——同一人物と見做す——は、ときに惟光を彷彿とさせながら、主従の絆を感じさせる存在として描かれる。六位蔵人から叙爵して蔵人五位となった時方は、主君匂宮の、浮舟への恋の成就に向けて馳駆の労をいとわない。宇治の地に「時方が叔父の因幡守なるが領ずる庄にはかなう造りたる家」を隠れ家に用意して、匂宮と浮舟の密会にもなりふり構わぬ働きぶりである。匂宮の身分上の制約は手足となる側近を当然必要とし、浮舟への恋にはこの時方と大内記道定の「五位二人」がその役割を果たしている。時方は身を挺して宮のために奔走するが、自己の利益を第一目的に行動しているのではない。自己の利を超えた、主君との強い紐帯に基づく行動である。それに対して一方、時方とともに宇治への案内役として匂宮が使う「かの殿に親しきたよりある」道定は、薫の家司仲信の女婿であり、この道定によって「隠したまふことも聞くなるべし」と、薫の情報を得んがための人選でもある。そうした匂宮の思惑があり、また、「望むことありて、夜昼、いかで御心に入らむと思」い、願う昇進を引き換えにと、懸命に宮に仕える大内記との、双方の利害が一致する主従関係なのである。このように時方と大内記道定との、匂宮に対するあり方の著しい相違は明らかであり、ここにも乳母子とそうでない者との対比をみてとることができる。

（六）薫と夕霧

薫には乳母子の姿がみえない。浮舟への文を届ける薫の使者は、「かどかどしき者にて」（浮舟）、宇治ではち合せをした、匂宮の文を携えた従者を疑って尾行させ、そこから薫の知るところとなった匂宮と浮舟の密事であるが、その薫の使者は「殿の御随身」である。また、浮舟の死の報告を受けた薫が宇治へ遣わした使いは、「かの睦ましき大蔵大輔」（蜻蛉）仲信である。この仲信はのち、浮舟母・中将の君への弔問にも、「御使には、かの大蔵大輔をぞ賜へりける」（同）と、「睦ましき」主従の関係が窺われる。しかし、前項「時方」で述べたように、薫に「いと睦ましく仕うまつる家司」の仲信を介して、薫側の情報が匂宮側に筒抜けになったりなどとあって、薫の周辺に仕えるはかばかしい人物は、「殿の御随身」の他には見当たらない。

薫の身辺に乳母子の姿はみえないが、乳母は複数配されていた。「御乳母たちは、やむごとなくめやすきかぎりあまたさぶらふ」（柏木）し、乳母の存在は、「若君は、乳母のもとに寝たまへりける」（横笛）、「さまざまなる女房の装束、御乳母などにものたまひつつ」（総角）などとあり、「あまたさぶらふ」薫の乳母は描かれていて、乳母子が皆無であるとは思われない。だが表面にはあらわれてこない。先の使者が乳母子でないのは何故であろう。よく知られているであろうその人の乳母子が目立ち過ぎるのならば、然るべき従者を使うであろう、匂宮のように。「かどかどしき」「殿の御随身」は、薫の乳母子やその従者とは別の人物であろう。乳母子が活躍できる私的な恋の場面をもたないわけではあるまい。たとえ宇治の大君に対する想いが他者のそれとは一線を画するものとして位置づけられるとしても、浮舟に関しては乳母子登場の余地はないだろうか。しかしながら乳母子が描かれることはない。唯一薫にかかわる乳母子と言えば、実父である柏木の乳母子、薫に出生の秘密の全容を告げる弁の尼であり、その弁の尼との交流の中に薫の多面的な姿が描かれている。(9)

乳母、それも複数の存在が確認されるのに、物語中に乳母子があらわれない主要な作中人物は薫以外にも存在する。夕霧と明石中宮である。恋の場面をもたない明石中宮には、乳母子が描かれる必然性はないものの、夕霧はどうであろう。夕霧には、「若君の御乳母ども、昔さぶらひし人の中に、まかで散らぬかぎり」(須磨)などと、やはり複数の乳母が配されていることは明白である。その中でも宰相の乳母は筆頭乳母といった格で、「若君の御乳母の宰相の君して」(葵、須磨)、「大殿にも、宰相の乳母にも、仕うまつるべきことなど、(源氏は)書きつかはす」(須磨)、「男君の御宰相の乳母、つらかりし御心も忘れねば」(藤裏葉)ほか、繰り返し登場している。

夕霧と雲居雁の恋は、雲居雁側に動きのない乳母子が寸描されるのみで、あとは双方の乳母たちが仕切る。(10)この幼い恋は父親同志、光源氏と内大臣の確執によって引き離され、その後は乳母の暗躍を少々みるばかりであり、年若い乳母子の活躍する余地は無いであろう。だが、二十九歳となった夕霧の、落葉宮に対する懸想はいかがであろうか。落葉宮との間の何ともぎこちない、かみ合わずにすれ違う成行きは、まさしく夕霧らしさを表明するものと言えるが、この恋の進行に乳母子が登場しないのは、あるいはさせないのは、意図的なものなのではないだろうか。

夕霧と薫、異母兄弟とされる。ともに「まめ人」という形容を冠せられる二人の想いは、しかし母親のみならず、実は父親も異なるように、その様相を異にする。恋の免疫を身につけていないかのように、まめ人夕霧の落葉宮への想いは、いかにも不器用、性急で独りよがりである。その夕霧らしさを描き出すには乳母子は不要、邪魔でもあろう。夕霧のこの恋に「惟光」が介入するならば、状況はずい分と変ったものになってしまうであろう。

そして一方、厭世、道心、優柔不断などを綯交ぜにした薫の孤独な人物造型にも、乳母子は不要と思われる。薫に「時方」が寄り添っていたならば、薫の〝恋〟もやはり異なる色合いを帯びるに違いない。大君、そしてその形代である浮舟に対する、まめ人薫の執着はすれ違い、乳母子登場の機会は消去される。慎重でなければならない、とは言うまでもないが、語られることばかりではなく、語られない意味をも問いかけたいと思う。夕霧や薫に乳母子が描き出されない意図を看取したい、と考えるのである。繰り返し述べるように、〝ない〟論議は慎重であるべきことを前提として。

更に、これを女君の側から言うならば、宇治の大君の選び取らざるを得なかった自覚的な生き方は、乳母子の介在を必要としないし、また中の君の、姉大君亡きあとの孤独も同様であろう。そして、入水を図ろうとしてそののち、浮舟が自らの意思によって選択した人生においては、乳母子は思い出すばかりの人だったのである。浮舟へと辿るこの物語の女性の人物造型にも、乳母子の存在が欠くことのできない一要素として組み込まれている、と考えられるのである。

本章では、『源氏物語』に描かれる乳母子の姿を考察して、物語世界に不可欠な一設定として生きる乳母子のあり方を確認することができた。次いで、他の作品や歴史に残る彼らの姿を探って、『源氏物語』において結ばれる乳母子像の歴史的背景を検討することとする。

三

歴史の中の「乳母子」を検討する前に、まず「乳母」のことを探らなければなるまい。歴史の表面にあらわれる時期は、乳母の方が格段に早いからである。

「乳母」の語句は、古く『日本書紀』にみえる。訓みをはじめその実態などに関する把握は明瞭でないにしても、「乳母」の字句は、『日本書紀』巻二神代下にみることができる。『日本書紀』をはじめとする六国史中には、『養老令』の編目の一である「後宮職員令」(11)に定められている、皇統にかかわる乳母の他に、一産多子に対して賜わる乳母が記されている。(12)それはたとえば、『続日本紀』桓武天皇・天応元(七八一)年十月庚戌条にみる、

下総国ノ葛餝郡ノ人孔王部ノ美努久咩一ヒニ産ス二三児ヲ一。賜フ二乳母一人并ニ粮ヲ一。

である。

こうした令に定められる公的な立場の乳母は、六国史に続いて御記にも記されている。たとえば、『醍醐天皇御記』延喜九(九〇九)年二月二十一日条において、東宮保明親王が初めての朝覲の際に、その乳母たちに禄を給う旨が記されるなど、乳母の姿は引き続き描かれるが、それは、御記ばかりではない。『貞信公記』をはじめとする公卿日記においても同然である。

藤原忠平の日記『貞信公記』には、こうした皇統関係などの乳母の他に、臣下の人物に対する乳母の姿があらわれてくる。延喜二十(九二〇)年閏六月六日、「牛飼子乳母頓滅」とあるのがそれである。当『貞信公記』を唯一翻刻する「大日本古記録本」には、当該「牛飼」に関しての注をみない。しかし、『大鏡』第二巻実頼伝には、「おとゞの御わらはなをば牛飼と申しき」とあり、この「牛飼」は忠平息である実頼の童名と考えられる。また、その「牛飼」の「子」に関しては、同記の同年二月五日条に「少将子生」の記事をみ、敦敏かと思われる、右少将実頼の子息が誕生しているから、その「子」につけた乳母の「頓滅」なのであろう。(13)長男実頼の子、すなわち『貞信公記』記主忠平の孫の乳母が急死したと記すのであり、ここに皇統関係以外の私的な乳母の存在が知ら

れるのである。また続いて、忠平の息男師輔の『九暦』――『御産部類記』による逸文――天暦四（九五〇）年五月二十四日条も、臣下の人物につく乳母があらわれる。それは、この日誕生した憲平親王、のちの冷泉天皇の御湯殿の儀において、「少将伊尹之乳母大和奉仕」、つまり、師輔の息・左少将伊尹の乳母である大和が奉仕した、と固有名詞を伴う、より具体的な描写がされている。上掲二例は、権門の人物の直系の子孫に配されている乳母である。皇籍に連なる血縁者をもつものの、彼ら自身は言うまでもなく臣下としてである。

『公卿補任』のうち、『国史大系本公卿補任』(14)には、尻付中、当該者の母親をあらわす部分に、割注形式で「乳母」を記すことがある。その初見は、(15)後冷泉朝の康平八（一〇六五）年次、藤原泰憲の尻付においてである。そこには、「母従三位源隆子〈紀伊守致時女。先帝御乳母〉」とあり、泰憲母の「従三位源隆子」が「先帝」すなわち後朱雀天皇の乳母であると割注（〈　〉により示す。以下同じ）で記されているのである。その後もたとえば、永久三（一一一五）年次、藤原通季の尻付には、「母従二位藤光子〈隆方朝臣女。先朝御乳母。当今御時尚侍〈禁中〉〉」と記されて、通季母の藤原光子が「先朝」、堀河天皇の乳母である旨が示される。その他にも時折みるこうした尻付中の割注であるが、しかし歴代天皇の乳母を網羅的に記すわけではない。例示すると、一条天皇の乳母であり、また後一条天皇の乳付をもつとめて、『紫式部日記』に「〈敦成親王の〉御乳付は、橘の三位〈徳子〉」と叙される橘徳子は、その息である藤原資業が寛徳二（一〇四五）年次、当補任初出の際には、「母典侍従三位徳子」と紹介される。『枕草子』「位こそ、なほめでたきものはあれ」（一七九段）に、「女こそなほわろけれ。内わたりに、御乳母は、内侍のすけ、三位などになりぬれば」とみるように、「平安時代以来、宮廷に乳母として入ると、典侍となるという慣行もできた」（『国史大辞典』「乳母」項）から、この場合も該当して、ここに「乳母」の語句はみえない。またそののちも、堀河天皇の乳母、藤原家子は、大治五（一一三〇）年、息男基隆の尻付中に、「母故常陸介従四下家房朝臣女。従三位家子」と記されるのみで、やはり「乳母」の語はみない。当「従三位家子」は、『讃岐典侍日記』中には大弐三位と称されて堀河天皇の崩御を悲しむ姿が描かれるが、乳母の勢力が盛んであった院政期においても、同じ堀河天皇の乳母でありながら、先の「従二位藤光子」には「御乳母」の注記があり、一方、「従三位家子」には記されない、というように該当乳母が全員その旨を記されているのではない。このように一部のみが注記される基準はいま明らかではない。それは、『国史大系本』以外の『公卿補任』においても同様である。『藤原定家自筆公卿補任』(17)中にも、同じく注記の形で「乳母」の語句が記されるのをみる。しかし、当該補任中に四例をみるその注記は、先の『国史大系本』の尻付中に割注で示されたそれとは重なってはいず、こうした注記がさまざまな基準によってなされていることが判明する。

勅撰和歌集における作者名表記に関しては、『古今集』の紀乳母をはじめとして『後撰集』以降も乳母の名が残ることはよく知られている。

普通名詞また固有名詞として「乳母」の語をみる国史や勅撰和歌集、割注として一部を記す『公卿補任』などと、史料によって表記などの扱いが異なることを知る。

残されて現存する史料による情報の偏りに起因するのであろうか。わが国の乳母と言えば、一産多子の際に賜わる場合を除くと、まず天皇をはじめとする皇統関係のそれであり、皇統関係以外では、『貞信公記』延喜二十年の「牛飼子乳母」の記述によって、臣下の乳母が具体的になったことは既述した。ところが、臣下の乳母と考えられる例は、文学作品世界ではそれより百年も前に描き出されていた。

九世紀初頭、平安時代が始まって間もない頃の成立と推定される仏教説話集『日本霊異記』は、中巻に乳母が登場する二話をもつ。「窮れる女王の吉祥天女の像に帰敬して、現報を得し縁　第十四」、そして「孤の嬢女の、観音の銅像を憑り敬ひしときに、奇しき表を示して、現報を得し縁　第三十四」である。貧しい女王の困難を乳母が救い、また両親を亡くして貧苦の中にいる娘の窮地を「隣の富める家の乳母」が助ける。この二話の乳母は、実は化身した吉祥天や観音であった。他の何者でもなく乳母に化身して善報を与えると説くのは、『日本霊異記』成立期の社会に、既に親代りとして養君を庇護するという乳母の概念が共通理解としてあったことを示すものであろうか。皇統関係の女王自身の乳母があらわれている第十四の説話に対して、臣下の娘を救う第三十四話の方では、娘自身のではなくて、やはり臣下であろうと思われる「隣の富める家の乳母」である。身分階層などといった制限も有りそうではあるが、記録の表面にあらわれるより一世紀も早い八百年代はじめに、実は観音であったとしても、皇統関係ではない臣下の中にも乳母が存在したことを示唆するものとして看過することはできない。

『日本三代実録』に至って、従前は乳母本人のみに限られていた記事が、「乳母」「所生」の人物について記すようになる。

清和天皇　貞観二（八六〇）年十月二十九日条。

正三位行中納言橘朝臣岑継薨。岑継者。贈太政大臣正一位清友朝臣孫。而右大臣贈従一位氏公朝臣之長子也。……岑継所生。是仁明天皇之乳母。故天皇龍潜之日。陪二於藩邸一。稍蒙二寵幸一。……

また、陽成天皇　元慶七（八八三）年十一月十日条。

散位従五位下源朝臣蔭之男益侍二殿上一。猝然被二格殺一。禁省事秘。外人無レ知焉。益。帝乳母従五位下紀朝臣全子所ㇾ生也。

以上の二例は、天皇の「乳母」「所生」、つまり乳母の子である人物に関する記事であるが、ここにはまだ「乳母子」の語句はみえない。

延長五（九二七）年十二月に完成奏上された『延喜式』の「大炊寮」中、親王以下の月料を記載する部分に、はじめて「乳母子」の語句をみる。「幼親王乳母（日二升）。乳母子各五斗（小月亦同。七歳以後停止）。」と、「乳母子」があらわれてくる。吉海氏は「乳母子各五斗」という月料の規定から、「この乳母子は、六歳までの乳母の子全てを意味(19)」すると述べる。幼い親王に配される乳母のみならず、「各」とあるから七歳になるまでのその子たちそれぞれにも月料が給付されるのである。

公史料である『延喜式』の規定に「乳母子」の語句をみたが、彼らは文学の世界においては、九八〇～九〇年代の成立とされる『宇津保物語』の中にその姿をみせるようになる。現存する作品中では、『宇津保物語』以前の成立であることが明らかな物語や仮名日記、すなわち『竹取物語』や『土左日記』などの作品に乳母子の存在は表面上にはあらわれてはこない。

『宇津保物語』の中では、あて宮と犬宮、二人の宮腹の女君にのみ乳母子は複数設定される。この物語の柱の一であるあて宮求婚譚の話中に、あて宮の乳母子兵衛の君が描かれる。あて宮に懸想する実忠がこの兵衛の君にまず「かたらひつき給ひて」（藤原の君）、あて宮を手に入れようとするものの、不成功に終ってしまう。乳母が多様な活躍をみせる『宇津保物語』の中で、物語の表面に登場する初期段階の乳母子の立場が、乳母に比してまだ脆弱であるために、好首尾を余り期待できないという、時代的背景を反映しての不成功であるのか、それとも成功を前提とする乳母子籠絡の中であえて示す失敗であるのかは明らかでない。[20]『宇津保物語』のもう一つの主たる柱、俊蔭→後蔭女→仲忠と続く音楽継承譚の、仲忠に続く相承者である犬宮に配される乳母子は六人であり、六人という人数が犬宮撫育の状況を示唆するところはあるが、幼少の犬宮の乳母子たちは遊び相手として描かれるばかりである。

「平安時代の古本は『源氏物語』以前の十世紀に成立したが、現存本は鎌倉時代に擬古物語として改作されたとするのが通説[21]」と、成立時期の問題は残るが、念のため一覧する『住吉物語』にはこれも『宇津保物語』と同様、宮腹の女君に、「年わ《ママ》姫君に今二ばかりのまさりにて、姿有様ありつかはしく、物など言ひ出したる様も、いとあらまほしくぞ見え侍る」(上)、乳母子侍従が従っている。母親乳母が亡きあとは、乳母子侍従の知恵才覚によって女君は、継母の謀から逃れ、故母宮の乳母であった住吉の尼君を頼ることになる。先掲『宇津保物語』においてはその輪郭が余り明確ではなく、意図的であるのか否か、はかばかしい活躍をみせない乳母子は、『住吉物語』においてはその働きが活気を帯びるようになる。

『宇津保物語』と成立時期の先後は明らかではないが、『落窪物語』の女君落窪の君には、

はかぐ〳〵しき人もなく、乳母もなかりけり。たゞ親のおはしける時より使ひつけたる童のされたる女、「うしろみ」とつけて使ひたまひける、あはれに思ひかはして、片時離れ　(第一)

ない、女君と一体化したあこきが配されている。乳母子顔負けの活躍で女君の困難を救う「うしろみ」こと、あこきの、乳母子ではなく女童という設定の意味するところは不明である。[22]この物語には女君にではなく、男君道頼に乳母子帯刀惟成がいて、あこきとともに女君のために奔走する。惟成は男君に配される乳母子の初例であ

るが、主君道頼との主従関係をはじめ、『源氏物語』における惟光の前身とも言える造型がされているのは、先学が指摘するところである。

そして、『源氏物語』である。『源氏物語』に登場する乳母子たちについては前節で既述した。『落窪物語』など先行作品を先蹤として人物造型がなされたであろうけれど、それらをふまえてその上で、一つの図式に捉われることなく、作中人物の一人ひとりに息を吹きこみ、それぞれの場面に不可欠の存在として機能させていることは、改めて言うまでもあるまい。『源氏物語』は乳母子という側面からも、のちの文学作品に多くの影響を与えたが、中でも、十一世紀後半に成立した『狭衣物語』に及ぼすものは大きい。

主人公狭衣の乳母である大弐乳母の子として、つまり乳母子として道成と道季兄弟が登場する。道成が狭衣の想い人とは知らずに飛鳥井の姫君を奪って、姫君を入水に至らしめ、結果として狭衣を裏切ったことに関しては、道成の裏切りを云々するよりも、その事態が狭衣その人の悲劇性を増幅させるという側面の方を、より鮮明に捉えることができる。他でもない乳母子に、という設定はまず意図的なものであって、狭衣に道成と道季、二人の乳母子が各人の役割を担って配される所以でもあろう。

かの下りし式部大夫は、肥前守の弟ぞかし。三郎は蔵人にもいまだならず、雑色にてぞある。兄の蔵人になりて暇なくなりにし後は、御身に添ふ影にて、忍びの御歩きには離れねば、飛鳥井にもただ一人のみぞ御供にも参り歩きける。兄にも「しかじかこそ」など、忍びたまふことなれば、何にかは言ひ聞かせむ。（巻二）

以上の文脈からは、狭衣とのかかわりが明らかではない「肥前守」を別として、道季が狭衣の「御身に添ふ影」となる以前には、兄道成が「蔵人になりて暇なくな」るまでの間「御身に添ふ影」であったこと、また、同母の兄弟であっても主君の私ごとの秘密を漏洩しない――だからこその道成の不始末である――、主君を第一とする乳母子のあり様を窺知することができる。飛鳥井の姫君の一件ののち、狭衣から「人知れぬ御心のうちばかりには、こよなくおぼし隔て」（巻四）られた道成であったが、「母北の方、おぼえのすぐれたるゆかりには、何しにかは思ふことの少しも違はむ、年はいと若くて大弐にもな」（同）ったのだった。そしてその後道成は自分の思いもかけない過失に気づくところとなり、「今しも、心のうちにかしこまり嘆きつつ、『（飛鳥井の姫君のことは）かけてだに思ひ出で偲ぶことせじ。かたじけなし』と思ひなりにけ」（同）るのであった。主君と乳母子ならではの、それぞれの胸中が描き出されるところではある。物語の構成に、大きくはなくともより深い作品鑑賞に寄与する設定であろう。『源氏物語』の影響を多く受けるこの物語において、独自に活用された一捻りした設定であると言える。

六国史のうち『三代実録』に至って、「乳母」「所生」の人物について記され、そして『延喜式』「大炊寮」項中親王以下の月料の項目中に「乳母子」の語は「乳母」とともに、はじめてあらわれたのだった。『公卿補任』の尻付中には注記として「乳母」を記すことがあるが、一方、「乳母子」に関しては本文は勿論のこと尻付においてもみることはない。更に、勅撰和歌集の作者名表記にも同様に「乳母」の名は残るが「乳母子」の語句はみえない。以上公的史料において、『延喜式』に規定されるように、普通名詞としての「乳母子」は記されても、管見の限りにおいては、固有名詞と結びつくその語はあらわれてこない。職掌である「乳母」とは異なる「乳母子」の立場を示すものであろうか。

四

長保元（九九九）年十二月一日、冷泉天皇中宮であった太皇太后昌子内親王が崩じた。その葬送の次第を記す、小野宮実資の『小右記』同十二月五日条に次の記事をみる。

戌二点着二素服一〈女房十人、下女三四人、只候二御共一之女人等也、余及宮司、所々職事、御乳母子等、給二当色一之者、持二御行障一者十三人……自余不レ記レ之〉

素服を着用する、昌子内親王に身近に仕えた女房をはじめとする人々、そして太皇太后宮大夫、時に中納言である記主実資たちに続いて「御乳母子」をみる。いまその名を具体的に特定することはできないものの、普通名詞ではなく固有名詞を有する「御乳母子」の存在がここにあらわれた。

公卿日記中に、続いて「乳母子」の姿をみるのは、藤原行成の『権記』である。寛弘八（一〇一一）年正月——「前欠、日不明」と傍記[23]されるが、藤原道長の『御堂関白記』や『小右記』の記事によって「八日」であると思われる——に、記主行成は、

被レ定二蔵人一、……如レ旧昇殿、……蔭孫源公隆〈故奉職朝臣三男、即宮内乳母子也、冷泉院判官代不レ去云々〉、昇殿、……

と、源公隆が「宮内乳母子」である旨を割り書きする。[24]更に当『権記』同年七月二十日は、六月二十二日に崩御した一条院の納骨が円成寺においてなされた由を記述する。「……左衛門尉頼国等、日来候二此寺一、源公職〈院殿上人、宮内乳母子、冷泉院判官代〉今朝参入著座、中終作事了。」と記していて、源公職が「宮内乳母子」であると注記する。先記公隆とこの公職が「宮内乳母子」であるが、当「宮内乳母」とは、正月の注記にみるように、源奉職の妻である。同じく『権記』長保元（九九九）年七月二十一日条では、「以二交易絹一支二配女房一」に続いて「民部、大輔、衛門、宮内各五疋〈以上御乳母四人〉」と記していて、「宮内」はここに「御乳母四人」のうちの一人としてあらわれてくる。更にまた、長保三（一〇〇一）年正月一日条にみる、供御の陪膳の役に宛てられな

がら急に都合が悪くなった「宮内乳母」もこの人物であろう。「宮内ノ乳母ノ子」である源公職と公隆は、一条天皇の「御乳母子」なのである。[25]

『権記』寛弘八年正月および七月に姿をみせた「乳母子」は、続いて八月十二日にもあらわれてくる。当年六月に一条天皇から受禅した三条天皇が、藤原道長の東三条第から新造なった内裏へ移御する際に、道長の子息や家司などに対する叙位があった模様が記される。

仰云、家司等依レ例可レ賞、然而固辞懇切、勅命重畳、三位中将、保昌等加階、及左衛門督室家隆子女王叙二従四位上一、并乳母子藤原幸門叙二従五位下一。

当叙位は前日十一日の『小右記』が「今日遷二御内裏一之行幸也」と記し、続いて、教通や頼宗ら「家ノ子」の他にも「従五位下子《ママ》〔右《ママ》衛門督乳母子〕」と、従五位下に叙された藤原幸子が、道長子息左衛門督頼通の「乳母子」である旨を書き継いでいる。すなわち、「御乳母子」以外の、はじめてあらわれる臣下の人物の乳母子[26]について、上掲二日記がともに記すのである。

続いて翌長和元(一〇一二)年二月十四日の『御堂関白記』には、裏書部分に当日挙行された、道長女・三条天皇女御妍子中宮冊立の儀式次第が記される。最終段の禄に筆が及ぶ箇所には、

内御乳母兵部理二御髪一、仍賜レ禄、女装束、織物綾褂等相加。……又参乳母典侍、小宣旨女装束、加二織物袿・絹十疋一、常《ママ》侍、乳母子、織物〔褂、袴〕絹七疋、命婦綾褂・袴、加二絹六疋一……

などとある。道長の自筆で残存する当該部分は、「乳母」と「織物」の中間右側に「子」を補入していて、前段に記される乳母たちに加えて「乳母子」に対しても禄が振舞われたことが判明する。[27]

同記では更に、同年九月二十二日条。

又定二中西大寺別当輔静・法隆寺別当観峯等一、……即宣旨下、其次寺々司被レ任、……梵釈寺兼院、未レ知人、
無名僧也、然有二別宣旨一、御乳母子云々。

と叙されていて、「別宣旨ガ有」って、梵釈寺の寺司に任ぜられた兼院という名も知らぬ僧は、三条天皇の「御乳母子」だそうな、と語る。

政治の中枢部にいる三人の公卿たち――道長、実資そして行成が、各人の日記の中で、長保元年十二月、太皇太后昌子内親王葬送にあらわれた「御乳母子」にはじまり、のち寛弘八年、そして翌長和元年にかけて、つまり紫式部の生きる時代、『源氏物語』の執筆成立と同じ時代に一斉に「乳母子」の語句を残しているのである。これらは全例、葬送、立后また叙位や任命などという公的な場面にあらわれる「乳母子」を記すものであるが、その中には皇統ばかりではなく臣下の人物の乳母子も姿をみせていた。

国史や貴族日記、また作り物語とも異なる、歴史物語と分類される『栄花物語』の中にも乳母子はあらわれる。物語の後半にみることの多い彼らであるが、最も早くその語句をみるのは、長和二（一〇一三）年七月六日誕生の、三条天皇皇女・禎子内親王の御乳付となった近江の内侍が、「それは御乳母達あまた候ふ中にも、これは殿の上の御乳母子のあまたの中のその一人なり。大宮の内侍なり」（巻十一つぼみ花）と、禎子内親王の祖母君にあたる、道長室倫子の「あまた」いる乳母子の中の一人であると述べる段である。記録と歴史物語とのジャンルの違いを越えてもやはり同時代、ほぼ同じ時期に「乳母子」が表面化しているのである。

『日本書紀』の時代からはじまり(28)、その後も途切れることなくさまざまな史料の中に、公わたくしの場面で姿をみせる「乳母」であるが、一方、「乳母子」の方は、文学作品世界では、『宇津保物語』や『落窪物語』など、

『源氏物語』に先行する作品の中にあらわれはじめた。そうした物語世界では「乳母子」は私的な空間、時間に常に主君とともにある。そして、公卿日記にあらわれる初期の「乳母子」は、密やかな恋の媒などはしない。最も多くみられる葬送の場面以外では、主に皇統関係あるいは摂関家の嗣子たちの乳母子として恩恵に浴する姿が描かれる。こうした公卿日記の記事は、『御堂関白記』長和二（一〇一三）年正月十五日条に、「被レ定二蔵人一、保任朝臣為二五位蔵人一、雖《ママ》レ然乳母子徳欤」と道長が問うように、「乳母子ノ徳」が、任命や叙位などの場面で表面化するようになってきた社会の実相を反映するものであろうし、それはこののちも引き続いてあらわれるのである。

そのような公卿日記のあり方の中で、『小右記』の次掲例は特殊である。長和四（一〇一五）年四月十四日条。

早旦大納言使二至孝朝臣一被二消息一云、定頼依レ被レ戒仰レ不レ触二火処一、但女房渡二他処一、又自二其処一令二乗車一之間、行二其事一、計二女等数一、童女〔年十三〕、不レ見、尋二求近辺一、遂不二出来一、問二女等一、云、件童女寝臥之間、火已迫来、……已有二死骸一、仍定頼為レ穢者、〔件童女左衛門督妻乳母子〕……

「童女焼死、仍禊祭弁定頼可二相替一事」という頭書をもつこの条は、藤原教通室である藤原公任女の乳母子が焼死したと記すが、十三歳の童女の痛ましい死に対して付加せざるを得なかった注記であろう。更に続く六月七日には、

去夜右衛門佐輔公、長門守有家宅焼亡、余乳母子〔故三位清延女也〕、有二事縁一住二有家宅一、早旦差二光頼一相訪、

の記事をみる。記主実資自身の乳母子である「故三位清延女」が居住していた有家宅の焼失という不測の事態に直面して、思わずなる私情の発露による「余ノ乳母子」の記述と言うべきであり、当例も四月の前例にみる割注

記と同様、他例における「乳母子」とは異なる側面をもつものであろう。しかし、それはまた「乳母子」存在の重さを当然示唆するものでもある。実資の「余ノ乳母子」の語句は、当該記事より外にはみえない。

五

なにがしの院で源氏が伴った夕顔の命を物の怪に奪われたとき、「夜半暁といはず御心に従へる者」（夕顔）であるはずの惟光は不在であった。また、末摘花が源氏に見せてはならない姿を見せてしまったのは、侍従の不在の時であった。乳母子の不在の折にあえてこうした事態を発生させるのは、乳母子の献身と知恵で主君を護るという構図を表出させるものと言えよう。乳母子が支えることによって、主君が主君たりうる局面があることを示唆する、一つの表出と言えるであろう。乳母子の活躍が私的な空間、時間に限定されるとは言うまでもないが。

匂宮を薫と取り違えてしまった浮舟の乳母子右近のように、過失を犯す乳母子も少なくはない。そういう場に常に近侍する乳母子ゆえに犯す過ちであるが、しかしまた、過失を犯す乳母子が描かれることは、本来そうあってはならない、主君を護る存在であるべきという、乳母子に対する了解が前提にあってのことであるとも言うことができよう。

惟光、侍従の例に示す乳母子の不在は、在るべき人がたまたまその場面には姿をみせない不在であるが、一方、複数の乳母の存在が明記されているにもかかわらず、乳母子が影もみせない、いわば〝非在〟であるのは夕霧と薫たちである。ともにまめ人と称される夕霧と薫にはそれぞれ異なる造型がされるものの、その造型に乳母子は不要であると言える。他の人物の場合であったなら活躍できそうな場面が設けられていても、彼らに乳母子が配されないのは、意図的な設定であると思われる。不器用な夕霧らしさを際立たせる恋の場面に、また薫のすれ違う愛に、乳母子の存在は似合わないであろう。慎重であらねばならないが、記される意味、そして記されない意図をも考えてみたい。

「乳母」は『日本書紀』からあらわれる。「後宮職員令」には公的な職掌として規定される。皇統関係や一産多子に賜わる乳母など、公的な立場の乳母は、六国史に続き『醍醐天皇御記』などに引き続きあらわれ、それは公卿日記の中においても同様である。一方、臣下の人物に私的であろう乳母の姿を記すのは、九世紀はじめ成立の『日本霊異記』である。この場合は「隣の富める家の乳母」に化身した観音という仏教説話であるが、約一世紀を経た藤原忠平の『貞信公記』では、延喜二十年閏六月に「牛飼子乳母」と、息実頼に誕生した子の乳母について記していた。

「乳母」の語は、勅撰和歌集の作者名として残り、また、『国史大系本』や『定家自筆本』の『公卿補任』中には、一部の乳母を尻付中の母親表記部分に注記の形でみることができるが、この二本が記録する乳母名は重なってはいず、その表記基準が異なることが明らかになる。文学作品の世界では、先の『日本霊異記』を初発としてのち、十世紀半ば頃から乳母はさまざまな形で表面上に登場してくるのである。

その「乳母」の「子」、「乳母子」の字句があらわれるのは、『延喜式』「大炊寮」、親王以下の月料を定める中に「乳母子各五斗」と規定するのを初見とするが、その他の六国史や勅撰和歌集、『公卿補任』などの公的な記録にはあらわれてこない。一般称としてではなく具体的に、固有名詞をもつ個人がはじめて「乳母子」の語句をもって姿をみせるのは、まず、文学の世界、成立時期に諸説あり特定しにくいが、九百年代末頃かと考えられる

『宇津保物語』や『落窪物語』という物語作品である。そして『源氏物語』へとつながる。脇役も含め作中人物一人ひとりを描き切る『源氏物語』が、乳母子という側面からも、のちの物語作品に影響を与えて規範となったことは言を俟たない。『狭衣物語』もまたその一つである。

物語文学作品が先行して「乳母子」を記したが、『源氏物語』と同時代の貴族たち、道長、実資、行成の日記の中にも乳母子が姿をみせ始める。それは『栄花物語』中に登場する時期ともほとんど隔たりをもたない。「乳母子」の字句をもたず、天皇の「乳母」「所生」である歴史上の人物が、九世紀後半に国史に記されてから一世紀以上を経て、『宇津保物語』など物語文学にあらわれた乳母子は、公卿日記の中では、まず長保元（九九九）年十二月、『小右記』が記す太皇太后昌子内親王の葬送場面に姿をみせた。十一世紀初頭成立の『源氏物語』や、こうした記録類にも引き続き乳母子は登場して、当時の社会的な実態を反映するのであろう、以後通行するようになるのである。

外戚政治が盛行し、血縁、婚縁を重視する社会の中で、養君の運命の鍵の一つを握る乳母の選定には細心の注意が払われるが、同様に、主君に近侍する乳母子の立場の比重も加増していったことであろう。そうした社会を背景に、乳母子の存在は皇統関係ばかりではない広がりをみせはじめ、十世紀も末に近い頃から、まず物語作品の中に描き出される。続く『源氏物語』には多様な乳母子が配され物語を支えていて、その時代の実質的な位置を想定することができる。

物語作品中にみる初例から一歩遅れてその乳母子の存在感を裏付けるのが、道長をはじめとする公卿たちの日記である。先述三人の公卿日記は、『小右記』が天元五（九八二）年――「編年小記目録」は天元元（九七八）年から——、『権記』は正暦二（九九一）年、そして『御堂関白記』は長徳四（九九八）年からの記録を現在みることができる。それらの中で、実資の『小右記』は初例をみた長保元年ののちは、行成の『権記』と同様に寛弘八（一〇一一）年に、道長の『御堂関白記』にはその翌年長和元年に、「乳母子」たちがそれも複数例で姿をあらわすのである。現在目にすることのできない散逸部分を考慮に入れるとしても、この三貴族の日記がほとんど同時期に「乳母子」の字句を書き記すようになる意味を考えなければなるまい。言葉は一人歩きはしない、時代とともにあるからである。乳母子が乳母とは別箇の社会的位置や立場をもつ存在として広く認識され、その概念が社会の中で熟したからこそ、複数の作品に、そして記録の表面に登場してくるのではないだろうか。物語世界の中では、あるいは潤色され誇張され、極端な造型もされるであろう。しかし、乳母子の存在が実体としてあってこその、そうした造型であると言える。公卿日記の中で時期を同じくして多発的に記録されるようになることは、従前の蓄積された事実があってまさしくこの時期に実績を伴った乳母子が広範に認知され、男性貴族社会の中に、いわば市民権を得たことを物語っているのであろう。物語作品内の私的な場面の乳母子と、公卿日記における彼らと、あらわれてくる姿は異なる局面にある。本来的には私的な場面に主君とともにあるべき乳母子が存在感を増してゆき、公の場において、乳母子であるがための「徳」を得る場合をみるようになった結果なのであろう。文学作品と公卿日記などの記録類との明確なかかわりについては、より煮詰めた論議の必要性が今後の課題として残るものの、以上繰り返し述べてきたように、特定の時期に集中して「乳母子」の語句表現をみるようになることは事実なのである。

『源氏物語』はそうした時代に誕生した作品であり、そうした時代を背景として「乳母子惟光」は生まれえたのである。以上の時代、社会の中でこそ「乳母子惟光」像を誕生させえたのであり、その意味で、こと乳母子に関しては、『源氏物語』は同時代相を描く、と言うことができよう。

【注】

（1）世界思想社　平成七年、のち『源氏物語の乳母学』（世界思想社　平成二〇年）に補改訂される。

（2）吉海氏は「惟光の役割――〈乳母子の徳〉を中心に――」（同志社女子大学『日本語日本文学』第七号　平成七年）において、「惟光の活躍」という角度から同様の趣旨を論じる。また、今井源衛氏は『源氏物語への招待』（小学館　平成四年）「従者たちの役割」において、「従者の忠節などの域をはるかに越え、それは打算を離れた愛と献身に尽きる」惟光について述べる。

（3）夕顔の葬送は、惟光父の乳母と乳母子により無事営まれた。秘密裡になされるこうした処理は、浮舟の擬似葬送も同然であり、玉鬘における母夕顔の乳母一家のあり方とともに、養君、主君と乳母という関係の持続性、その範囲について考えさせられる。

（4）匂宮が浮舟の所へ忍び込みえたのも、浮舟の乳母が不在の時である。乳母の不在という条件なくしては実行が不可能であると、前掲（1）で述べる。

（5）前掲（1）。

（6）天皇の名の避諱などを前提とすることは言うまでもないが、命名にも時代によって流行、盛衰があろう。『本朝皇胤紹運録』によると、文徳天皇の皇子や孫王には惟喬、惟條、惟彦、惟恒という親王たち、また惟世王の名をみる。そして仁明天皇皇子・本康親王の子、臣籍降下した平惟時に「惟」の字をみるが、そののちは平安最末期、高倉天皇皇子の惟明親王までみることはない。また、公卿クラスの人名としては、十世紀に入って源氏一、平氏二の三名が「惟」の名をもつ。その中の最高官位は平惟仲の従二位中納言であるが、この惟仲に関しては、権門藤原兼家の側近として尽力した結果得た地位であり、例外的な官位といえる。このように、「惟」を命名する階層は、権門貴顕貴族ではない。『栄花物語』に登場する人物においても然り、公卿にならないクラスに多くみる名である。惟光もまた然り受領層の出身である。

（7）この侍従の立場は、源氏が窮地にあったとき「世に従う心」によって源氏から離れて行った空蝉弟の小君たちが、源氏帰洛後に後悔をする（関屋）場合とは状況も異なり、侍従に関する描写などからしても同一視できるものではないと考える。

（8）前掲(1)。

（9）実父柏木の乳母子に対する懐しさとともに、当然ながらも自らの出生の秘密が漏洩することを恐れて、口封じの思案をめぐらすなど、感傷のみでない、現実的、打算的側面をもつ薫が描き出される。

（10）雲居雁の乳母の言葉、「六位宿世」に酷く傷つく夕霧である。他ならぬ右大臣家の、雲居雁の代弁者としての乳母の位置を把捉して、「もののはじめの六位宿世よ」（少女）が夕霧に与えた衝撃を理解できるであろう。

（11）「凡親王及子者、皆給二乳母一。親王三人、子二人」などと記される。

（12）料などを下賜される一産多子の記事が見られるのは「文武天皇」以降であり、それ以前は一産多子の事実のみが記される。

（13）当該時点で、「牛飼」こと実頼は二十一歳、父親にもなっているわけである。そうした実頼を記主である父忠平が「牛飼」という童名で記すのは、生後五ヶ月の乳児を残して乳母が「頓滅」してしまった、焦眉の急の事態を反映するものであろうか。

（14）「新訂増補国史大系」『公卿補任』第一編（吉川弘文館　平成三年）

（15）土田直鎮氏は母親名の記載を含めた尻付が整った『公卿補任』の成立は、応和から長徳年間（九六一〜九九九）とする

(『奈良平安時代史研究』吉川弘文館　平成四年)。その尻付中に「乳母」の語をはじめて見る後冷泉朝は、乳母勢力増大の傾向にある時代と考えられようか。更にのち、久寿元（一一五四）年次、藤原長輔の尻付中に「母郁芳門院女房」とあるなど、「女房」表記があらわれてくるのも同様に時代的背景を反映する注記なのであろう。

(16) 和田英松氏は、「歴史上における乳母の勢力」(『国史国文之研究』雄山閣　大正一五年)の中で、「乳母及び其の縁類が勢を得たのは、外戚が衰へてからで、即ち院政時代が最も盛であった」と述べる。

(17)「冷泉家時雨亭叢書」(朝日新聞社　平成七年)。なお、『異本公卿補任』(注(15)土田直鎮氏『奈良平安時代史研究』所載)には、該当部分に「乳母」の字句をみない。

(18)『続日本紀』天平宝字七（七六三）年十月乙亥条において、

我学生高内弓、其妻高氏、及男広成、緑児一人、乳母一人、……転ㇾ自㆓渤海㆒相随帰朝。

の中に見る「乳母」は、後文に表われる「異方婦女」が「緑児」のため日本に向ったものと解釈した。

(19) 前掲(1)。

(20) あて宮を得ることになる東宮は、あて宮のもう一人の乳母子、東宮の蔵人であるこれはたを文使いにも使うが、身分、立場が異なり実忠の場合と同一視できるものか不明である。

(21)『日本古典文学大辞典』(岩波書店　昭和六一年)「住吉物語」項。

(22) 吉海氏は前掲(1)中で、「乳母子と断定しないところに『落窪物語』のパロディ性が表出している」とするが、「パロディ性」の内実は分明ではない。

(23)「増補史料大成」『権記二』(臨川書店　昭和五〇年)

(24) 先述のように『御堂関白記』と『小右記』の正月八日条には、蔵人や昇殿のことを定める旨の記述をみる。中でも『小右記』は「源公隆」の名を記すが、そこに「乳母子」の語は見えない。

(25) 角田文衛氏は、『日本の後宮』(学燈社　昭和四八年)「附録・歴代主要官女表」において、一条天皇の乳母の一人として宮内乳母を掲示し、「一条天皇の乳母、藤原忠幹の娘か。河内守・源奉職の妻となり、公職、公隆らを産む（権記）」と記す。

(26)『権記』は寛弘七（一〇一〇）年六月十八日条において、

五君去夕亡去之由、自二彼乳母許一示送、……去三月以来重病、日来坐二西京清住寺一云々、高尾盛算闍梨彼乳母腹栖《ママ》也、依二彼縁一坐二件寺一云々、

と、昨夕没した藤原伊尹五女は清住寺に居住していたが、それは、「彼乳母腹栖」の阿闍梨がいた縁によるものだと記していて、ここに「乳母子」の語はあらわれない。

(27)「大日本古記録」（岩波書店　昭和五九年）「索引」中の「乳母子」項には当該部分は引かれていないが、自筆部分であり、禄を受け取る前後の人々から判断すると、「乳母子」であると考えられる。

(28) 従って、「乳母」の「子」は引き続いて存在するはずであるが、個別の顔をもつ「乳母子」の姿が表面にあらわれてこないのは、彼らの社会的位置がまだきちんと定まっていないからであろうか。『三代実録』に記される「乳母」「所生」の二例は、記事内容によっても窺えるとおり極めて特殊なケースであり、当該二名以外の、その他の「乳母」「所生」の人々を考える手だてにはなりにくい。

第二編　蔵人所の人々

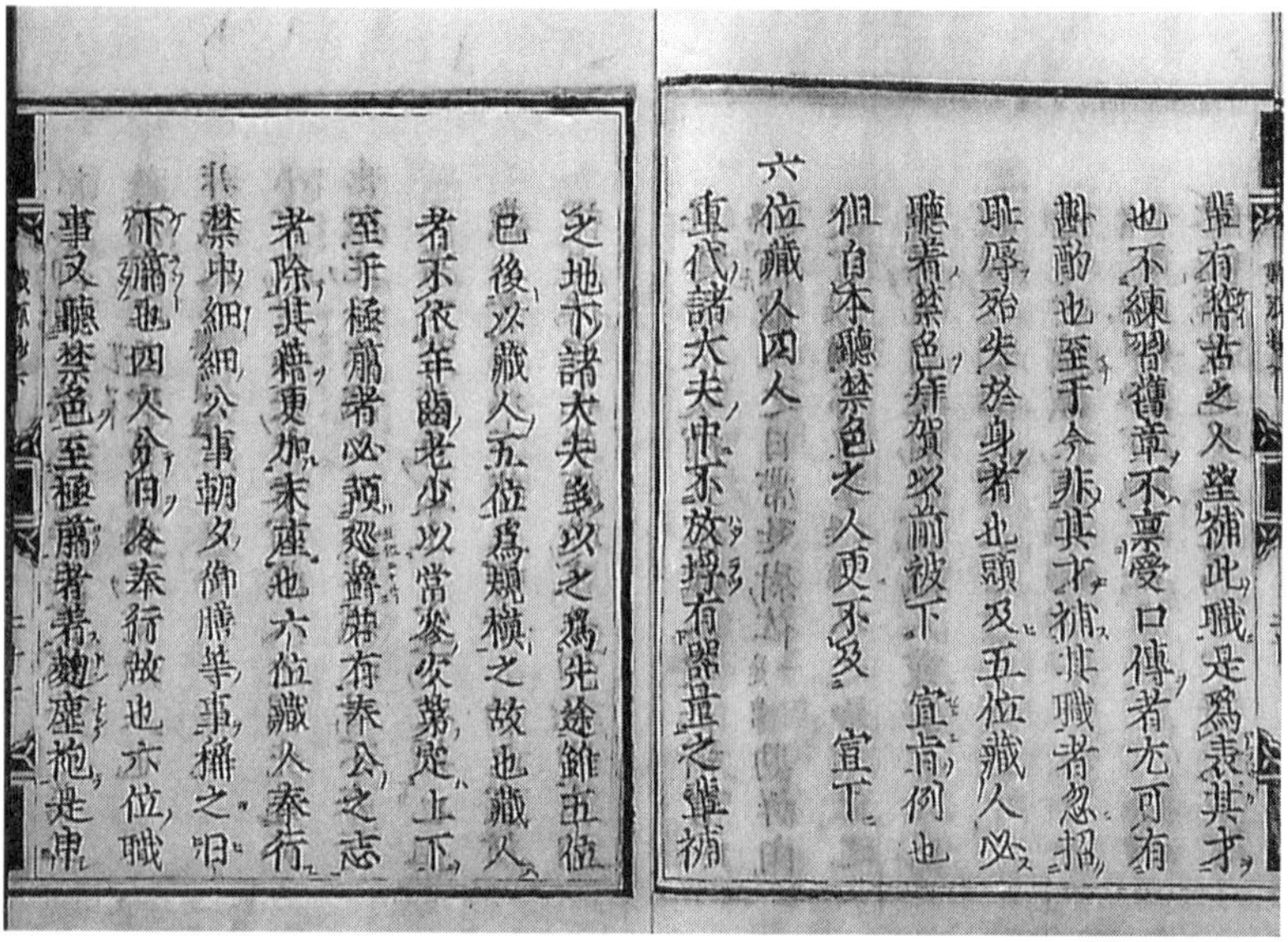
雖有稽古之人望補此職是為表其才也不練習舊章不稟受口傳者尤可有斟酌也至于今非其才補其職者忽招恥辱殆失於身者也頭及五位藏人必聴着禁色昇賀以前被下 宣旨例也但自本聴禁色之人更不及 宣下

六位藏人四人

重代諸大夫中不放埒有器量之輩補之地下諸大夫多以之為先途雖五位已後以藏人五位為規模之故也藏人者不依年齒老少以常参次第定上下至于極﨟者必預叙爵有奉公之志者除其籍更加末座也六位藏人奉行非禁中細細公事朝夕御膳等事稱之旧下﨟也四人分内各奉行故也六位職事又聴禁色至極﨟者着麴塵袍是

六位蔵人四人

重代ノ諸大夫ノ中ニ不二放‐埒《ハウラツ》一有下器量上之輩補レ之地‐下ノ諸大‐夫多ク以レ之為二先途一雖二五‐位已後ト一以二蔵人ノ五位一為二規‐模ト一之故也

（『職原鈔』下　南園文庫蔵）

六位蔵人から「冠たまはりて」蔵人五位に。

第一章　蔵人所の〝兄弟同職〟にみる一設定

一

『源氏物語』の作中人物たちが、兄弟や姉妹という設定で描かれる例は少なくはない。そうした彼らを、同腹、異腹を問わずに挙げるなら、たとえば、光源氏は朱雀院を兄とし、また、弟宮としては蛍兵部卿宮、宇治八の宮や蜻蛉宮と、桐壺院を父とする兄弟であり、冷泉院も建前としては〝弟〟である。更に、朱雀院皇子の今上帝は女三の宮のきょうだいになるが、この今上帝を父に、明石中宮を母として生まれた皇子、皇女たち、すなわち東宮、二の宮、匂宮そして女一の宮は、同母の兄弟姉妹であり、また、同じく今上帝が麗景殿女御との間に儲けて、薫に降嫁した女二の宮は異腹の女はらからとなる。その他にも、宇治の女君たち――大君と中の君、そして浮舟も、父八の宮を同じくする異母姉妹であるなど、このような人間関係は枚挙するに暇ない。こうした兄弟や姉妹という、血縁につながる彼らのうち、女はらからの姉や妹を除外して、男はらからのみ――同腹、異腹を問わず――、兄弟としてある彼らの関係に〝官職〟というスポットライトをあてて、この物語を見渡してみることとする。

太政官のうち、大臣以下参議までの、いわゆる〝公卿〟の枠内にある、換言すれば、『公卿補任』に現官として記載されている大納言や中納言などの地位にある、本官の官職ではなくて、それ以外の、その他の官職名をもつ人物を対象にして、〝同じ官職に任ぜられている兄弟〟という視点をもって眺めてみる。すると、たとえば、冷泉院へ参上する光源氏に同行した左衛門督は、当該時点では致仕の大臣である、かつての頭中将の子息がつとめていて（鈴虫）、そして、のちの宿木巻では、その〝頭中将〟の別の子息と思われる人物が、匂宮と夕霧女・六の君との三日夜の儀に、「北の方（雲居雁）の御はらからの左衛門督、藤宰相など」とあらわれていて、同じく左衛門督の任にあるのをみる。また、夕霧と、表面上は弟である薫が、それぞれ若菜上巻、宿木巻などで、近衛府右大将に任官している。以上のように、時を隔てて兄弟で同じ官職に任ぜられる例は他にもみるが、しかし、このような時間的懸隔をもたず、同時期に同じ職場に兄弟が勤務する姿を見出すことがあるのである。

『源氏物語』において、同時期の〝兄弟同職・同官〟(1)が明らかであるのは三例を数えるが、その全三例が同一の設定なのである。その設定とは、〝蔵人所に勤務する兄弟〟である。蔵人所に所属する彼らは、具体的には、〝蔵人頭と五位蔵人〟という組み合せで、同時期に兄弟が任ぜられる形態をとって登場してくる。当事態に関して、従来の諸注釈には何らの言及、指摘もみることはないが、当設定は、何らかの意図なり意義をもって作品中にあらわれてくるのであろうか。それは、『源氏物語』の内部世界にのみ設けられたものなのであろうか。また、その設定は歴史的な背景をもつものであろうか。歴史的事実が存在するとしたら、その史実は作品内にどのように活かされているのであろうか。物語作品の内部世界を考察し、併せて、その基盤を探るために史実を検証することとする。史実を調査することによって、物語世界に活かされているはずの設定の意味づけを、正しく把握することが可能になると考えるからである。

なお、本論においては、表現上の煩雑さを避けるために、蔵人所に兄弟が同時勤務する事態を〝兄弟同職〟、また、左右の近衛府各府など一つの官に同時に勤務する状態を〝兄弟同官〟と規定して、その表現を用いることとする。

二

蔵人所は、平安初期、薬子の乱の発生にかかわり、側近の臣の存在が不可欠であるとした嵯峨天皇によって設置された機関であるが、のちに宇多天皇が拡充整備した結果、蔵人所の総裁と言うべき別当のもとに、次官ながら実務的な長官格の蔵人頭が二名、五位蔵人三名、六位蔵人四名、その他に非蔵人、雑色ほか、という新たな構成となった令外の官職の一である。

以下、『源氏物語』に三例をみる、蔵人所における〝兄弟同職〟の事例を個別に考察することとする。

『源氏物語』中、蔵人所の構成要員である頭と五位蔵人、その両職をつとめる兄弟の姿をみる最初の例は、夕顔巻における、葵の上のきょうだい頭中将、そしてその弟・蔵人弁である。

なにがしの院に伴った夕顔を物の怪におそわれて失い、夕顔の乳母子である女房の右近を添わせて、亡骸を東山に送った光源氏は、惟光に助けられて呆然自失の態で二条院に帰って来た。思いもかけない事態に遭遇し、憔悴しきって病床につく源氏のもとへ、桐壺帝から使いが遣わされた。「昨日え尋ね出でたてまつらざりしより、おぼつかながらせたま」う父帝からの使者である。「大殿の君達」――左大臣家の子息たちがその役を担って源氏を訪う。源氏は、頭中将だけに会って苦しい釈明をする。源氏からこしらえ事の話を聞いた頭中将は、「さらば、さるよしをこそ奏しはべらめ」と、勅使の役割を自覚した言葉を述べたのち、帰りかけた歩を返して、「いかなる行き触れにかからせたまふぞや。述べやらせたまふことこそ、まことと思ひたまへられね」と言う。帝の使者から、事情ありと察する友人の顔に変って、源氏をドキリとさせるのだった。真相を詮索したい頭中将を何とか帰らせたのちに、源氏は更に、「蔵人弁を召し寄せて、まめやかにかかるよしを奏せさせ」るべく取り計らう。自らの浅慮が招いたこの度の不祥事は、父帝の耳に決して入れてはならず、頭中将だけでは心もとなくて、念のため蔵人弁にも「まめやかに」奏上してもらうよう配慮したのである。当代の一の上・左大臣家の嫡男とその弟、源氏の嫡妻である葵の上のきょうだいが二人揃って桐壺帝の蔵人所に仕えている。

次いでの例は幻巻にみる。直前の御法巻において紫の上の最期を見送った光源氏は、いまは勤行に明け暮れている。一周忌を迎えた八月の「御正日には、上下の人々みな斎して、かの曼荼羅など今日ぞ供養ぜさせたまふ」ものの、紫の上を失った悲しさは癒えず、相変らず「何ごとにつけても、紛れずのみ月日にそへて思さる」日々を過ごしている。季節は移り十一月になった。そうした源氏のもとへ、「五節などいひて、世の中そこはかとなくいまめかしげなるころ、大将殿の君たち、童殿上したまひて」参上した。「同じほどにて、二人いとうつくしきさま」した、夕霧の子息たち、源氏には孫にあたる彼らが、童殿上の報告、挨拶にやって来たのである。

御叔父の頭中将、蔵人少将など小忌にて、青摺の姿ども、清げにめやすくて、みなうちつづきもてかしづきつつ、もろともに参りたまふ。思ふことなげなるさまどもを見たまふに、いにしへあやしかりし日蔭のをり、さすがに思し出でらるべし。

　みや人は豊の明にいそぐ今日　ひかげも知らで暮らしつるかな

雲居雁所生の二人の若君の世話をやきながら、ともに源氏のもとへ参上したのは、若君の叔父たちである。「さる時にあへる族類にて、いとやむごとな」(夕霧)い、今は大臣を致仕している、かつての頭中将の子息たちが、雲居雁のきょうだいたちが、ここでは頭中将と蔵人少将の役にある。御法巻では、紫の上を失った源氏のもとへ、弔問の使者として父致仕大臣から遣わされた、柏木弟の蔵人少将に、そして、当場面にのみあらわれる頭中将(2)が加わって登場する。

童殿上する「いとうつくしきさま」した夕霧の若君たち、そしてにぎやかにその世話をやく叔父たち。こうした若い世代の「思ふことなげなるさまどもを見たまふに」、さすがに自らの若かりし頃の艶めいた思い出を追憶したりもするけれど、もう世間のでき事とは距離を置く源氏である。孫たちの「いとうつくし」い様子、若い人々の、風情があって「清げにめやす」い小忌のすがた。華やかな五節の舞が行なわれる頃おいの、何とはなし浮き浮きした気分が漂う中にぴったり似合いの彼らの姿も、いまの源氏にはもう心を騒がせるものにはならない。宮人たちが、豊明の節会といって急ぎ歩きまわる今日の晴れやかな日にも、「ひかげもしらで暮らしつるかな」との感懐を抱く源氏である。二つの世界が互いを際立たせながら描写される当該場面において、この二つの世界が交したはずの会話は、何も記されてはいない。

〝兄弟同職〟が設定されている残りの一例は、右掲幻巻における「大将殿の君たち」、夕霧の子息たちが描かれる中に見出される。

二月の二十日のほどに、兵部卿宮初瀬に詣でたまふ。古き御願なりけれど、思しも立たで年ごろになりにけるを、宇治のわたりの御中宿のゆかしさに、多くはもよほされたまへるなるべし。……上達部いとあまた仕うまつりたまふ。殿上人などはさらにもいはず、世に残る人少なう仕うまつれり。

六条院より伝はりて、右大殿しりたまふ所は、川よりをちにいと広くおもしろくてあるに、御設けせさせたまへり。……御子の君たち、右大弁、侍従宰相、権中将、頭少将[3]、蔵人兵衛佐などみなさぶらひたまふ。

幻巻から十八年を経た椎本巻の冒頭部分である。宇治八の宮の姫君たちとの邂逅を期待して思い立った匂宮の初瀬詣でには、「世に残る人少な」いほどの人々が供奉する。初瀬からの帰途、宇治に中宿りする匂宮のために用意した山荘は、父六条院から伝領し、今は右大臣の夕霧が所領するものである。世間から隔絶された、「世に数まへられたまはぬ古宮」（橋姫）と称される八の宮が、二人の姫君と暮らす邸の対岸に位置するその山荘には、匂宮を迎えて十二分に支度が整えられる。夕霧の子息たちも当然打ち揃って宮のお供に加わっている。

帝后も心ことに思ひきこえたまへる宮なれば、おほかたの御おぼえもいと限りなく、まいて六条院の御方ざまは、次々の人も、みな私の君に心寄せ仕うまつりたまふ。

「私の君」として、心を込め匂宮に仕える夕霧の息男たちは、右大弁、侍従宰相、権中将、そして頭少将と蔵人兵衛佐などである。子沢山の夕霧の子息のうち、頭と五位蔵人、蔵人所に二人の兄弟がつとめている。幸い、匂宮が「うちとけて見えにくく、ことごとしきものに思ひきこえたま」う、煙たい右大臣夕霧は急な物忌みで不参であり、都を離れた解放感で羽を伸ばす一行の、「心やりたまへる旅寝の宿」で遊ぶ楽の音は、対岸の八の宮邸にも届く。

かう世離れたる所は、水の音もてはやして物の音澄みまさる心地して、かの聖の宮にも、ただざし渡るほどなれば、追風に吹き来る響きを聞きたまふに、昔の事思し出でられて、

宇治川が異なる二つの世界を隔てて、流れている。こちら側に生きる夕霧一族の隆盛のほどが、「かの聖の宮」とは対極に位置して描出される。

以上、『源氏物語』中にあらわれる〝兄弟同職〟、すなわち、蔵人頭と五位蔵人の両職に兄弟が補されている全三例を示した。

当現象は、『源氏物語』特有のものなのであろうか。他の物語文学などの作品を対象として、当設定の存否につき調査することとする。

他の作品中、蔵人所に兄弟が同時に勤務する姿を見出すのは、『宇津保物語』である。

藤原の君巻。「むかし、藤原の君と聞こゆる一世の源氏」、源正頼の子女たちを紹介する段。

この君たち、男はつかさかうぶり賜はり、女は裳着、髪上げ、男につき、宮仕へし、整ひたまふほどに、父君、大将かけたる正三位の大納言になむおはしましける。いづれもいづれも、かたち清らに、心よく、おしなべて生ひ出でたまへるを、世界の人、「なほこの御族は、ただ人におはしまさず、変化のものなり。天女の下りて生みたまへるなり」と聞こえたまふ。

かくて、太郎の君、左大弁忠澄、年三十。二郎、兵衛督師澄、年二十九。これ二人ながら宰相なり。三郎、右近中将、蔵人の頭祐澄、年二十八。四郎、左衛門佐連澄、年二十七。これは宮の御腹。……宮の御腹の十郎、兵衛尉の蔵人頼澄、二十。大い殿の御腹、十一郎、近澄。……

と、息男の紹介に続いてむすめたちに移る中に、「九の君、あて宮と聞こゆる、十二」、この物語の柱の一、求婚譚の女主人公・あて宮の名をみる段である。女一の宮と大殿のむすめと、二人の妻室との間に大勢の子女を儲けた正頼であるが、当該段においては、三郎祐澄が右近中将・蔵人頭、つまり頭中将であり、そして十郎頼澄が兵衛尉の蔵人である。二人ともに「時の帝の御妹、女一の皇女と聞こゆる、后腹におはし」（藤原の君）す、女一の宮所生の男君であり、母宮の同腹のきょうだい朱雀帝の蔵人所に兄弟ながら仕えているのである。長々引用した右掲本文中から伝わるように、世間から並はずれて優れた一族と評される正頼一家である。長、次男はすでに参議となっていて公卿の身であり、いま頭中将にある三男祐澄も順調に出世コースを歩んでゆき、のちの沖つ白波巻では参議に昇任している。十郎頼澄は兵衛尉である。「尉」は六位相当官であるから、頼澄は六位蔵人を兼ねていることになり、兄が蔵人頭そして六位蔵人の弟による〝兄弟同職〟という設定であり、これは『源氏物語』における蔵人頭と五位蔵人の組み合わせとは異なるものである。

『宇津保物語』以外の他作品のうち、たとえば、『源氏物語』の強い影響を認められる『狭衣物語』においては、主人公狭衣はきょうだいをもたない一人息子であるし、狭衣自身が蔵人所に所属することはない。その他の登場人物に関しても、本論に求める〝兄弟同職〟の設定はみられない。

三

前節では、物語作品中にあらわれる〝兄弟同職〟を考察した。次に本節では、頭中将、頭弁として、蔵人頭は近衛府中将、そして弁官が兼ねるのが理想とされる慣例に鑑み、(4) 弁官ならびに近衛府における〝兄弟同官〟が、文学作品の中に描かれるか否か、以下同様に探ることとする。

『宇津保物語』藤原の君巻において、「大将かけたる正三位の大納言」源正頼の大勢の子女を紹介する段で、三男祐澄が頭中将、十郎頼澄が六位蔵人と、二人ながら蔵人所にあることは既述したが、当該段は、巻序をはじめ作中人物の明確な把握が容易くはないこの物語の中では、人々の種々のかかわりが明らかになる情報を多く備える部分である。当場面で弁官にあるのは長男忠澄、左大弁で宰相である。そして、近衛府には三男祐澄が右近衛府中将をつとめている。弁官が左右の各弁官局に所属すると同様に、近衛府官人も左右二府のどちらかに属するわけであるが、この場合には、父正頼が左近大将であり、祐澄は右近中将と、父子の所属は別の府に分かれている。

正頼のむすめたちに配される婿君たちも、豪華な顔ぶれが揃う。正頼の兄・左大臣源季明の長男と次男、右大臣藤原忠雅、そしてその長男、次男の「北の方」が、みな正頼の姫君たちである。近衛府大将は、左が源正頼、右は藤原兼雅であり、中将は左が正頼四の君の婿である源実頼、右は正頼三男祐澄という配置による構図が明らかになって、物語内部の権力分布もみえてくる部分である。

正頼一族に関するこれ以後の任免をみると、次男師澄が左大弁（蔵開上）、十一男近澄が蔵人少将（蔵開下）と、弁官局、近衛府に任ぜられている姿をみるものの、それぞれ他の兄弟との接点は不明であり、〝兄弟同官〟の可能性は表面化しない。兄弟関係をもつ他の作中人物では、たとえば、左大臣源季明の息である実正、実頼、実忠の三人は、重なり合う官名をもってはいず、この物語には、正頼子息たちをはじめとして、兄弟で弁官、近衛府に同局、同府で任官する〝兄弟同官〟は明らかにあらわれてはこない。

『宇津保物語』とともに成立時期は未詳であるが、『源氏物語』に少し先行すると考えられる『落窪物語』内で、男君道頼が登場する場面は、「左大将と聞こえける御むすこ、右近の少将にておはしける」（第一）と叙される。同巻後半部、四の君の縁談に関する世間の噂話には「左大将殿の左近の少将とか」とあって、不審も残るが、噂の通りの「左近の少将」であるならば、父と子の同府勤務となる。男君は三位中将に昇進し、その後、父は「大将殿はかけながら」（第二）右大臣になり、中将が「引き越え中納言にな」るまでの間、父子の近衛府勤務は継続する。府の左右は明らかにされていないが、状況から考えて、父親の左大将は動かないであろうものの、男君の府の左右が不明であり、父子同府か否かは判断がつかない。男君道頼の女はらからである女御所生の東宮が即位する際には、道頼は大納言に、また弟の少将は左右は不明の宰相中将に昇任する。そして、長期にわたって左大将の座にあった父は、「かけたまひつる大将、大納言に譲りたまふ。御心にかなへりける世なりければ、たれかは妨げむ。いとはなやぎまさりたまふ事かぎりなし」（第三）。父から子へ左大将が委譲されたのだった。その後もいよいよ華やぎまさる男君の世は、その子たちにも及ぶ。当物語の最終部、落窪女君所生の太郎と二郎は、左右の少将ののちに、「左大将、右大将にてぞ続きてなりあがりたまひける。母北の方、御さいはひ言はずともげにと見えたり」（第四）と大団円、左右両大将を兄弟が相並んでつとめるが、(5)〝兄弟同官〟の姿はここにはみえてこない。

『源氏物語』にも、左右の大弁、中弁、頭弁、蔵人弁、弁少将などの役をもって弁官はあらわれてくる。しかし、弁官に関する〝兄弟同官〟描写はみえない。

一方、近衛府に任官する作中人物は多い。主要人物の一部を例示すると、

- 左大将――髭黒、夕霧、紅梅
- 右大将――光源氏、頭中将（葵の上のきょうだい）、髭黒、夕霧、薫
- 左中将――髭黒の子
- 右中将――柏木、薫

であり、また、頭中将や蔵人少将として、近衛府と蔵人所を兼任する人物も少なからずみる。

このように近衛府に任官する彼らのうちに、兄弟で同時期に左右の近衛両府に所属すると考えられるケースは数例を数える。

①初音巻――少女巻の左少将が柏木ならば、のちの紅梅とされる弁少将と兄柏木がともに近衛少将である。

②胡蝶巻――柏木が「内の大殿の中将」であり、当巻から蛍そして常夏巻まで、柏木右中将、弟が弁少将である。続く篝火巻では頭中将となるが、柏木の中将、弟の少将コンビは続行している。若菜上巻になると、柏木はその呼称の由来となる右衛門督に、そして弟は頭弁と呼ばれていて、二人の近衛府勤務に終止符を打っていた。

③幻　巻――かつての頭中将の子息たち。前節に既掲の雲居雁のきょうだい、頭中将と蔵人少将。

④竹河巻――夕霧の子息たち。玉鬘の大君に懸想して「立ち去らない」蔵人少将、そして異腹の兄源少将。二人少将である。

⑤椎本巻――同じく夕霧の子息たち。匂宮の初瀬詣でにお供する「権中将、頭少将」。

このように兄弟任官はみられるが、しかしながら、全例が左右別府か、それとも一府の任にあるのか判明しない。そのあり方から推測すると、明記されないことは同府ではなく異府の任であることを示唆すると考えられる。が、明言することはできない。全例が、中、少将の任にかかわるものであるが、例示の五例が明らかに示すことは、同府また異府はともかくも、そうした状況にある兄弟たちが、かつての頭中将で、当該時点では内大臣や太政大臣という地位にある人物、更に、右大臣夕霧といった、権門の父親をもつ子息たちである。時の権勢を手中に収めている父親をもつ子息たち、ということである。

本論冒頭に述べた〝兄弟同職〟三例中、二例目の幻巻にみた「頭中将と蔵人少将」は、本節に述べる近衛府任官と重なっている。蔵人所と、左右は不明ながら近衛府の両務に兄弟がともにつくのである。また、椎本巻における「権中将、頭少将、蔵人兵衛佐」の兄弟三人は、蔵人所と近衛府それぞれに各二名と、一部スライドした兄弟の補任状況を示していて、蔵人所と近衛府の、官職中における位置をここからも窺うことができる。

以上、『源氏物語』にあらわれる〝兄弟同職〟の姿を発端として、他の物語作品にみる同様の設定を考察した結果、先行する『宇津保物語』に、類似する一例をみた。更に、蔵人所のみならず、弁官や近衛府における兄弟任官の様子をも探ったが、求める設定をもたない弁官はともかく、多くの作中人物が任ぜられている近衛府は、全例その左右の別が明確ではなくて、〝兄弟同官〟設定の可能性を窺うことは難しい。

次に、こうした設定が、物学文学内部のみに存在するものか、作品成立以前に影響を及ぼすような歴史的事実を認めることができるのか、作品内にみるその設定の意味するところを正しく把捉するために、歴史上に残る事実を検証することとする。

四

まず、蔵人頭と蔵人の兄弟同時勤務、すなわち、本論に言うところの〝兄弟同職〟という視点をもって『蔵人補任』(6)を調査すると、次のような史実に出会う。

①仁明朝　承和十（八四三）年〜十三（八四六）年

頭　藤原長良（父冬嗣）

承和十一（八四四）年正月十一日任三木により去。

同　良相　同十一年正月〻日補。

②清和朝　貞観七（八六五）年〜八（八六六）年

蔵人　良仁　同十年〻月〻日補。同十三年正月七日叙爵により去。

頭　良峯清風（父安世）

貞観七年四月〻日補。同八年十月〻日病に依り辞。

蔵人　晨直　同六年正月〻日補。

③宇多朝　寛平四（八九二）年〜五（八九三）年

頭　源　湛（父融）

寛平五年二月十六日任三木により去。

五位蔵人　昇　同四年正月九日補。同五年正月二十一日叙従四下により去。同二月二十二日補蔵人頭。

④村上朝　康保四（九六七）年

頭　藤原兼通（父師輔）

正月二十五日補。帝崩御により五月二十五日去。

五位蔵人　為光　五月二十五日帝崩御により去。

⑤冷泉朝　康保四（九六七）年〜安和二（九六九）年

頭　藤原兼家（父師輔）

康保四年六月十日補。安和二年二月七日兼中納言。四月十一日去。

五位蔵人　為光　康保四年六月十日補。十月十一日叙従四下により去。

同　　遠量　同四年十一月十二日補。

⑥円融朝　安和二（九六九）年〜天禄元（九七〇）年

頭　藤原為光（父師輔）

安和二年十月十四日補。天禄元年十二月三十日任三木により去。

五位蔵人　遠度　安和二年八月十九日補。

⑦同　天延二（九七四）年

頭　藤原朝光（父兼通）

二月八日補。四月十日任三木により去。

五位蔵人　顕光　十月五日去。同日補蔵人頭。

⑧同　天延四（九七六）年

頭　藤原時光（父兼通）

十二月二十三日任三木により去。

五位蔵人　遠光　正月八日補。

⑨同　天元四（九八一）年

頭　藤原実資（父斉敏、祖父実頼養子）

二月十七日補。

五位蔵人　懐遠（父同）

十二月十四日叙従四下により去。

⑩一条朝　寛和二（九八六）年

頭　藤原道兼（父兼家）

六月二十三日補。七月二十日任三木により去。

五位蔵人　道綱　六月二十三日補。七月二十二日叙従四下により去。

⑪後冷泉朝　寛徳二（一〇四五）年〜永承二（一〇四七）年

頭　藤原経季（父経通）

寛徳二年十月二十六日補。永承二年八月一日任三木により去。

五位蔵人　顕家　寛徳二年正月十六日補。永承二年正月七日叙従四下により去。

⑫白河朝　応徳二（一〇八五）年〜三（一〇八六）年

頭　源　雅俊（父顕房）

応徳三年十一月二十六日帝譲位により去。

五位蔵人　国信　同二年正月十四日補。三年十一月二十六日帝譲位により去。

⑬堀河朝　応徳三（一〇八六）年〜寛治二（一〇八八）年

頭　源　雅俊（父顕房）

応徳三年十一月二十六日補。

五位蔵人　国信　同三年十一月二十六日補。寛治二年正月五日叙従四下により去。
同　　顕雅　寛治二年二月十三日補。六月五日叙従四下により去。

院政期初頭まで見通した結果である①から⑬までの事例には、顕著な傾向をみてとることができる。既述のように蔵人所は、宇多天皇によって拡充整備されて、頭――五位蔵人――六位蔵人ほか、という構成になったが、それ以前には蔵人は五位、六位の区分をもたず〝蔵人〟としてあった。その時期に該当する①および②例を除外して、宇多朝以降の事例をみると、その宇多朝の寛平年間における③例がある。ときの左大臣源融の息男である湛と昇による、頭と五位蔵人の〝兄弟同職〟ののち、同様の事態をみるのは、④例、村上朝に入った康保四年次、頭――藤原兼通、五位蔵人――為光の二人の兄弟によるものであるが、これは③例以来、実に七十数年ぶりのことである。当④例における兼通、為光兄弟は、天徳四（九六〇）年に右大臣で薨じた藤原師輔の息であり、この師輔流の、同じく兄弟による〝同職〟は、この④例ののちにも、唯一⑨例を除いて、⑤例から⑩例まで引き続くことになる。

④村上朝　兼通――為光
⑤冷泉朝　兼家――為光・遠量
⑥円融朝　為光――遠度
⑦同　　　朝光――顕光
⑧同　　　時光――遠光
⑩一条朝　道兼――道綱

と、時期は断続しながらも、この一統による頭――五位蔵人という形の〝兄弟同職〟の事例は続いて、それは③例から④例までの間隔が七十数年を数えるのに対して、④例から⑩例までの当該六事例は二十年間にあらわれてくるのである。

北家藤原氏師輔流ではない唯一の例外、⑨例にみた、円融朝・天元四年次の、藤原実資と懐遠の二人は斉敏を父とする兄弟ではあるが、実資が、当該時点では既に故人であった祖父実頼の養子となって小野宮家を継いでいた。こちらの養子関係の方が優先すると思われ、兄弟関係の範疇からは外れることになる。従って、この⑨例は師輔流一族による当事態の特殊性への支障にならないと考えられる。村上朝において、宇多朝から七十数年ぶりに〝兄弟同職〟があらわれたが、その後には、一条天皇受禅の寛和二年に至る二十年間に、六例もの事実を残すことになったのである。それも権力を保有する一部の人々にかかわって。『宇津保物語』や『源氏物語』の成立につながる時期、一条天皇受禅の年次までにこの事態の分布は偏在するのである。

この度の調査に利用した『蔵人補任』に、蔵人所を構成する職員が完全に網羅されていないことは言うまでもない。時代を遡ればそれだけ失われてしまった史料も多いことであろう。しかしながら、前掲事例にみられる傾向は、やはり特異であると言わざるをえない。一条朝初年次における⑩例ののちは、後一条朝・寛徳二年次の⑪例となって、⑩例からは六十年近くを経ることになる。更に、白河朝にみた⑫例は、その⑪例から四十年後のことであるというように、その後の事例分布状況によっても、この事態が慣例化してはいないことが判明する。資料の不備、また稿者の力不足によって遺漏事例の存在も必定ではあろうが、それを考慮に入れても、なお、史実の時代分布は偏在すると言える。

以上、蔵人所における、頭と五位蔵人の〝兄弟同職〟に関し述べてきたが、他の組み合せ、すなわち、頭と頭、頭と六位蔵人、また五位蔵人と六位蔵人、といった角度からも同様に史実を検証した結果は、概略次のようである。

まず、蔵人頭二人を兄弟で占める場合。

長和五（一〇一六）年正月二十九日、後一条天皇受禅時の二人の頭は、藤原資平と藤原道雅であった。資平は前年、前朝の三条朝で頭に補されたが、帝譲位によって当職を去った。そして新帝のもとで再び新たに補されたのである。一方の道雅は、数日後の二月六日にはもう「叙従三〈先坊亮労〉」によって頭から離れ、その代りに藤原経通が就いた。この経通は、懐平を父親とする、資平の兄であり、兄弟蔵人頭という形になったわけである。翌寛仁元（一〇一七）年三月、資平が参議に昇任するまでの一年余をともにつとめたことになる。しかし資平は、時期は不明ながら叔父藤原実資の養子となっていた。既述のように、養子関係が優先されると考えられ、本稿にいう〝兄弟同職〟には該当しないと思われる事例である。ところが、経通が頭に補された二月八日の『御堂関白記』は、「経通朝臣頭兄弟相比事、無レ便事也」と記している。

而件人従二青宮時并本宮時一在二其忠一、而御即位不レ補慮外、今当二此時一有レ所レ申、依レ難レ背補レ之、非レ可レ為二後例一。

と続く。養子関係がからみ、当記事に言う「兄弟」認定の範囲は不明ながら、この場合には、即位した後一条天皇への長らくの忠勤、本人の懇願があり、格別な措置による補任で、先例とすべきではない旨を明記する。道長が記したように、概ね先例となることはなかった。そしてのちに兄弟二人が頭となる場合、また、頭と六位蔵人という組み合せの場合も、ともに院政期に入って鳥羽朝にみるその事例は、両例ともに「御乳母子」、また「よるの関白」（『今鏡』）と称される人物がかかわるものであり、特殊な背景が可能にした特殊な事例であると思われ、その後に及ぶものではない。

更に、五位と六位蔵人の組み合せによる〝兄弟同職〟は次のとおりである。

①村上朝　天徳元（九五七）年

五位蔵人　藤原克忠（父元方）

六位蔵人　　　　致忠

②一条朝　寛弘元（一〇〇四）年〜六（一〇〇九）年

五位蔵人　藤原広業（父有国）

六位蔵人　　　　景能　寛弘元年正月十日補。同五年ヽ月ヽ日去ヵ。

同　　　　　　　資業　同五年正月十一日補。同六年正月六日叙爵により去。

以後の後冷泉、白河、堀河、鳥羽、二条の各朝にそれぞれ一、二例をみる。一条朝における②例では、参議藤原有国の息たちが五位と六位の蔵人をつとめる。弟二人が入れ替って六位蔵人として仕えた期間、兄の広業は継続して五位蔵人にあった。資業は一年間六位蔵人の勤務をして叙爵に与っている。資業の母は一条天皇の御乳母、橘三位徳子として知られ、その事実がこうした子息の補任に何らかのかかわりをもつ要因と考えられる。

その後の白河朝の事例も同様に、白河天皇の「唯一之御乳母」[7]従二位親子所生の藤原顕季にかかわるものであり、この場合にも、〝乳母子〟であることが、滅多にない当事態を生み出す一因であると推察される。このように、五位蔵人と六位蔵人と、本来的には、出自をはじめ大きく相違する位置をもつ両者をつなぐのは、特殊かつ固有の事情によると考えられる。

本節では、蔵人所における頭と五位蔵人を中心として〝兄弟同職〟を検証した。平安時代を見渡した結果、どの組み合せに関しても僅少の事例しか見出すことはできず、また、その事例は多くを院政期以降にみることが判明した。各事例は背後に個別の事情なり理由なりが存すると考えられ、普遍的な状況ではなくて、慣例化しえないことは明白である。諸種の組み合せの中では、本論の主題である、頭と五位蔵人を一組とする〝兄弟同職〟の事例が比較的多いが、それは、院政期以降に多くみられる他の組み合せの場合とは異なり、村上朝から一条朝にかけて偏在することが注目に値する。言い換えると、この時期に偏在する事例によって、頭と五位蔵人の〝兄弟同職〟が多くなるのである。物語作品、『宇津保物語』に類似の一例、『源氏物語』中には三例の用例をみた、これら作品の成立につながるこの時期に限って、藤原氏師輔流の一統がかかわる当該事態を数例もみるのである。

蔵人頭という職掌は、参議に昇任して公卿の一員となるためのステップの代表的なものであり、既掲事例にみるように、「任三木」によって蔵人頭を去る当時の慣例をみてとれる。とりわけ⑩例、一条天皇受禅時の、頭――道兼、そして五位蔵人――道綱は、受禅日の六月二十三日に補されて、翌七月にはもう「任三木」、また「叙従四下」によりそれぞれの職を去っていて、昇進手段としての当職、更に、天皇とこの一族のかかわりの深さを、ここからも透かしてみることができる。(8)

五

蔵人所の次官ながらも殿上において大きな権威を有する頭は、周知のように、いわゆる頭弁と頭中将、弁官と近衛府中将の各一名が兼ねるのを慣例とする。その弁官および近衛府に関しては、本論に考察する〝兄弟同官〟

の歴史上の実態はいかがであろうか。蔵人所におけると同様、弁官そして近衛府の二官職につき、『弁官補任』(9)および『近衛府補任』(10)に従い調査することとする。

広義の太政官機構の一組織であり、行政事務を担当する弁官は、左右弁官局の各局が大弁、中弁、少弁の定員各一名、その他の職員で構成されるが、その弁官中に〝兄弟同官〟、つまり兄弟で一局に任官する例は、少数ながらも『弁官補任』中にあらわれる。ただし、それは堀河朝・嘉承元（一一〇六）年に、藤原顕隆と為隆兄弟が、右中弁と権右中弁として一局にある例をはじめ、院政期における事例ばかりである。平安最末期の安徳朝・養和元（一一八一）年次の頭注に「兄弟相並例」として三例(11)が記されているが、これが〝兄弟同官〟の事例であり、それは頭注に殊更に記される稀有な事態なのである。

次いで、近衛府の〝兄弟同官〟に関して探ってみる。弁官と同じく左右の二府をもつ近衛府は、「非二譜第之花族ニ一者、更不レ任セレ之ニ」（『職原鈔』下）という大将が一、中将は一、そして少将二名、将監その他によって各府を構成する。兵杖を帯する武官であり、宮中警護や行幸供奉などの任務にあたる当府官人は、大臣や大納言クラスが兼任する大将をはじめとして、貴顕の子弟たちが補任される栄誉ある官であることはよく知られるところである。『近衛府補任』に従い調査すると、摂関家の人物を中心に任官する、誇らしい職掌である当官には、そうした権門、貴顕の出自にある兄弟が同時期に任官しているケースが、少なからず目につく。

円融朝・天延二（九七四）年九月十六日夕刻、当時猛威を奮った疱瘡のため、一条摂政藤原伊尹の息男である義孝は二十一歳の若い命を散らした。同日の朝には、やはり同じ病で兄の挙賢が卒していて、将来を嘱望された若い貴公子兄弟の死は悼まれ、『大鏡』伊尹伝や『今昔物語集』などに多く語られているが、挙賢は「前少将」、義孝は「後少将」と世に号されていた。兄挙賢は左少将、弟の義孝が右少将に任ぜられていて、左右それぞれの少将だったのである。近衛府に同時に任官するとは言いながら、彼らのように、左右の別府に分かれている場合は、先述のように少なくはない。しかし、同府に打ち揃う〝兄弟同官〟は一転して僅少例となる。

①宇多朝　寛平五（八九三）年〜九（八九七）年

藤原時平（父基経）が「中納言大将」として右大将に着任した寛平五年二月、弟仲平は右少将だった。仲平が少将から右中将に昇任の後も、依然二人の右の一府任官は続いて、同九年六月に時平が右大将から左大将に転じて解消した。

②朱雀朝　天慶八（九四五）年〜村上朝　天暦元（九四七）年

天慶八年十一月、右大将藤原実頼（父忠平）は左大将に転じた。実頼の弟師尹は、前年四月に別の兄である師氏の後任として左中将の任についていたので、兄弟は左の一府任官となった。

また、この実頼転任によって空席になった右大将に、やはり彼らの兄弟である師輔が同日付で着任した。『近衛府補任』当該年次の師輔には、「大将兄弟相並第二度例」の注をみる。時に関白太政大臣藤原忠平の子息である三人が左右近衛府の上層部にあったのである。師尹の左中将は天暦元年に止ったが、実頼と師輔の左右両大将は同九（九五五）年まで継続した。

③一条朝　正暦元（九九〇）年〜長徳元（九九五）年

正暦元年六月、藤原道兼（父兼家）が右大将着任の時、兄道綱は右中将であった。兄弟二人の右大将、右中将という体制は長徳元年四月に道兼が関白に就任するまで続いたが、その道兼に代って同日付で右大将の任についたのは、同じく兄弟である道長だった。しかし道長は、右大将着任から二ヶ月足らずの六月には左大将に転じて左右別府となり、〝兄弟同官〟は終止符を打った。

④一条朝　長徳三（九九七）年〜長保三（一〇〇一）年

長徳二（九九六）年十二月、藤原道綱は十年間任務にあった右中将から右大将へ昇任して、ここに〝右大将道綱〟が誕生した。その翌月の、三年正月には兼隆が右少将に任官し、道綱が右大将を去る長保三年七月まで、右近の大将と少将を二人はつとめた。兼隆は、道綱弟・道兼の息男であるが、祖父兼家が養子にしていて、兼家息の道綱と兄弟関係になっていたのである。

藤原実資の『小右記』長和元（一〇一二）年七月二十一日条に次の記事をみる。

権左中弁経通者資平兄也、至レ今資平為二下官子一、仍可レ為二従兄弟一之故、所レ令レ申也、斉信・道信是兄弟也、而道信入二大入道殿戸一、仍斉信・道信共居二左近中将一、近有二其例一

前掲『御堂関白記』長和五年二月八日条の「経通朝臣頭兄弟相比事、無レ便事也」を想起するが、当記事によって、先にも述べたように、養子関係が優先する兄弟の認定基準が明らかになる。

以上、一条朝までの四例を示した。その後は白河朝や堀河朝にも同様の事態がみられるが、院政期の事例はさて措き、上掲①から④例まで、殊に③例までが明らかに示すものは、この事態を招く人物が、時の権力者の息男、また当の本人が権力の座にある人物、という事実である。

更に、兄弟で左右大将を占める例は、当然ながら多くはない。『官職秘鈔』下「左右近衛府　大将」項に、

兄弟相並例。〔清慎公ト九条右大臣。二条前太政大臣〈教通〉ト頼宗。入道前太政大臣〈基房〉ト前関白〈兼実〉〕

と、その事例が記される。「清慎公ト九条右大臣」とは、上掲②例の藤原実頼と師輔であり、そして、後冷泉朝・寛徳二（一〇四五）年からの藤原教通と頼宗、また、二条朝・応保元（一一六一）年に藤原基房と兼実兄弟が揃う三例がここに示されているが、遡って、文徳朝・斉衡元（八五四）年からの、藤原良房と良相の兄弟の例を合わせても、平安時代に四例をみるばかりである。この四例の顔ぶれは各役職名が物語るように、政治の中枢に位置する藤原氏の人物ばかりである。

『官職秘鈔』下の「左右近衛府」頃には、他にも「兄弟為二一府大中将一例」などと、兄弟関係任官の用例が示されている。その他にも、「祖孫為二一府大中少将一例」、また、「父子為二一府大少将一例」が注記されているが、これらは全例平安時代も後半の史実ばかりであって、半ばまでにみられる例ではない。

近衛府への任官は、天皇の御代替り毎に選定される蔵人所の職員とは異なって、長期にわたる任官が可能であること、また、大将には大臣や大納言クラスが任ぜられるといった、官位とのかかわりなどによって、祖父と孫、また父と子という関係があらわれることになる。しかし、『官職秘鈔』に、以上みたように殊更に注記されることが示すように、こうした事態は普通一般的ではなく、特殊なことなのである。特別であるからこそ、わざわざ注記例示されるのである。

近衛府の左右二府における本来的な昇進順は、右少将→左少将→右中将→左中将→右大将→左大将、であろう。

しかしながら、既掲事例中にもみるように、左から右へと逆に転じることもあり、直線的に累進するだけではないと知られる。平安時代半ば頃までの、こうした事例をいくつか掲示する。

①朱雀朝　天慶八（九四五）年十一月二十五日
　藤原実頼（父）右大将→左大将
　　敦敏（子）左少将→右少将

②村上朝　天徳元（九五七）年四月二十五日
　藤原顕忠（父）右大将→左大将
　　元輔（子）左少将→右少将

③一条朝　永祚元（九八九）年七月十三日
　藤原道隆（父）任左大将
　　伊周（子）左少将→右少将

④三条朝　長和五（一〇一六）年正月十二日
　藤原頼通（兄）任左大将（前年十月二十七日）
　　能信（弟）左中将→右中将

右掲四例によっても、父子や兄弟間の一府任官を避けるために、当然ながら下位者が府を変更する様子を明らかに看取することができる。前掲近衛府における〝兄弟任官〟の④例に掲示した『小右記』長和元年七月二十一日条当該部分には、「近衛司兄弟不相並間事」の頭書をみる。ここにも兄弟の一府任官忌避の原則は明白であり、それは兄弟ばかりではなく父子に及ぶことは言うまでもない。

『近衛府補任　第二』の「あとがき」において市川久氏は、「傍親同府を忌避とし、公卿等の父兄が、新たに大・中将に昇任すると、その子弟で同府のものが在籍すれば、他府に転任される（長和五年条）などある」と述べる。前掲事例がその原則に即する例であり、該当する各人物には、次のように注記が施されている。

①敦敏――「父実頼公転左大将故也」

②元輔――「父顕忠卿任左大将故也」

③伊周――「父道隆公同日任左大将、父子忌」

④能信――「兄頼通長和四年十月任左大将、傍親忌」、「兄頼通卿為左大将、有傍親忌也」

「父子ノ忌」また「傍親ノ忌」、つまり父子や兄弟などの、同府任官は忌避すべきことなのであり、『近衛府補任』を繰るとき、同府任官を回避するために肌理細かい配慮がなされていることに気づく。ところが、そうした慣習、原則が存在するにもかかわらず、同府任官の事態は既述のように実在するのである。社会的慣習を侵してまでの、この例外的な事例の主人公たちは全て貴顕、権門の人々である。近衛府官人は武官とはいいながら、儀礼的任務を担う栄誉職に変質して、のち院政期に入ると定員も増加し、時期を同じくしてこうした特異事例増加の傾向を強める。しかし、平安時代半ば頃までは僅少例しか認められず、例示したような一部の特権階級にある人物によるものであり、それゆえにその特殊性は著しい。

前節から、蔵人所、弁官局そして近衛府につとめる官人たちの、兄弟関係を軸とした補任の様相を検討した。『近衛府補任』には明らかに「傍親ノ忌」の注記が残っていた。だが、〝兄弟同職〟の「傍親ノ忌」に関しての注記は、『蔵人補任』中の該当部分などにはみられず(12)、また、近衛府関係には関連注記をみた『官職秘鈔』などにも、「蔵人所」に関しては何らの注も付されてはいない。しかし注記が無いこと、すなわち許容されること、でないことは言うまでもない。蔵人所の勤務においても同様に特殊なことであって、それが普遍的な状態でないことは、その事例数が極少であること、また、〝兄弟同職〟の背後にみる事情の固有性によっても察知することができる。

貴族社会に生きる人々の知恵として働いたであろう「傍親ノ忌」は、その職場が栄光ある場であるほど、本来的には自制の弁として強く作用したことと思われる。そうした状況の中で敢えてあらわれる〝兄弟同職〟なのである。(13)

以上検討してきた史実を踏まえて、そのような理解をもつ社会を背景にして成立した物語文学の世界へ、『源氏物語』の世界へ立ち戻り、作品内部の当該設定が何を発信するのかにつき考察してゆくこととする。

六

検証の結果知り得た史実は、本論に言う〝兄弟同職、同官〟は特殊な事態であることを物語っていた。人々の知恵として「傍親ノ忌」が働く社会の中にあって、蔵人所の頭と五位蔵人などの〝兄弟同職〟を描き出す文学作品、『宇津保物語』と『源氏物語』を改めて読み返してみる。

『宇津保物語』の一例は、源正頼の子息のうち、三男祐澄が頭中将、十郎頼澄六位蔵人と紹介された藤原の君巻にみた。頼澄の、のちの巻でも変化のない、六位相当の「尉」によって六位蔵人と考えられ、頭と六位蔵人の〝兄弟同職〟と捉えたものである。母宮の兄である帝の蔵人所に仕える、宮腹の兄弟を配して、正頼一族の繁栄の程を表出する一手段であろう。しかし、紹介の段の一例のみであり、ここからは〝兄弟同職〟の積極的な意味づけが、余り明確には伝わってこない。

そして、『源氏物語』である。

まず、夕顔巻。夕顔の慮外の死に衝撃を受け病床に伏す光源氏を見舞う、桐壺帝から遣わされた頭中将と蔵人弁は、源氏が婿となった左大臣家の嫡男と弟である。頭中将の母大宮は源氏の父桐壺帝の同腹の妹君であり、そうした人間関係を重ねて、帝の側近としての、また、源氏との間の緊密な距離(14)を表現する当〝兄弟同職〟であろう。ここで示される距離の近さは、必然的に右大臣家のそれと対比される。桐壺帝譲位後、朱雀帝の御代に右大臣家の世が到来して、頭弁に弘徽殿大后の甥が任ぜられることは当然の成り行きであるとは、言うまでもない。権勢を競い、対峙する両大臣家であるが、当夕顔巻における左大臣家一族の政治的優位を示す〝兄弟同職〟であると考えられる。

次の幻巻では、その頭中将の子息たち、すなわち雲居雁の兄弟がいま頭中将と蔵人少将であり、二人ながら蔵人所と近衛府の双方に兼任している。ときは豊明の節会、世の中が華やいだ空気に浮かれる頃おいである。そうした時期に「時にあへる族類にて、いとやむごとな」い若い世代の、一層のにぎわいは、紫の上を見送ったのち勤行に専念する光源氏には眩しくも映るが、しかし、もう別世界の瑣事にも等しく思われる。「世の中そこはかとなくいまめかしげなる」節会の頃、いままさに陽のあたっている彼らと、彼らがかしずく夕霧の若君たち。対する源氏は五十二歳。愛する人を失った孤独と寂寥を噛みしめる日々であり、あとは出家する日を迎えるばかりである。眼前にある若い彼らの晴れやかな行く末と、更に遠いその先をも、いまの源氏の目は捉えているに違いない。その源氏の姿を際立たせる、時を得た若い人々の位置を強調する仕掛けとしての〝兄弟同職〟、そして近衛中、少将であり、源氏に対比される華やかな世界に一際光彩を添える官職名なのである。対置する二者を顕現させる、一つの手法として用いられる当設定であると考える。

残る椎本巻にみた例は、幻巻で童殿上した二人の若君を含む、夕霧の息男たち。初瀬詣での匂宮に仕える「御子の君たち、右大弁、侍従宰相、権中将、頭少将、蔵人兵衛佐など」である。右大臣夕霧が所領する、父六条院から伝領した宇治の山荘、匂宮の中宿りに用意していま大勢の都人が集うこの山荘は、宇治川をはさんで八の宮邸に向かい合う。「世離れたる所」に住まう「世に数まへられたまはぬ古宮」に対して、「帝后も心ことに思ひきこえたまへる」匂宮、父夕霧の妹君である明石中宮と今上帝の三の宮・匂宮に「心寄せ仕」える、権勢あたりを払う一族が対比される。当場面における〝兄弟同職〟は、対照的な二つの世界を顕示する一素材である。[15]対極に位置する八の宮と夕霧一族との対比は、のち匂宮をめぐる、宇治中の君と夕霧六の君とのかかわりまで揺曳するものであることは言うを俟たない。

考察した『源氏物語』における〝兄弟同職〟の彼らの多くは、近衛府と蔵人所の兼務をしてあらわれていた。頭中将、蔵人少将などとして。世代をずらして三代にわたってあらわれている当〝兄弟同職〟の設定が意図するところは明白である。時の天皇に近侍して、殿上における諸事万端を統括する蔵人頭、そして五位蔵人は実権と栄誉を手にする。そうした地位に立つことのできる出自にある彼らである。更に、限られた名家の子弟にのみ門戸が開かれる近衛府任官[16]も、そのエリートたる立場に一層の花を添えている。

〝兄弟同職〟設定の蔵人頭は、『源氏物語』のみならず『宇津保物語』も併せ、全例が頭中将である。繰り返すならば、天皇に近侍し殿上の一切を取りしきる蔵人所と、名門の出自者のみが任ぜられる近衛府と、ともに人物を選ばれる両官職を兼ねる、栄えある職掌の一である頭中将、それに良家の子弟が任ぜられる五位蔵人の組み合せである〝兄弟同職〟が示すエリート性は、史実を下敷きにすると鮮やかに表出するものとなる。

同時代に成立した『枕草子』は、「上達部は」で始まる一六四段で、「左大将、右大将」から「宰相の中将、三位の中将」まで近衛府官人を列記し、次段の「君達は」では、「頭の中将、頭の弁、権の中将、四位の少将、蔵人の弁」以下と続けている。蔵人そして近衛府中、少将をつとめる君達に熱い視線が注がれていて、当時の社会の認識、あり様が照らし出されている。

史実として残る〝兄弟同職〟は、村上朝から一条朝初年次までの北家藤原氏師輔流子孫たちの政治的位置を顕示する。師輔のむすめであり、村上天皇の中宮・安子が所生した冷泉、円融両帝の御代に、北家藤原氏の、とりわけ師輔一統の地盤が強固になってゆく時期を重ねてみると、本稿に言う〝兄弟同職〟という事態の輪郭はより鮮明になってこよう。外戚として一層確固たる位置を築いた一条朝も進むと、もはや師輔流の裔は蔵人頭から遠ざかっていて、天皇との接触方法は異なる様相を呈することになる。

成立時期の特定はできない『宇津保物語』であるが、該当する用例をみる藤原の君巻を含む第一部は、円融朝末期までの成立としても、村上朝以降の〝兄弟同職〟の史実は既にあらわれていて、その事実を物語に反映させたと考えられよう。『源氏物語』の作者は、作品成立以前のこうした史実に触発され、その設定を作品中に一層有効に活かしたものであろう。『宇津保物語』においては子女紹介の段に「頭——六位蔵人」としてあらわれるのみであって、まだ十分に機能を果たさないようにみえる〝兄弟同職〟の設定は、『源氏物語』になると、明確に主張するものとなる。作品世界内部で、対比される対象は場面により異なり、多様な姿をみせるものになるが、権力の存在するところを示唆する方法の一として、蔵人頭と五位蔵人――蔵人所にともにある兄弟の姿を表現する。時めく権勢の輝やかしさは、対置される存在によって一段と増すものとなるが、対置される対象に向かい合う輝きを表現する一素材として、〝兄弟同職〟を設定しているのである。稿者の不手際により見逃している事実も有ることであろう。しかしながら、平安時代全般を見通しても、九百年代後半に偏在する歴史的事実が示すものは、『宇津保物語』に反映されたと思われ、そして、更に史実を重ねてゆき、一つの顕著な傾向として、『源氏物語』の作者に捕捉されたはずである。それを受け止める読者の側も当該表現の意味するところを認識していたであろう。「傍親ノ忌」が慣習として生きている社会の中で、その忌避に反する事態なのであるから。近衛府の〝兄弟同官〟に関しては、史実として僅少例をみるものの、物語内部に明記されることはなく不明である。だが、蔵人所の〝兄弟同職〟は、明らかに史実をふまえて設定され、活用されたと思われる。『源氏物語』にみる当設定は、単なる虚構ではなく、史実を背景に意図的に設けられ、一つの表現として作品が発信するものである。

【注】

(1) 黒板伸夫氏『平安王朝の宮廷社会』(吉川弘文館　平成七年)に、「蔵人は検非違使と共に代表的な令外官とされるが、実はこれらは官の範疇には入らず、職と呼ぶべきものである。……明確な差違は、官が除目という形式で任ぜられるのに対し、……これらの職は天皇の宣旨で任命される」とあり、本論はこれに従う。

（2）御法巻における蔵人少将が頭中将に昇任している可能性も残るが、明らかではない。
（3）基本的な官職としては頭中将であるが、当部分は頭少将とみえる。『源氏物語大成』（中央公論社　昭和六〇年）に校異をみると、底本・大島本「とうの少将」に対して、河内本の一『七毫源氏』にのみ「頭中将」とあらわれる。「頭少将」とする意図は未詳であるが、夕霧子息の勢いを示唆する手段の一つであろうか。
（4）たとえば、『職原鈔』下「蔵人所」項中に「頭二人、四位殿上人中、清撰之職也、弁方一人、近衛司方一人補之、常例也」をみる。
（5）もっとも、二郎君は誕生の際に、男君の母が「このたびはこゝに預か」（第二）ると迎え、「祖父おとゞの御殿に養はれ給ふ君」（第四）、また「翁の五郎に侍れば、……おぢにてをいになり劣るやうやはある」（同）などと扱われている。正式に祖父の養子となっている場合には〝兄弟両大将〟とはならない。
（6）市川久氏編　続群書類従完成会　平成元年。
兄弟の認定は、付載の系図を参考にした。後出の補任についても同様である。
（7）『中右記』寛治七（一〇九三）年十月二十一日条。
（8）たとえば、⑨例における蔵人頭実資の場合、「任三木」までの道のりをみると、円融、花山、一条の三朝で蔵人頭を歴任し、この間約一年離任の時期はあるものの、初任からは八年後となる「任三木」である。
（9）飯倉晴武氏校訂　続群書類従完成会　昭和五八年
（10）市川久氏編　続群書類従完成会　平成五年
（11）「兄弟相並例」は、
長治二　顕隆左少
為隆右少
保元三　俊憲左中

貞憲右少
治承五　経房左大
光長左少

という三例である。これは、嘉承元（一一〇六）年十二月、左少弁から右中弁に転じた藤原顕隆と、右少弁から権右中弁に転じた為隆の兄弟をはじめ、保元三（一一五八）年八月から十一月までの藤原俊憲、貞憲の右中弁と右少弁、また、養和元（一一八一）年から左大弁と左少弁にあった藤原経房と光長である。

（12）院政期以後の、六位蔵人二名の〝兄弟同職〟に関しては、たとえば、『中右記』承徳元（一〇九七）年正月十四日条に、

蔵人中兄弟二人相並事世人不㆓甘心㆒歟、去々年相並〈明国、仲正〉、今年又相並〈盛家、家時〉、

とあり、また、『兵範記』仁安四（一一六九）年正月五日条には、藤原親光の補任に対して、「基光舎弟、兄弟相並例」と記している。

（13）『後二条師通記』寛治七（一〇九三）年十一月十一日条。

民部卿来臨申云、大将譲㆓子孫㆒之例、補任不㆑見、一説在㆑例之由所㆑被㆑仰也、世間大略淫《ママ》乱、不便尤多、

と、右大将の官を右大臣源顕房が、息男権大納言雅実に譲ることに対して批判している。この論調からも、本来あるべき社会の自制の一面を窺い知る。

（14）桐壺巻には、「東宮の御祖父にて、ついに世の中を知りたまふべき、右大臣の御勢は（左大臣に――稿者注）ものにもあらずおされたまへり」と、光源氏が婿入りした左大臣家の勢いが描かれる。

（15）該当場面に続く段では、「つれづれとながめたまふ所は、春の夜もいと明かしがたきを、心やりたまへる旅寝の宿は、酔の紛れにいととう明けぬる心地して」とあって、ここにも対比の妙が示される。

（16）『落窪物語』においても、男君の一統にみられる権力構造の一表徴として、近衛府任官が活かされていたことは既述したところであり、それはまた『宇津保物語』も同様である。

第二章　「蔵人五位時方」をめぐって

一

『源氏物語』において、蔵人所の職につく人物と言えば、まず、光源氏の嫡妻・葵の上のきょうだいである頭中将が想起されよう。光源氏に相対する存在として、太政大臣まで勤める上げることになる人物の「頭中将」、すなわち、名門の子弟が任ぜられる近衛府中将が蔵人頭を兼任するこの役職は、彼にとっては、参議に昇任する直前の一ステップであり(1)、左大臣家の嫡男が昇りつめてゆく一つの過程に過ぎない。それは彼ばかりではない。彼以外の頭中将も、彼の息男――柏木（藤袴）そしてその弟（幻）――、髭黒の子息（竹河）、また夕霧の息（宿木）たちが任ぜられていて、全員権門の子弟ばかりである。弘徽殿大后の甥（賢木）や、のちの紅梅大臣かとされる柏木弟（若菜上）がつとめている、弁官が蔵人頭を兼ねる頭弁も、ほぼそれに准じるであろう。

蔵人所にあって、この蔵人頭の下位で勤務する五位蔵人と六位蔵人のうち、この物語にあらわれる五位蔵人は、・葵の上のきょうだい、すなわち先述頭中将が初出時の肩書である蔵人少将（桐壺）

・その異腹の弟の蔵人弁（夕顔）
・軒端荻の想い人である蔵人少将（同）
・柏木弟の蔵人少将（夕霧）
・玉鬘所生の大君に懸想して「立ち去らぬ」、夕霧息の蔵人少将（竹河）ほか

という人々であるが、このうち、人物の出自が特定できる顔ぶれからは、やはり良家の子弟が選ばれる職務であることが納得できる。(2)

一方、六位蔵人としては、

・右近将監で賀茂御禊に「仮の御随身にて仕うまつりし」、伊予介の子（葵）
・大原野行幸に不参仕の源氏のもとへ冷泉帝の使者として雉一枝を奉った、蔵人の左衛門尉（行幸）
・浮舟の母・中将の君の「継子の式部丞にて蔵人なる」、常陸介の子（東屋）
・薫の力添えで右近将監の蔵人になった、同じく常陸介の子（手習）

をみることができる。彼らは父親の称によっても明らかなように受領層の出身であり、前述の蔵人頭はもとより五位蔵人とも出自を異にするのは明白である。

蔵人所に勤務する彼らの姿が描かれる文学作品のうち、『源氏物語』に先立つ作品を概観すると、『大和物語』には、「蔵人にてありける人の、加賀の守にて下りけるに」（七十五段）、「おなじ女、内の曹司にすみける時、しのびて通ひたまふ人ありけり。頭なりければ、殿上につねにありけり」（八十三段）、また「近江の守公忠の君、掃部の助にて蔵人なりけるころなりけり」（百一段）などと、蔵人頭や五位また六位の蔵人があらわれている。

『落窪物語』の男主人公道頼の乳母子である帯刀は、当初は「六位と言へど蔵人にだにあらず、つちの帯刀のとしはたちばかり」（第一）と、落窪の君の父・中納言に指弾されるが、その後、落窪の君が男君の第二子を出産する頃にもなると、「帯刀は衛門の尉にて蔵人す」（第二）とあり、六位蔵人に任ぜられていたのだった。更には、「衛門の尉はかぶり得て三河守にな」（第三）る、すなわち、六位蔵人から叙爵して五位になり、受領として三河守に着任するという、この階層の理想的なコースを歩む様子が描かれる。この帯刀以外にも、落窪の君の異腹の姉・三の君の夫になった蔵人少将、また、「蔵人よりかうぶりたまは」（第四）った、筑紫の帥の三男・式部大夫などと五位や六位蔵人の姿がみえる。

その他、『宇津保物語』の中にも登場する蔵人ではあるが、『枕草子』によく描かれることは知られるところである。

まず、「君達は」（一六五段）では、「君達は、頭中将、頭弁、権中将、四位少将、蔵人弁、四位侍従、蔵人少納言、蔵人兵衛佐」とあって、公卿に補任されるまでの上級貴族子弟たちが任ぜられる、かがやかしい職掌が列記されている。そこには、頭中将、頭弁、蔵人弁、蔵人少納言そして蔵人兵衛佐と、蔵人頭および五位蔵人の姿が多くあらわれていて、官職中に占める彼らの位置がよくわかる章段である。

しかし、頭や五位蔵人ばかりではない、六位蔵人こそ、「めでたきもの」（八四段）なのである。

めでたきもの、唐錦、飾り太刀……　六位の蔵人、いみじき君達なれど、えしも着たまはぬ綾織物を心にまかせて着たる青色姿などの、いとめでたきなり。所の雑色、ただ人の子どもなどにて、……何とも見えぬに、蔵人になりぬれば、えもいはずぞあさましきや。宣旨など持てまゐり、大饗のをりの甘栗の使などにまゐりたる、もてなしやむごとながりたまへるさまは、いづこなりし天くだり人ならむとこそ見ゆれ。

「いみじき君達」ではない、「ただ人の子ども」と言われるような彼らが、六位蔵人になると、「天くだり人」にも准えられるめでたさである。同段では引き続く六位蔵人に関する文中にも、「上の近う使はせたまふを見るには、ねたくさへこそおぼゆれ」と記されるなど、羨望の対象となっているのである。そして、「きらきらしきもの」（二七六段）にも、「きらきらしきもの大将、御さき追ひたる」などの他に、「蔵人の式部丞の白馬の日、大庭練りたる」を数える。あるいは、「左右の衛門尉を判官といふ名つけて」（二九二段）は、左右の衛門尉および検非違使尉に六位蔵人をも兼ねる蔵人判官に対して一言注文をつける、という趣旨の章段であるが、「青色をただ常に着たらば、いかにをかしからむ」とあって、先掲「めでたきもの」段中にも「青色姿などの、いとめでたきなり」と記されるように、六位蔵人に許される、天皇から拝領の麹塵の袍、すなわち青色の袍が象徴する、六位蔵人の誇らかな立場があらわれる。

この青色袍は、上掲章段の他にも多くみえる。「うちの局、細殿いみじうをかし」（七三段）に、「直衣のうしろに、ほころび絶えすぎたる君達、六位の蔵人の、青色など着て、うけばりて、遣戸のもとなどに、……袖うち合はせて立ちたるこそをかしけれ」とほめられ、更には「心にくきもの」（一九〇段）の中に、「内の局などに、うちとくまじき人のあれば、……直衣、指貫など几帳にうちかけたり。六位の蔵人の青色もあへなん」などとあって、六位蔵人と一体化した象徴ともなっているのである。(3)

六位蔵人の青色の袍の姿は、『源氏物語』においても描かれている。澪標巻である。須磨、明石の退居から帰京ののち、住吉社に願ほどきの参詣をする源氏の華やかな一行の、

松原の深緑なるに、花紅葉をこき散らしたると見ゆる、袍衣の濃き薄き数知らず。六位の中にも蔵人は青色しるく見え

た、その姿でもある。

更にのち、時代が降った『古今著聞集』にも、この青色袍が引き起こした騒ぎが記されている。

「天慶五年蕃客の戯れの例に依りて順徳院御位の時賭弓を御真似の事」（巻三　公事第四　一〇五段）。

……順徳院の御位の時、賭弓をまねばれける。左京大夫重長朝臣、六位の青色袍をかりてきて、白木の御倚子につきて、主上の御まねをぞしたりける。

朱雀朝・天慶五（九四二）年に、外国人が入国した折の儀式を真似たたわぶれがあったのを、順徳朝の廷臣たちがまた倣って、「主上の御まね」をするという、青色袍あってこその悪戯をしたのである。そして、その揚句に「御膳にそなへたる菓子并鳥のあしなどを取てくひたりける」という「比興の事」までしたところ、後鳥羽院が、「此事きこしめして、『主上の御まねしかるべからず。あまさへ食事狂々なり』とて、逆鱗あ」った話までも伝わることになったが、青色袍と六位蔵人の結びつきの一端が窺えるものである。

和歌の分野においても、詞書中に「蔵人よりかうぶり賜はる」などと記されて、その胸中を詠じるものは少なくはない。それはたとえば、『後拾遺集』に入集する、源経任の「蔵人にてかうぶり給ひけるによめる」という詞書をもつ一首、「かぎりあれば天の羽衣ぬぎかへて　おりぞわづらふ雲のかけはし」（巻十七雑三　九七八）と地下に下る感慨であり、また、藤原兼輔は、

藤原さねきが、蔵人よりかうぶりたまはりて、明日殿上まかり下りむとしける夜、酒たうべけるついでに

むばたまの今宵ばかりぞあけ衣　あけなば人をよそにこそ見め

と、『大和物語』百十九段にみえる藤原真興か、叙爵によって殿上を去る人物と別れを惜しんでいる。

（『後撰集』巻十五雑一　一一一六）

二

六位蔵人をつとめて、栄爵ともいう、五位を授かる叙爵に与って、晴れて従五位下となり、広義の貴族である〝通貴〟の一員に加えられると、「蔵人五位」または「蔵人大夫」ともいう立場になる。しかしながら、和歌の詞書における と同じく作り物語作品には当語句は用いられずに、既掲『落窪物語』にみるように、「蔵人より冠得る」、あるいは「蔵人よりかうぶりたまはる」として表現される。

『源氏物語』における当該表現も『落窪物語』などと同様である。この物語に登場する「蔵人より冠得」たり、「冠たまは」った、〝蔵人五位〟の人物は、まず、瘧病にかかった光源氏が、加持を受けるために訪れた北山で、源氏に明石の入道父娘のことを語った供人が、「かく言ふは播磨守の子の、蔵人より今年冠得たる」（若紫）源良清であり、また、六位蔵人を除籍されて、須磨へ源氏に従った、伊予介の子は、源氏とともに帰洛ののち、「かの解けたりし蔵人も、還りなりにけり。靫負の尉にて、今年冠得てけり」（松風）と、再び六位蔵人に任ぜられてつとめ上げ、五位に叙爵されたのだった。そして、匂宮の「御乳母子の蔵人よりかうぶりえたる若き人」（浮舟）時方も同様である。更に、源氏が「蔵人になしかへりみ」（須磨）した、五節兄の筑前守も、蔵人をつとめたのちの叙爵と考えられ、その数に入れられよう。こうした彼らの中でも伊予介の子の場合には、「得べき冠もほど過ぎつるを、つひに御簡削られ、官もとられてはしたな」（須磨）い思いを味わった揚句だけに、その復活後の叙爵が一層「昔に改め、心地よげ」（松風）であるのは、至極当然であろう。
六位蔵人から「かうぶりを得た」彼らは、播磨守の子である源良清また伊予介の子としてあらわれていて、受領の父をもつ。受領層の出自であり、六位蔵人からの当叙爵によって果たした〝通貴〟の仲間入りであることは、前述したところである。〝蔵人五位〟の彼らのうち、匂宮の御乳母子である時方については、父親の存在が描かれてはいず明らかではないものの、父の弟が因幡守であり、また時方自身の描かれ方からも、良清らと同様に受領層の出身であると考えられる。

時方は出雲権守である。遙授国司である。土田直鎮氏『奈良平安時代史研究(4)』における「公卿の前歴としての国司国別箇数」表によると、出雲国司を前歴にもつ公卿は、宇多朝から後冷泉朝までの期間は不在である。言い換えると、公卿にならない人物が出雲国司に選ばれていた、と言うことである。『源氏物語』の成立以前に任ぜられている出雲国司を『国司補任(5)』に探ってみると、国司名が不明で空白が目立つ中の、長徳二、三（九九六、九九七）年に、藤原隆家の名が記されているのを見る。この場合は、中納言であった中関白家の隆家が、「事ニ坐シテ左降」（『公卿補任(6)』長徳二年次）、つまり、兄伊周とともに花山院に弓を射かけたり、また東三条院を呪詛した罪によって左降したものである。この隆家の出雲権守就任は、『職原鈔』下「諸国」にいうところの、「又殿上六位《ノ》蔵人。叙位《ノ》時爵《ニ》預《カル》者、即《チ》権《ノ》守《ニ》任《ズ》。又例《ナリ》」に続いて記述される、「納言以上《ガ》貶謫《ノ》時、諸国《ノ》権守《ニ》任《スルナリ》」の文言に該当するものであり、前段に記されている「殿上《ノ》六位《ノ》蔵人」が「爵《ニ》預《カル》」ときに、「即《チ》権《ノ》守《ニ》任」ぜられるのとは全く様相を異にするものである。この藤原隆家とは違って、「蔵人よりかうぶりえた」後に「即《チ》任」ぜられたであろう時方の、「出雲権守」の意味するところは不明である。『源氏物語』が染筆される数年前と覚しい時期の事件であり、作者も耳を欹てて事態の成り行きに関心を払ったことであろう。その隆家が左降した出雲権守に、他でもないその国司に、時方を補任させる意図は何であろうか。あるいは作者の中には、貶謫の場合と叙爵に伴う場合とは明らかに異なる意識があったのであろうか。

この時方は、繰り返すと、「蔵人よりかうぶりえた」表現をもつ蔵人五位である。しかしながら、物語中にはこの語句表現をみず、また、『源氏物語』のもつ多くの古注釈においても、当該部分に当語句が記されないからであろうか、「蔵人五位」としてではなく、「五位蔵人」とあらわされることがあり、現行諸注釈その他にもその誤認をみることがある。[7] 五位で蔵人の「五位蔵人」は現職であり、一方、それに対して、「蔵人よりかうぶり得た結果、蔵人を下りて地下に戻った「蔵人五位」は、前任の蔵人職によっていま五位にある者の謂であって、両者は全く実態を異にするものである。[8]

「蔵人五位」と「五位蔵人」という言語の相似による混乱でもあろうけれど、実態は全く異なる二者である。しかしながら、「蔵人五位」に関してはこれまで余り論議されることがなく、その実態が明確でないことも、この両者の混乱の一要因であろう。

本論は、『源氏物語』浮舟巻に姿をみせる、匂宮の「御乳母子の蔵人よりかうぶりえたる若き人」時方、「蔵人五位」に設定される時方の位置をより明確に把捉するために、蔵人五位の実態、そして、その位置づけ、つまり実態が指示するところを考察、検証するものである。

三

既掲『枕草子』の「めでたきもの」(八四段)の後段には次のような記述をみる。

かうぶりの期になりて、おるべきほどの近うならむにだに、命よりもをしかるべき事を、臨時の所々の御給はり申して、おるるこそ言ふかひなくおぼゆれ。昔の蔵人は、今年の春夏よりこそ泣きたちけれ、今の世には走りくらべをなむする。

叙爵を賜わるのは嬉しいが、昇殿して天皇に近侍するという蔵人の特権を失って、地下に下りなければならない、叙爵間近の六位蔵人の姿が、昔今を比較して描かれている。

叙爵して蔵人を下りると、今度は、

六位の蔵人などは、思ひかくべき事にもあらず。かうぶり得て、何の権守、大夫などいふ人の、板屋などのせばき家持たりて、……前近く、一尺ばかりなる木生して、牛つなぎて、草など飼はするこそ、いとにくけれ。（「六位の蔵人などは」一七〇段）

などと、その後のあり方に関して一言及ばれもするようになる。

後述の『栄花物語』とともに、作り物語とは異なるジャンルにある『枕草子』の特質の一つであろうか、「説経の講師は」（三一段）に、「蔵人五位」の語句がみえる。

蔵人など、昔は御前などいふわざもせず、その年ばかりは、内わたりなどには、影も見えざりける。今は、さしもあらざめる。「蔵人の五位」とて、それをしもぞいそがしうつかへど、なほ名残つれづれにて、心一つは暇ある心地すべかめれば、

説経の場に「常に詣でまほしう」なるような蔵人五位の、蔵人在任中の激務ぶりとは一変した境遇が描かれる。それでもこの時代の蔵人五位たちはそれ以前に比べると、折につけ「御前などいふわざ」の任務を与えられて、「いそがしうつかへ」われた様子を当章段からも窺うことができる。

『栄花物語』にあらわれてくる、「いそがしうつか」われる蔵人五位の例は、たとえば長和二（一〇一三）年七月、三条天皇皇女・禎子内親王誕生の際の御湯殿の儀において、「五位・六位御弦打に二十人召したり。五位は蔵人の五位を選らせ給へり」（巻十一つぼみ花）をみる。また更に、延久三（一〇七一）年二月、後三条天皇の皇子・実仁親王誕生の場合にも、

御湯殿の儀式、有様など、蔵人の五位よき限二十人、弦打に奉らせ給ふ。いへばおろかなり。御乳母には、小侍従の内侍とて候ふを奉らせ給へり、……蔵人よりかうぶり得たる式部大夫惟輔が女なり。（巻三十八松のしづえ）

とあって、皇子や皇女誕生時の御湯殿の儀における弦打ちの役に、「よき限」の「蔵人五位」が「選らせ」られる姿をみることができる。そして、実仁親王の御乳母の一人として、「蔵人よりかうぶり得たる式部大夫惟輔が女」、つまり後冷泉朝で六位蔵人から叙爵したであろう藤原惟輔の娘が選任されているのを併せてみるが、『栄花物語』においては、如上のとおり「蔵人五位」そして「蔵人よりかうぶり得たる」という二様の表現がされていることを知る。

また、藤原道長が治安二（一〇二二）年七月、法成寺の金堂供養を行なった際には、禄を「又次次に皇太后宮、中宮などの、おのおの大夫達行事して、宮司、権大夫、蔵人の五位などとりて、さまざま被け渡し」（巻十七おむがく）たり、寛治六（一〇九二）年二月、前月正月に中納言になったばかり、十五歳の藤原忠実が春日祭の上卿をつとめた折には、

御供に、世に残るなく、君達の殿上したるもせぬも、蔵人の五位ども仕うまつれり。狩装束をかしう、心心思ひ〳〵心を尽し、色を尽さぬなし。……

又の日、帰らせ給ふ。御供の人人皆、今日ばかり装束うち乱れ、今少し思ひやり深く、世にまた三笠の山のかかる類なく、めでたう思ひ余りて、（巻四十紫野）

などとあって、多様な、華やかな晴れの場面で欠かせない人々なのである。

しかし、晴れの舞台ばかりではない、葬送の場にも彼らの姿はあらわれる。藤原教通北の方の葬送に、

「この度ばかりの事」とおぼしめせば、殿の御車に、殿人のあるかぎり、五位十人ばかりつけさせ給ふ。御心のうちは、「これあるまじき事なり。世にやむ事なき事には、蔵人経たる人をこそすめるに、後のそしりありなん」とおぼしながら、（巻二十一後くゐの大将）

と、内大臣教通の北の方が御産のあと逝去し、その葬送を「何事もし残させ給ふべきやうもなく」行なった際に、教通の胸中が語られているが、そこに天皇御葬送の折には、「蔵人経たる人」すなわち「蔵人五位」が供奉するとみえ、臣下の身でありながら五位十人をも供につけるようなことをして、後世のそしりを招くであろう、とする。

『栄花物語』に記される、治安四（一〇二四）年正月に行なわれた当葬送より十余年前の、一条天皇御葬送に関する記事は、藤原行成の『権記』に詳述されている。

中《ママ》権左中弁経通朝臣・右中弁重尹朝臣秉燭、供二奉御棺前一、件人在二炬火人十二人中一、〔四位二人、加之五位十人、理義、信経、行資、実房、孝標、頼貞、隆光、頼任、定佐、行義等十人、旧侍中也、〕（寛弘八〈一〇一一〉年七月八日）

経通、重尹の四位二名に加えて、「旧侍中」の十名、つまり一条天皇の許で六位蔵人として仕えた、蔵人五位十名の名が記される。更に、同記翌九日条には、迎火の勤仕者名が裏書きされるが、そこには、四位の殿上人八

名に続いて、散位藤原為盛や橘則光らの六人が、「以上六人蔵人大夫」と記されている。これらは先だつ六月二十五日条にみる御葬送の定文に詳しい。炬火そして迎火の役に、蔵人大夫も多く奉仕する旨を明記する。以上のように行成は彼の日記中に菅原孝標や藤原宣孝の息である隆光らの名を記しながら、蔵人大夫をその語句をもって表現しているが、一方、同日付の記事をもつ藤原道長の『御堂関白記』には、記主道長は「蔵人大夫」、「蔵人五位」の文字を残してはいない(9)。

更にのち、源経頼の日記『左経記』にみる、長元九(一〇三六)年四月二十二日条の後一条天皇の御葬送に関する記事の中に、彼らの姿は明らかではない。

記主、場面などによって異なる、こうしたさまざまな捉え方は、廷臣として官職に任ぜられているのとは一線を画す、彼ら蔵人五位の地位、立場をあらわすものとも言えようが、それはともかくも、以上のように、慶事、弔事を問わず、多様な儀式の場面に蔵人五位は一定の役割を担ったものと考えられる。

四

『源氏物語』をはじめ作り物語作品においては、「蔵人五位」の語句はみえず、「蔵人より冠得る」、「冠たまはる」と表現されることは既述したところである。「蔵人五位」また「蔵人大夫」の語句表現が用いられているのは、『枕草子』や『栄花物語』などの随筆、歴史物語と分類される作品、そして記録においてであるが、記録の中でも、院政期以降に記された、藤原宗忠の『中右記』、藤原頼長の『台記』、藤原兼実の『玉葉』に、とりわけ兼実の『玉葉』の中には彼ら蔵人五位の姿を多くみることができる。『源氏物語』の成立から時代は降ってしまうものの、多くの事例をもつこれらの記録から、従来余り論議されることのなかった「蔵人五位」の実態の一斑を探ってみることとする。

治承二（一一七八）年正月五日に行なわれた叙位の儀は、兼実が『玉葉』に詳述する。次第が進んで、従五位下から従五位上への一加階の場面に次の記述をみる。

此間兼光持二参一加階勘文一、……申云、於二入内一者可レ叙者不レ候、又近例一加階、依二御定一載二勘文一、今度雖レ無二承旨一、藤原憲実（蔵人五位）歴二三十余年一、勤厚第一之者也、（年来不レ遁二避外記役一、故奏二此由一云々）、若有二登用一者、可レ励二後輩一歟者、余取二勘文一、……見二勘文一献二関白一了、（関白被レ示二可レ与之由一、是為二後日沙汰一歟、）……

「勤厚第一」に三十余年もの間勤務し、「年来外記ノ役ヲ遁避」しない藤原憲実は、蔵人五位である。黒板伸夫氏は「外記、史には四姓の者は任ぜられない」(10)と指摘する。蔵人五位である藤原憲実が、本来六位の官職である「外記」の「役」を「遁避シナイ」旨の記述をも合わせて考えると、実際に憲実が「外記」に正式に任官していたのかどうかは疑問であるが、いまこれ以上は明らかにならない。

この藤原憲実は、『蔵人補任』(11)の校訂に従い「憲定」とすると、六位蔵人に補されたのは仁平二（一一五二）年、そして巡爵は三年後の久寿二（一一五五）年、近衛朝のことである。『玉葉』の当該記事は、巡爵から二十三年を経ている、蔵人五位憲定の姿を描いていることになるが、この記事からは、実直に責務をこなしてゆく、一人の誠実な中級官人像が照らし出されてくる。日記中の「三十余年ヲ歴」す、が何を対象とするものか明確ではないが、憲定は、従五位下のままで二十三年。しかし、勤勉に実務に励むその姿を見ている人はいて、この度の叙位御定に憲定の名は記されていないものの、彼に一階加わって従五位上になるなら、さだめし同じ状況下にあるであろう「後輩」の励みとなるに違いない、と上申する五位蔵人藤原兼光は言うのである。『玉葉』記主の右大臣兼実がその勘文を奉った関白藤原基房は、「与フベシ」という意向を示した。しかしながら、こののちの『玉葉』、また同時期の記録を残す中山忠親の『山槐記』には、憲定の「後日ノ沙汰」に関する記事をみることはない。(12)

藤原憲定は、叙爵から二十三年後にも従五位下のままで留まっていて、一人の蔵人五位および「後輩」たちの実態が判明した。

しかし、蔵人五位は、従五位下の者ばかりではない。たとえば、『台記』保延二（一一三六）年十二月九日条。頼長が内大臣に就いた任大臣の大饗が行なわれて、「今日予ノ前駆」の役にあたった人々が記載されている。そのうち、源雅職以下の十四名には、彼らの名に続いて割注で〔已上蔵人五位〕と示される。ここに蔵人五位と称されている十四名を、四日後の十三日条にあらわれている、慶申の前駆をつとめた顔ぶれと重ね合わせて、『蔵人補任』にあたってみると、そのうち十名の叙爵年次が判明する。更に、『中右記』などと照合しながら彼らの姿を追ってみると、最古参は源雅職と源家時であることが判明する。雅職は、堀河朝の康和二（一一〇〇）年に叙爵ののち、永久三（一一一五）年に従五位上に加階していた。十五年を経て一階が加わったのである。巡爵から三十六年を経ているこの保延二年には、疑いなく齢五十歳以上であろうし、あるいは六十歳代にも入っていようかという年配である。また、家時もその後の加階は特定できないものの、雅職と同年叙爵であり、やはり同世代かと考えられる。その他にも、当保延二年正月に正五位下に叙された藤原忠兼、そして、六年前の大治五（一一三〇）年に従五位上に叙されている藤原有成は、ともに鳥羽朝の六位蔵人であって、天仁二（一一〇九）年の栄爵からは二十七年の年月を過ごして、いま正五位下や従五位上にあるのである。

叙爵後の位階はともかくも五位であれば、このように長い年月を経ても、蔵人から栄爵を受けて五位になった事実は、蔵人五位として生きていて、その事実が重要なのである[13]。それは、蔵人五位に対して逆の、「不経蔵人五位」という表現をみることによっても窺い知ることができる。「蔵人ヲ経ザル五位」とは、記録の中に少なからず見る表現であり、また蔵人五位とともにみる場合もある。

たとえば、『台記』においては、仁平二（一一五二）年正月二十六日条。頼長の朱器初度大饗。

散位為範、範実、〔已上、地下五位、〕勧二盃外記史一、〔為範勧二外記一、範実勧レ史、並不レ経二蔵人一五位、取レ瓶〕

また、翌三（一一五三）年十一月二十六日条。春日詣の際にみる、

予取レ之、勧二民部卿一、流巡及二殿上人座一、前少納言俊通、〔殿上人五位〕勧二舞人一、……有光朝臣、〔儒〕、勧二陪従一、〔瓶子、不レ経二蔵人一五位、〕

などがその例である。

『玉葉』の中での一例は、嘉応三（一一七一）年三月十六日条。乙童、すなわち次男良経の真菜始の儀。

小児産《ママ》、畳上加レ茵、兄童例也、毎事路《ママ》儀、偏逐二彼度之例一也、役人、蔵人五位六人、〔家季、宗隆、能業、邦業、光能、貞俊等也、而貞俊、俄服事出来、仍信光勤レ之、光能、信光者不レ経二蔵人一、然而各依レ為二一所殿上人、又院司一所二准用一也〕

光能や信光は蔵人五位ではないが、「一所ノ殿上人」や「院司」であるから准用して蔵人五位と見做す、という文脈からは、この役が本来、蔵人五位が担うべきものであることが明らかになる。

更に、同じく『玉葉』の安元二（一一七六）年三月四日には、この日催された後白河院五十御賀の儀が記されてい

る。そこには、

歴二蔵人一之五位〔地下〕、取二献物一、授二大臣以下参議已上一、〔不レ歴二蔵人一之五位、授二殿上人一、〕

とあって、献物を奉授する対象の身分序列——蔵人五位は大臣以下参議以上に、そして、不歴蔵人の五位は殿上人に——からも、蔵人五位と不経蔵人五位、この両者の位置関係が明らかになる。言うまでもない蔵人五位の優位は、たとえば『蔵人式』に、「職掌之尊、誠可二厳重一」とあるなど、蔵人の職掌の重さと対応するものであることは言を俟たない。

『台記』久安元（一一四五）年八月十四条には、「二町諸大夫」に対して「請レ非二蔵人五位一」と注記している。ここからも、蔵人五位＝上ノ町、非蔵人五位＝二ノ町、という図式を窺うことができる。

蔵人五位の担う役割は、以上みてきたように、皇子女誕生時の御湯殿の儀における鳴弦(14)、そして、御葬送の際の迎火など、各種儀式での役送や前駆、また放生会に、神馬使になどと、多様な局面にあらわれてくる。その中でも前駆の役にある彼らを、最も多くみることができる。前掲『枕草子』の「説経の講師は」段の中にも、「御前などいふわざ」をする蔵人五位の姿をみかけたが、『中右記』『台記』『兵範記』『山槐記』そして『玉葉』などの記録中にも、多く前駆としてあらわれていて、子弟の元服、申慶、春日詣、賀茂臨時祭、御斎会その他、実にさまざまな場面で蔵人五位たちは貴人の前を駆る。その数も、時に前駆二十名中の十六人が蔵人五位という具合である（『台記』久安二〈一一四六〉年十一月十一日）(15)。

長年にわたってさまざまな局面で主人に仕える蔵人五位であるが、彼らが六位蔵人として在任中の天皇との結びつきが最も固いものであることは周知のことであろう。久寿二（一一五五）年八月十三日は、先月崩御した近衛院の三七日に、また、同二十日は四七日にあたっていて、七箇寺に諷誦使がたてられている。三七日、四七日ともそれぞれ七名たてられた使は、「経二先朝蔵人一之諸大夫」、「先朝蔵人五位」（『兵範記』）である。つまり、近衛朝において六位蔵人としてつとめ上げ栄爵を受けた蔵人五位の計十四名である。そのうちの一人、三七日の廣隆寺への使いの役を負って、若き日の「筑前権守（藤原）憲定」が発っている。

蔵人五位は、官職ではなくて、地位また立場というべきものであり、蔵人五位という立場にある、「筑前権守」の職務についている「藤原憲定」なのである。記録中に判明する蔵人五位の人々は、散位と記される場合が多いが、彼らは左馬助[16]、兵部少輔、中務少輔、あるいは皇后少進などの官職についていたり、国司であったり、また、貴顕、権門の家司や職事といった職にもある。それらの肩書が時に応じて使い分けられ、また、日記の記主によっても異なるなど、その呼称の使われ方に一定の図式をあて嵌めることは難しい。そうした蔵人五位の姿に対して、現任の蔵人たちはと言うと、蔵人職は本官ではなく兼職であり、各人が別に本官を帯するのが原則であるものの、従事する業務の内容と相俟ってのことでもあろう、兼任としての職務とは言いながらも、本官よりも「蔵人」であることが最優先されてあらわれることが多い。そうした現任蔵人の実態とは一線を画する、この蔵人五位の地位、立場であることを示すものとも言えよう。

蔵人五位の実態は不明であることが多く、なお解明を要する問題は残るが、この節においてはその実態の一端を探った。

五

「蔵人五位」と「五位蔵人」に関する混乱をみることがあるが、この両者は語句の類似はあるものの、その実態は大きく異なることは前節に述べたとおりである。繰り返すと、現職である五位蔵人に対して、前職の六位蔵人からの叙爵によって蔵人五位と称されると言う、現任、前任という相違ばかりではない。両者の属する階層は大きな隔たりをもつものである。五位蔵人からスタートする良家の子弟と、六位蔵人をつとめ上げて叙爵することにより、通貴の一員となる受領層出身の蔵人五位と。この階層の隔たりは大きい。(17)

エリートである五位蔵人にとって、当職は昇任への一つのステップに過ぎないが、一方、この叙爵によって五位となった彼ら蔵人五位は、叙爵後は、本論にその片鱗をみたように、長い年月にわたって蔵人五位としてあり、それ以上の昇進を可能にする者はほんの一握りにすぎない。蔵人所にあって、エリートである蔵人頭および五位蔵人に対して、六位蔵人の立つ位置は異なる様相を呈するものである。言い換えると、そうであるからこその誇らしい職務なのである。

六位蔵人出身の実務に精通した有能な蔵人五位は、官職とは異なる地位や立場にあるが、その実務的能力ゆえに蔵人としての現職の役から離れてもなお、近侍した天皇に関してばかりではない、さまざまな局面で一応の役を果たすのであろう、多様な場面に任務を担う姿をみることができる。官職では決してないにもかかわらず、あたかも一定の職にあるかのように扱われる「蔵人五位」なのである。

『源氏物語』における、蔵人頭をはじめとする蔵人像は、五位蔵人、六位蔵人、そして蔵人五位も含めて、作品成立時代のそれを大きく逸脱しない造型がされると言えよう。蔵人頭そして五位蔵人たちは、葵の上のきょうだい、いわゆる頭中将をはじめとして夕霧の子息たち、権門の子弟たちであり、エリートである。一方、六位蔵人に任ぜられた人物は伊予介、常陸介、播磨守という受領の父をもつ息たちであり、この物語中においても両者の出自の差異は自明であるが、蔵人五位はその六位蔵人の叙爵後の地位なのである。『源氏物語』中に、「蔵人五位・大夫」の語句はみないが、「蔵人よりことし冠得たる」良清、「蔵人よりかうぶりえたる」時方などが、蔵人五位に相当する存在であることは、繰り返し述べたところである。

光源氏の乳母子である惟光に関しては、物語中に〝蔵人〟への言及をみることはない。この惟光は、良清や時方と同様に六位蔵人の経験者であったのだろうか。とりわけ匂宮の御乳母子である時方は、時に惟光を彷彿させる造型がされているが、惟光もその時方と同じく「蔵人よりかうぶりえた」のであろうか。文中からは惟光の蔵人五位の当否は実証しえないであろうが、明らかなのは、「夜半暁といはず御心に従い」（夕顔）、「例の忍ぶる道は、いつとなくいろひ仕うまつる」（松風）惟光、源氏に常に近侍する惟光が、現役蔵人ではありえないことである。

蔵人頭や蔵人たちの激務ぶりは、たとえば、平親信の『天延二年記』に六位蔵人の、『権記』には蔵人頭の、また『玉葉』など公卿日記によっても、役務に奔走する蔵人の姿の一端を窺い知ることができる。公的記録としては、引用されることも多い、『朝野群載』所載、長治三（一一〇六）年正月一日付の月奏、すなわち前年十二月分の「殿上月奏」から、『蔵人補任』に記されている該当蔵人たちの勤務日数を抽出すると次の通りである。

頭弁	源重資	上日二十七	夜二十
頭中将	藤原顕実	上日二十七	夜二十四
五位蔵人	藤原為隆	上日二十九	夜二十七
同	源雅兼	上日二十三	夜十四

同　藤原宗能　上日十九　夜十四
六位蔵人　藤原仲光　上日三十　夜二十八
同　平知信　上日二十七　夜二十五
同　大江広房　上日二十七　夜二十五
同　源有忠　上日四　夜四　（但し十二月十九日補）

日勤そして宿直ともに多く、他の大方の殿上人とは異なる勤務の様相を呈している。それは頭、五位蔵人、六位蔵人の別を問わない。当該「殿上月奏」より百五十年も前に成立したとされる、既掲『大和物語』八十三段における「殿上につねにありけ」る蔵人頭の姿は、この「殿上月奏」の勤務ぶりと重なるものであるが、それは五位蔵人や六位蔵人も同様であることを数字は物語っている。蔵人は、太政官とはまた別の、殿上における政務の中心にあって、このような繁忙を補って余りある誇らしい職掌なのであり、就中、六位蔵人にとっては、六位の身でありながら殿上人となって天皇に近侍するという、格別の職務、職場だったのである。

『落窪物語』の帯刀これなりは、主君である道頼と落窪の君の恋に尽力する時期には、「蔵人にだに」なかった。「蔵人にだに」なかったからこそ男君と女君二人の仲立ちのために馳駆の労をいとわずにいられたのである。彼が六位蔵人になったのは、落窪の君が男君の二条殿に移り住み、男君の親たちとの対面も終えて安定した境遇になってから、二人のために奔走する必要がなくなってからのちである。そして『狭衣物語』には、狭衣の乳母子の兄弟のうち、道成と道季が登場する。弟の道季は、「蔵人にもいまだならず、雑色にてぞある。兄の蔵人になりて暇なくなりにし後は、御身に添ふ影にて、忍びの御歩きには離れ」（巻二）ることなく狭衣に従う。しかし、この道季も、いつの日か雑色から六位蔵人に昇任したなら、兄の道成と同様に「暇なくな」ってしまい、狭衣に「添ふ影」でありえなくなるのは明白である。

激務である蔵人に任ぜられているとしたら、「暇なく」て、惟光は源氏に常に近侍することはできまい。若紫巻で源氏に明石の入道とそのむすめのことを語った良清が、源氏の北山行きに従いえたのも、「ことし蔵人よりかうぶり得」た立場であったから可能だったのである。六位蔵人在任中の良清は職務繁忙のため、まず北山に同行することはむつかしかったであろう。これは、浮舟巻における「御乳母子の蔵人よりかうぶりえたる」時方も全く同然である。「蔵人よりかうぶりえ」て蔵人五位の立場になったからこそ、蔵人の任務から解放されたからこそ、いま匂宮に近侍し、宮の手足となって恋のために尽力できるのである。

出雲権守時方は、物語中にその語句表現はみないものの、「蔵人よりかうぶりえたる」の表現から蔵人五位である。『枕草子』や『栄花物語』、また公卿日記などに多様な姿をみせる蔵人五位と同じく、時に応じ、折に触れ、「御前などいふわざ」、前駆などをはじめさまざまな役にも任ぜられることであろう。匂宮の乳母子である時方は、宮の父・今上帝の蔵人所に六位蔵人としてつとめあげ叙爵に与った蔵人五位として、いまある。乳母子そして蔵人五位という、匂宮との強いつながりの中にある時方は、宮の私ごとにかかわるばかりではなく、蔵人五位の立場にある人物として描き出されていると言える。乳母子として匂宮に仕える蔵人五位時方は、もし仮に彼が実在の人物であったとしたなら、「出雲権守時方、〔蔵人五位〕、三宮家司也」などと記録されたことであろう。

【注】

（1）たとえば、『朝野群載』所載、藤原有国の中文には、「公卿ノ選ハ其ノ望限リアリ、大弁・蔵人頭ハ次ヲ待チテ登用セラレ、左近中将ノ年労アル者、間以テ抜任セラル」などとみえていて、蔵人頭が、次に公卿、つまり参議となる前段階であることがよく知られる。更に、『職原鈔』下「蔵人所」の項中、「頭」には、「有二参議闕一、必任《ス》レ之《ニ》。仍古来為二重職一。」をみる。

（2）『官職秘鈔』下「五位蔵人」項に、「公達并重代名誉之諸大夫補レ之。」また、『職原鈔』下には、「五位蔵人《ノ》三人。五位《ノ》殿上人《ノ》中。名家《ノ》譜第殊撰二其器用一所レ補《スル》レ之《ニ》也。補《スル》レ当職《ニ》一者次第昇進已為《リ》二恒規一。是故以レ摂《スル》二当職《ヲ》一已為二出身之初《ト》一云々。」とある。

（3）『職原鈔』下「六位蔵人」項に、「六位《ノ》職事又聴二禁色《ヲ》一也。至二極臈《ニ》一者着二麹塵《ノ》袍《ヲ》一。是申二下御服《ヲ》一之儀也。晴《ノ》時雖二下臈《ト》一着レ之《ヲ》。」とあって、最古参の極臈以外の六位蔵人でも、ハレの際には麹塵袍を着用したことが判る。

（4）吉川弘文館　平成四年

（5）宮崎康充氏編　続群書類従完成会　平成元年〜

（6）「新訂増補国史大系」吉川弘文館　平成三年

（7）時方に関して古注釈は「蔵人大夫・五位」の注釈をつけていない。若紫巻における良清については、『花鳥余情』が、「蔵人大夫良清か物語也」、「蔵人の大夫かいふをきゝて源氏の御ともの人口々にあかしの入道の事をいふなり」と、「蔵人大夫」の語句で表現し、『孟津抄』や『岷江入楚』も同様であるが、時方には記していない。

（8）両者の相違については、橋本義彦氏「蔵人五位と五位蔵人」（『平安貴族』平凡社選書　昭和六一年）、また、土田直鎮氏『平安京への道しるべ——奈良平安時代史入門——』（吉川弘文館　平成六年）などに明記される。

（9）『御堂関白記』の長和元（一〇一二）年閏十月二十七日条。三条天皇の大嘗会に際して、御禊の女御代の御前をする三十人中、五位の十四名については全員が前年崩御の一条天皇の治世における六位蔵人経験者であって、蔵人五位と判明する者が過半であるが、その旨は記されていない。

また、その後の公卿日記のうち、『春記』や『水左記』中にも同様に「蔵人五位」の語句をみない。

(10) 鶴見大学『鶴見日本文学会報』第四一号　平成九年

(11) 市川久氏編　続群書類従完成会　平成元年

(12) 令制官職の一である外記は、『職原鈔』上「外記」項に、「外記恒例臨時公事除目叙位等事奉行《スル》之官也。尤為《リ》二重職一。」と記される。

『玉葉』に憲定の記事をみてから九年後の文治三（一一八七）年十二月四日、同じく『玉葉』には、各二名であった大少外記の定員を「自レ今以後、以二外記六人一可レ為二員数一之由」と、増員について記す。憲定とのかかわりは明らかでない。

(13) たとえば、『職原鈔』下「六位蔵人」に「重代《ノ》諸大夫中《ノ》。不二放埒一有二量器一輩補《ス》レ之《ニ》。地下《ノ》諸大夫多以レ之為二先途《ト》一。雖二五位已後《ト》一。以二蔵人《ノ》五位《ヲ》一為二規模《ト》一之故也。」とある。

(14) 元永二（一一一九）年五月二十八日に誕生の顕仁親王、のちの崇徳天皇の御湯殿始における鳴弦の五位十名は、全員が堀河そして鳥羽朝で六位蔵人から叙爵に与った人々であるが、この儀を記す、『中右記』『長秋記』『源礼記』また『敦記』などの記録中に、「蔵人五位」の語句は残っていない。

(15) 同年正月一日条。元日の節会などに参内した頼長は、「今日前駈八人」と記し、続いて、〈蔵人五位四人、六位四人〈蔵人五位子〉〉と割注書きをしている。六位の四人が、「今日ノ前駈」をつとめた蔵人五位四人の子、つまり四組の父子であるのかは不明であるが、蔵人五位の子である六位四人が頼長の「今日ノ前駈」をつとめたのであり、蔵人五位であることがその息にも及んでいることが判明する。

太政大臣藤原伊通が二条天皇に献じた意見書『大槐秘抄』は、天皇の心得を説いたものであり、応保二（一一六二）

年過ぎの作成と言われるが、その中には、「一代に年号の多つもり候と当代の蔵人五位とのおほくつもるは、よしなき事に候、御用心候べき事也」などと、蔵人五位に関して筆を接いでいて、この時代の蔵人五位のあり様を窺うことができる。そして、それはまた公卿日記の中に蔵人五位の姿を多くみるようになる事実ともかかわりをもつものであろう。

(16)『官職秘鈔』下「左右馬寮」中、「助」項には、「往代、英華貴種人多任㆑之。近代経㆓蔵人㆒之輩并公達任㆑之。」とあって、蔵人五位とのかかわりがみえる。

(17)史実を検討しても、六位蔵人をつとめた人物が、のちに五位蔵人に任ぜられる例は少ない。それも、大概が五位蔵人に補されるまでには長い時間を経てのちであり、六位を経ずに五位からスタートする階層との差は明らかである。

第三章　「蔵人より冠たまはる」――叙爵時年齢の考察

一

寛弘五（一〇〇八）年十二月三十日の夜、追儺の儀式を終えた宮中に引剥ぎが出現した。人々はもう退出していて、事件を知った女房が手を叩き大声を出して呼んでも、応答する者はいない。紫式部は、自身との身分差を考慮することも忘れて、御膳宿の刀自などという卑官の女官に直接命じたのだった。「殿上に、兵部の丞といふ蔵人呼べ呼べ。」しかし、彼は既に退出していて不在だった。

『紫式部日記』当該記事の、「兵部の丞といふ蔵人」は、周知のように紫式部のきょうだい藤原惟規である。惟規は当時兵部丞に六位蔵人を兼ねていた。

『御堂関白記』寛弘四（一〇〇七）年正月十三日条に、この藤原惟規が六位蔵人に補された記事をみる。

被レ補二蔵人右兵衛佐道雅一了、雖二若年一故関白鐘愛孫也、仍被レ補也者、兵部丞廣政・惟規等也、乍レ置二所雑色・非蔵人等一被レ補二件人一事、当時所レ候蔵人年若、又可レ任非蔵人・雑色等年少、仍件両人頗年長、蔵人宜

者也、仍所レ被レ補耳、任後人不レ知二賢愚一、

記主藤原道長は、現在の蔵人たちは「年若」であり、また、六位蔵人に任ぜられるべき非蔵人や雑色も「年少」であるのに対して、惟規と、同年配であろうか、この度ともに同蔵人に補された藤原廣政（庶政とも）の二名は、「頗ル年長」であって「蔵人ニ宜シキ者」である旨を記す。

惟規の年齢は未詳である。紫式部の二歳年下の弟か、とも言われるが、どちらが年長であるのかも含めていまだ明らかではなく、「頗ル年長」とは、具体的な数字を伴ってはいない。ちなみに、同日付で五位蔵人に補された、藤原伊周の息道雅は十六歳。「若年」ではあるが、故関白道隆の鐘愛の孫という特権による補任であり、例外的な年齢であることが記事からも窺える。

惟規はその後式部丞に転任し、寛弘八（一〇一一）年正月五日に六位蔵人を免職されたかと考えられていて、まる四年間、当蔵人として勤務したことになる。『蔵人補任』[1]には、当該年に廣政とともに「叙従五下」と記されている。『後拾遺集』初出、勅撰集に計十首入集し、家集『藤原惟規集』も残るなどと、歌人としての才は評価される一方で、実務的方面の資質に関しては粗放な面もあったようで、時に記録に失敗談が残っていたりする。それはたとえば、『小右記』寛弘五年十二月十五日条。御仏名結願の夜に僧侶たちに禄の綿を給うとき、適正な配分をすることができずに僧たちが奪い合う、という事態を発生させてしまい、記主藤原実資に「蔵人故実ヲ失スルニ似タリ。諸卿傾キ奇シム」と批判されている。この半月後には、冒頭に掲げた引剥ぎ事件が発生し、『紫式部日記』に記された、紫式部の「殿上に、兵部の丞といふ蔵人呼べ呼べ」という言動も、そうした彼への配慮であろう、とも言われる。しかしながら、惟規はともかくも栄爵を手に入れていたのである。

きょうだいの惟規ばかりではない、紫式部の父為時も以前六位蔵人の任にあった。花山天皇即位の永観二（九八四）

年、その受禅に伴うものであろうか、日付は不明ながら当職に補されている。同僚として、同年十月に同職についた、のちに紫式部の夫となる藤原宣孝がいた。彼らの年齢も不明であるが、為時は三十歳代後半、宣孝は三十二歳ほどかと考えられている。花山天皇は足かけ三年の在位で寛和二（九八六）年に譲位していて、当朝の六位蔵人たちは叙爵には至っていないのか、記録にはあらわれてこない。

物語作品世界において、男性主人公である尊貴な人物の身辺には、家来、従者といった立場で手足となって主人公を支える脇役たちが存在する。主人公の乳母子であったりもする彼らは、言うまでもなく官人としての勤務もしているわけであるが、その設定は、「蔵人より冠たまはった」人々である場合が多い。現任の六位蔵人として在職中であったのなら、繁忙なその業務によって、主人公の恋のために奔走する時間的な余裕は極めて僅かであろう。蔵人を下りた叙爵後であるからこそ、わたくしを抛って主君のために走り回ることが可能となる、当設定がふさわしく活かされてくる。

更に、他の官職ではなく、六位蔵人の出身者、「蔵人より冠たまはった」人々、すなわち蔵人五位また蔵人大夫と称される人々であるということは、六位の身ながら天皇に親しく近侍する官人であり、『職原鈔』下にいうところの、

重代《ノ》諸大夫《ノ》中、不二放埒一有二量器一輩補《ス》レ之《ニ》……六位蔵人《ノ》奉二行《ス》禁中細々《ノ》公事、朝夕《ノ》御膳等事《ヲ》一。

という、六位蔵人の職務を経験した人々に対する、他の官職とは一線を画した、世間の了解をあらわすものである。

久安元（一一四五）年八月十四日の『台記』には、

土御門大納言、為二放生会上卿一、下二向八幡一、請レ給二前駈一、遣二一町諸大夫四人一、〔請レ非二蔵人五位一〕

と記されていて、「二ノ町ノ諸大夫」は「蔵人五位ニ非ザルヲ請フ」と注記される。蔵人五位ではない二流どころの諸大夫を依頼によって遣した、というのである。二流どころの諸大夫ということは、蔵人五位が「二ノ町」に対する「上ノ町」、つまり一流である旨を指示するものであり、蔵人の重職を経た、実務に精通した有能な彼らを一流とランクづけているのである。

物語作品ばかりではなく、他の文学作品にも姿をみせるが、その中でも『枕草子』には多くの六位蔵人や蔵人五位が描かれていて、彼らの日常をかいま見ることができる。そこに窺い知る姿によっても、社会の彼らに対する共通認識を投影して、物語作品の中に登場してくることが頷けるのである。

二

『源氏物語』にも蔵人所に所属する人々は多くあらわれてくる。蔵人頭、五位蔵人、六位蔵人、そして「蔵人より冠たまは」った蔵人五位たちも。

葵の上のきょうだい・頭中将――近衛府中将に蔵人頭を兼任する、左大臣家の嫡男は、この物語における代表的な蔵人頭である。その他の頭中将の職には、彼の息男である柏木（藤袴）と柏木弟（幻）、また髭黒大将の子息（竹河）や夕霧の息（宿木）たちがその任にあって、人物の判明する頭中将は全員が権門貴族の子弟である。弁官が蔵人頭を兼ねる頭弁もほぼこれに准じていて、弘徽殿大后の甥（賢木）や、のちの紅梅大臣かとされる柏木弟（若菜上）が任ぜられている。蔵人頭は、『職原鈔』下に、

有㆓参議闕㆒必任《ス》㆑之《ニ》、仍古来為㆓重職㆒、又奉㆓行大小《ノ》公事《ヲ》㆒之間、非器無才之輩不㆑能㆓競望㆒者也、

と記されるように、参議への前段階という位置にあり、「古来重職為リ」と認められる職である。

五位蔵人としては、葵の上のきょうだい、右掲頭中将が桐壺巻で初めて登場した際の肩書がそうであった。その異腹の弟・蔵人弁（夕顔）、軒端荻へ懸想する蔵人少将（同）、柏木弟の蔵人少将（夕霧）、そして玉鬘所生の大君に想いをかける、夕霧の息である蔵人少将（竹河）その他があらわれてくる。以上にみる、出自を特定できる人物の顔ぶれによっても、たとえば、『官職秘鈔』下の「五位蔵人」項に記される「公達并重代名誉之諸大夫補之」に相違しない、良家の子弟が選ばれる職務であることが納得できる。

次に、六位蔵人に関しては、具体的にその人物が明らかであるのは、

①賀茂祭御禊で光源氏の「仮の御随身にて仕」（葵）えた、「右近の蔵人の将監」である、伊予介の子

②浮舟の母・中将の君の「継子の式部丞にて蔵人なる」、常陸介の子（東屋）

③薫の力添えで右近将監に蔵人を兼務する、②と同じく常陸介の子（手習）

である。

更に、その六位蔵人から叙爵した蔵人五位としては、

①「播磨守の子の、蔵人より今年冠得たる」（若紫）源良清(2)

②右の「六位蔵人」①で述べた伊予介の子。六位蔵人を除籍されて、須磨へ退居する光源氏に従ったが、光源氏帰京後は再び六位蔵人に任ぜられ、そして「靫負の尉にて、今年冠得」（松風）たのだった。

③光源氏が「蔵人になし、かへりみ」（須磨）した、大宰大弐の子、五節兄の筑前守

④匂宮の「御乳母子の、蔵人よりかうぶりえた」（浮舟）時方

を挙げることができる。時方を除く彼らの父親は、ここに掲げたように全員受領である。匂宮の乳母子である時方には、父親の存在は明記されていないが、「時方が叔父の因幡守」（浮舟）とあり、また時方自身の造型から考

えてもやはり、他の人物と同様に受領層の出自であることは確かであろう。六位蔵人とは、そうした階層の人々が補される職であり、前述の蔵人頭はもとより五位蔵人に任ぜられる人々とは、出自を大きく異にするのは明らかである。この物語の内部世界における官職設定も、言うまでもなく史実を忠実にふまえたものとなっているのである。

三

いわゆる受領層の人々にとって、〝栄爵〟へのステップ、すなわち五位を賜わるまでの道程は複数あるが、六位蔵人の補任はその代表的なものである。六位という卑位にして昇殿を許され天皇の近くにお仕えすることのできる蔵人職のはれやかさは、先掲『枕草子』をはじめ文学作品においても描かれるところである。そういう現任の六位蔵人のみならず、叙爵して蔵人の職を退いてのちも、「蔵人五位・蔵人大夫」と呼ばれる立場となって、実にさまざまな任務にあたる。稿者は、その任務の一端を、「源氏物語の背景──蔵人五位時方をめぐって──」(3)において報告したが、そうした多様な役割をこなす彼らは、官職ではなく〝立場〟というべきものにもかかわらず、さまざまな局面で一応の役を担う、特別な存在であると考えられる。

『源氏物語』に登場する該当職の人物を先述したように、そして、物語内に描かれる彼らは史実に従った造型をされているのであるが、同じ蔵人所の職員であっても、蔵人頭や五位蔵人の職にある貴顕、良家の子弟たちにとっては、該職は昇任への一ステップ、過程であり、その後の昇進は多く順調であろう。一方、栄爵を一つのゴールとする受領層出身の六位蔵人たちは、そうしたエリートである良家の子弟たちとは立場を異にする。両者の属している階層の隔たりは大きい。そしてまた、叙爵の成否も彼らにとって大きな差異を生ずるものとなる。〝栄爵〃と表現されるこの叙爵によって高いハードルを越え、通貴の一員となるからである。

六位蔵人に任ぜられ、その職務を全うして、つつがなく叙爵を手に入れた彼らの年齢は一体いかほどであろうか。従五位下という位階を手に入れ、貴族に准じる通貴の仲間入りを果たした彼らは、どの位の年配になっているのであろうか。史実を把握することは、物語作品をはじめ文学作品の読みに貢献するはずであると考え、『蔵人補任』にもとづいて、六位蔵人の叙爵時年齢を調査、検討し、その結果として得られたものを文学作品理解に役立たせたい、と願うものである。

のちに公卿などに昇任したり、歴史の表舞台にはなばなしく登場することの稀な六位蔵人に関しては、在任者全員の把握も困難であり、その年齢についても、判明者よりもむしろ不明である者の方が多数である。『蔵人補任』中に記録される者、また『公卿補任』(4)とすり合わせることによって判明した者を併せても、年齢が明らかになるのは、宇多朝から一条朝までの期間では、叙爵判明者の四二・六%、また、宇多朝から堀河朝までを見通した場合には、三〇・七%ほどにしかならない。叙爵の事実が記載されていない場合もあろうから、その割合は一層低くなるに違いない。しかしながら、そうではあっても、全体の傾向の一斑を窺うことはできるであろう。変遷の有無、時間的推移を知ることができるに違いないと考えるのである。

蔵人所が拡充整備され、その組織が後代に及んだ宇多朝から、政治形態に変化をもたらした院政期が開始する堀河朝までを対象として、年齢が判明する叙爵者および六位蔵人の人数、そして、その分布状況を次に一覧した。
・「資料一」は、宇多朝から堀河朝までにおける、叙爵者および六位蔵人の年齢判明者数を示す。
・「資料二」は、「資料一」における判明者の年齢分布図である。
・「該当者一覧」は最後に付表とした。

「資料一」 宇多朝〜堀河朝における叙爵者および六位蔵人年齢判明者数

天皇	在位年数	叙爵判明者 年齢判明	叙爵判明者 年齢不明	叙爵判明者 計	非叙爵年齢判明者	年齢判明者計
宇多	11	3	1	4	1	4
醍醐	34	11	15	26	1	12
朱雀	17	5	—	5	—	5
村上	22	3	3	6	—	3
冷泉	3	1	1	2	1	2
円融	16	2	3	5	—	2
花山	3	—	—	—	—	—
一条	26	4	16	20	—	4
（小計）		(29)	(39)	(68)	(3)	(32)
三条	6	1	10	11	1	2
後一条	21	6	22	28	2	8
後朱雀	10	1	4	5	1	2
後冷泉	24	—	2	2	4	4
後三条	5	1	2	3	3	4
白河	15	2	2	4	4	6
堀河	22	14	41	55	3	17
計		54	122	176	21	75

「資料二」「資料一」における判明者の年齢分布図

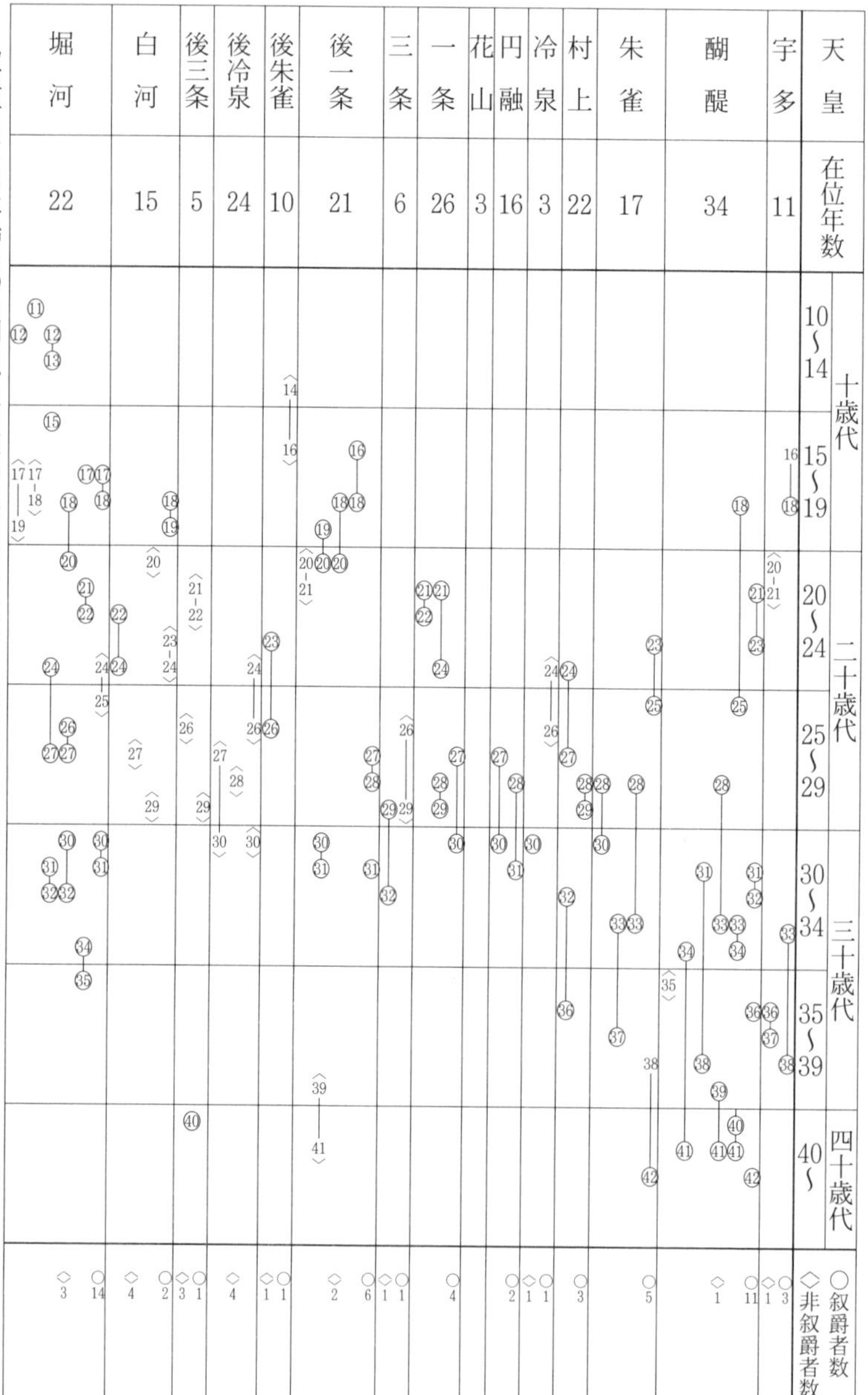

・叙爵者はその年齢を○で囲み、非叙爵者（叙爵しない、また不明である者）で、年齢のみ判明する者は年齢を〈〉印で表した。

当資料にもとづき、以下概観する。

①　宇多朝　仁和三（八八七）年〜寛平九（八九七）年

叙爵者の年齢分布は、十歳代一名と三十歳代後半の二名という両極に分かれる。十八歳叙爵の橘恒佐は「父左大臣良世致仕日」と注記されている。恒佐父の良世が、七十四歳で左大臣を致仕した同日付であるから、十六歳と考えられる補任年齢ともども、父親に関わる特例であろうか。恒佐十六歳のとき、父は右大臣の地位にあった。

②　醍醐朝　寛平九（八九七）年〜延長八（九三〇）年

橘公頼は、前代宇多朝の寛平八（八九六）に二十歳で補されたが、翌九年の天皇譲位によって当職を去っている。次いで醍醐朝のもとでも再任されたのち、二十三歳での叙爵である。また、十八歳補→二十五歳叙という源等を除いては、当朝の三十四年という長い在位期間中に、他は三十歳代から四十歳はじめの人々であり、年齢が判明する十一名の叙爵者のうちでは、例外的な二十歳代前半の右記二名に比べ、他の人々の分布は異なる様態をみせている。

③　朱雀朝　延長八（九三〇）年〜天慶九（九四六）年

二十歳代の一名、そして三十歳代を中心に四十歳代はじめもいるという、幅広く分布する、前朝から続く状況をみるものの、四十歳代が少数であり、前朝よりは三十歳代に比重がかかった、との印象を受ける。二十五歳叙の藤原有相は、『公卿補任』における年齢からの算出である。

④　村上朝　天慶九（九四六）年〜康保四（九六七）年

四十歳代の人はみえなくなる。当資料において設けた、五歳毎の分布枠が、総じてひとつ上がる、つまりやや若年化する。二十歳代前半での叙爵は不在だが、二十歳代後半から三十歳代半ばの人々が該当する、という変化が認められる。

⑤　冷泉朝　康保四（九六七）年〜安和二（九六九）年

在位二十二年の長期にもかかわらず情報は少なく、年齢判明者も三名のみであり、その中での分析となった。三年の短い在位期間でもあり、冷泉天皇踐祚に伴って三十歳で補され、同年叙された藤原仲文が、叙爵者としてはただ一名明らかになる。その他、譲位により去った平惟仲の年齢が『公卿補任』から判明する。

⑥　円融朝　安和二（九六九）年〜永観二（九八四）年

十六年間の在位に比して情報は小量であり、該当者は、三十歳ラインをまたいで在職し叙爵に与った、平親信と源扶義の二名である。

⑦　花山朝　永観二（九八四）年〜寛和二（九八六）年

六位蔵人の年齢判明者はみえない。当朝では、先述のように藤原為時そして藤原宣孝がその任にあったが、叙爵の有無また年齢はともに不明である。

⑧　一条朝　寛和二（九八六）年〜寛弘八（一〇一一）年

在位は二十六年間、醍醐朝に次ぐ長期である。判明する叙爵者は二十名であるが、そのうちの十六名の年齢が明らかにならない。

長徳四（九九八）年、三年間の勤務を終えて三十歳で叙された藤原信経の他には、菅原孝標が長保三（一〇〇一）年に二十九歳で、また同年には藤原広業が二十四歳で叙爵に与っている。更に、寛弘六（一〇〇九）年にその広業の弟資業が二十二歳で叙されていて、以上の判明者に限って言うと、従来よりは徐々に若年化の傾向にある。

⑨　三条朝　寛弘八（一〇一一）年〜長和五（一〇一六）年

叙爵者では、三十二歳の藤原隆佐ひとりが判明する。帝の譲位により職を去って、叙爵には至らなかった藤原登任の在職期間は、二十六から二十九歳である。六年間の在位期間を考えるとき、年齢不明者を加えた叙爵者数が、計十一名と多いのが注目される。

⑩　後一条朝　長和五（一〇一六）年〜長元九（一〇三六）年

二十一年間の長期在位である。叙爵者六名、その他二名の年齢が判明する。

寛仁四（一〇二〇）年に十六歳で補され十八歳叙の源資通、治安二（一〇二二）年に十八歳補任、そして二十歳叙の源経長、加えて、万寿四（一〇二七）年、十九歳で補されて翌年二十歳で叙爵の源経成の、以上三名は、十歳代での補任である。このうち資通と経長にはそれぞれ「皇太后藤原研子《ママ》当年御給」と「皇太后宮御給」という注記をみる。その他の三名は皆三十歳前後での叙爵となっている。

また、非叙爵者ではあるが、藤原経衡は他の人々と比較して高齢である。長元四（一〇三一）年の正月、蔵人所雑色から当職に任ぜられた時点ですでに三十九歳、二年後の十二月に「与㆓左少将藤原資房㆒依㆑有㆑事」、除籍されたのは四十一歳のことである。叙爵、非叙爵にかかわらず、年齢が明らかな者のうち、四十歳を超えた者は、朱雀朝・天慶四（九四一）年に四十二歳で叙された平真材以来となる。

⑪　後朱雀朝　長元九（一〇三六）年〜寛徳二（一〇四五）年

十年間に叙爵者一名が明らかになる。二十六歳での叙爵である。また、長暦三（一〇三九）年正月に叙されて去っていった、年齢は不明の藤原憲輔の替りであろうか、源信房の名が記される。十四歳である。二年後の十六歳まで記録されるが、その後の動静はわからない。

⑫　後冷泉朝　寛徳二（一〇四五）年〜治暦四（一〇六八）年

二十四年の長きにわたる当朝の叙爵関係情報は乏しい。年齢が判明するのは、叙爵の有無が明らかでない四名だけである。二十歳代半ばから三十歳までの間に在職している人々である。

⑬　後三条朝　治暦四（一〇六八）年〜延久四（一〇七二）年

叙された年齢判明者はただ一名、四十歳の高階経成のみである。治暦四年四月の、後三条天皇受禅により補されたと思われ、まもない同年十一月には叙爵に与ったものである。⑩「後一条朝」において既述のように、四十歳に入っての補任、叙爵は例外的であり、この経成に関しても固有の理由が存したと考えられる。

その他の年齢判明の三名はいずれも二十歳代であり、その前半に一名、後半に二名の在職年齢分布である。

⑭　白河朝　延久四（一〇七二）年〜応徳三（一〇八六）年

在位は十五年。年齢判明六名のうち、叙爵者は二名である。延久四年十二月の受禅日に十八歳で補され、翌年八月「臨時」で叙されている藤原顕季の名が見える。もう一名は高階為章、二年勤務後の二十四歳、永保元（一〇八一）年の叙爵である。その他、叙爵の有無に関しては不明の四名は全員が二十歳代であり、前半と後半に各二名が分布される。

⑮　堀河朝　応徳三（一〇八六）年〜嘉承二（一一〇七）年

従来とは一変した様相をみることになる。院政の特色の一つがこの分布の中に顕現している。二十二年の在位期間中に記録される叙爵者数は、五十五名の多きを数える。叙された五十五名中に年齢判明者は十四名であるが、その半数の七名が十歳代での補任である。

寛治六（一〇九二）年に十八歳で補されて、二年後に二十歳で「無品祐子内親王二合申爵」によった藤原知信を除く、残りの六名は、補任のみならず叙爵も十歳代でなされている。それは、まず、藤原為隆、顕隆の兄弟である。この兄弟の父は、白河院別当として活躍した為房(5)である。次に、高階仲章と宗章の兄弟は、その父が「為章者白河法皇寵遇之人也」（『本朝世紀』）と記された為章、⑭「白河朝」にその名を見た高階為章である。また、同じく白河院近臣として院政を支えた藤原顕季の息男・家保と顕輔、以上の六名である。白河院近臣の父親をもつ三組の兄弟が皆十歳代で叙されていたのである。

その他の人々では、二十歳代の前半一、後半二名、また三十歳代の前半三、半ば一名という広範な広がりをもつ分布となる。非叙爵者である三名は、十歳代後半の二名、二十歳代半ばが一名という在職者年齢分布である。

以上、「叙爵者および六位蔵人年齢判明者の分布」という視点をもって、宇多朝から堀河朝までを辿って検討してみた。その結果は次のようなものであった。

宇多、醍醐そして朱雀朝までは、二十歳代後半から四十歳代はじめの人々を主たる構成要員としているが、村上朝以降になると、そののち後一条朝の末期までの間、四十歳代の者をみることはない。村上から円融朝においては、二十歳代半ばから三十歳代半ばの人々で構成されていて、最年長者でも三十六歳である。そして一条朝に入ると更に若年化の傾向が加わり、二十歳代前半から三十歳までの人々によっている。後一条朝では、二十歳代後半から三十一歳までの、〝常識的な〟年齢の一方で、十歳代での補任、叙爵の例もあらわれてくる。

その後院政期に入り、堀河朝における当分布からは、六位蔵人から叙爵という過程を政治的な手段として利用する事例が増加する情勢をみることができる。従来からもみえる、即位叙位によって補任からじきの叙爵という場合はともかくとして、十歳代での補任そして叙爵の事例が複数出現する。とりわけ、承徳二（一〇九八）年に高階仲章が十一歳――『中右記』では十二歳――で、また康和二（一一〇〇）年の藤原顕輔十一歳、更に同四（一一〇二）年には、先の仲章弟の高階宗章が十二歳で、という年齢が目を引く。そうした年少者の場合には、補任から叙爵までの期間も半月から長くても数ヶ月というように極めて短時日である事実も、〝六位蔵人の補任そして叙爵〟が手段化されている図式が顕著にあらわれてくる。既掲のように白河院の近臣、寵臣の子息たちという側面が強く作用した結果は明らかである。

以上のように、各朝により時代により、六位蔵人が栄爵に与る年齢、在職年齢の推移、変遷を知ることができた。蔵人任命は他の官職とは異なり、各朝毎に行なわれるのであるから、蔵人所に対する、その構成要員に対する、その時々の意向が反映されやすいのであろう。

前述のように、対象とする年齢判明者は、叙爵が確認されている者の半ばにも満たない。しかし、突出した、例外的な年齢の者であるならば、それぞれにそれなりの事由を伴い、その旨を注記されている場合も少なくはないから、年齢が明らかにならない人々の大方は、その時代における常識の範囲内にある年齢である、と推察することも可能ではないだろうか。従って、数量的には十分とは言えない史実の把握の中で、限られた情報によるとは言いながら、六位蔵人たちの年齢の分布状況を知ることは、各朝各時代の、蔵人所における、六位蔵人の構成年齢層の傾向を手に入れることに結びつく、と思われる。

六位蔵人に補された全員が叙爵に与るわけでは、勿論ない。種々の理由で他の官職に遷任することもあるし、また除籍される場合もある。後一条朝の藤原経衡は、「左少将藤原資房ト事有ルニ依リテ」、除籍された。その理由は全く異なるものの、こうした除籍という事態は、『源氏物語』須磨巻で、「得べきかうぶりもほど過ぎつるを、つひに御簡けづられつかさもとられてはしたなければ」、須磨へ光源氏に同行した、伊予介の子のように、物語作品の中に活かされてもいた。

ぶじに栄爵を手に入れて、通貴の一員となった彼らの姿をより具体的に知ることは、物語作品を読むための理解を深めることに繋がってゆくと考えられる。作品世界では無論、史実をそのまま取り込むわけではないにしても、その時代の共通認識をふまえた上で、あるいは意図的にそれをずらしたりして、作品内で活きる独自の設定をするはずであるのだから。

四

物語作品の中では、「蔵人五位、蔵人大夫」の語句は用いられずに、「蔵人より冠たまはる」、あるいは「冠得る」と表現されている叙爵後の彼らの姿は、さまざまな作品にあらわれるが、そのほとんどが男性主人公と親密な人間関係にある。

たとえば、『落窪物語』の男主人公である道頼に対する帯刀。道頼の乳母子でもある帯刀は、主君道頼と落窪の姫君との恋に尽力する時期を過ぎてから、「衛門のぜうにて蔵人」（第二）になり、そして「かぶり得て三河守に」（第三）なっていた。道頼に向かう帯刀の献身ぶりは言うまでもない。また、『狭衣物語』の主人公狭衣の周辺には、乳母子の兄弟、道成と道季が登場する。兄の道成が「蔵人になりて暇な」くなったのちは、「蔵人にもいまだならず、雑色にてぞある」（巻二）弟道季が、狭衣の「御身に添ふ影にて、忍びの御歩きには離れ」ずに付き従うことになる。のちに道成は式部大夫となる。弟道季もいづれ蔵人となってつとめ上げ、「かぶりたまは」ったのちの姿をも思い遣られる示唆的な設定である。

蔵人たちの激務ぶりはよく知られるが、『朝野群載』所載、長治三（一一〇六）年正月一日付の「殿上月奏」——前年二年十二月分——から、六位蔵人の勤務日数を抽出すると左記のとおりである。

藤原仲光　上日三十　夜二十八
平　知信　上日二十八　夜二十五
大江広房　上日二十七　夜二十五
源　有忠　上日四　夜四　（十二月十九日補）

日勤、宿直ともに極めて多い勤務の実態を数字が物語っている。これは平安中期における勤務実態とも大差はなく、この事実をふまえた上での、物語内の職務設定であり、そうした激務から解放された「蔵人より冠たまはった」彼らなのである。

『源氏物語』における、「蔵人より冠たまはった」人々を改めて記すと、源良清、伊予介の子、五節兄の筑前守、そして時方の四人である。光源氏にかかわる最初の三名は、光源氏の須磨退居に同道した二人と、任地から上京の折に須磨の謫居へ挨拶に訪ねた筑前守と、全員が光源氏と強い結びつきをもつことは言うを俟たない。そして匂宮の乳母子である時方についても、その忠勤ぶりは明白である。

光源氏と緊密な人間関係でつながる三名のうち、良清と筑前守の二名は、光源氏の父桐壺帝の蔵人所で六位蔵人として帝に仕えたのだった。また伊予介の子は、桐壺院在世中の朱雀帝のもとで蔵人であったが、院崩御ののち除籍されて須磨へ下った。そして再び光源氏が後見する冷泉帝のもとで、六位蔵人として仕えたのである。更に、時方は匂宮の父今上帝の六位蔵人だったのである。このように、重層的な主従関係をとおして固く築き上げられた人間関係があり、そうした背景に裏付けられた「蔵人より冠たまはる」の表現は、作品世界の中に重い意味をもっていて、等閑視することはできない。

時方は更に、繰り返し述べたように乳母子である一面が、匂宮との紐帯に大きく作用する。乳母子が六位蔵人であったと捉えるべきかもしれない。その時方の造型に影響を及ぼすと考えられる、光源氏の乳母子惟光は、それでは時方と同じく「蔵人より冠得た」のであろうか。しかし、惟光に関しては物語中に〝蔵人〟に関与することを示す語句、表現をみることはない。次に、光源氏とのかかわりにおいて、理想的な乳母子像を形成し、その後の物語作品の乳母子造型に反映したと考えられる惟光について検証することといたしたい。

惟光が初めて登場する夕顔巻において「惟光朝臣」「大夫」と称されていて、既に五位の身位であった。この時光源氏は十七歳である。乳母子であっても必ずしも同年齢であるわけでなく、従って、惟光を主君光源氏よりも年長であると考えられもするが、作品内に年齢に関する具体的な、あるいは示唆的な数値はみられない。惟光は従五位下をスタートラインとする貴族階級の出身ではなく、その出自はいわゆる受領層である。大弐の乳母と称される母をもち、その母の名の〝大弐〟が、惟光の実の父親を示すものではなくとも、受領クラスの父をもつと考えられる。惟光は栄爵によって「惟光朝臣」また「大夫」になったのである。

光源氏が三十九歳になった梅枝巻で、惟光は公卿の一員となっていた。源氏が調合し「西の渡殿の下より出づる、汀近う埋ませ」ていた薫物を掘り出して持って来たのが「惟光の宰相の子の兵衛尉」とあって、惟光が参議に昇進していたこと、そしてまた、その子が兵衛尉に任ぜられていることが判明する。兵衛尉は六位相当の官職であり、これによっても惟光のスタートが五位ではなく、子と同様に六位の勤務を果たしてのち五位に至ったことを確認することができる。

惟光の叙爵がどのような官職を経た結果であったのか、作品中に何らの言及もなく明らかではない。そこで、匂宮に仕える時方と同様に、「蔵人より冠得た」可能性を探ってみることとする。その手段として、物語作品成立の背景となる史実を調査する。六位蔵人の労や御給によって叙爵に与り通貴となっただけではなく、惟光がそうであったように、その後に公卿にまで昇進しえた歴史上の人物を、『蔵人補任』と『公卿補任』とのつき合せによって探求すると、以下のようになる。

蔵人所が拡充整備されて五位、六位蔵人の別をもった宇多朝における叙爵者は四名、そのうち六位蔵人のみを経て、のちに公卿にまで上ったのは、藤原玄上と橘澄清の二名。そして、叙爵後に五位蔵人、蔵人頭と順次つとめて参議に至るのが藤原恒佐である。

次いで醍醐朝では、二十六名に及ぶ叙爵者をみるが、そのうち、六位蔵人のみを経て、その後当醍醐朝から村上朝までの間に公卿まで上がるのは、藤原道明ほかの七名である。また、五位蔵人をも経験してから、朱雀朝までに公卿入りしたのは藤原伊衡と同在衡の二名である。更に、良峯衆樹と藤原清貫は、蔵人頭をも経た結果の昇進となっていて、多様なあり様を窺うことができる。

以上を言い換えると、宇多および醍醐朝において六位蔵人から叙爵してのち、醍醐、朱雀また村上朝において公卿に昇進した計十四名のうち、蔵人頭の経験者はたった三名のみであり、その三名以外の人々は頭を経てはいない。

ところが、次の朱雀朝になると、当朱雀朝で叙爵してのちに、村上朝から円融朝にかけて公卿昇任の三名は、全員が蔵人頭の経験者となる。この事象は、村上朝以降も僅少例を除いて、醍醐朝までのあり方と一変して、蔵人頭経験者のみが公卿に上るという、周知の図式ができ上がる。

例外の僅少例とは、

㋑ 円融朝で叙爵した平親信が、一条朝・長保三（一〇〇一）年、五十七歳で従三位非参議となった例。

㋺ 一条朝で叙爵に与った二年後に、今度は五位蔵人に任ぜられ、そして後一条朝・寛仁四（一〇二〇）年に四十四歳で正四位上参議になった藤原広業。

㋩ ㋺と同じく一条朝で叙爵、そののち三条および後一条の両朝で五位蔵人を歴任した、㋺例広業の異母弟資業の例。資業は、五十八歳になった後朱雀朝・寛徳二（一〇四五）年に、㋑例の平親信と同様、従三位で非参議に上がった。

㋥ 後冷泉朝において、高階成章が六十六歳で、また藤原隆佐——宣孝の五男——が七十五歳という高齢で昇任する例。成章は後一条朝で、隆佐は三条朝での叙爵である。

以上の例は、㋺例の藤原広業以外はいずれも従三位非参議という形態での公卿の仲間入りである。極官も変らず非参議であり、現任の公卿である参議すなわち宰相への就任とは様相を異にするものである。唯一、後一条朝で参議に、それも四十歳代で就任した藤原広業の場合は、特例的な事情を有するものと考えられる。参議初出の尻付にみる「式部大輔如元（大輔労九年）」をはじめ、学問を中心とした活躍があり、また、長和五（一〇一六）年七月二十一日に藤原道長の土御門第や法興院などが焼亡した折には、「播磨守広業朝臣為レ問二火事一上道」（『御堂関白記』同月二十四日）、早速見舞うといった、受領時代のこうした貢献などが相俟っての個別的な措置であろうか。一条天皇の御乳母であり、後一条天皇の御乳付の役も果たした橘三位徳子を母とする、異母弟資業が参議ではなく非参議になったのは、前述のように五十八歳だった。

例外として考えられる、以上の㋑例から㋥例までの事例のうち、『源氏物語』成立以前と確実視できる㋑例平親信を採り上げ、例外の意味するところを検討する。非参議ながら従三位で初出の長保三年次『公卿補任』の該当尻付を抄出すると

・天延三（九七五）年正月――三十一歳で六位蔵人より叙爵
・貞元二（九七七）年八月――従五上〔造宮功〕
・寛和元（九八五）年十一月――正五下〔悠紀国司〕
・同　二（九八六）年十一月――従四下〔悠紀国司〕
・永延三（九八九）年正月――従四上〔造勢多橋賞〕
・長保二（一〇〇〇）年十月――正四下〔造宮賞〕
・同　三（一〇〇一）年十月――〔東三条院御賀。院司賞〕により、従三位非参議に。五十七歳。

という昇進の具合であり、財力を基盤とする功賞によって辿りついた、長い道のりであることが判明する。

この平親信の、長年にわたった功賞の結果がもたらした、非参議という地位での公卿の仲間入りに対して、同じ長保三年に、こちらは参議として公卿になった藤原行成の尻付のあらましは次のようである。

・永観二（九八四）年正月――十三歳。春宮御給により従五位下に叙。

・寛和三（九八七）年正月――従五上〔祖母恵子女王御給〕
・正暦二（九九一）年正月――正五下〔兵衛権佐労〕
・同　四（九九三）年正月――従四下〔佐労〕
・長徳元（九九五）年八月――蔵人頭に
・同　三（九九七）年四月――従四上〔臨時〕
・長保二（一〇〇〇）年十月――正四下〔書額賞〕

と累進してゆき、親信叙爵時の三十一歳よりも若い、三十歳で参議になるのである。

藤原行成と平親信、二人の対照的な経歴は、摂政・太政大臣伊尹を祖父とする権門一族――幼少で父義孝を失った行成は、極官が大納言であり大臣には届かなかった――と、それに与しない中級階層――親信はその出世頭ではある――という二分化の様相を明瞭に映し出すものである。

蔵人頭を経て公卿に、という図式が固定化された中での例外として、平親信の事例を記した。また、親信と同年公卿それも参議に昇任した藤原行成の対照的な経歴を掲出したが、行成もまた歴史的図式に則って蔵人頭を経ていて、当時の慣例に従い、参議就任によってその職を辞している。ところが、そのような当時の慣習の中で藤原道長は、一条天皇受禅の寛和二（九八六）年に五位蔵人に補任、同年従四下に叙されて去ったのち、翌永延元（九八七）年に二十二歳で従三位非参議に。更に翌二年には、参議を経ずに権中納言に任じていて、蔵人頭は経験していない。そののち長徳元（九九五）年の蔵人所別当就任という特殊な経歴からは、その背景に政治体制の大きな転換期を窺い知ることができる。道長の場合には、当時の政治的変化による特異例と考えられるが、そののち道長に続く嫡男頼通、そして教通たち、摂関家の嫡流の人物がもはや蔵人頭に補任することはない。

道長に先だつ兄の道隆も蔵人頭を経てはいない。円融朝の最終年に三十二歳で非参議に任じた道隆であるが、父兼家が沈淪の時期にあったことが原因なのであろうか。しかし、その道隆嫡男の伊周になると、一条朝で蔵人頭を経験するのである。十七歳の永祚二（九九〇）年九月に就き、翌年正月に十八歳で参議就任により頭を去るという形式をとることからは、〝蔵人頭を経て参議〟の図式を明らかにみてとれるものであり、それは、道長、頼通親子の描く〝頭を経ることはない〟という図式と異なるとは言うまでもない。

以上の考察からも、『源氏物語』作品内部における蔵人頭たちにみる権門貴族子弟たちの姿は、この作品が成立する直前までの、社会の共通理解、慣習をふまえたものであることを知る。拙稿「源氏物語の背景——蔵人五位時方をめぐって——」[6]、また「源氏物語に表れる一設定——蔵人所の〝兄弟同職〟」[7]によって、『源氏物語』内に登場する蔵人所の人々は、蔵人五位をも含めて、作品成立時代の史実を逸脱しない設定がされていることを確認している。

ここで、本稿の以上の調査に従って、光源氏の乳母子惟光が「蔵人より冠たまはった」「大夫」であったのか、その可能性について考えてみることとする。

まず、六位蔵人で叙爵に与り、その後五位蔵人や頭を経なかった場合には、宇多、醍醐朝においてはともかくも、朱雀朝での叙爵者から以降、当作品が成立したと考えられる時期までには、晩年になって非参議に就任する者はいても、参議への昇進者はみえない。蔵人頭から参議へという昇任のコースは固定化されていて、それは、当作品内にも反映されている。[8]光源氏に従った須磨で初めて迎えた秋、「心から常世をすててなく雁を」と君に和した民部大輔惟光が、五位蔵人にも蔵人頭にも任ぜられていた内部徴証はもとより見つけられない。前述㋺例、寛仁四年に四十四歳で参議就任の藤原広業の場合には、叙爵ののち更に五位蔵人を経ているし、また、この史実より物語成立が先行することは、紫式部の没年をいま問わずとも明らかである。たとえば、菅原孝標女が十四歳になった治安元（一〇二一）年、「をばなる人」から「源氏の五十よ巻、ひつに入りながら」もらい受けて狂喜する様子を、『更級日記』に記しているからである。

一方、叙爵時年齢の観点から考えるとき、作品成立時期より確実に先行し、若年という条件に適合するのは、長徳三（九九七）年に二十一歳で六位蔵人補任、長保二（一〇〇〇）年二十四歳叙の、やはり藤原広業くらいであり、光源氏十七歳のときに既に五位であった惟光にふさわしい史実は管見に入ってこない。〝惟光の蔵人五位の可能性〟という視点から、些か遠回りもしながら調査をし、考察を加えてみたが、その視点に関して、積極的な認定の要因を見つけることはできず、知り得た情報からは、その可能性が高いとはいえないことが明らかである。物語作者が惟光に対して特別な処遇を与えたのでなくては。

時方が浮舟巻で匂宮のために奔走したとき、匂宮は二十八歳。乳母子の時方が主君と同年齢ではなくても、「蔵人より冠得たる若き人」の表現は、叙爵時点の明示はないにしても物語内の現実に何らの齟齬を生じないものである。

五

紫式部の父藤原為時は、永観二（九八四）年、月日は不明ながら、花山天皇の受禅に伴うものであろうか、六位蔵人に補されたことは既述したが、この受禅当日の八月二十七日には、藤原長能がやはり六位蔵人に任ぜられていて、二年後の寛和二年の譲位まで当職にあった。中古三十六歌仙の一人である長能の年齢に関して、群書類従本等の『長能集』の勘物は、この補任時の年齢を三十六歳と記す。一方、書陵部本では二十六歳として十歳の違いをみせる。「『蜻蛉日記』解釈の基盤」[9]は、「蔵人任官《ママ》の年齢二十六歳では、当時の蔵人の任官《ママ》年齢として不適当であるから、他本（群書類従本他――稿者注）の三十六歳をとり天暦三（九四九）年の生まれとする推定が妥当だと思われる」とする。花山朝は、天皇の突然の出家、譲位によって、足かけ三年の短期間で幕を閉じてしまったから、当朝の蔵人所に勤務した者たちは「帝譲位」による免職であり、一人の叙爵記録も残されていないし、また、年齢が判明する人物もいない。長能の同僚であった為時は三十歳代後半、そして宣孝は三十二歳くらいかと推定されるが、その他の同僚たちは推定の手段ももたない。

花山朝の政治的基盤は、有力な外戚をもたず脆弱であり、花山天皇の叔父・権中納言藤原義懐を軸として、もう一人、五位蔵人という立場ながら〝五位摂政〟とも称された、天皇の乳母子である藤原惟成が主導的立場にあった。他朝とは相違するこうした状況の中にあって、為時はじめ親密な関係者を蔵人所に配置したと思われる。長能は義懐と姻戚関係をもっていて、また、文芸活動の活発な花山朝にあってふさわしい要員でもあったことだろう。のち、出家後の花山院を中心とした『拾遺集』の撰集に参与したという説も有力である。

花山朝の六位蔵人は、為時も宣孝も三十歳代の年齢と推定されていて、更に長能が三十六歳で当職に補されたと仮定すると、三名が三十歳代となる。十七歳で践祚の花山天皇に適した陣容と考えられなくもないが、しかし、これは政情を反映する例外的な年齢構成であり、宇多朝から続く年齢分布の推移に逆行した、特有の形態であると思われる。長能の年齢に関しては、最終的には他の諸条件を併せて総合的な判断によるべきであろうが、以上の考察からすると、歴史的推移の中にあって、「当時の蔵人の任官《ママ》年齢」という視点で考える場合には、叙爵時年齢ではなく補任時のそれであるならば、三十六歳よりはむしろ二十六歳の方が妥当であると言えよう。

藤原惟規が寛弘四年に六位蔵人に補されたとき、『御堂関白記』は、現在の蔵人たちは「年若」であるが、惟規たちに対しては「頗ル年長」と記した。その前年、三年正月には、藤原隆光が叙されて蔵人所を去っている。隆光が長保三（一〇〇一）年に補任の際の年齢を、三巻本『枕草子』「あはれなるもの」（一一五段）にみる勘物は、「隆光主殿助長保三年六月蔵人年二十九」[10]と注していて、それによるならば、離職時には三十四歳という計算になる。隆光の父である宣孝は、隆光の継母にあたる紫式部の父為時と同僚であったが、隆光は為時の息、また紫式部のきょうだいである惟規とは、蔵人所の同僚として勤務しなかったことになる。

惟規補任時の「年若」な人々の年齢は不明であるが、長徳四（九九八）年に三十歳で、また長保三（一〇〇一）年には二十九歳で、更に寛弘三（一〇〇六）年に三十四（カ）歳で叙されて蔵人所を去っていった人々、——惟規いとこの信経、菅原孝標、また藤原隆光が在職していたのなら、「頗ル年長」で「蔵人ニ宜シキ者」の需要は満たされていたのではないだろうか。藤原宣孝と隆光の親子、そして紫式部の年齢を推定して惟規に向かうとき、補任時の年齢はやはり三十歳代前半と考えるのが最も適当であろうと思われ、それはまた、前記信経たちの年齢より多少「年長」ではあるものの〝許容範囲〟の内であろうと思われる。

一条朝までゆるやかに推移していった若年化の傾向は、寛弘四年正月の時点で、道長たちの目に若年化が過ぎると映じたので、新任蔵人によって調整が行なわれたことになろう。こうした均衡をとるための調整は、他の折にもなされていたことでもあろう。この時補された「頗ル年長」の惟規、廣政二名の年齢が記録に残されていたなら、本稿に示した一条朝の当該分布も様子が変るものとなる。しかし、長期的に見通したとき、一条朝に向かっても徐々に若年化してゆき、そしてのち、堀河朝に至る大きな変遷は明らかである。「蔵人ニ宜シキ」「頗ル年長」の二人が補された翌年には、新任の六位蔵人として二十一歳の藤原資業の名をみるのである。

『源氏物語』内の「蔵人より冠たまはった」人物たちは、以上のような史実を背景に年齢を考えてみると、二十歳代半ばから後半を中心とした年齢にあるのではないだろうか。[11] ただし、伊予介の子は、除籍（須磨）から叙爵（松風）まで、物語内の時間では五年を経過しているため、その時間の付加が必要となるが。この場合には、言い換えると、その付加される時間の物語るものが大きい、ということになろう。『職原鈔』に言うところの、「不〻放埒〻有〻量器〻輩」が、六位蔵人の職責を果たして叙爵に与った、まだまだ若い働き盛りの彼らの姿を描き出すことができよう。史実をふまえた上で、物語内の要求に応じて手加減するとは言うまでもないけれど。

貴顕、権門貴族の子弟たちとは相違し、実績を積み上げて栄爵に与る人々――中でも栄誉とされる六位蔵人を経て、通貴の一員となった人々の年齢を調査、考察した。史実にもとづき、社会の共通理解に添って、物語作品内にその設定を活用されている、「蔵人より冠たまは」った人々である。『源氏物語』をはじめ、物語作品の中で、それぞれの作品成立の時代を背景に造型されている人々、作品世界において主人公の周辺にあり、脇役、端役を担う彼らへの理解を深める一つの視点となろうかと思慮される。

【注】

（1）市川久氏編　続群書類従完成会　平成元年

（2）高田信敬氏「蔵人より今年かうぶり得たる――源氏物語贅註――」（紫式部学会編『むらさき』第二三輯　武蔵野書院　昭和六一年。のち、『源氏物語考証稿』〈武蔵野書院　平成二二年〉に再録）は、六位蔵人の巡爵、また文学とのかかわりが説かれて示唆に富む。

（3）『国文鶴見』第三一号（鶴見大学　平成九年）。本著に「「蔵人五位時方」をめぐって」として収録。

（4）「新訂増補国史大系」吉川弘文館　平成三年

（5）応徳三（一〇八六）年十一月二十六日、堀河天皇受禅に伴って、父為房は前朝に引き続いて五位蔵人に補され、そして息男為隆十七歳は初めて六位蔵人に補された。為隆の記載部分には「父子五位六位相並之例始也」と注記されている。

（6）注（3）

（7）『国語国文』第六十九巻第二号（京都大学　平成一二年）。本書に「蔵人所の〝兄弟同職〟にみる一設定」として収録。

（8）参議への階梯としては、他に近衛府任官などとのかかわりも視野に入れるべきであろうが、本稿は、〝蔵人所の人びと〟にのみ焦点を絞って論述するものである。

（9）古賀典子氏（上村悦子氏編『王朝日記の新研究』笠間書院　平成七年）

（10）杉山重行氏編『三巻本枕草子本文集成』（笠間書院　平成一一年）

（11）『宇津保物語』藤原の君巻、源正頼の子女たちを紹介する段に、「宮の御腹の十郎、兵衛尉の蔵人頼澄、二十」をみる。十郎の頼澄が兵衛尉に六位蔵人を兼ねていたのである。その後登場する際には、しかし「右衛門尉（春日詣）――左衛門尉（吹上上）――右衛門尉（祭の使）」とだけあって、〝蔵人〟の語句はみえない。それから三年後を描く沖つ白波巻になると「右衛門大夫」としてあらわれていて、頼澄は叙爵して五位になっていた。

中野幸一氏校注・訳『うつほ物語　二』（「新編日本古典文学全集」小学館　平成一一年）所載の「年立」に従うと、沖つ白波巻は藤原の君巻から五年後のことである。また頼澄は、あて宮より八歳年長であるから、「右衛門大夫」と記された時点では二十五歳であった。「蔵人五位」ではなく「右衛門大夫」であるが、この頼澄のすがたも示唆的である。

天皇（在位年数）	氏名（人数）	補任・在職 年月	補任・在職 年齢	叙爵・在職 年月	叙爵・在職 年齢	備考（＊印理由）
宇多（11）	藤原 玄上	仁和四（八八八）一二	三三	寛平五（八九三）正	三八	
	藤原 恒佐	寛平六（八九四）＊	一六	八（八九六）一二	一八	在職
	橘 澄清	八（八九六）正	三六	九（八九七）正	三七	
	橘 公頼	八（八九六）正	二〇	九（八九七）七＊	二一	帝譲位
	（4）					
醍醐（34）	藤原 清貫	寛平九（八九七）七	三一	昌泰元（八九八）一一	三二	
	良峯 衆樹	九（八九七）七	三六	寛平九（八九七）七	三六	
	藤原 道明	九（八九七）七	四二	九（八九七）七	四二	
	橘 公頼	九（八九七）七	二一	昌泰二（八九九）四	二三	
	源 等	九（八九七）七カ	一八	延喜四（九〇四）二	二五	
	藤原 当幹	延喜三（九〇三）五	四〇	四（九〇四）正	四一	
	紀 淑光	七（九〇七）二	三九	九（九〇九）正	四一	
	藤原 伊衡	八（九〇八）正	三三	九（九〇九）正	三四	
	源 公忠	一八（九一八）三	三一	延長三（九二五）正	三八	
	藤原 在衡	一九（九一九）四	二八	二（九二四）正	三三	
	大江 維時	二一（九二一）六	三四	六（九二八）正	四一	
	藤原 守義	延長八（九三〇）正	三五	八（九三〇）九カ＊	三五	帝譲位
	（12）					

朱雀（17）	藤原有相	延長八（九三〇）—	二三	承平二（九三二）一一	二五	
	平真材	承平七（九三七）—＊	三八	天慶四（九四一）—	四二	在職
	源信明	七（九三七）正	二八	五（九四二）閏三	三三	
	藤原文範	天慶四（九四一）四	三三	八（九四五）正	三七	
	藤原元輔	六（九四三）正	二八	八（九四五）正	三〇	
	（5）					
村上（22）	藤原安親	天暦七（九五三）閏正	三二	天暦一一（九五七）正	三六	
	源惟正	九（九五五）二	二八	一〇（九五六）正	二九	
	大江斉光	一一（九五七）二	二四	天徳四（九六〇）正	二七	
	（3）					
冷泉（3）	藤原仲文	康保四（九六七）五	三〇	康保四（九六七）一〇	三〇	
	平惟仲	四（九六七）一一	二四	安和二（九六九）八＊	二六	帝譲位
	（2）					
円融（16）	平親信	天禄三（九七二）正	二八	天延三（九七五）正	三一	
	源扶義	貞元二（九七七）八	二七	天元三（九八〇）正	三〇	
	（2）					
花山（3）	—	—		—		
一条（26）	藤原信経	長徳元（九九五）正	二七	長徳四（九九八）正	三〇	
	藤原広業	三（九九七）正	二一	長保二（一〇〇〇）正	二四	
	菅原孝標	長保二（一〇〇〇）正	二八	三（一〇〇一）正	二九	
	藤原資業	寛弘五（一〇〇八）正	二一	寛弘六（一〇〇九）正	二二	
	（4）					

三条(6)	藤原 登任	長和 二(一〇一三)正	二六	長和 五(一〇一六)正＊	二九	帝譲位
	藤原 隆佐	二(一〇一三)正	二九	五(一〇一六)正	三二	
	(2)					
後一条(21)	高階 成章	長和 五(一〇一六)正	二七	長和 六(一〇一七)正	二八	
	藤原 邦恒	五(一〇一六)正	三一	五(一〇一六)二カ	三一	
	源 資通	寛仁 四(一〇二〇)正	一六	治安 二(一〇二二)四	一八	
	源 経長	治安 二(一〇二二)四	一八	治安 四(一〇二四)正	二〇	
	源 経成	万寿 四(一〇二七)正	一九	万寿 五(一〇二八)二	二〇	
	藤原 経衡	長元 四(一〇三一)正	三九	長元 六(一〇三三)一二＊	四一	除籍
	藤原 実綱	四(一〇三一)二	二〇	五(一〇三二)＊	二一	在職
	橘 俊通	四(一〇三一)一一	三〇	五(一〇三二)正	三一	
	(8)					
後朱雀(10)	源 信房	長暦 三(一〇三九)閏一二＊	一四	長久 二(一〇四一)二＊	一六	在職
	藤原 実政	長久 二(一〇四一)正	二三	寛徳 元(一〇四四)正	二六	
	(2)					
後冷泉(24)	藤原 正家	永承 四(一〇四九)＊	二四	永承 六(一〇五一)＊	二六	在職
	源 公盛	天喜 四(一〇五六)＊	三〇	—		在職
	藤原 有俊	康平 七(一〇六四)＊	二八	—		在職
	藤原 有信	治暦 元(一〇六五)正	二七	治暦 四(一〇六八)四＊	三〇	帝譲位
	(4)					

天皇	氏名	補任	年齢	去任	年齢	備考
後三条（5）	高階経成	治暦四（一〇六八）四ヵ	四〇	治暦四（一〇六八）一一	四〇	
	藤原敦宗	延久二（一〇七〇）＊	二九	｜		在職
	藤原為房	三（一〇七一）正	二一	延久四（一〇七二）一二＊	二二	帝譲位
	藤原敦基	三（一〇七一）＊	二六	｜		在職
	（4）					
白河（15）	藤原顕季	延久四（一〇七二）一二	一八	延久五（一〇七三）八	一九	
	平時範	承保三（一〇七六）＊	二三	承暦元（一〇七七）＊	二四	在職
	高階為章	承暦三（一〇七九）三	二三	五（一〇八一）正	二四	
	藤原俊信	永保三（一〇八三）＊	二九	｜		在職
	源俊兼	｜		応徳三（一〇八六）一一＊	二七	帝譲位
	藤原実義	｜		三（一〇八六）一一＊	二〇	帝譲位
	（6）					
堀河（22）	藤原為隆	応徳三（一〇八六）一一	一七	寛治元（一〇八七）正	一八	
	藤原邦宗	寛治元（一〇八七）＊	二四	二（一〇八八）＊	二五	在職
	藤原顕隆	二（一〇八八）正	一七	二（一〇八八）二	一七	
	藤原忠清	二（一〇八八）一一	二一	三（一〇八九）正ヵ	二二	
	藤原友実	五（一〇九一）正	三〇	六（一〇九二）正ヵ	三一	
	藤原知信	六（一〇九二）正	一八	八（一〇九四）七	二〇	
	藤原国資	六（一〇九二）正	二六	七（一〇九三）｜	二七	
	高階為行	六（一〇九二）二	三四	七（一〇九三）｜	三五	
	藤原家保	八（一〇九四）六	一五	八（一〇九四）七	一五	

堀河 (22)					
藤原 実光	承徳二(一〇九八)正	三〇	康和二(一一〇〇)正	三二	
高階 仲章	二(一〇九八)八	一二＊	元(一〇九九)正	一三	「中右記」による
藤原 顕輔	康和二(一一〇〇)正	一一	二(一一〇〇)正	一一	
藤原 重隆	三(一一〇一)正	二四	長治元(一一〇四)正	二七	
高階 宗章	四(一一〇二)正	一二	康和四(一一〇二)二	一二	
平 実親	五(一一〇三)正	一七	長治元(一一〇四)一〇＊	一八	除籍
藤原 行盛	長治元(一一〇四)正	三一	二(一一〇五)正カ	三二	
藤原 仲光	二(一一〇五)四	一七	嘉承二(一一〇七)七＊	一九	帝譲位
(17)					
計 75名					

第三編　表現のちから

明石の御方に琵琶、紫の上に和琴、女御の君に箏の御琴、宮には、かくことごとしき琴はまだえ弾きたまはずや、と危くて、例の手馴らしたまへるをぞ調べて奉りたまふ。

（『源氏五十四帖絵巻』若菜下巻
鶴見大学図書館蔵）

六条院の女楽・四人の奏者。

第一章　「天神・道真」一つの表敬表記

一

紫式部が『源氏物語』を執筆していたと考えられる一条天皇の御代はまた、菅原道真が大きく復権した時代でもある。

延喜元（九〇一）年大宰権帥として左降され、二年後に没していた道真は、既に延喜二十三（九二三）年四月、正二位右大臣の本官を復されていたが、その後、一条朝に入ってからは〝天神〟としての立場を固めてゆくことになる。すなわち、永延元（九八七）年に道真を祀る北野社が初めて官幣に与り、正暦四（九九三）年五月には、九州安楽寺における託宣を受け正一位左大臣を贈り、更に同年閏十月に重ねて太政大臣を追贈して天神を慰撫している。そして寛弘元（一〇〇四）年十月になると、一条天皇が北野社に行幸して、その初例となり、爾後も天満天神への崇敬は続くことになる。後世の多様な天神信仰の基盤は、この一条朝において形づくられたと言えよう。

漢文学の分野でも、道真に対する尊崇の念は言うまでもなく盛んであり、大江匡衡が祭文「北野天神供二御幣并種々物二文（1）」において、「右天満自在天神、……就レ中文道之大祖、風月之本主也」と、北野の天神・道真を讃えたのは、一条天皇崩御の翌年長和元（一〇一二）年六月であった。

『源氏物語』須磨巻において、藤壺との間に儲けた東宮、のちの冷泉帝の立場を守るため、自ら須磨へ退き謫居する光源氏の造型は周知のように、在原行平、小野篁、源高明、藤原伊周そして菅原道真などの姿が投影されている。たとえば、行平の一首、「わくらばに問ふ人あらば須磨の浦に　藻塩垂れつつ侘ぶとこたへよ」（『古今集』巻十八雑下　九六二）に、また篁の「思ひきや鄙の別れにおとろへて　海人の縄たき漁せむとは」（同　九六一）を引歌とする表現によっても活用される。行平の流離の地・須磨で、篁の流謫の思いを共有するなどと、自在に歴史上の人物像を直接また間接的に響かせて、物語を重層的に構築しながら光源氏の離京、貶謫に現実感を与えている。

そして、道真の作詩をふまえた表現は当巻に三例あらわれてくる。『菅家文草』と『菅家後集』に収められている道真の詩文のうち、『菅家後集』中の二編、および『大鏡』巻二時平伝に残る一編をふまえた三例が、光源氏の背後に道真像を重ねて表現されている。

須磨に下って初めて迎えた秋、

月のいとはなやかにさし出でたるに、今宵は十五夜なりけり、と思し出でて、殿上の御遊び恋しく、

と叙される古来名高い場面に、「恩賜の御衣は今ここにあり」と誦して、道真が大宰府で抱いた望郷の念と嘆嗟を自らに重ね合わせる。

また、大宰大弐が帰京の途次、かつて源氏とかかわりをもったその娘五節が、届けた文に対する源氏の返信を

受け取って、「駅の長にくしとらする人もありけるを、ましておちとまりぬべくなむおぼえける」と、五節の思いを述べる部分に、「駅長莫レ驚時変改　一栄一落是春秋」と、左降の地大宰府へ向かう道真が、「はりまのくにゝおはしましつきて、明石の駅といふところに御やどりせしめ給て、駅の長のいみじく思へる気色を御覧じて作らしめたまふ詩」（『大鏡』）をふまえて表現される。

そして季節が進み冬に移って一層の侘しさに耐えきれず、当地に唯一持参した七絃琴を手にする場面、

月いと明かうさし入りて、はかなき旅の御座所は奥まで隈なし。床の上に、夜深き空も見ゆ。入り方の月影すごく見ゆるに、「ただ是れ西に行くなり」と、独りごちたまひて、

白楽天の詩を引くとともに、『菅家後集』「代レ月答」の「唯是西行不二左遷一」を口ずさむのである。

道真の漢詩文を引くばかりではない。『源氏物語』は和歌をも取り込む。

『源氏物語』にみる引歌表現に関する研究は古くから続けられて、いま伊井春樹氏編『源氏物語引歌索引』[2]に集成されている。当該書に収載された引歌は多彩であるが、その中に菅原道真詠を指摘するのは、夙に名高い「このたびは幣もとりあへず手向山　紅葉の錦神のまにまに」（『古今集』巻九羇旅　四二〇）をはじめとする、四首、七例である。夕顔巻から紅梅巻までに、文辞の背景としてあると考えられたこれらは、それぞれ引歌としての適否はともかくも、『古今集』と『拾遺集』に入集するものである。勅撰和歌集としては『古今集』から『新続古今集』に計三十五首入集する道真の和歌を、紫式部が手許にどのような歌集を置き、繙いていたものかは知る由もないが、菅公、道真の事跡の一つとして和歌も受け入れていたであろうことは疑いない。紫式部の中に道真像は決して小さくはない。

二

『国史大系本公卿補任』(3)は、各年毎に官位順に排列される公卿の氏名の下に、年齢・兼官・その年次の異動などを記し、また補任初出の際には、いわゆる尻付が記される。これらの記事の中に「-」記号をみる。たとえば元慶三（八七九）年次、参議従四位上藤原山陰の尻付における「仁寿四正- 左馬大允。斉衡三正- 右衛門少尉」、あるいは昌泰四（九〇一）年大納言従三位源光に関する、当該年次の異動記事中における「正月七日正三位。-- 任右大臣」といったように。これは月日や年表記そして位階ほか、頻出する字句の代用などを表現する一種の省略記号であり、六国史をはじめ多くの史料に見ることができる。

ところが右掲省略表現のほかに、「—」という形をとる、省略の「-」より長い線であらわす記号を人名表現のうちに見ることがある。『国史大系本公卿補任』（以下『国史大系本』と略す）の本文中、人名にこの「—」記号が用いられるのは、ただし一名。寛平五（八九三）年次に参議従四位下として初出の「菅道—」、すなわち「菅原道真」である。道真はその後、延喜元（九〇一）年に右大臣から大宰府へ左遷されるまでの全期間が「菅道—」と記されている。当『国史大系本』の袖書においては、治暦四（一〇六八）年に「四月十九日（庚申）天皇晏駕。皇太弟践祚（春秋卅五。諱尊—）」と、後三条天皇の諱「尊仁」に対して「—」記号を使用するなどの例がある。しかし、補任の本文および尻付中においては道真一名のみであり、他に例を見ない。加えて道真については、氏名の下に記載される年齢表示に「御年○○」と「御年」が付加される。これも他の類例をもたない(4)道真だけの付加表記である。この事に関して真壁俊信氏は次のように述べる(5)。

道真だけは、完全に名前を書かず、「道—」という記述の仕方である。「道」だけを記述し、下に線を引いている。『公卿補任』でこのような扱いを受けている官人は誰もいない。また年齢の書き方においても、他の官人は、すべて、数字を書くのみであるが、道真に限って、「御年」という書き方である。これは後世の人が道真を恐れ、尊んだことの左証であろう。

しかしながら、他の伝本にまで視野を広げる時、このような扱いを受ける官人は道真ひとりに限らないことに気づく。

『国史大系本』の祖型と推定される『異本公卿補任』は、『中右記部類』の古写本である九条家本の紙背に残る、いわゆる「中右記紙背文書」の一である。断続はあるが、天平元（七二九）年から長久元（一〇四〇）年の間を、土田直鎮氏の翻刻(6)により知ることができる当『異本公卿補任』は、『国史大系本』の形態と異なって、「尻付が初出の箇所にはなくて、歴運記同様、薨卒・致仕・出家などの、最後の箇所に置かれて……尻付の官歴は致仕・薨卒に至るまでの、その人一代のものが記されている」と土田氏に紹介される。その尻付中の年表記などにやはり短い「一」記号を見る。それは天平宝字二（七五八）年次、阿倍朝臣左美麿の尻付中に「天平九一九月　叙従五位下」とあるなど、先の『国史大系本』におけると同様の、年や月を省略してあらわす機能をもつ記号である。更にこの『異本公卿補任』にも、省略の「一」記号のみならず長さを伴う「―」記号をも見る。この場合にも『国史大系本』と同じく人名表記に用いられている。それは、藤原道長が初見される長保二（一〇〇〇）年に「左大臣道―」と記されるのを皮切りとして、寛仁二（一〇一八）年次「太政大臣道―」までの全例(7)、そして、寛弘六（一〇〇九）年初出の中納言藤原頼通が「頼―」として、当該本の最終年である長久元年次における「関白左大臣頼―」までの全例に記(8)されるもので、道長と頼通の親子二名にのみ一貫して使用されているのである。道長に至っては、治安三（一〇二三）

年次中納言源経房の尻付中、「永延元（九八七）年十月十四日従五上」の記事に続く割注部分の、「行幸摂政第家息子左京大夫道―譲」という、他の人物の尻付の部分にまで「―」表記がされている。また、寛弘六年初出時に中納言であった頼通が「頼―」で統一されることは上述したが、一方同じく道長の息であり、同母の兄頼通に次いで関白を任じた教通に関しては、兄と同様に中納言で初出の寛仁元（一〇一七）年以降、こちらは逆に一貫して「教通」であらわされていて、「―」記号をもつことはない。

「―」記号表記がされる期間において常に公卿の最高位にあった道長、そしてその跡を継ぐ嫡子頼通に対する当表記は、年月日の省略として用いられる「-」記号と同一視できるものではあるまい。道長はともかくとして、ともにその息である同母の頼通と教通にみる二様の表記は何を表出するのであろうか。頼通長男、教通三男という事実から、〝北家藤原氏の嫡流〟がその分水嶺たりうるかと考えてみると、該当する祖としての忠平、師輔には各人の該当個所にこの表記をもたず、納得しにくい。また、兼家以来力を堅持した藤原氏の〝氏の長者〟という側面から眺める場合、その就任が康平八（一〇六五）年である教通が、当該本中にこの表記をもたないわけであるから、『異本公卿補任』はそれ以前の作成である必要がでてくる。ところが、『中右記部類』九条家本およびその紙背文書の一である『異本公卿補任』は、ともに鎌倉時代初期の書写と言われる。(10)『異本公卿補任』の最終書写年は先述のように教通の氏の長者就任より二十五年も遡る長久元年であり、その原態は不明であるが、以上のような事実から、教通就任前、つまり康平八年より以前に作成した補任を鎌倉初期に転写した可能性は考えられる。可能性は残るが当本は孤本でもあり、ここから〝氏の長者〟という基準を特定することは難しい。なお、天禄二（九七一）年次から長保元（九九九）年次までのほとんどの記事は欠けているため、道長以前に氏の長者であった兼家、頼忠、道隆そして道兼に関する記事を見ることはできない。従って、現存資料による推測となるが、「―」表記を有する道長と頼通については、〝北家藤原氏が盤石の力を得てのちの嫡流の人物〟と捉えるのが最も妥当であろうか。しかし、理由はどうあれ『異本公卿補任』の書写者あるいは作成者が、この両名に対して特別の意識を抱いたことは事実であり、言い換えると、そうした人物に対する「―」記号表記なのである。

『公卿補任』に関しては、上掲『国史大系本』そして『異本公卿補任』の他にもう一本が存在する。藤原俊成と息定家の筆になる『冷泉家本』(11)がそれである。俊成筆は嘉承元（一一〇六）年から断続して大治三（一一二八）年までの分が残存し、そして定家筆では、建久九（一一九八）年から承久三（一二二一）年までの連続した二十四年間を書写したものが残る。

書写形態は、「俊成本」では『国史大系本』の「官職・位階・氏名」の順と大略同じものが、途中で「官職・氏名、そして割注で位階」という形式に移る。一方の「定家本」は、概ねそれを踏襲するものの二段書きが混じるなど、『冷泉家本』の内部でも統一されるものではない。

まず、「俊成本」では、天永元（一一一〇）年次中に「(参議)正四位下藤---俊―」という「―」表記をみる。先述二本と同様に省略の「-」記号をも伴うこの人物は「藤原朝臣俊忠」、すなわち書写者俊成の父親である。次いで永久三（一一一五）年には、「関白従一位藤原--忠―」、更に永久五（一一一七）年の「藤原--俊―」をみることができ、藤原忠実と俊忠の二名を対象に「―」表記がされていることを知る。現存「俊成本」において記載される父俊忠の名は以上の二例であり、ともに当「―」記号が使用されるのに対し、他方忠実に関しては該当する二例中の他の一例、天永二（一一一一）年次のそれは、「摂政右大臣正二位藤---忠実」であって、同一人物に「忠―」と「忠実」の二様の表記がされている。「忠実」表記の天永二年次は忠実の前、つまり上位の位置に「左大臣従一位源朝臣俊房」が記されていて、一方の「―」表記がされている永久三年次においては忠実が最上位という相違点がみられる。忠実の嫡男である忠通は、「非参議」として初見の天永元年次――俊忠に「俊―」表記をみた――、そして権大納言から内大臣に昇任した永久三年次――忠実が「忠―」と表記される――にみる、計三箇所全てに「―」表記をもたずに「忠通」と記されている。

この「俊成本」は、別に断簡となって「補任切」と称し珍重される。『古筆学大成[12]』に集成された十九葉、『都地久連[13]』所載一葉、および『平成新修古筆資料集　第一集[14]』に紹介される一葉、この計二十一葉をいま確認する。これらの「補任切」にも同様の「―」表記を認めることができる。

それは、永久元（一一一三）年次における「摂政太政大臣従一位藤―――忠―」とある、忠実に関するもの、そして天治三（一一二六）年、すなわち大治元年次の記事である。当大治元年においては、

前太政大臣藤原――忠―　従一位
摂政左大臣藤―――忠―　従一位
右大臣藤―――家忠　正二位　左大将
内大臣源――有―[15]　正二位　右大将

と、右大臣家忠を除いて、忠実、忠通そして源有仁の三名に対して「―」表記がされる。一方、この大治元年の前年である天治二（一一二五）年次では、対照的に

前太政大臣従一位　藤原――忠実
摂政左大臣従一位　藤―――忠通
右大臣正二位　藤―――家忠

とあって、全三名に当記号は用いられてはいないが、これは先だつ元永二（一一一九）年次（『都地久連』所載）が忠実以下忠通を含めて、書写される十一名全員に対し、「―」表記を用いずに記しているのと同様である。

このように、天治二年および翌大治元年次においては、複数の人物に二様の表記をみるが、この両年を比較すると、「官職・位階・氏名」の記載順に交替があるものの、内容的には何ら異動はなく、ここから「―」記号使用・不使用の理由を窺知することはできない。また、先述の「俊成本」における天永二年と永久三年次記事にみた忠実に関する二様の表記についても、〝最上位〟という基準で処理できないことが、この「補任切」中の天治二年、大治元年にみる両様の記載方法により判明する。更に、同じく「俊成本」中では全三例が「忠通」であり「―」表記をもたなかった忠通も、「補任切」大治元年次記事によって「―」表記がされていたことを知る。俊成書写の『公卿補任』は、『冷泉家本』と「補任切」によって、実態に少し近づくことができたと思われる。

他方「定家本」では、建保五（一二一七）年藤原基家初出時の尻付に「摂政太政大臣良―三男」とあるのをみる。この基家の兄、摂政太政大臣「良経」の嫡男である道家の初出は元久二（一二〇五）年であるが、そこには「摂政一男」とあって、弟基家とは異なる表現によっている。その道家は、承久三（一二二一）年には、左大臣→摂政左大臣→散位、という異動により三箇所にその名が記されていて、最終部の散位欄中の「前左大臣」と記載される部分にのみ、それまでの「道家」表記とは変って「道―」と表記されている。なお、良経本人に関しては、建久九（一一九八）年内大臣から元久三（一二〇六）年三月に摂政で薨じるまでの九年間に記されるものの、一貫して「良経」であって、当補任本文中に「―」表記をみることはない。

「定家本」の最終書写年である承久三年は承久の乱が発した年であり、定家は長文の袖書を残している。

四月廿日譲位皇太子〔帝御年四〕

……

八月十六日入道三品守―親王太上天皇尊号詔書

……

十二月一日天皇即位於太政官廳

同日冊命立　子内親王為皇后宮〔准母儀〕

帝の年齢を「御年」と表現するのは敬意表出の当然の書き様であるが、太上天皇・後高倉院となった「守貞親王」に「―」表記、そして後堀河天皇の即位に伴って准母として皇后に冊立された「邦子内親王」の「邦」一字を欠して表記しない(19)という、二種の方法をこの袖書にみる。当該二種の表記方法の使い分け意識はともかくも、この場合には守貞親王と邦子内親王という皇統関係に対する表記方法である。この「―」表記が、太上天皇になった親王に対して用いられているのである。

なお、当「定家本」の中には、父俊成の名をみることはなく、従って、「俊成本」における俊成父俊忠に対する「俊―」表記との対比はできない。

以上三種の『公卿補任』を通覧した。

『国史大系本』においては、天皇に関する袖書を別として、補任本文や尻付中には菅原道真を唯一の対象として、全例にわたって「道―」と表記する。(20)更に加えて道真には年齢にもただ一人「御年」が添加される。そして『異本公卿補任』には、藤原道長と頼通の二名が一貫して「道―」そして「頼―」とあらわされている。また、

『冷泉家本』中の「俊成本」および「補任切」では、書写者俊成の父俊忠が該当二例を「俊―」で記され、一方藤原忠実や忠通に関しては当「―」記号の使用は不定である。公卿最上位にあっても、時に「忠実」時に「忠―」である。そして天治二年と翌大治元年次では、複数の人物が両様の表現をもってあらわされていた。『冷泉家本』のうちの「定家本」においては、承久三年次袖書にみる、皇統関係に関する表記を別にすると、藤原基家の尻付中に父の良経が「良―」、その良経長男の道家についてのは最終書写年である承久三年の記事中、該当三箇所の最終部分にのみ「道―」と、「―」記号を用いて記されていた。

このように、各種の『公卿補任』はそれぞれ独自に人名の表記方法や掲出原則をもつことを知る。「―」記号の使用を『公卿補任』の各本間で検討すると、『国史大系本』における「菅道―」に該当する部分を他の二本はもたないから対比の手段はない。また他の二本、すなわち『異本公卿補任』と『冷泉家本』および「補任切」が書写する期間は重なってはいず、やはりこの二本間での比較も不可能である。しかしながら、この二本の中で「―」表記される人物、それが全例であっても、あるいは一部であっても当表記されている人物、すなわち道長、頼通、忠実、忠通、有仁、俊忠、良経そして道家について、『国史大系本』が全く異なる表記方法をとっていることは紛れもない。

次章では、『国史大系本』中に唯一「―」表記をもつ菅原道真が、『公卿補任』以外の史料や文学作品の中にあらわれる姿を探ることとする。

三

『日本三代実録』は、寛平年間に源能有、藤原時平、菅原道真、大蔵善行、三統理平の五名に編集を命じた宇多天皇が退位ののち、醍醐天皇が改めて時平、道真、善行、理平の四名に命じて、延喜元（九〇一）年八月二日に完成の奏上がなされた。しかし、前年の昌泰三年ころにはほぼ完成したとみられるものの、延喜元年正月に大宰府に左降された道真、地方官に転出の理平の名を、この六国史の掉尾『三代実録』序文に記される奏上撰者としてみることはない。この背景には政治的な思惑が絡むといわれるが、[21]それはさて措き、道真の名は、序の文中および本文の中に計十八度記されている。その十八例のうちの十六例が、『国史大系本』の底本――宮内庁書陵部蔵谷森氏本――および他の諸異本では「道―」あるいは「――」として書かれているものを、『国史大系本』では校本の一、寛文十三年松下見林校印本によって、または「意改補」として「道真」と記しているのである。

一方の、「―」表記がされていない二例中の一は改補本文中に見るものであり除外して、唯一残る例とは、貞観十二（八七〇）年九月十一日条、「文章得業生正六位下菅原朝臣道真加㆓叙一階㆒。以㆔対策得㆓中上第㆒也」という記事であり、これは『三代実録』本文中に初めて道真が登場する場面である。つまり、初出時にはきちんと名が記され、それ以降は「―」記号をもって表記されているのであり、これが書写者の意図的な表現であることは明白である。それがどの段階における書写者の意図に起因するかは不明ながら、『三代実録』中でも類例のない、明らかに他の人物とは異なる表記なのである。[22]大宰府で無念の死を遂げたのち、「天神」として崇められるようになった道真である。

国史と同様に勅撰である和歌集の作者名表記という観点から、道真の表記については諸論をみる。

すなわち、『古今集』中の人名表記が一貫性をもつことは早くから知られるが、その中で、「春日野に若菜つみつつよろづよを　祝ふ心は神ぞ知るらん」（巻七賀　三五七）の詞書「内侍のかみの、右大将藤原朝臣の四十賀しける時に、四季の絵かけるうしろの屏風に書きたりける歌」中にみる「右大将藤原朝臣」、そして、「秋風の吹上に立てる白菊は　花かあらぬか浪のよするか」（巻五秋下　二七二）および、「このたびは幣もとりあへず手向山紅葉の錦神のまにまに」（巻九羈旅　四二〇）の二首の作者名「菅原朝臣」、この二人の人物にかかわる人名表記が他の表記とは相入れないことに関するものである。

田中喜美春氏は、「古今集の他の呼称表記法に適合していない[23]」、本来は「大納言藤原定国朝臣」、「菅原右大臣[24]」であるべき「右大将藤原朝臣」定国と「菅原朝臣」道真に関する当表記について、敬語助動詞「らる」などの調査の結果、ともに醍醐天皇が補入したものと説く。醍醐天皇と外叔父である定国との親密な人間関係があり、また、「道真については、大宰権帥左降という事態は、道真に原因はなかったという醍醐天皇の認識が生ずるとともに、道真の鎮魂・救済の一法として、古今集に収録したものとも解しうる」と論じている。一人の作者名表記の背後に人間関係や政治的、社会的事情が窺える典型的な一つの例ではある。勅撰集編纂は公の事業であり、本来的には撰集の際のルールは明確であろう。それは道真が配流ではなくて左遷という処分であり、それ故に、のちの『千載集』における平忠度の、「勅勘の人なれば名字をばあらはされず」（『平家物語』七忠度都落）に、「よみ人しらず」表記としたのとは相違する書き様であることにも知られよう。

平安期の物語文学などの作品の中に「天神・道真」はどのような姿をみせるだろうか。『宇津保物語』の中には、「天神」や「菅公」などの語句、姿はまだみえない。「北野」にかかわるのは、藤原兼雅が「その日みかど北野の御ゆきし給日」（俊蔭）に、「きたのゝ行幸なり、御ともにつかうまつ」って、うつほの中に住む俊蔭女と仲忠親子に邂逅する場面である。諸本に異同をもたない当「北野の行幸」は、永延元（九八七）

年に天神が公式に祀られる以前の北野、狩猟などが行なわれた[25]、より広い範囲を示す北野の地への行幸であろう。北野天神への行幸は、既述のように一条天皇の寛弘元（一〇〇四）年を嚆矢とするから、九八〇〜九〇年とされる『宇津保物語』の成立時期ともかかわる「北野の行幸」である。

冒頭に述べたように『源氏物語』には「天神・道真」の姿が映ってみえる。須磨流謫の光源氏の造型に道真が投影されるとする指摘が最もよく知られよう。古くは『河海抄』から発せられるこの准拠論のほか、物語中に多く道真の詩歌の引用をみ、また、雷神としての道真の姿が、須磨における落雷の場面などに反映する。今井源衛氏は明石巻で源氏や朱雀帝の夢枕に立つ「桐壺院の亡霊の中にも菅公の面影を見る」し、「菅公とこの条の桐壺院の符号度はかなり高いといえるであろう[26]」と、流謫の源氏の姿などと合わせ、多面的な道真像の影響を示唆する。このように『源氏物語』の中には直接的な「天神」また「菅公」などといった言及はないものの、儒者藤原為時を父とする作者紫式部を育んだ学問の系譜[27]、そして作者が生きた一条朝という時代を背景として「天神・道真」の大きな影を否定することはできない。

更に、『栄花物語』では、源高明大宰権帥に左遷の段（巻一月の宴）に、「昔菅原の大臣の流され給へるをこそ、世の物語に聞しめししか、これは」と、大宰権帥に左降という同じ境遇に身を置くこととなった道真と高明の二人を重ねている[28]。また藤原伊周がやはり大宰権帥として左降される前に北野に詣ずる段（巻五浦浦の別）では、「やがてそれよりおし返し、北野に参らせ給ふ程の道いと遙に……この天神に御誓立て」たのだった。その他にも、殿上賭弓の段（巻三十二歌合）の中では、「三月には、又賭弓あれば、前方・後方と、ことどもわきて、前方は賀茂に参り、又一方は北野に詣」でて勝利の祈願をしたりと、左遷に関してばかりではない、道真の多元的な崇拝の模様が描かれている。しかし一方、同時代であっても、道真像が変容してゆく時間的推移をも反映するものか、あるいは作者が仕えた一条天皇皇后定子の兄である伊周が、上述のように経験した大宰権帥左降という事実と何らかのかかわりをもつのか、いずれにしても『枕草子』においては、二〇段「家は」で、「よし」とされる家の一に「菅原の院」が挙げられるばかりで、道真その人にかかわる描写はみられない。

「天神・道真」は公卿日記の中にも登場する。藤原宗忠の『中右記』には、「今日北野御忌日也、致二精進一」（嘉保元〈一〇九四〉年二月二十五日）など、忌日供養の記述を複数例みることができる。また前節で述べたように、その古写本の紙背に『異本公卿補任』などを残す『中右記部類』は、宗忠自身が部類するものであることを当記保安元（一一二〇）年六月十七日条に記すが、その記事の前年、元永二（一一一九）年七月二十五日から宗忠は、「西宮記等合四十一巻」や「小野宮記」など、典籍の行方に関する騒動に巻き込まれる。果て果ては白河院から、院の仰せに逆らって宗忠がそれらを隠し持つと疑われてしまう。困惑する事態に直面して途方にくれた宗忠は、「於レ今者只心中祈二申北野天神一許也」（八月十二日）と日記に記す。「合セテ四十一巻」など書籍に関しての、それも身に覚えのない嫌疑であるから、無実の罪を明らかす神、学問の神――「北野ノ天神」に「祈リ申ス」のはいかにもふさわしかろう。その後紆余曲折を経て、宗忠にふりかかった嫌疑が晴れ、一応の落着をみたのは九月に入ってからであった。「北野ノ天神」のご利益だったのであろうか。

『中右記』に続く、藤原頼長の『台記』[29]では、「北野者、弘法大師後身、道風者、北野後身云々」（久安三〈一一四七〉年六月十二日）とあり、道真の手跡を「神筆」と記すこととともに、空海やのちの小野道風に匹敵する能筆であると考えられていたことが判明する。

更に、院政期も最末に近づいた安元三（一一七七）年、治承と改元する直前の七月二十九日、九条兼実の『玉葉』

は、その頼長と「天神」とを記す。

此次、親宗語事等、

一　讃岐院、院号、並宇治左府、贈官〔贈〕位等事、来月三日可レ被レ行、此事、左府被二申行一云々、以二天神御例一、為二證跡一云々、此例不レ似欤、已是朝家大事也、尤可レ有レ議、……

後聞、今日、被レ行二贈官位並院号等事一、……

詔書、位記、宣命等、尋取切二続之一、

〈用二黄紙一〉

詔、宥レ過而後優者、聖代之彝訓、……故可レ贈二太政大臣正一位一、庶極二人臣之職位一、式照二泉壌之幽冥一、宜三去保元元年丑九月宣命等、焼二却之一、主者施行、

安元三年七月二十九日

〈用二緑紙一、〉

位記文、……

従一位藤原朝臣頼―、

右可レ贈二正一位一、

保元の乱に敗れ、首謀者の一人として果てた宇治左府頼長は、冤罪で左降した地に薨じた道真とは条件が異なるはずであるが、叡慮によって同じく人臣の極位・正一位太政大臣を追贈されたのだった。その贈位記の氏名[30]を、時の右大臣兼実の『玉葉』は「藤原朝臣頼―[31]」と記す。記主兼実自身は「似ザルカ」と考えるが、「天神ノ

御例ヲ以テ、證跡トナス」ものであるから、この二人に対する時代の共通認識、理解は近いものなのであろう。この度贈号されて讃岐院から替った崇徳院とともに、頼長は乱後の社会不安の原因、崇りをなす存在として恐れられていて、その霊を慰撫することが目的の贈位贈官である。位記は公的文書[32]であるから、本来は「従一位藤原朝臣頼長」とあるべきもので、転写の際の「─」表記であることは言うまでもない。道真と頼長。この二人の共通項は何であろうか。それはともに無念の思いを抱いて没したのち、崇りをなす存在として、またその結果畏怖の対象として社会に認識されたことである。

頼長への当該贈官などに関して、のちの『太平記』巻二十四「天龍寺建立の事」の段中に次の記述をみる。

何様これは、吉野先帝御崩御の時、様々の悪相を現じ御座候ひけると、その神霊御憤り深くして、国土に災を下し、禍をなされ候ふと存じ候ふ。……哀れ然るべき伽藍を一所御建立候ひて、かの御菩提を弔ひ進らせられ候はば、天下などか静まらで候ふべき。菅原の霊廟に爵を贈り奉り、宇治悪左府に官位を贈り、讃岐院、隠岐院に尊号を謚し奉り、仙宮を帝都に遷し進られしかば、怨霊皆静まって、却って鎮護の神とならせ給ひ候ひしものを。

後醐醍天皇の御霊を鎮めんがため天龍寺の造営を勧める夢窓国師の詞の中に、崇徳院（讃岐院）、後鳥羽院（隠岐院）そして後醍醐天皇の三帝とともに、崇りをする怨霊から鎮護の神への変身を遂げた、「天神・道真」そして頼長がある。就中、道真は、[33]「天神」として信仰の中心、また多面的な崇拝の対象となっていたのである。

四

敬意をあらわす表記の方法には、平出、闕字、抬頭また闕画などがある。文中に表敬すべき語があれば、行を改めてその語を書く平出、該当する語の前を一、二字分空けてから書く闕字、他の行頭よりも一段高く書き始める抬頭、そして闕画は、その字と同一の文字を書く場合に当該字の一画を欠くことによって、畏まり敬う気持を表出するものである。たとえば平出は、

『令義解』に平頭抄出の意と釈し、……唐の平出の制に準拠して定められたもので、……『養老令』公式令では、……天皇・太上天皇・天皇謚を加えた十五語を挙げる。なお『大宝令』では、……『養老令』と異なるところがあったらしい。平出は公式様文書に限らず広く行われたが、その用法は必ずしも公式令の規定を厳守したわけではない(34)。

とされる。このような表敬表記の対象とされるのは、天皇をはじめとする尊貴の人、また父母や祖先である。

ここで、第二節で述べた各種の『公卿補任』、そして第三節における『三代実録』その他の史料や作品中に、当「―」記号による表記が一度でもなされた人物を確認すると、

道真、道長、頼通、忠実、忠通、有仁、良経―尻付のみ―、道家、俊忠、頼長

である。これらの人々を一括りにできる共通項や条件などは見当らない。全例に当表記がされる人物から、例外的に一例のみが残る人物まで含めて、代々藤原氏の中枢部に位置する道長、頼通、忠実、忠通、良経、道家があり、また頼長もその一員と数えられようし、源氏の中心として重きをなした有仁である。更には書写者俊成の父親俊忠。そして道真である。この道真に関しては、他の人物とは異なる意識による当表記の対象なのであろう。「天神・道真」像が、「―」表記の対象であるに相違あるまい。『玉葉』の中にみた頼長は、その「天神ノ御例」に擬えたものである。数奇な生涯の末、怨霊や雷神伝説など多くの伝説中に生き、のち北野天満宮天神として祀

られるに至った菅公・菅原道真に関しては、藤氏、源氏の中心人物や書写者の父親とは異なる認識に基づくものであろう。書写者や作成者など個人的な立場、思惑を超えた、より普遍的な価値をもつ人物、存在に対する表記であると考えられる。それは道真がその他の人物とは相違し、複数の史料の中に当表記をもつことによっても頷首されるものである。

当「―」記号による表記は、平出や闕字などとは別の形式をもつ表敬表記の一方法として考えられないだろうか。繰り返すならば、北家藤原氏の土台を確固たるものとした道長と頼通は尊貴の対象に相違なく、その子孫である忠実、忠通や良経、道家は、その上に書写者の俊成や定家にとっては主君筋でもある。また書写者の父親については言うまでもない。「参議正四位下藤原朝臣俊忠」は、他ならぬ息男俊成の筆によって「俊―」と記されるものである。そして「天神・道真」と、その天神に准ずる頼長である。穂積陳重氏『忌み名の研究』(35)に、「本来大和民族にも固有のものであって、神話・伝説の時代からすでに存在していた」と説かれる、「実名敬避俗は他人からほしいままに尊貴の者の名を呼ばない習俗」である。敬意表出の一形式としての「―」表記は、この習俗と軌を一にするものと考えることができよう。

以上のように、他の表敬表記と同じくその対象は多様であり、選択の基準もさまざまであろうが、敬意の表出、〝表敬〟という概念で全てを網羅することができ、「―」表記を表敬表記の一方法と把握して間違いはあるまい。それは当表記が皇統関係に用いられることによっても裏付けられる。その上道真に関して言えば、『国史大系本公卿補任』における「御年」の付加表示が後押しをする。〝表敬〟という意識を基盤にして、書写者や作成者各人の立場、意図によって対象が異なってくるものである。

しかしながら、『国史大系本公卿補任』や『異本公卿補任』における「―」表記の対象人物が一貫してこの表記をもつのに対して、『冷泉家本公卿補任』および「補任切」の中では、俊成筆そして定家筆ともに統一された表記とは言えない。内部での使用基準が不明で、「―」表記に統一性をもたない『冷泉家本』および「補任切」が、他の二本と相違するのは、これが自筆本であるという点である。更に言うならば、孤本である『異本公卿補任』と多本の校訂を経た『国史大系本』との相違についても考慮しなければならないであろうが、いまはこれ以上の用意をもっていない。

菅原道真はいつ頃からこの「―」表記をもつようになったのであろうか。政敵藤原時平の讒言により左降されて半年余ののち、道真がまだ大宰府で貶謫の暮しを送っている時に、その時平によって奏上された『三代実録』には、当初から表敬の当表記がされていたことはあり得ず、後人による書写の際に記されたものであるとは言うを俟たない。その時期を特定することはできないまでも、一条朝になった永延元（九八七）年、北野社祭祀に初めて官幣に与って、道真が公式に「天神」として認められ、加えて同朝の正暦四（九九三）年に人臣の極位・正一位太政大臣までも追贈されて以降であろうことは、想像するに難くない。これは『国史大系本公卿補任』についても同様、「天神」としての道真の位置が公的に定まって社会に認識されてのちの表記であって、「天神・道真」が他の官人とは一線を画する特別な扱いであることは、繰り返し述べきたったように、「御年」表記を合わせて考えると一層明白である。「天神・道真」像は、個人的な立場を超えて、社会的な共通理解の上に成立するものなのであり、それに則った「―」表記なのである。

次に、当該表記開始時期の、その下限を考えてみよう。平信範の日記『兵範記』の現存分は、自筆を中心とする清書本が大部分を占める。その中に「―」記号を伴う表記をみる。それは、道真に対する「菅原――」表現である。久寿二（一一五五）年十二月九日、皇太子守仁親王のちの二条天皇の御元服を記し、裏書に歴代天皇の「加冠理髪例」を列記する。その中の醍醐天皇に関する記事に「理髪　権大夫権大納言正三位右近大将菅原――」と記されているのである。また、記主信範が家司をつとめた藤原基実への「基―」表記その他であり、天神・道真や、藤原忠通息男基実、のちに摂政となった藤原氏嫡男を対象として当記号が用いられていること、平安時代末、一一〇〇年代半ばには既に当表記があらわれていたことが判明する。『兵範記』にみた当表記が管見に及んだ初出例であるが、その後も引き続き用いられることになる。

　書写時期を鎌倉時代初期と推定される九条家本『中右記部類』の紙背文書の一、『異本公卿補任』も同様に鎌倉初期の書写とされる。また、兼実自筆の『玉葉』は伝存しないが、九条家旧蔵本は「原日記成立からあまり下らないと認められる書写年代の古さ[36]」であり、自身の筆ではなくとも遠くない時期、つまり平安最末期から遅くとも鎌倉初期と言えるであろう。これらの中に「―」表記を確認する、この平安最末期から鎌倉初期という時期は、自筆本である『冷泉家本公卿補任』および「補任切」の、俊成や定家の書写時期――院政期の最末期[37]から鎌倉初期とも符合する[38]ものである。こうした事実から、この時期には表敬の「―」表記がもう通行していたことは明白である。社会に公認され、使用の法的規定も明確な、闕字や闕画、あるいは平出、抬頭などの方法と、書写者、作成者の個別の意識に根ざした当「―」表記とは、異なるあり方ではあるが、ともに敬意表出の形である。発生の仕方、経緯も今は特定できないものの、〝公〟に対する〝私〟的な表記法であることは、統一性をもたない史料の存在と一つである、と言えよう。

　中川芳雄氏は闕字表記に関して、「祝詞、宣命、やまと歌等の表記に闕字表出が入らない。殊に宣命など、『要闕字、要平出文字』がしきりと出る。なぜに闕字せぬの問題がそこに残されてゐる」と述べる。[39]先に、道真における「―」表記の始まりは、道真が「天神」としての位置を確定し、また怨敵時平と同じく正一位太政大臣を追贈されてのちであろうと推測したが、そうした時期を迎えて以降も、この表記は闕字表記などと同様に、「やまと歌」すなわち勅撰和歌集などにはあらわれてこないことは、道真の勅撰和歌集における作者名表記によっても知ることができる。また、物語文学作品などにもそうした表記をみることはないが、これも「やまと歌」に用いられないのと同様の論理によるものであろうか。和歌や物語文学などは、それぞれに別の異なる形で敬意を表出する手段をもつものと考えられる。闕字表出や「―」表記などをもたない文学作品の中にも「天神・道真」の姿が映し出されていたことは、先掲のとおりである。公わたくしにわたり畏怖と崇敬の対象としてあった道真への表敬表記の一方法が、『国史大系本公卿補任』における「―」表記であり、また「御年」の付加表示であり、更に『三代実録』その他にみる当「―」表記である。「鎮護の神」に変身を遂げた人物に対するこの表記は、書写者や作成者の意識によって、摂関家の中心人物などの貴顕、また父親を対象とする敬意表出ともなるのである。書写者や作成者にとって完全な表記をせずとも十分に理解できる人物が対象であり、完全な表記をせずに「―」記号で代行する表記が、深い敬意を表出する表現であったのである。

「北野の天神」こと「菅道―」が大宰府に薨じたのは、左降して二年ののち、延喜三（九〇三）年二月二十五日、時に「御年五十九」であった。

【注】

（1）『本朝文粋』巻十三「祭文〔在二供物一〕」
（2）「笠間索引叢刊」平成六年
（3）吉川弘文館　平成三年
（4）袖書や補任本文中に「帝御年〇〇」をみるが、帝をはじめ皇統関係については別の立場をとるものであることは言うまでもない。
（5）『天神信仰史の研究』続群書類従完成会　平成六年
（6）『奈良平安時代史研究』吉川弘文館　平成四年
（7）寛仁三（一〇一九）年は道長が出家のために最終記録年となるが、この年次だけは「道　」とあって、「長」該当の部分は「―」記号でなく、欠して空白とする表記方法をとる。
（8）『異本公卿補任』における初出であり、『国史大系本』では寛弘三（一〇〇六）年に非参議従三位として登場する。
（9）『国史大系本』の初出は寛弘七（一〇一〇）年、兄頼通と同じ非参議従三位である。
（10）宮内庁書陵部編『図書寮典籍解題続歴史編』昭和二六年
（11）「冷泉家時雨亭叢書」『豊後国風土記　公卿補任』朝日新聞社　平成七年
（12）小松茂美氏『古筆学大成』第二五巻　講談社　平成五年
（13）注(11)の解題に所載の影印を利用させていただいた。
（14）田中登氏編　思文閣出版　平成一二年
（15）源有仁に関する「―」表記はこの年次のみであり、『冷泉家本』による翌大治二（一一二七）年では「有仁」となる。なお、この大治二年次には忠実、忠通の名をみない。

(16)　天治二年と同じ「官職・位階」の順に記載される天永四（一一一三）年次では「忠―」と記されている。

(17)　この天治二年および翌三年次の補任は、『国史大系本』や『異本公卿補任』、また『冷泉家本』および「補任切」の他の部分と相違する、独自の形式をもって記されている。それは、現官を退いて「散位」である「前太政大臣藤原忠実」が、「摂政左大臣藤原忠通」の前に記されていることである。現官参議の後に名を連ねるべき散位の人物が、当該年次の公卿の最高位を示す位置にその名が記されているのであり、「前太政大臣藤原忠実」に特権が与えられているかのような、俊成独自の記載方法である。

(18)　同じ承久三年次における藤原家実は、『国史大系本』では、「関白→散位→摂政→太政大臣」という異動によって四箇所に名を記載されるが、「定家本」においては「関白」および「前左大臣」の二箇所の記載部分にこれらの異動を記述していて、道家記載とは異なる方法をとる。これは元久三（一二〇六）年次の家実に関する異動についても同様である。

(19)　この邦子内親王の場合と、前掲注(7)における道長出家年の空白表記とのかかわりを同一視できるものかは明らかでない。

(20)　道真の孫、菅原文時が天元四（九八一）年に非参議従三位として八十三歳で初出時の尻付には、「菅贈太政大臣孫、故右大弁高視二男、母菅原宗岳女」と記されている。

(21)　坂本太郎氏『菅原道真』（「人物叢書」吉川弘文館　平成六年）では、「時平の時代になって藤原氏に対立する強敵としてあらわれたのは道真である。かれはみずからが学者として稀な大臣の任を占めている上に、その門徒は百をもって数え、……藤原氏としてこれを打倒する機会をねらったことは当然である」し、『三代実録』に関して、「時平・善行らは、道真にこの事業完成の功を分けるのを避けて、ことさらに左遷後若干の時を経るまで奏上を延ばしたかも知れない」と説く。なお、もう一人の撰者である三統理平の名は序文中にのみみる。

(22)　貞観十四（八七二）年二月二十六日に同年正月二十六日と同文の記事をみるが、頭注に示しているように「恐衍」

と考え除外する。

（23）「醍醐天皇の古今集改修」（東京大学『国語と国文学』昭和五六年四月号。のち『古今集改編論』〈風間書房　平成一三年〉に収録）

（24）『後撰集』においては、この規範に則った「菅原右大臣」であり、その後も「菅贈太政大臣」という原則通りの表記が『拾遺集』から『続後撰集』まで続く。そしてその後『続古今集』以降『新続古今集』までは全て「北野の御歌」として左注される。これは『続後撰集』までとは異なり、全歌神祇歌であるためであろう。ここにも「天神」となった道真の姿が反映される。

（25）たとえば『権記』の長保二（一〇〇〇）年七月十三日条には、「検二前例一、延暦十六年（七九七）十二月五日、行二幸北野一枝猟《ママ》」とみえ、桓武天皇が北野に狩猟のため行幸した前例が記される。

（26）『紫林照径―源氏物語の新研究』角川書店　昭和五四年

（27）前掲注（5）の中で真壁氏は、「（紫式部の父）為時は、文時や輔正らにより、菅原氏の学問の薫陶を受けていたのであ」り、「『源氏物語』の引用の文集の訓は、菅原家の訓といわれている」など、菅原家や道真の学問、詩文の影響を説く。

（28）その源高明が撰した故実書『西宮記』（「新訂増補故実叢書」明治図書出版　昭和二七年）―古写本中最も書写年代が古く、平安時代の末から鎌倉時代の書写と推定される前田家巻子本を底本とする―の巻三（裏書）「裏押紙」の部分に次掲記事をみる。

左馬寮宣旨案云、
右少史斎《ママ》日仰云、右中弁源朝臣当時伝宣、中納言菅原朝臣道―宣、
奉勅　……
寛平八年六月九日大属波多清遠奉、

寛平八（八九六）年「中納言菅原朝臣道―」とは「道真」のことである。

(29) 戦国時代の公卿三条西公条筆である、『台記』の抄出本『宇槐記抄』（『増補史料大成』臨川書店　平成四年）の、仁平三（一一五三）年閏十二月二十三日条に次の記事をみる。

……中納言兼㆓中将㆒者、坂上田村麿、（中）、藤良相、同基―、（昭宣公）、同定国、同師―、（京極殿、已上左近）、同忠―、（入道殿）、同忠通、源有仁、藤頼長、同兼長、（已上右近）、并十人也、……

「基経」「師実」「忠実」の三名に「―」表記がされていて、称名などを記す割注が伴う。一方、本論中の他の史料で当表記をもつ忠通、源有仁、頼長に対しては用いてはいない。

(30) 延喜二十三（九二三）年四月二十日、道真の本官を復し正二位を贈位したことを、『政事要略』（『新訂増補国史大系』吉川弘文館　昭和三九年）巻二十二「年中行事八月上（北野天神会）」は記すが、そこに見る位記は次のようである。

従二位菅原朝臣

右可㆑贈㆓正二位㆒

(31)『玉葉』の中における頼長は、「宇治左府、故左府、故宇治殿」などと記されることが多い。「左大臣頼長」としては二例（安元二〈一一七六〉年三月四日・六日）をみるが、ともに「頼長」と記されている。

(32)『延喜式』十二「内記」に書式が記される。

(33)『国史大系本公卿補任』中、「―」表記そして「御年」添加は道真に対してのみであり、頼長にはみることはない。『玉葉』においても「天神ノ御例」に准えるという扱いであるが、『太平記』文中にみる呼称も異なる。同じく変身を果たしたとは言いながら、二人の位置づけの相違は明らかである。

(34)『国史大辞典』（吉川弘文館　平成三年）「平出」項より。

(35) 講談社学術文庫　平成四年

(36)『国史大辞典』「玉葉」項より。

(37) 俊成の「補任切」書写時期は、「藤原俊成独自の奇癖が顕著で、その晩年の筆跡と推定される」（小松茂美氏編『日本書道辞典』二玄社　昭和六三年）ものである。

(38) 俊成の家集『長秋詠藻』（『新編国歌大観』第三巻）五九二は、次のような詞書をもつ。

侍従許に権中将公衡、公卿補任をかされたりけるが、定頼中納言手跡とて反古のうらにかきたる中に、故御子左大納言の御手跡の消息にて、月日のしたに権大納言長家とかかれたる名を見いでて物に書付けて返しける

いにしへの跡はさらでも忍ぶべし　わがその家とみるぞかなしき

続く公衡の返しは、

としごろもちながらしらざりける、とありつつ返し

代代をへてさてのみ過ぎしことのはの　その梢にぞ色を染めける

三位中将藤原公衡が薨じたのは建久四（一一九三）年であるから、これは言うまでもなくそれ以前の話である。俊成や定家の『公卿補任』書写と何らかのかかわりをもつものであろうか。また、『為秀筆本長秋詠藻』を底本とする、古典文庫『長秋詠藻　異本』（昭和三四年）は、俊成詠詞書中の「長家」を「長――（ママ）」と表記する。どの段階における当「――」表記であるのか明らかではないが、御子左家の祖である長家の名を、その裔である俊成の歌集の中に当表記をもってあらわすのである。為秀はその俊成から更に四代の裔となる。

(39)「日本闕字表記史れいめい期の諸問題」（京都大学『国語国文』46―四　昭和五二年）

第二章 「后と女御」排列表現考

一

一応は平等社会といわれる現代においても、複数の人や事物を表現する場合には、それぞれの事由を伴う自らなる排列をもつことは、誰しもが認めるところであろう。

ましてや、強固な身分社会である平安時代においては、複数の人物が表現される際には、歴然たる身分序列によってそれがなされるとは、自明のことであろうと思われる。たとえば、天子である帝がその嫡妻である后に先行し、三位の位階をもつ公卿は五位の者より先行するように。『源氏物語』をはじめ、この時代の宮廷を舞台とする文学作品の世界においてはその規範が一層強く作用すると考えられるが、そうした作品を読んでゆくとき、この当然と思われるはずのことが必ずしもそうではないことに気づく。それは、たとえば「后と女御」という二者の表現に関していえば、ある時には「后、女御」の身分順排列によるものがあり、また他の場面では「女御、后」という、逆の排列の例もみつかるように、両様の表現をもつのである。

このような二様の表現をもつのは、この「后と女御」にとどまらない。「帝と后」においても、その他「四位と五位」などにおいても同様に二様の表現をみることができるのである。

こうした相反する両様の表現は、それぞれの表現に対応する何らかの理由をもつのであろうか。順序の差を超えた固有の語るべきものをもつのであろうか。更には、全用例を覆うような一定の規則性、あるいは一定の内容をもつのであろうか。以下、それらを検証すべく、作品の中に示される表情を個別に捉えてゆくこととする。

本論においては、二様の排列を有する人物表現のうち、「后と女御」を中心として、平安時代における、『源氏物語』を中心とする物語文学作品を主たる対象資料として考察することとする。

二

まず、「后と女御」の表現を文学作品の中に求めてみると、『竹取物語』をはじめ『伊勢物語』『平中物語』あるいは『大和物語』といった物語文学に、また日記文学では、『土左日記』や『蜻蛉日記』などの作品中には、「后」や「女御」の語が使用されないか、あるいは用いられてはいても、「――の后」、「――の女御」といったように、固有名詞として単独に使われている例がほとんどである。作品内部に使用される語句は、その作品の内部世界と大きくかかわることは言うを俟たないが、とにかくこれらの作品中には、「后と女御」が順をもって並記される用例をみることがない。この並記される例の初見は、『宇津保物語』においてである。

具体的には、「后と女御」二者の並記に関して、「后、女御」という身分規範に従った排列では、『源氏物語』一例、『浜松中納言物語』に二例を、そして歴史物語の分野では、『大鏡』一例、『栄花物語』に一例という用例をみることができる。

他方、逆の排列となる「女御、后」は、その初出例をみる『宇津保物語』に一例、『源氏物語』三例、また『栄花物語』には四例を、更に『紫式部日記』に一例の用例をみることができ、上述の「后、女御」の用例数に比して多い。数字上からは、現代の目からみて順当な序列かと思われる、身分秩序に添った「后、女御」の方が、反転した順である「女御、后」よりもかえって例外的な表現であるかのようである。

以下、『宇津保物語』をはじめとする、当該表現をもつ作品の中で、それぞれの表現がどのような状況設定のもとに用いられているのかを順次みてゆくこととする。

身分規範に従った排列による「后、女御」表現は、まず『源氏物語』竹河巻にみる。髭黒と玉鬘のむすめ・大君が冷泉院へ参院する条に、「后、女御など、みな年ごろ経てねびたまへる」と、院の側に仕える女性たちを描く場面で用いられている。当該場面にいう「后」とは秋好中宮のことであり、また「女御など」は弘徽殿女御たちを指示している。このように当場面に用いられる「后」も「女御」も、ともに冷泉院にかかわる特定の人物を指し示していて、いわば固有名詞性を伴う、固有名詞の代替として機能する語句なのである。

次いで『栄花物語』にみる例は、巻三十九布引の滝。源師房北の方・隆子の幸運を記す段である。

昔、御はらから達皆后にて三人おはしまし、春宮女御、院の女御などにておはしまししに、中将にておはしまししを婿どり奉らせ給ひしかば、あさましとおぼしめし嘆かせ給けり。されど、かの宮達四十にだに足らせ給はで、皆うせさせ給ひにき。……后、女御と申ししめでたけれども、いととく過ぎさせ給ひにしに、

とあって、后や女御になった、隆子の姉妹たちが、上東門院彰子以外は早世した人が多いのに比して、そのような地位には上らなかったものの長寿を得、また子孫にも恵まれている、右大臣、「瞑目以前」(『扶桑略記』承保四

〈一〇一七〉年二月十七日）には太政大臣を授けられた師房の北の方である隆子が、「いとめでたし」と叙されている。当該段に記される三人の「后」とは、隆子の同父（藤原道長）、異母（源倫子）所生の姉妹たち――一条天皇中宮彰子、三条天皇中宮妍子そして後一条天皇中宮威子――である。また「女御」は、こちらも倫子所生の、後朱雀天皇に配された尚侍嬉子、および隆子と同母（源明子）の姉妹である小一条院女御寛子を指すものである。このように右掲の人々の名を具体的に示すことが可能な「后、女御」であり、当例も先述の『源氏物語』竹河巻における事例と同様、一般称ではなく、個別に人物を特定しうる固有名詞性を有するものである。

続いて『大鏡』にみる一例とは、第二巻「太政大臣藤原頼忠伝」における、円融天皇女御藤原遵子の段。

大ひめ君は、円融院の御時の女御にて、……いまひとゝころの姫君、花山院の御時の女御にて、……やがて后、女御のひとつばらの男君、たゞいまの按察大納言公任卿と申。

その「后」と「女御」とは、「たゞいまの按察大納言」藤原公任と「ひとつばら」の姉妹、すなわち円融天皇中宮遵子と花山天皇女御諟子をいう。『大鏡』には当例の他に、以上の「后、女御」表現とは異なるが、同じく第二巻の「左大臣藤原師尹伝」、敦明親王が東宮退位の段にも、親王の母親・三条天皇皇后藤原娍子および東宮女御藤原延子を指す、「皇后宮、ほりかはの女御」という、呼称を伴う表現がみえる。『大鏡』中のこの二例はともに、〝同じ帝に配される后ならびに女御〟という形ではないものの、「后」そして「女御」それぞれの人物を特定することのできる排列表現である。

更に『浜松中納言物語』にも二例の当表現をみる。この物語には女主人公である「后」が頻出するが、「女御」との並記二例のうちでは、まず、巻第一。

父の宰相も大臣になし、后も十六にて皇子を生み給ひにければ、やがて后になして、並びなく時めかし給ふに、一の后の父の大臣、大きに怒りの心をなし、そねみて、……いみじきことども出で来て、いま二人の后、十人の女御、かたより給ひつつ、みな人心をひとつになして、

と、帝の寵愛を受ける唐后を迫害した、という段に「いま二人の后、十人の女御」と人数を伴う「后、女御」表現をみ、物語中で固有名詞性を有する当表現は身分順に則して描かれる。

もう一例も同じ巻第一。

日本には、下の通ひこそ乱れがはしくもあれ、后、女御の前にて、かやうになど仰せらるべくもあらぬを、この世はきびしながら、さすがにしどけなくこそありけれ、とおぼせば、

主人公の中納言が帰国を目前にして、思慕する心の内を后に打ち明けてしまいたい、とは思いながらも、打ち明けることはできずに悲嘆する場面である。この場合には、一般的に「后」や「女御」といった人々の御前では、ということではなく、眼前の恋しい后の存在が働きかけ、自分自身とのかかわりが作用した結果、「かやうに」「后、女御の前にて」という表現になったものと考えられる。従ってこの場合にも、単なる普通名詞とは相違し、ある種の固有名詞性を含む表現と認められる。

以上、身分序列に添う「后、女御」の排列による事例を検討した。その結果は、作品内部のそれぞれの場面により、具体性に多少の濃度の異なりをみることはあっても、つきつめて言えば、固有名詞に置き換えることが可能な「后、女御」表現であると考えられ、身分序列に従う排列によることは当然のあり様である。

次に、他方の「女御、后」の表現を、当排列による初出例をもつ『宇津保物語』から順に探ってみることとする。『宇津保物語』の一例は俊蔭巻。

十二歳になった、俊蔭女の子・仲忠の様子はというと、その美しさは類いなく、「綾、錦を着て、玉の台にかしづかるる国王の女御、后、天女、天人よりも」「目もあやなる光」が備わっていたのだった。ここにいう「女御、后」は、この物語一流の大仰な表現の一つとして、最高身分の人間を一般的に示すものであって、ともに特定の人物を指すことはない。「女御→后→天女・天人」の順で漸次高い方向へ向かうことを示していて、それよりもすばらしい仲忠へと帰着する表現である。当「女御、后」とは別に「女御、后がね」という表現もまた一例みる。これは国譲上巻。

右大将は、「……今日明日、女御、后がねなどの対に住みたまはむには、いかでか上にはのぼりはべるべき。西の対しつらひて、そこに渡りたまへ」と聞えたまふ。

今日か明日かという迫った日に女御という地位になったり、また更に后ともなったりする人が、の意を表わすところである。これはあて宮、のちの藤壺のことを語るものであり、「女御、后」表現の範疇とは少しく異なるが、この場合の「后がね」は、女御→后がね→后という上昇順を示すものである。女御、そしてその中でも后となるべき人、と把捉することができよう。対象はあて宮であっても、語句自体には固有名詞性は窺えず、普通名詞と考えられる。

次いで『源氏物語』中にあらわれる「女御、后」三例を巻序に従ってみてゆくこととする。

まず玉鬘巻の一例。

大臣の君、父帝の御時より、そこらの女御、后、それより下は残るなく見たてまつりあつめたまへる御目にも、当代の御母后と聞こえしと、この姫君の御容貌とをなむ、「よき人とはこれをいふにやあらむとおぼゆる」、と聞こえたまふ。

あらゆる高貴な女性をみてきた光源氏が、その中で「藤壺中宮と明石の姫君の二人を最も美しい人だと思われる」とおっしゃった、と語る、この度初瀬で玉鬘と念願の邂逅がかなった、夕顔の乳母子、今は紫の上に仕える右近の言葉の中にあらわれる「女御、后」である。当該部では、「女御、后」に続く「それより下は」の表現によって、「女御、后」の語句が、女御や后といった最高の女性たち、という括り方がされていて、そうした一つの概念をもつ一語として成立していることが判明する。

若菜下巻の例は、柏木が女三の宮の乳母子小侍従にむかって語る部分にある。

世はいと定めなきものを、女御、后もあるやうありて、ものしたまふたぐひなくやは。まして、その御ありさまよ。

女御、后という立場にある人でさえも、事情によってはそうする例がないとはいえないし、ましてやこの宮のご様子は……と言いつつ、女三の宮への手引きをたのみこむ場面である。これは、天皇の配偶者という犯しがたい存在ですら、と例示するばかりであって、「女御」「后」ともに、特定の人物を指示する固有名詞性をもたないことは、先の玉鬘巻における例と同様である。

残る一例は竹河巻。

中納言に昇進した薫が前尚侍の君、すなわち玉鬘のもとへ申慶に訪れた場面。冷泉院に仕える、むすめ大君の辛い立場を訴えかける玉鬘に対する、薫の返事の中にみる。

冷泉院は脱屣し今は静穏に暮していて、

誰もうちとけたまへるやうなれど、おのおの内々は、いかがいどましくも思すこともなからむ。人は何の咎と見ぬことも、わが御身にとりては恨めしくなん、あいなき事に心動かいたまふこと、女御、后の常の御癖なるべし。

宮仕えをするについては、その程度のいざこざのあることは当然考慮して決意するべきであった旨を述べるところである。この場合も、主上や院にお仕えする「女御」や「后」といった人々、という立場を示すものである。同じ竹河巻における既掲の、大君が冷泉院参院の際の、秋好中宮と弘徽殿女御たちという、固有名詞の代替としての「后、女御」と対比するとき、この両様の排列が表現しているものの差異は、明白である。

『栄花物語』において「女御、后」の排列をもつ四例は、かかやく藤壺以下ころものたま巻までにみる。まず、巻六かかやく藤壺。長保元（九九九）年十一月一日、一条天皇のもとに入内した藤原道長むすめ彰子の容姿などを叙する段。

この比の人は、うたて情なきまで着重ねても、猶こそは風なども起るめれ。されば古の人の女御、后の御方方など思ふやうに、かたはしにあらずやと見えたり。

昔今の衣服のあり様の対比をする中にあり、解釈は難解ではあるが、「古の人の女御、后の御方方」は、そのような立場にあった人々、を指している。勿論、史実に名を残す「女御、后」の立場にあった人々を特定してゆくことは可能ではあるが、この場合には、誰それと特定し指示するのではなく、そういう立場にあった「古の」人々と、一括りにした表現であると考えられる。従って、直接的に固有名詞の代替となる語句とは異なるものである。既掲布引巻における、隆子の幸運を叙述する段にみた、姉妹という直近の人物、すぐに特定できる人物を指す「后、女御」とは異なる当「女御、后」表現である。

次に、巻八はつはな。藤原伊周が重篤となり遺言をする段。

己亡くなりなば、いかなる振舞どもをかし給はんずらん。世の中に侍りつる限は、とありともかかりとも、女御、后と見奉らぬやうはあるべきにあらずと思ひとりて、かしづき奉りつるに、命堪へずなりぬれば、如何し給はんとする。

死を直前にした伊周が、子女たちを並べて北の方に述懐する場面である。姫君たちはいずれ女御や后として拝見するはずと大切に養育してきたのに、自分の没後にはどうなるのだろう、と慨嘆する伊周の言葉に「女御、后」の語句をみる。この愁嘆は伊周亡きあとに現実となるわけであるが、ここにあらわれる「女御、后」も、言うまでもなく普通名詞としてのそれである。

三例目は、巻十四あさみどり。道長三女威子は、寛仁二（一〇一八）年三月、後一条天皇に入内。その折の尚侍威子の容姿を描く段に、

何れの物語にかは、人の御むすめ、女御、后を、世にわろしとは聞えさせたる。そが中にもこの御前達は、御かたちこそさもおはしまさめ、

と叙される。一体どのような物語に作中人物の姫君や女御、后という人々を醜いとしようか。そうした中でもこの御前達――道長の姫君たち、前述される彰子、妍子、威子たちのすばらしい様子といったら……と讃美が続く箇所である。物語内の人物と対比し、それに匹敵する現実の姫君たち、と筆を執る当表現も、普通名詞として用いられていることは言うを俟たない。

最後となる四例目は、巻二十七ころものたま。

藤原斉信は出家した藤原公任を長谷へ訪ねる。「内の大殿の君達七八人おはす。御匣殿など、今日明日の女御、

后と思ひきこえさせたり」、内大臣藤原教通の子持ちを羡やみ、御匣殿生子などは遠からず女御また后といった地位になるはず、と世間の取り沙汰を語って、鐘愛の一人娘を亡くしたばかりの斉信が公任を相手にわが身の悲運をかき口説くところである。

以上みてきたように、『栄花物語』における用例は四例全てが、「女御」も「后」も人物を特定するものではなく、普通名詞として用いられている「女御、后」表現である。

物語文学作品の他に『紫式部日記』にも当表現を一例みることは先述した。この日記の中にみる「女御、后」表現は、いわゆる消息文の部分にある。大斎院選子周辺の優雅な様子と比較して、日記の作者が仕える一条天皇中宮彰子のところでは、

されど、内裏わたりにて、明け暮れ見ならし、きしろひたまふ女御、后おはせず、その御方、かの細殿と、いひならぶる御あたりもなく、男も女も、いどましきこともなきにうちとけ、……中宮の人埋れたり、もしは用意なしなどもいひはべるなるべし。

と、状況が相違することを述べて、選子周辺への高い評判に対して反駁する。張り合うような女御あるいは后といった人も不在であると、皇后定子が崩じたのちの、彰子を中宮に抱く後宮の環境をあらわすものであって、この場合にもやはり該当するような人物を特定しえず、そういった立場にある人々、の謂である。

その他時代が降って成立した作品にも、たとえば、平安極末期の成立かとされる『今とりかへばや物語』にも同様に、固有名詞性を具さない「女御、后」二例を、更に、鎌倉時代初期成立とされる『宇治拾遺物語』などにも同様の表現をみる。その後も引き続き同じ性質をもって当表現はあらわれてくるのである。

以上、仮名散文の作品中にあらわれる「后」と「女御」並記の用例につき考察してきたが、ちなみに、和歌世界における当表現を探ると、勅撰集のうち『古今集』から『新古今集』までの八代集中の和歌には、並記は勿論のこと、それぞれ単独の使用にしてもみることはない。(1) その八代集の詞書には、「后」あるいは「女御」の語が個別にあらわれる例は多くをみるが、しかし、それらは全て特定の人物を指示するものである。唯一並記の形を示している『後撰集』巻十五雑一所収の、七条のきさき詠の詞書は

法皇はじめて御髪おろしたまひて、山踏みし給ふあひだ、后をはじめたてまつりて、女御更衣猶一つ院にさぶらひ給ひける、……（一〇九七）

というもので、この「后」は詠者である、宇多法皇の七条后温子である。「后」をはじめとして、法皇にかかわり具体的に人名を特定することが可能な「女御、更衣」なのであり、従って、身位の順に表記されることは当然である。和歌世界内には当表現のような並記はなじまない語句表現なのであろう。

三

複数の人物の列記に関して問題を有するのは「后と女御」ばかりではない。類例は広い範囲にみられる。それらの中では、「帝と后」「内と東宮」「内と院」「親王と上達部」「上達部と殿上人」そして「四位と五位」が、総体的に作品中に多くあらわれ、かつ両様の排列をもつ表現が時折される並記の例である。以下これらのうちのいくつかを個別に考察してゆくこととする。

まず「帝と后」である。この二者の排列に関しては、他の何者よりも疑問をさしはさむ余地のない身分序列である。〝天子〟である帝、そしてあくまでも帝あっての后であるのだから。そうであるから、各作品に描かれる「帝と后」(2)は、固有名詞性を有すると否とにかかわらず、「帝、后」の順によるものが断然多い。断然多いがしかし全例ではない。当表現にも逆の「后、帝」の排列がみられるのである。通常の認識とは逆の排列にある「后、帝」表現は、物語文学では『宇津保物語』中に一例をみるが、『源氏物語』にはあらわれることはない。更に、『栄花物語』には四例、『大鏡』に一例があらわれる。これらの事例を順に追ってみることとする。

『宇津保物語』あて宮巻。あて宮が東宮の皇子を出産の段。

東宮の母后おはす、大殿、右大将などの御妹におはします、その后の宮、内裏の帝、喜びたまふ。御子の君、御年二十になりたまふ。異人々参りたまひて久しうなりぬるに、まだかかることなかりつるを思しつるに、仲らひよき所にしも生まれたまへることなど思して、三日の夜、内裏の后の宮より、御産養、

はじめての御子をもった東宮の母である后は、藤原忠雅や兼雅の妹であるという記述に続くために、「その」后が帝に先行するという、単純な順をあらわすと考えられるし、また、それに続いて三夜の産養を催したり、ぁて宮の母大宮に対して「思ふやうなる心地してうれしく思ひたまへる」と、喜びの消息を送ったりと、后の宮主体の叙述が引き続くことを考え合わせると、孫にあたる皇子の誕生を待ちかねていた后の、この出産による喜び、満足の大きさを表現するものとも考えることができる。しかしながら校異をもたない当部分が、「帝、后」の排列を五例もつこの作品の中で、この場合にのみ「后、帝」表現がなされる理由を断定するまでには至らない。

次に、『栄花物語』中には看過できない四例もの「后、帝」表現をみる。

まず巻一月の宴。

「后の宮もみかども、四の宮を限りなきものに思ひきこえさせ給」うと、村上天皇と中宮安子が寵愛する四の宮為平親王を語る例。(3)

続いて、巻十二たまのむらぎく。

藤原頼通に女二の宮降嫁の準備のため、「皇后宮と内より（頼通へ）頻に御消息通」わした例。更に同巻におけるもう一例は、帰京した前斎宮当子に藤原道雅が密通したので、「皇后宮と内との程の御消息いみじう頻」りだった例である。

たまのむらぎく巻にみるこの二例は、ともに三条天皇と皇后娍子の、女二の宮そして前斎宮当子に関する配慮を描くものであり、上掲月の宴巻における為平親王に対する例も合わせ三例全てが、その皇子女に向ける父や母としての心情を表出する場面であることに気づく。その情愛なり悲嘆なりの、公ざまとは異なる側面をもつ、いわば私的とも言える心情が投射される状況の中で、后が帝に先行するということは、御子に対するそうした思いがより強い、母親としての立場を強調するものと捉えられようか。それは、次掲『大鏡』の中にあらわれる「后、帝」の一例を考え合わせるとき、確定できないまでもその可能性は高まってくる。

『大鏡』第三巻「右大臣藤原師輔伝」為平式部卿宮の段。「世おぼえ、みかどの御もてなしもことにおもひまうさせたまふ」為平親王は、「よにあはせたまへるかひあるおり一度おはし」た「御子日の日」に、「御ともの上達部、殿上人などの狩装束、馬鞍まで内裏のうちにめし入れて」、

ふぢつぼのうへの御つぼねにつぶとえもいはぬ打出どもわざとなくこぼれいでゝ、きさきの宮、内の御前などさしならび御簾のうちにおはしまして御覧

になる御前を通らせたのである。「布衣のもの内にまゐる事は、かしこき君の御ときも、かゝることの侍けるに

や。おほかたいみじかりし日のみものぞかし」と、先例にない事までもさせる、村上天皇と中宮安子が鍾愛する為平親王に関する「后、帝」の表現は、『栄花物語』月の宴巻にみた、この親王を「限りなきものに思ひきこえさせ給」う同じ排列と響きあうものである。他にはほとんど当然のあり方とは逆の序列となる表現をもたない(4)『大鏡』にみる、当該表現の意味するところは大きいと思われる。『大鏡』におけるこの記事は『栄花物語』にも描かれている。巻一月の宴。為平親王、子の日の御遊の段。

式部卿の宮の童におはしましし折の御子日の日、帝、后もろともにゐたたせ給て、出したて奉らせ給ひし程、御馬をさへ召し出でて、御前にて御装置かせなどして、鷹、犬飼までの有様を御覧じいれて、

とその寵愛ぶりを叙されている。同じ事柄を記しながらも、『大鏡』の「后、帝」排列とは異なって、こちらは「帝、后」という順当な排列によっていることを知る。先述したように情愛という側面を際立たせているかにみえた『栄花物語』が、まさしく為平親王への偏愛を窺える当場面に限っては、『大鏡』と立場が入れ替っているかのようである。

『栄花物語』には更に同巻で、その為平親王の立坊が不可能になった場面で、

式部卿の宮も、今はいとようおとなびさせ給ひぬれば、里におはしまさまほしうおぼしめせど、みかども后もふりがたきものにおぼしきこえさせ給ふものから、

「帝などにはいかが」、つまり源高明の女婿であることが災いして立太子が不可能である、と記す中に「帝、后」の排列による表現をみる。立坊という極めて公的な事態にかかわる場合には、帝の立場が先行するのであろうか。

以上のように、『栄花物語』そして『大鏡』に描かれる為平親王は、父帝と母后の鍾愛の程を窺い知る描写がなされているが、そうした中でも「帝と后」表現は一律ではなくて二様の排列をもってあらわれてくる。(5)

そして、『栄花物語』四例中の残る一例は、巻三十八松のしづえにみる。

「入道殿に后、帝はおはしますものと思ふに」と、後三条天皇の御代にも藤原道長の子孫が后や帝であると思ったのに、そうではなくなってしまった、と叙す段である。これは、道長のむすめに一条天皇中宮彰子があり、その所生に後一条、後朱雀の両帝が存在し、更に、后にはならず逝去したものの、東宮時代の後朱雀天皇の皇子、のちの後冷泉天皇を所生した嬉子もまた、道長のむすめである事実などをふまえた排列によるものであり、かつ、外戚政治を行なうためにはまず、むすめを后に立てて、その所生の子を帝に、とする順をも内包する排列表現と考えられる。

「帝、后」そして「后、帝」の両表現をもち、公的な号であるはずの「帝そして后」が、身分規範に則した排列と、そうではない排列を有することは興味深い。その両様の表現の線引きは判然とはしないが、ともあれ、序列に逆行する「后、帝」の排列による表現を四例もつ『栄花物語』に、その理由は特定できないにしても、場面性に応じて臨機に排列を対応させるような視点をもつ作品としての独自性を認めることができよう。


他の作品では、たとえば『源氏物語』における「帝、后」六例のうち五例までが、当代の帝と后を指すものであるが、その全てが薫や匂宮を特別に大切に思うという、必ずしも公的とは言い切れない側面、〝情〟の部分を前面に押し出す場面に用いられているのである。なお、既述のとおり当作品には、逆の「后、帝」表現は見当らない。

『紫式部日記』にみる「帝、后」は、寛弘七（一〇一〇）年正月十五日、敦良親王の御五十日の儀で、父一条天皇と母中宮彰子を指す「帝、后、御帳のうちに二ところながらおはします」という一例のみである。当日記に描かれる一条天皇と彰子は、「うへ、うち、お前、宮」、また記されない場合もあって、当該部における「帝、后」表現は、公の儀式であることが作用してか、むしろ記述者との距離を感じさせる呼称であると思われる。『源氏物語』中にあらわれた「帝、后」表現とはまた別の側面をもつと言えよう。

次いで、「上達部と殿上人」の並記についてみることとする。この並記は諸作品に多くあらわれる。行事の供奉、賜禄、儀式などの場に参加したりかかわりをもつ人々を、「上達部と殿上人」という括りで網羅する表現方法としての並記であろう。上達部は公卿すなわち三位以上の人々および四位の参議、そして殿上人は四、五位の廷臣で昇殿を許された者、また六位の蔵人、と一応考えるとき、この両者の階級の身分格差は明白である。が、この並記においても序列が逆となる「殿上人、上達部」の表現をもつ作品がある。『宇津保物語』『源氏物語』そして『枕草子』(6)にはそれぞれ一、二例のみであるのに対して、『栄花物語』だけは十三という数の用例をもつ。この十三例を個別に検討しても、全例を覆う一貫した法則性を見出すことはできない。しかしながら、それらの中でも、

・村上天皇中宮安子の葬送、村上天皇の崩御および葬送　三例（巻一月の宴）
・花山天皇女御忯子の葬送　一例（巻二花山たづぬる中納言）
・一条院の崩御　一例（巻九いはかげ）

以上の五例は、崩御と葬送に関するものである。(7) 一条院の崩御は、「(一条院は) あさましうならせ給ひぬ。そこらの殿上人、上達部、殿ばら……すべて聞えん方なし」と叙されるが、のちの葬送の場面になると、「殿の御前をはじめ奉りて、いづれの上達部、殿上人かは残り仕うまつらぬはあらん」とあって、「上達部、殿上人」の

順当な排列に戻るのである。いはかげ巻の当該記事を最後として、これ以降の他の人物の崩御や葬送の場面に、この「上達部と殿上人」の並記は、どちらの排列にしてもあらわれることはない(8)。

この崩御や葬送の場における「殿上人、上達部」という、通常の序列に反する排列は、一体何を意味するものであろうか。何故、中宮安子、村上天皇、女御忯子、一条院にのみ当表現がなされるのであろうか。中宮安子葬送に「世の中のさるべき殿上人、上達部など送り奉る」のは、村上天皇の中宮として、のちの冷泉、円融の両帝を所生した国母の、それも夫君天皇在位中に迎えた崩御であることとかかわりをもつのか、また、その村上天皇自身についても、聖代と称せられる在位中の清涼殿における崩御である。村上天皇の崩御は、「ここらの殿上人、上達部足手をまどはしたり」、「足ずりをしつつぞ泣き給ふ」と、他に例をみない悲しみの表現がされていて、のちの葬送でも「いずれの殿上人、上達部かは残らんとする」とあり、ともに「殿上人、上達部」表現によっている。そして、一条院は譲位直後の崩御であり、二十五年の長きに渡って在位したその治世の有様を称讃される記述に続くところである。

以上三人の存在は客観的にみても、大層大きなものであったことは間違いあるまい。それに対して、花山天皇女御忯子の場合は、天皇の意向によって、寵愛の女御の死に対して「内にはさべき御心よせの殿上人、上達部の睦じき限りは、皆かの御送に出したてさせ給ふ」という、花山天皇の深い悲嘆が、その後の、天皇の行方不明そして出家へと続く異常な展開へつながる原因になるものであって、前記三名の崩御とは性質が異なるものの、大きな事件の機縁となった死、という強いインパクトをもつのである。

以上の五例から、当該「殿上人、上達部」、すなわち序列とは逆の排列表現を、最大級の悲しみの場で、その人物の死がもたらす悲嘆が波状的に広がってゆく順を意味するもの、と捉えてみよう。

村上天皇崩御の際に「足手をまどはしたり」「足ずりを」するという行為をする殿上人につられて、上達部までもが同様の行為によって悲しさを表出した、と考えられる「殿上人、上達部」表現をも含めて、公の組織内の序列とは異なる、身近に仕える者の悲しみの情を反映するもの、その悲しみの表現が広がってゆく排列としてである。自分の主君をこの上ない存在と信頼し仕えるにしても、その思いは身近にあってこそ、いやまさるものであろうし、またその情を直截に表現できる階層であろうとも考えられるのである。

しかしながら、なお疑問は残る。『栄花物語』中には多くの人々の死が描かれている。その多数の中で、歴史的に大きな存在と考えられる人物の死に対して、全例に当「殿上人、上達部」表現がなされるわけではなく、上掲五例でも四名のうち村上天皇のみに崩御、葬送ともにこの排列による表現をみる。そして、この葬送の記述には、「いみじけれどもおりゐのみかどの御事は、ただ人のやうにこそありけれ、これはいといと珍らかなる見物にぞ、世の人申し思ひける」の一文が続くのである。一条院は崩御の際のみであり葬送の場面では「上達部、殿上人」となる。そして中宮安子と女御忯子に関しては、葬送の折のみに当該表現となる。在位中の天皇、譲位直後の院、天皇在位中の中宮、そして女御。該当する四人の各位置を考え合わせても、どのような基準がこの両様の表現の分水嶺となるのか、更に加えるならば、何故に悲しみの場に多く当表現をもつのか、明確な解答は未だ手に入れていない。恐らくは作品内におけるこうした表現には、自覚的な用いられ方がされているのに相違なく、僅かな校異しかもたない伝本のあり方からしても、現在では認識できなくなっている何らかの定理が作用した結果であろうかと考えられるが、『栄花物語』に残るこの現象の解明は今後に期することといたしたい。

崩御や葬送以外の当「殿上人、上達部」表現は、たとえば、女御忯子の葬送に際し、先掲のように「内にはさべき御心よせの殿上人、上達部の睦じき限」を送りに出した花山天皇自身の〝行方不明による探索〟の場面。巻二花山たづぬる中納言。

内のそこらの殿上人、上達部、あやしの衛士、仕丁にいたるまで、残る所なく火をともして、到らぬ隈なく求め奉るに、ゆめにおはしまさず。

天皇の行方不明という尋常ならざる事態が発生して、探索する行動の中心が殿上人であることを示唆するものなのであろうか。この場合には、「殿上人、上達部」に続く「あやしの衛士、仕丁」表現によって、当「殿上人、上達部」を一語句と捉えられようか。出家へと展開する政治劇の中で、親身に案じて行動するのは、とりわけ身近に仕える殿上人であるという、先述の崩御や葬送の場面と通底する、非日常的状況の局面によるものなのであろうか。

だが、他の用例では以上の状況とは異なる局面にも用いられている。それは、巻三十一殿上の花見において。斎院に卜定された馨子内親王が源章任の三条邸へ移ると、内親王を偏愛する後一条天皇と中宮威子が非常に気遣う意向を受けて、「殿上人、上達部我も我もとまづ参りて、後になん内には参りける」のだったが、その「後になん内に」参内した人々を叙述する場面になると、「上達部も殿上人も」という排列に変ってくる。ここでの二様の表現は、三条第と宮中という異なる空間が規定するのであろうか、それとも別の要素が働きかけるものか、確かな判断材料を今はもたず、問題提起の段階である。

その他の用例も同様に明確な使い分けの要因を指示することはできないが、唯一明らかであるのは、殿上の花見巻において、上東門院彰子石清水・住吉御幸の際の行列を描写する段。叙述は「殿上人、隆国の頭中将、経輔の右中弁、……上達部、春宮大夫、権大納言」以下と続く。この行列は「まばゆきまで装束き」て、小野宮実資が『小右記』長元四（一〇三一）年九月二十五日条に、「天下之人上下愁歎」「狂乱之極」などと非難を極めたほど贅を尽くしたものであったが、続いて、「次院殿上人、次内殿上人、即是院殿上人也、皆布衣、次上達部、或冠直衣、或宿衣、或狩衣」と記されている。同日付記事をもつ源経頼の『左経記』にも、「次殿上人、次上達部」とあるように、ここは殿上人から上達部へと続く御幸の行列の順を「次」を伴ってそのままに描く「殿上人、上達部」の排列である。

『栄花物語』以外の作品のうち『宇津保物語』の二例は、ともに〝院〟にかかわる場面で用いられている。「(朱雀院は)御局広く造り、しつらはせ給ひて、殿上人、上達部もさりぬべき御前に」伺候する(国譲下巻)。また「(嵯峨院は)月の十五日には、僧あまた召して御念仏、殿上人、上達部数多して」(楼上上巻)とあって、譲位後の院に参仕する人々は、殿上人を中心とする実態に則した排列のようにもみえる。

一例をみる『枕草子』は、「宮の五節出ださせたまふに」(八六段)。中宮定子が五節の舞姫を出した折、豊明節会に舞姫が着る青摺の唐衣や汗衫を、十二人のかしづきや童女にまで着せたのだった。当日まで内密にしていたので、「殿上人、上達部おどろき興じ」たとある。現場で「おどろき興じ」たのは殿上人が主体だったからなのであろうか。

最後に『源氏物語』の一例を考察する。

宿木巻。中の君が匂宮の御子を出産し、その七夜の産養においてである。「七日の夜は、后の宮の御産養なれば、参りたまふ人々いと多かり。宮の大夫をはじめて、殿上人、上達部数知らず参りたま」う。この度の御子誕生によって中の君は匂宮の妻の一人として世間に公認されることになる。七夜の産養は宮の母・明石中宮の主催である。世に〝幸ひ人〟と称される中の君ではあるが、権勢は匂宮の北の方である右大臣夕霧むすめ・六の君が絶対的優位にあることは明白である。仮にこの出産を六の君の立場と入れ替えたとき、当産養に参集する人々は上達部が主体で、「上達部、殿上人」の排列をもったのではあるまいか。「宮の大夫」は職責として当夜の儀をとりしきる立場であるが、その他の参列者は殿上人が主体であることを表現する排列と考えられ、六の君と対比される中の君の位置をあらわすものであろう。同じくこの物語内にみる夕霧や薫の産養に参加する〝親王たち〟の姿はここにはみえない。その上に「殿上人、上達部」の表現が意味するものを合わせると、世人から羨望されるようにはなっても、中の君自身が感じている心細い立場が、現実として象徴的に映し出されていると、読みとることができよう。同じ宿木巻において、女二の宮が薫に降嫁し三条宮に迎え入れられる際には、「御送りの上達部、殿上人、六位など、言ふ限りなききよらを尽くさせたま」って、今上帝が鍾愛の女二の宮を送り出したのである。以上いくつかの視点による対比を通してみても、やはり中の君の居る位置、立場を示す「殿上人、上達部」表現であると考えられる。当該一例のみであり、断定するまでには至らないとしても。

次いで、「四位と五位」の二者に関しては、各作品とも概ね順当な排列によっている。例外的に『宇津保物語』三、『枕草子』二、そして『源氏物語』一例の、身分と逆の排列になる「五位、四位」表現の用例をみる。『宇津保物語』では該当三例が全て貴人の前駆や御供を描くものである。仲忠と女一の宮とに御子が誕生し、産養ののち仲忠の両親兼雅夫妻が帰宅する際（蔵開上）に、右大臣源正頼がむすめ・あて宮の退出を迎える行列のうち（蔵開下）、そして女一の宮が妹宮たちとともに藤壺を訪問（国譲上）の際にみられる彼らの姿が、「五位、四位」であらわされる。そうした役割、任務にあたる四位と五位の人々の数量的多寡をあらわすものか、あるいは行列の順序をあらわすものか不明である。先掲した、御幸に供奉する順を示す「殿上人、上達部」とは異なり、当作品の中でこのような供奉や前駆をする彼らは、「四位、五位」と身分的に順当な排列によって描かれる場合の方が多いことを考えると、数的根拠も順序も妥当とは思えず、個別の理由、条件が働きかけたものか明らかではない。それは『枕草子』の二例も同様である。

「生ひさきなく、まめやかに」(二二段)では、「宮仕へする人を、あはあはしうわるき事に言ひ思ひたる男などこそ、いとにくけれ。……かけまくもかしこき御前をはじめたてまつりて、上達部、殿上人、五位、四位はさらにも言はず、見ぬ人はすくなくこそあらめ」。そして、「雪高う降りて、今もなほ降るに」(二三〇段)は、続いて「五位も四位も、色うるはしう若やかなるが」とあって、当段は位袍の色が作用したかとも思えるが、しかし当二例に「五位、四位」と表現されている必然性を特定はできない。

そうした中で『源氏物語』東屋巻における一例が注意を促す。

わが頼もし人に思ひて、恨めしけれど心には違はじと思ふ常陸守より、さま容貌も人のほどもこよなく見ゆる五位、四位ども、あひひざまづきさぶらひて、この事かの事と、あたりあたりの事ども、家司どもなど申す。

中の君を頼って二条院を訪れている浮舟の母・中将の君の目を通して、匂宮の前に膝まずく五位や四位の人々の姿が描写される。四位よりも五位が先行する当場面は、あくまでも視点が中将の君にあって、連れ子の浮舟に冷たい夫「常陸守」に対し、「わが頼もし人に思ひて、恨めしけれど心には違はじと思」う、夫の位階である五位を基準にして自分に引きつけたがゆえの排列であろう。同じく五位ではあっても、自分の夫より「さま容貌も人のほどもこよなく」優れてみえる人々が、匂宮の前に膝まずくのを眼前にする中将の君の胸中を推し量るとき、浮舟の父親である宇治八の宮とのかかわりにおいて、わが身の程を身に沁みて味わってきた中将の君だけに、この身分序列とは逆の排列がもたらす効果は顕著である。更にそれは、相対的に匂宮を持ち上げる効果をも当然生じて、のちの匂宮と浮舟とのかかわりの悲劇性を暗示する布石ともなりうるのである。二条院から辞去する中将の君の車を見とがめた匂宮に、供人が、

「常陸殿のまかでさせたまふ」と申す。若やかなる御前ども、「殿こそあざやかなれ」と、笑ひあへるを聞くも、げにこよなの身のほどや、と悲しく思ふ（東屋）

中将の君である。このように、単に夫である常陸守の五位に導かれて四位よりも五位が先行してあらわれただけではなく、当該排列が作品の文脈の中で固有の意味をもち、状況をより効果的に表現する手段としての意図的な表現であると捉えることができる。身分序列が明瞭な社会の中での殊更なる表現の含むところを看過してはなるまい。

「四位と五位」二者並記のうち、「四位、五位」の身分規範に従った排列は、『宇津保物語』中の十五例をはじめとして諸作品内にあらわれてくる。『源氏物語』にも数例をみることができるが、若紫巻の一例を上掲東屋巻の事例と対比してみよう。これは、二条院に迎えられた若紫が、

東の対に渡りたまへるに、たち出でて、……見も知らぬ四位、五位こきまぜに、隙なう出で入りつつ、げにをかしき所かな、と思す、

場面である。光源氏の二条院、そして時を経てのち、紫の上から譲られた匂宮の二条院に参集する廷臣、家司、家人たちを指し示すのであろう、同じ「四位と五位」をあらわしながらも、紫の上と中将の君――外腹であり不如意を抱きながらも宮家の姫君、そして一方の受領の後妻、それぞれの対象をみる視点の高さの相違が明らかに

なって、この両様の排列の意味するところを互いに照射する。

四

本論の主題である「后と女御」の二様の排列表現についてまとめる前に、「后」と「女御」が後宮の制度の中でどのような位置をもつのかを、常識的な事ながら確認しておくこととする。

后とは、そもそもは皇后を指す語であったが、のちに、三宮――皇后、皇太后、太皇太后――の居所の名称であった中宮が転じて、皇后の別称ともなったので、后は皇后と中宮の双方を指す。后は〝天子の嫡妻〟すなわち正式な配偶者であって、一条天皇の御代に至って、同帝に皇后定子と中宮彰子の両后が併立したが、そのような特殊な時期を除いては、一帝に対し唯一の存在である。后には令制によって付属職司として中宮職が置かれ、「元日等ノ朝儀ニハ、天皇ト共ニ、皇太子以下ノ拝ヲ受ケ、其ノ礼遇殆ド天皇ト均シキコト多[9]」い、天皇に次ぐ位置をもつ地位であると考えられる。

他方、女御は天皇の御寝に侍す妃、夫人、嬪が、のちに女御また更衣に代ったものである。女御は後宮制度においては后の次位にはあるが、あくまでも天皇に対して臣下であって、唯一の存在である后とは異なり、一人の天皇に複数存在することが多い。醍醐天皇や村上天皇の御代をはじめ、〝あまたさぶらひ給ふ〟女御たちについては夙に知られるところである。

以上のように后と女御は身分的に格段の差をもつわけであるが、この両者のかかわりについては、醍醐天皇の御代に、藤原基経むすめ穏子が女御として入内ののち、延長元（九二三）年四月に皇后として冊立され[10]たのが、女御が后となった初例である。そしてこののちには、概ね女御から后へと昇るようになったのである。複数の女御の中から選ばれてただ一人が立后することは、その所生の皇子を媒介として、外戚の権力強大化と直接結びつくことになるために、歴史的には、たとえば円融朝における藤原頼忠むすめ遵子と藤原兼家むすめ詮子との間で、また文学作品においても、『源氏物語』にみる桐壺帝に対する藤壺と弘徽殿女御、あるいは冷泉帝に対する、梅壺のちの秋好中宮と弘徽殿女御との間などで、立后をめぐって、言うまでもなくそれぞれの〝家〟を挙げてのさまざまな思惑がとびかうことになる。

女御宣下がされてのちに立后する例は、右掲のように醍醐天皇の配偶となった藤原穏子をもって嚆矢とするが、以来、村上天皇の藤原師輔むすめ安子、円融天皇の藤原兼通むすめ媓子、および媓子没後の頼忠むすめ遵子、そして一条天皇に対する藤原道隆むすめ定子ならびに道長むすめ彰子と、女御を経て后となる事例が続くことになる。このような歴史的事実の積み重ねがあって、次第に〝后は、女御を経てのちに冊立されるもの〟という、社会的な共通認識が形成されていったのであろう。

第二節で述べたように、「女御、后」の表現に関しては全例が、女御そして后の両者ともに人物を特定するものではない。固有名詞性をもたず、女御という身分や立場にある人、后という地位、身分にある人、という一般的な意味を有する語、つまり普通名詞性をもった語句として用いられているのである。女御や后といった人たち、あるいは女御、ましてや后という身分にある人さえ、という思いが反映されることもある特有の使い方がされている。この「女御、后」の排列による表現は、女御から后へ、という歴史的事実の蓄積を背景とした社会認識によって、一種のきまり文句、一つの成語、慣用語となって使用されたものであり、社会的実相を表出したものであると思われる。

ここで、いずれも藤原氏出身である前述の后たちが、女御から立后した時期を示すと次掲のとおりである。

醍醐天皇――穏子　延長元（九二三）年四月
村上天皇――安子　天徳二（九五八）年十月
円融天皇――媓子　天延元（九七三）年七月
同　　　――遵子　天元五（九八二）年三月
一条天皇――定子　正暦元（九九〇）年十月
同　　　――彰子　長保二（一〇〇〇）年二月
三条天皇――妍子　長和元（一〇一二）年二月

（『国史大辞典』「皇后一覧」より抄出）

朱雀、花山両天皇は在位中に后をもたず、また冷泉天皇は朱雀天皇皇女・昌子内親王を皇后とするので除外しているが、当史実を、「女御、后」の排列による初出一例をもつ『宇津保物語』の成立時期、すなわち天禄から長徳年間（九七〇〜九九九）ごろかとされる成立時期と重ね合わせてみるとき、女御から后へ、という共通理解が既に社会に通行していたことは明らかである。ただし、『宇津保物語』においては、「国王の女御、后、天女、天人よりも」という文辞の中にあらわれていて、女御から后へという順序に対する認識にとどまっていると思われる。そして、『源氏物語』に至っては、「女御、后、それより下は」の表現によっても、更に史実を加えた社会を背景として、この「女御、后」表現は一つの成語として十分に機能し定着していることが窺える。

「女御、后」に対して一方の、『源氏物語』に初出する、身分順排列である「后、女御」は、同様の検証によって全例が、物語世界の中で固有名詞をもつ人物を対象に、その名前を表記する代りに「后、女御」表現を用いるものである。(11) 換言すると、一人ひとりを具体的に指し示すことができる「后」であり「女御」であって、固有名詞性を有する表現であることは明白である。従って、その身分序列に則った排列による、后が女御に先行するのは、社会通念に照らし合わせても至極妥当なことなのである。

以上のように「后」と「女御」の二者をあらわす二様の排列表現は、一つの法則性をもつことが判明した。量的にみると、作品内の要求に従って用いられる当表現は、用例数としては必ずしもそれ程多くはないものの、その表情には際立った差異を認められる。すなわち、固有名詞の代りに使用し、特定の人物を指示する場合には、作品の内側にみる現実の序列に従って「后、女御」表現がなされ、他方、一般的にそういう身分や地位にある人、という語義の普通名詞として用いるときには、既述のような歴史的経過を経て、「女御、后」という、逆の排列によってあらわされるのである。

作品の中には、一見すると判別がむつかしい場合もあるものの、それは、それぞれの場面に固有の論理に従い用いられ、文脈中に活かされている表現であると思われ、この基本的な理解は揺がないと考えられる。

『宇津保物語』や『源氏物語』が成立した時期と同時代の公卿たちの日記、すなわち『小右記』や『御堂関白記』など、そして後代の藤原忠実の『殿暦』などの中には、特定の人物を指す、固有名詞の代替としての「后」また「女御」があらわれることは、記録性という側面を強力にもつ日記の性質からして当然ではあるけれど、一方の普通名詞として機能する「女御、后」の表現は管見に入らない。文学作品とは一線を画す貴族日記のあり方によるものなのであろう。

天永二（一一一一）年から永久元（一一一三）年の間に成立したとされる、源俊頼の歌論書『俊頼髄脳』には次のような記事をみる。

楊貴妃と云へるは、昔もろこしに玄宗と申すみかどおはしけり。固より色をなむこのみ給ひける。いみじう愛し給ひける女御、后なむおはしける。后をば源憲皇后といひ、女御をば武淑妃となむきこえける。……楊元琰といへる人のむすめ有りけり。かたち世にすぐれてめでたくなむおはしける。みかど是を聞召してむかへとりて御覧じけるに、はじめおはしける女御、后にもまさりてめでたくなんおはしける。

「思ひかね別れし野べをきてみれば　浅茅が原に秋風ぞふく」、『詞花集』雑上に入集する、「長恨歌のこころをよめる」という詞書をもつ源道済の詠を引いて、「是は楊貴妃が事をよめるなり」に続く文中に「女御、后」の語句をみる。まず女御や后という立場にある人々、と普通名詞を用いて視点を導いてのち、該当する人物の個人名が挙げられている部分では、「后をば」、「女御をば」と身分順に叙していて、固有名詞の扱いは普通名詞とは区別することを明瞭にみてとれることができる。直後に固有名詞を示すから、当該「女御、后」は普通名詞ではないと一見思われるようではあるが、ここは〝そういう人々〟とまず提示したものと考える。後段の「女御、后」もまた同様である。一つの成語として「女御、后」の語句が、一世紀余を経てしっかりと社会に根付いていて、后や女御の地位にある人々、そう呼ばれる人々、という場合にはもう躊躇することなく当然のように用いられた時代を反映するもの、と考えるのである。

『大槐秘抄』は、応保二（一一六二）年過ぎに太政大臣藤原伊通が二条天皇に献じた、天皇の心得を説いた意見書である。当書中にも「女御、后」をみる。「女御、后にまいる程の人はいづれかはをとりまさりの候べきとは申候へども」とあって、文学関係とは全く異なる当書にも当然のように用いられている。

更に時代は降るが、鎌倉時代初期、建久年間（一一九〇～一一九九）の末頃成立とされる、百科事典『二中歴』第八には次の条文をみる。「此殿ニハ端正有相令具足テ　女御后ニ可成給キ姫君ソ御坐ス」。子供が誕生して三日目に行なわれる祝の式・啜粥の際に、赤児が女子の場合の祝詞中にみる文辞である。「女御、后ニ成リ給フベキ姫君」と、女児の生い先を予祝するものである。注(1)に記した『為頼集』中の一首、「きさきがねもししからずはよきくにの　わかき受りゃうの妻がねかももし」と同趣ではあるが、為頼詠の「后がね↓受領の妻がね」という現実的視点に対して、啜粥における祝詞のこのパターンが始まった時期は不明ではあるものの、当『二中歴』にみる「女御、后」の表現をもって予祝することは、女御に上る家柄、出自の範囲の変化を示すとともに、当表現が時を経過し一層社会に定着していることを示す一つの証左となろう。

同じく啜粥の式で男児誕生の場合には、予祝の詞は、「官位高ク大臣公卿ニ可成給キ若君ソ御坐ス」とあって、生い先に願う対象の把握の仕方が異なってくる。「大臣公卿」、大臣という限定される高位の者をまず先に示してのちに公卿と括っていて、女児における「女御、后」とは対応しない。この「大臣公卿」表現は早く『蜻蛉日記』天禄三（九七二）年二月十七日の記事にみる。夢を解く詞の中に「これは大臣公卿出でき給ふべき夢なり」とある。この場合には、右掲為頼詠と同様、大臣「もししからずは」公卿、と把捉されるものであろう。他とは異なることの事実も「女御、后」表現が一つの慣用語として確立していて、疑問もなく社会に受け入れられていることをあらわすものであると思われる。

そして、この『二中歴』に続く成立時期と考えられる『無名草子』の、いわゆる〝女性論〟中に、「女御、后は、心にくくいみじき例に書き伝へられさせ給ふばかりのは、いとありがたし。まして末々は、ことわりなりかし」を見、その後もたとえば、『平家物語』に、『太平記』に、更には江戸時代に降っても仮名草子、浄瑠璃などの作品の中にもあらわれるように、「女御、后」の語句表現はさまざまなジャンルにわたって引き続いて用いられていて、その実態を既に失っている現代に至っても、当然のあり様として認識されているのである。

最後に、ともに天皇の御寝に侍する任をもつ「女御」と「更衣」が並記される場合をみることとする。

更衣は、その位は女御に次ぐものの多くは五位に過ぎず、光孝天皇の仁和三（八八七）年に、藤原山陰むすめを更衣から女御としたこと(12)を初発とする例は残るけれど、「女御、后」におけるような連続的昇任の可能性をもつものではない。従って、どの作品の中にあってもこの二者の並記は、そうした歴史的事実を反映する「女御、更衣」という、身分序列に順当な排列表現ばかりである。『宇津保物語』俊蔭巻、「五節の試みの夜、后の宮をはじめたてまつりて、多くの女御、更衣まう上りたまへ」たり、『源氏物語』においても、首巻桐壺巻の冒頭部、「いづれの御時にか女御、更衣あまたさぶらひ給ける」をはじめ、朱雀院の出家に「世を思ひ澄ましたる僧たちなどだに、涙もえとどめねば、まして女宮たち、女御、更衣、ここらの男女、上下ゆすり満ちて泣きとよむ」（若菜上）、また、女三の宮と柏木の密通を知って苦悩する源氏の胸中の思案に「女御、更衣といへど、とある筋かかる方につけてかたほなる人もあり」（若菜下）とあるなどと、作品世界内に固有名詞性の有る無しにかかわらず、「女御、更衣」表現で一貫する。

これは『栄花物語』においても同然である、たとえば、源高明むすめが為平親王に嫁す段に、

例の宮達は、我里におはし初むる事こそ常の事なれ、これは女御、更衣のやうに、やがて内におはしますに参らせ奉り給ふべき定あれば、例の女御、更衣の参りはさることなり、これはいと珍らかに様かはり今めかしうて、御元服の夜やがて参り給ふ。（巻一月の宴）

とみるように、普通名詞として用いられる場合にも、また、巻十一つぼみ花冒頭、「一条院うせさせ給ひて後、

女御、更衣の御有様ども、さまざまに聞ゆるに、承香殿の女御に」源頼定が密通した段のように、固有名詞性を有する場合にもすべて「女御、更衣」であって、逆転した「更衣、女御」の表現をみることはない。

『源氏物語』冒頭の、「女御、更衣あまたさぶらひたまひける中」で、桐壺更衣が受けた桐壺帝の寵愛の大きさに対する後宮の反発は、この身分格差を考慮せずにはよく理解できないものである。女御たちより同じ更衣たちのうちに「ましてやすからず」、桐壺更衣をねたむ気持が生じる背景は、更衣が女御に先んずることが決してない排列からも窺い知ることができる。「女御、更衣」表現で統一されていて逆の排列が皆無であることは、当然その序列に対する動かしがたい二者の序列への社会の共通認識、了解が存したことを示すものである。そしてこれは、『源氏物語』東屋巻における、浮舟母・中将の君の視点による「五位、四位」の表現のように、その文脈でのみ効果を発揮する、一回性の、それゆえに当該文脈固有の色あいを放つ表現とは異なる様相にあるものである。勿論、こうした当該文脈固有の色あいは、一定の安定した排列による表現を前提としてはじめて可能になるものではあろう。

「后と女御」の二者をあらわす両様の表現のうち、身分序列に添った「后、女御」表現は社会性を伴う当然のあり様ではあるが、一方の「女御、后」の排列による表現は、固有名詞性を有さない普通名詞としてある。その初出一例をみる『宇津保物語』においては、女御を経て后に、という史実を背景に、その排列を社会が受け止め了解していることを窺知することができる。そして、『源氏物語』に至っては、「女御、后」の語句は既に成語として定着していたと考えられる。「そこらの女御、后、それより下は」（玉鬘）をはじめとする三例の用例は、その事実を裏付けるものである。史実を重ねて成立した、「女御、后」という排列による語句表現は、多数の用例数とは言えないまでも、以後引き続いて、文学作品のみならず多様な方面において一つの成語としてあらわれることになる。

【注】

（1）「后がね」の語を単独で詠みこむ一首を、紫式部の叔父・藤原為頼の家集『為頼集』にみる。

むまごの、をうなにてむまれたるをききて

后がねもししからずはよき国の　若き受りやうの妻がねかももし　（四〇）

（2）「帝」には「うち」などを、また「后」には「皇后宮、后の宮」などを用例数に加えた。

（3）同月の宴巻、中宮安子崩御の段に、「式部卿の宮は、伏し転び泣き惑はせ給ふもことわりにいみじう」という記述をみる。深い大きな悲嘆を描写する当記事によっても、母后と式部卿宮為平親王との距離が極めて近いことを窺えよう。

（4）他には、「摂政と関白」の並記八例中に「関白、摂政」一例を巻三師輔伝にみるのみである。

（5）『栄花物語』中の、以上述べた「后、帝」三例において対象となっている皇子女三人は、それぞれに悲劇性をまとう、すなわち、安和の変とのかかわりで立坊が叶わなかった為平親王、頼通への降嫁が沙汰止みとなった女二の宮、そして前斎宮当子の密通という、悲劇性を伴う共通性がみられる。しかし、為平親王に関しては、「后、帝」の排列で描かれている場面そのものは、そうした悲劇性とはかかわりのない晴れやかな場面であり、逆に立太子が不可能になったと暗転する段においては「帝も后も」と叙されている。従って、悲劇性を有する人物であることが全てを覆うものではないことは言うまでもない。

（6）『枕草子』は、身分に逆らう排列による表現が少ない作品であるが、「三位、二位」（三八段「花の木ならぬは」）、

「四位、三位」（一七九段「位こそなほめでたきものはあれ」）という、他の作品にはみない表現を各一例もつ。一七九段は「大弐や四位、三位などになりぬれば」とあるから、昇進の順を指示するものと考えられるが、一方「白樫といふものは、、まいて深山木の中にもいとけ遠くて、三位、二位のうへの衣染むるをりばかりこそ……」と叙述される三八段の場合には、染色など個別に事情を内包する表現であるのか、作者の意図は不明である。

（7）他に、月の宴巻、故中宮安子法事の段。七七日の法事が過ぎて宮中は急に寂しくなった。「宮達おはしませば、さるべき殿上人、上達部絶えず」参上はするものの、「いみじくあはれに悲し」、と記される部分の「殿上人、上達部」は、通底する要素をもつではあろうが、直接崩御や葬送を記すものではないと捉えて、当該用例数には入れていない。

（8）調査対象の「上達部と殿上人」並記とは異なるが、巻七とりべの。一条天皇皇后定子崩御の際に興味深い排列をみる。それは、媄子内親王出産後に崩じた定子のきょうだい、すなわち藤原伊周と隆家が、「『いかで御供に参りなん』とのみ、中納言殿も帥殿も泣き給ふ」と悲嘆する場面で、弟の中納言隆家が兄帥殿伊周に先行して記されているのである。伊周と隆家の兄弟二人がこの作品の中で〝対〟となって並記されるのは十数例を数えるが、他の場面とは異なって定子崩御の当場面にのみ、隆家が兄に先んずる排列によって表現されるのである。校異なし。

（9）『令義解』『儀式』など。

（10）『扶桑略記』第二十四　醍醐「延喜二十三年四月二十六日庚午、女御藤原穏子皇后ニ立ツ」

（11）『源氏物語』『栄花物語』における「后、女御」表現は、「后」や「女御」に相対する大君の、また師房室隆子の、若さや幸運を述べる場面にあり、固有名詞に代替する「后、女御」という表現によって、人物特定の婉曲化がされたものでもあろう。

（12）『三代実録』第五十　光孝天皇

仁和三年二月十六日庚申。勅以二更衣従五位上藤原朝臣元善一為二女御一。中納言従三位山陰之女也。

第三章　六条院の女楽・奏者の排列表現考

一

『宇津保物語』や『源氏物語』をはじめ平安時代の文学作品の中に、多く音楽の場面をみることができる。これら楽の場の多くは、その作品の文脈の展開に重い意味をもつと考えられる。『宇津保物語』は、周知のとおり楽がこの物語を構成する一つのテーマであるが、たとえば北山の大杉の空洞の中に住む俊蔭女が藤原兼雅と再会を果たすのも、楽の音の導きによる（俊蔭）ものであるし、また、嵯峨院の吹上御幸に登場する、院のご落胤・源涼は、御遊での楽の音が仲忠のそれとともに御感を得たことによって、その存在が確かなものとなったのである（吹上下）。同様に『源氏物語』においても、謫居する須磨で初めて迎えた秋の夜、ひとり「琴《きん》をすこし掻き鳴らしたまへるが、我ながらいとすごう聞こゆれば、弾きさしたまま」（須磨）う光源氏の姿が描かれるのは、沈淪の様子を効果的に投影する場面の一であるし、また、帰京する源氏との別れを前に、「みづからもいとど涙さへそそのかされて、とどむべき方なきに、さそはるるなるべし、忍びやかに調べ」（明石）る「上衆め」く箏の音は、明石の君の状況、立場を明らかに響かせるものであろう。更に、「風肌寒く、ものあはれなるにさそはれて、箏の琴をいとほのかに掻き鳴らしたまへるも奥深き声なるに、いとど心とまりはてて」（横笛）、夕霧は落葉の宮に傾斜してゆくなどと、物語作品中の多様な局面が楽の音とともにある。その他、『狭衣物語』の主人公は、箏の音に誘われて、源氏の宮を思慕しつつも女二の宮に逢うことになり、『住吉物語』の男君が住吉で姫君と再び邂逅かなうのは、「夕波千鳥、哀に鳴き渡り、岸の松風、物さびしき空にたぐひて琴の音ほのかに聞こえ」（下）たからであって、このように楽の音に導かれて物語の筋が進展する場面は枚挙に暇ない。

楽の場面はその多くが、文脈が展開してゆく上での節目の部分を担い、また、主人公を中心とした作中人物のその時点における位置境遇を顕示、あるいは暗示する役割を果たすなど、その意義を、効果を伴うように設定されている。ところが、こうした楽の場の描写を奏者、また楽器などという視点をもって眺めてみると、それは規則性をもって一律に描かれてはいないことに気づく。楽の場における人物、すなわち奏者の姿は、他の場面と異なる様相を呈していることに気づかされるのである。

光源氏の六条院に女楽が催される。父朱雀院の五十御賀に琴《きん》を奏すべく、源氏に手ほどきを受ける女三の宮、その、「この対に常にゆかしくする御琴の音、いかでかの人々の箏琵琶の音も合はせて」（若菜下）みようと試みる女楽である。「空もをかしきほどに、風ぬるく吹きて、御前の梅も盛りになりゆき、おほかたの花の木どももみなけしきばみ、霞みわたりにけ」る「正月二十日ばかりに」、女三の宮が居住する春の町の寝殿に、宮、明石の女御、紫の上そして明石の君の四人が揃う。それぞれに楽器が配されて、『源氏物語』若菜下巻〝六条院の女楽〟が始まる。

内には、御褥ども並べて、御琴どもまゐりわたす。秘したまふ御琴ども、うるはしき紺地の袋どもに入れたる取り出でて、明石の御方に琵琶、紫の上に和琴、女御の君に箏の御琴、宮には、かくことごとしき琴はまだえ弾きたまはずや、と危ふくて、例の手馴らしたまへるをぞ調べて奉りたまふ。

若菜上巻における女三の宮降嫁に端を発する六条院内の軋みは、紫の上の抑制によって表面的には平穏を装ってはいるものの、内実は確かにその兆しを包含する。そうした危うい平衡を保っている状況の中で、この女楽は源氏の六条院の栄耀が最後の煌めきを放つ場面である。そして、この煌めきこそが、その後に広がる闇の深さを一層際立たせるものとなる。この作品中にみる数多の中にも、極めて大きな効果をもたらす楽の場面に数えられよう。

源氏から「御琴どもまゐりわた」される四人の排列は、「明石の御方――紫の上――明石の女御――女三の宮」と叙されていて、これは身分の順である。ただし身分の低い順であって、このような排列表現はこの物語中に他例をみない。

「二品になりたまひて、御封などまさる。いよいよ華やかに御勢添ふ」（若菜下）内親王、准太上天皇光源氏の嫡妻である女三の宮――その源氏の子、当帝の女御として「御子たちあまた数そひたまひて、いとど御おぼえ並びな」（同）い、今を時めく明石の女御――女三の宮の降嫁によってその座を明け渡したものの、今なお実質的には〝北の方〟として六条院を束ねる紫の上――明石の女御の実母ではあっても、この物語の中で〝上〟と称されることのない、受領層の出自である明石の君。この、「女三の宮――明石の女御――紫の上――明石の君」が、身分規範に則した排列なのである。

それぞれの楽器を手にして、いよいよ演奏が始まる。

御琴どもの調べどもととのひはてて、掻き合はせたまへるほど、いづれとなき中に、琵琶はすぐれて上手めき、神さびたる手づかひ、澄みはてておもしろく聞こゆ。和琴に、大将も耳とどめたまへるに、なつかしく愛敬づきたる御爪音に、掻き返したる音の、めづらしくいまめきて、さらに、このわざとある上手どもの、おどろおどろしく掻き立てたる調べ調子に劣らずにぎはしく、大和琴にもかかる手ありけり、と聞き驚かる。深き御労のほど、あらはに聞こえておもしろきに、大殿御心落ちゐて、いとあり難く思ひきこえたまふ。箏の御琴は、物の隙々に、心もとなく漏り出づる物の音がらにて、うつくしげになまめかしくのみ聞こゆ。琴《きん》は、なほ若き方なれど、習ひたまふさかりなれば、たどたどしからず、いとよく物に響きあひて、優になりにける御琴の音かな、と大将聞きたまふ。

各人が奏でる楽の音に言及する当該段においても、「琵琶（明石の君）――和琴（紫の上）――箏（明石の女御）――琴《きん》（女三の宮）」の順であり、身分秩序に逆行する順によってあらわされているのは先掲場面と同様である。

更に、演奏が一段落してのち、源氏は、「月、心もとなきころなれば、燈籠こなたかなたにかけて、灯よきほどにともさせ」、四人の女性たちの姿を覗きみて、各人を評する段になる。

宮の御方をのぞきたまへれば、人よりけに小さくうつくしげにて、ただ御衣のみある心地す。にほひやかなる方は後れて、ただいとあてやかにをかしく、二月の中の十日ばかりの青柳の、わづかにしだりはじめたらむ心地して、……これこそは、限りなき人の御ありさまなめれ、と見ゆるに、
女御の君は、同じやうなる御なまめき姿の、いますこしにほひ加はりて、もてなしけはひ心にくく、よしあるさましたまひて、よく咲きこぼれたる藤の花の、夏にかかりてかたはらに並ぶ花なき朝ぼらけの心地ぞしたまへる。……灯影の御姿世になくうつくしげなるに、

紫の上は、葡萄染にやあらむ、色濃き小袿、……様体あらまほしく、あたりににほひ満ちたる心地して、花といはば桜にたとへても、なほ物よりすぐれたるけはひことにものしたまふ。かかる御あたりに、明石は気おさるべきを、いとさしもあらず。もてなしなど気色ばみ恥づかしく、心の底ゆかしきさまして、そこはかとなくあてになまめかしく見ゆ。……五月まつ花橘、花も実も具して押し折れるかをりおぼゆ。

源氏の目を透して描き出される女性たちの姿は、六条院内における彼女たちそれぞれの造型の一部を凝縮したものである。この段に叙される四人は、「女三の宮——明石の女御——紫の上——明石の君」という本来的な身分順の叙述となって、前掲二例とは明らかな相違をみせる。順当な身分秩序に反する、反転している先記二場面と、この人物を評する場面とを比較すると、前二例はともに楽にかかわる描写の中にみるものであり、一方、第三の人物評の事例では、四人をそれぞれ花に准えるなどして、一人ひとりの外見、性情などを描いていて、ここには音楽に及ぶ記述はみられない。従って〝音楽〟が、この相異なる二種の排列表現を分ける鍵となるものと考えてよいであろう。人物評の場面が妥当な身分順の排列であらわれることは、何らの問題も提示しないであろう。しかし、それでは他方の、音楽にかかわる場面においては身分序列に反する排列が容認されるのであろうか、という疑問が生じてくる。

『源氏物語』は周知のとおり、『源氏釈』『奥入』『河海抄』また『花鳥余情』などをはじめ多数の古注釈をもつが、それらの中にこの女楽の四人の奏者に対する排列に関しては何らの解答を見出すことはできない。楽器配付の際に、女三の宮の琴《きん》が、他の三人に配した「絃の名物」(『孟津抄』)に対して、「(女三の宮は)如此名物はいまだえひき給はじとて」(『細流抄』)、手なれたものを源氏が用意した、と注するばかりである。それは現行諸注釈も同様であり、唯一、玉上琢弥氏[1]が、「このリストは地位の低い者から高い者にの順である」、また、演奏の場面に関して、「今度も地位の低いものから言っているが、同時に音楽のすぐれた者から言っていることにもなる」と注しているのみである。続いて、当該段の総括部分でも、

この掻き合せでは、琵琶、和琴、箏、琴と、ここは身分の低い者からあげられているのではあるが、明石の御方の琵琶が一番の上手として扱われている。

と解説する。以上が女楽の奏者四人の排列に関して言及するものであるが、しかし、それでは何故、「身分の低い者から」、「音楽のすぐれた者から」という排列がこの場で可能となるのかについては明言してはいない。

平安時代は強固な身分社会である。その社会を背景に史料、文学作品など文献中に複数の人物また事物を表現、表記する場合に、それぞれの理由を伴う一定の排列をもつ表記方法をとることは、当然の理である。わけても人物表現においては、身分秩序に則した排列によることが至当なあり様であって、その秩序が崩れる場合には、固有の然るべき事由が存在すると考えられる。秩序に従った順当な排列が前提としてあってこそ、固有の排列が例外の意義をもって生きてくることは、既に前章の「「后と女御」排列表現考」において述べたところである。

こうした時代、社会を背景にしている物語作品世界の中で、楽の場においては、固定された枠組に統一されない排列を有するのは、何を語りかけているのであろうか。複数の奏者を叙述する際に、排列に及ぼす特定の基準は存在するのであろうか。そして、〝楽の場面〟がキイポイントとして物語内の文脈の展開に効果的に利用されているのと同様に、その〝楽の場〟における〝奏者の排列〟は、作品中に効果をもたらすものとして設定、表現されているのであろうか。先に身分秩序に則らない排列による場合には、相応の理由を有するはずである旨を述

べたが、身分の高いこと、尊貴性が人物評価を定める重要な要素であったこの時代に、それでは音楽にかかわる何らかの要素がその高貴性を凌駕する力をもつのであろうか。音楽という側面から人物、つまり楽の場の奏者の排列について考えるとき、何が明らかになるのであろうか。以下、〝平安時代の文献にみる、楽の場における奏者の排列〟という視座をもって考察を試みることとする。

まず、その時代における共通認識、社会通念を考えてみる。史実を記録する中に当然時代の論理が映し出されているはずであるから、公卿日記を中心とした記録などの史料を対象に検証する。そうした社会の認識、共通理解を時代的土壌として、物語文学などの作品が根を張り、花を咲かせるのである。虚構という要素を盛り込むことによって成立するはずの作り物語文学であっても、当時の社会理解を前提としてはじめて構築できる世界であろう。その理解をどう扱うかについては、その作品内部の問題であるにしても、歴史的背景を理解した上で文学作品に向かうことは、その作品の語るところをあるがままに受け入れる基盤を入手することに繋がる、と考えるものである。

なお、物語文学作品において、恋の場面などで男女が楽を奏する場合は、本論に求める奏者の排列とは異なる状況であると考え、対象用例数として捉えないこととする。

二

平安時代の〝楽の場における複数奏者の排列〟に関する、社会の共通理解を知るために、歴代天皇宸記や公卿日記などの記録をはじめ、楽書また和歌関係その他を概観し、求める用例をもつそれらの文献から時代を追って適宜抽出して掲示することとする。

まず、記録中に初見する、『醍醐天皇御記』中の用例のうち、

① 延喜十三（九一三）年十月十四日条。「尚侍藤原朝臣四十算賀」、つまり尚侍・藤原高藤むすめ満子の四十算賀を叙する記事に、

命二侍臣一令レ奏二絃歌一。自弾二和琴一。中務親王弾二琵琶一。克明親王弾レ琴云々。

② 延喜十七（九一七）年三月六日条。常寧殿での花宴。

召二備前介善行一弾レ箏。蔵人所藤原有時吹二篳篥一。讃岐掾千兼弾二琵琶一。保忠朝臣時々弾レ琴吹レ笙。

の二例をみると、①は「天皇――親王二名」の排列による。この道の上手の人を召しての御遊である②例では、参議従四位上藤原保忠が「時々」琴を弾いたり笙を吹く、という実態に合わせたものか、篳篥担当の六位蔵人有時、また琵琶を弾く讃岐国の三等官である藤原千兼[2]より後に記されている。

『村上天皇御記』の康保三（九六六）年十月七日条には、「殿上侍臣奏楽」の所作人が割注（〔 〕で示す。以下同じ）で記される。

〔勇勝、左大臣弾レ箏、右大臣琵琶、治部卿源朝臣、朝成朝臣二人、琴笙、博雅朝臣、右馬允藤原清適二人横笛、吉永、清真大篳篥、良岑、行正小篳篥、右《ママ》衛門督藤原朝臣、銅鈸子、修理大夫源朝臣鞨鞁、助信朝臣楷鼓、実信朝臣拍子……〕、

左大臣藤原実頼以下小篳篥の奏者良岑、行正までは身分順に記されている。吹物の楽人たちに続く打物の奏者は、左衛門督・中納言藤原師氏や修理大夫・参議源重信たちであり、公卿が楽人たちの後に記述される。左大臣

の箏を筆頭にするこの排列は、弾物から吹物へ、更に打物へと移っていて、本来地下の者が担当であるはずの打物を師氏や重信という公卿が奏した理由は不明であるが、この場合には楽器の、弾物・吹物・打物というグループ分けの意識が作用した排列と考えられる。楽器のグループ分け意識が全体に作用していると考えられるが、その中でも弾物から吹物まで十名の奏者は、前述のように身分規範に従った排列でもある。当御遊に先だち参候する人々の名を記す部分には、「次召二公卿一。即左大臣。右大臣。民部卿藤原朝臣。左衛門督藤原朝臣。治部卿源朝臣」以下とあって、師氏や重信を含めて順当な順によっている。なお、その人名に続く伺候の座も「〔納言以上候二東簀子一、参議候二長橋上一、並二菅円座一為レ座〕」と示されていて、身分意識は言うまでもない。

重明親王の『吏部王記』天暦二（九四八）年三月九日条。村上天皇が朱雀院に行幸の段に次の記事をみる。

上皇令レ召二図書寮御琴一、式部卿和琴、余琴、右《ママ》衛門督〔琵琶、高明卿〕、治部卿〔箏、兼明卿〕、又召二唱歌者人数《ママ》一候二南欄一。

敦実親王——重明親王——源高明——源兼明の奏者四名が然るべき順に記される。朱雀院が図書寮から召した、和琴・琴《きん》・琵琶・箏の四種の「御琴」が揃う。臣籍に下って源姓を賜った高明と兼明には、官職名に続き割注で楽器および名が記されていて、二人の親王とは異なる表記方法によっている。

求める用例をもつ公卿日記のうち、藤原行成の『権記』にみる例を次掲する。

① 長保二（一〇〇〇）年十月十五日条。

倭琴於至光、琵琶給二道方朝臣一、笙給二経房朝□一、□□済政、又仰二右衛門督藤原朝臣一令レ執二拍子一。

堪能の公卿侍臣を御前に召して行なわれた御遊を叙す当記事は、拍子をとる藤原公任以外の奏者四人は身分順に並んではいない。「源経房――藤原道方――源済政――源至光」が妥当な順である。御遊開始前、召された侍臣名を列記する条では、この四名は経房を筆頭とする身位順に記される。また、楽器に関しても、直前に記されている、「大臣召二書司一、々々執二和琴一、進而置二□□頭一、女官等取二笙・笛・琵琶一、各置二之大臣座前一如レ先」の順とは相違している。

② 寛弘七（一〇一〇）年正月二日条。殿上での御遊。

　聊有二管絃事一、四条大納言拍子、左宰相中将笙、左衛門督和琴、頭弁琵琶、定頼少将笛、以上候二小板敷一。

笙担当の経房と和琴を弾く左衛門督・権中納言頼通の二名は、参議と権中納言の身分とは逆に記される。楽器は弾物と吹物が混在していて、楽器の種類が作用した結果ではないと考えられる。『権記』にみる以上二例は、ともに身分序列とは異なる排列をもつが、その二例もまた共通項目を有していはいない。

藤原道長の『御堂関白記』には、「送物」が記されることが多い。楽器を贈答用品として用いることは当時の慣例でもあるが、その際に人物が絡む場合がある。

① 寛弘三（一〇〇六）年九月二十二日条。一条天皇と東宮居貞親王が道長の土御門第に行幸、行啓。

　献二送物一、箏御琴春宮大夫、琵琶右衛門督、和琴源中納言、御レ入、東宮立給御二西対一、御送物笙、笛等也、左衛門督、権中納言取レ之。

楽器を献ずる東宮大夫・大納言藤原道綱、右衛門督・権中納言藤原斉信、源中納言俊賢は身位の順に記されていて、それは後段において同じく「御送物」の取り次ぎ役をする、左衛門督・中納言藤原公任と権中納言藤原隆家に関しても同然である。

② 寛弘七（一〇一〇）年正月十五日条。一条天皇皇子敦良御五十日の儀。（裏書）

事了御レ入間、御送物三種、笛御筥、笙・横長《ママ》（歯二）、新羅笛入、有二裏枝一、箏御琴・和合《ママ》、大夫・権大夫・左衛門督取レ之。

中宮大夫、中宮権大夫、東宮権大夫の役に応じて楽器を取り次ぐ、斉信、俊賢、頼通の三名は順に叶ったものである。当御五十日の儀は、『権記』にも記されているが、当該部分は、「御送物笛筥、（裏レ之）大夫取、箏権大夫、和琴左金吾」とあって、表現上の相違はあるものの、楽器順、従ってそれを扱う人物順とも『御堂関白記』と同じである。

③ 長和五（一〇一六）年六月二日条。後一条天皇が土御門第から、新造なった一条院に遷幸。

御送物、箏御琴源中納言、御琵琶侍従中納言、東御琴左兵衛督等取レ之。

全員権中納言である俊賢、行成そして藤原実成の三名は、『公卿補任』にみるのと同じ排列によって叙されている。これは同日付の小野宮実資の『小右記』にも記されている。「次被レ献二箏和琴琵琶一（中納言俊賢、行成、実成執レ之）」と、送物の楽器を取り次ぐ三名は『御堂関白記』と同様身分序列に従う記述であり、それが当然の意識を反映するものと捉えられる。一方献じられる楽器の順は一部異なって記される。[3]

以上のように、「送物」という側面で楽器を取り扱う場合には、それを奏する楽の場とは一線を画し、任務としてそれを取り次ぐ人々、廷臣は身分順に記されることを知る。それは『御堂関白記』のみならず、②例そして③例ともに同事項を記す複数の記録が全例身分順排列によって記しているからである。また、③例にみたように二つの日記に記載される楽器の順は相違するにしても、人名より楽器が先行する記述でほぼ統一されることも、意味を付加するであろう。[4]「送物」としての楽器と、それを扱う人物のあり方は、御遊に用いられる楽器と奏者とのかかわり方とは明らかに異なる様相を呈している。

藤原忠実の『殿暦』における用例を例示する。

① 永久元（一一一三）年正月一日条。鳥羽天皇元服の儀。

召二御極《ママ》具一、（殿上五位取レ之）召下堪二管絃一殿上人上、（中将宗輔、同信通、少将雅定、同宗能、同伊通、越後守敦兼也）、箏（中納言忠通）、横笛（信通）、笙（雅定）、和琴（伊通）、琵琶（治部卿基綱）、篳篥（敦兼等也）、

召された「管絃ニ堪フル殿上人」である右中将藤原宗輔以下六名の歴名部分は身分順に記されるが、続く御遊での楽器担当者が示される部分になると、琵琶担当の治部卿・権中納言源基綱が和琴の左少将藤原伊通の後にまわされていて、序列が崩れたものとなっている。楽器は弾物と吹物が混在する。

② ①例の半月後、正月十六日に催行された記主忠実の任太政大臣大饗。

召二御遊具一、（諸大夫等持二参之一）、召下堪二管絃一殿上人上、召人着座、……御遊、（新中納言宗忠卿取二拍子一、中納言中将弾レ箏、治部卿基綱卿弾二琵琶一、信通朝臣笛、雅定朝臣笙、敦兼朝臣篳篥、伊通和琴、宗輔朝臣、宗能朝臣等哥）、

藤原伊通、同敦兼の両名はそれぞれ和琴と篳篥の奏者として①、②両例の御遊に参加するが、①例においては、高位と思われる伊通が、他方の②例では敦兼が先にあらわれていて、この両名の排列は一律には描かれていない。①は宮中で、②例は太政大臣忠実邸で行なわれたものである。

③ 右掲①、②の二例に十年余先だつ、康和四（一一〇二）年三月九日条。白河上皇五十御賀の試楽。

舞了後御遊、公卿并殿上侍臣中堪レ事者を召天御遊、右大弁〔宗忠〕・左大弁〔基綱〕・宰相中将〔忠教〕・形《ママ》部卿顕仲等也、余箏、基綱琵琶、右大弁宗忠拍《ママ》、顕仲笙、宰相中将忠教笛、

御遊に召された楽に堪能な公卿や侍臣の名を記す部分では身分順である。対して御遊に入るとその順が乱れる。弾物、拍子、吹物の順に叙されていて、拍子の藤原宗忠は琵琶の源基綱の後に、更に吹物の二人、源顕仲と藤原忠教の順が逆に記される。

以上『殿暦』中の御遊を記す三例は、人名など表記の方法が全て異なり、三例がそれぞれの表現形態をとっていて、自由に叙しているかのようである。

③例の白河上皇五十御賀の試楽は、藤原宗忠がその日記『中右記』に記している。

次有二御遊一、召二管絃殿上人、於年中行事障子辺一、右大臣〔箏〕、右衛門督〔笛〕、下官〔拍子〕、左大弁〔琵琶〕、顕仲朝臣〔笙〕、有賢朝臣〔和琴〕、宗輔朝臣〔笛〕、俊頼朝臣〔篳篥〕、家保〔笙〕、

とあって、『殿暦』より詳述する。列記される九名のうち、五名の公卿に関しては身分に従ったものであり、その他の四名では従四位下の源有賢が従四位上藤原宗輔に先だつ小幅な乱れのみであり、当例に関しては、『殿暦』よりも『中右記』の方が幾分身分の力が及ぶ排列であると言える。従ってこの場合には、『殿暦』にみる「弾物——拍子——吹物」という楽器のグループ分けの意識がうすい排列になっていて、楽器という側面からは何らの規則性を見出せない。この『中右記』に関しては次章においてさまざまな角度から考察を加えることとする。

三

『中右記』の記事は、寛治元（一〇八七）年から保延四（一一三八）年まで、堀河、鳥羽そして崇徳天皇の三代の御代、

足かけ五十二年の長きにわたっている。天皇や上皇を頂点に音楽が盛行した院政期の前半、という時代を背景とし、また記主藤原宗忠自らが笙の名手でもあって、当日記中に多くの御遊記事を残しているが、それらの御遊はまた右掲のように『殿暦』など他記録と重複する場合がある。そうした複数の記録に、重複してあらわれている記事を対比することによって、楽の場の描写に関して、明らかになる事項を見出すことができるであろうか。以下数例を抽出し検証することとする。まず他記録を掲示し、続いて『中右記』中に記される同場面を示す。

① 寛治五（一〇九一）年三月十六日。藤原師通六条殿における曲水宴。

㋑『後二条師通記』

召二管絃具一、諸大夫持参、各置二人々前一、民部卿拍子、予琵琶、篳《ママ》皇太后権大夫（公定）、笛三位中将忠実、箏《ママ》殿上侍従宗忠、

民部卿・大納言源経信の拍子を別として、内大臣である記主師通、皇太后宮権大夫・参議藤原公定、右中将・非参議藤原忠実、侍従宗忠という順は、正四位下参議公定と従三位非参議忠実に位階の逆転はあるものの、現任参議と非参議という位置を考慮に入れると妥当なものであろう。

㋺『中右記』

次召二管絃具一、（諸大夫五位役送、）各置二所役人前一、内大臣、（琵琶）、民部卿（拍子）、三位中将（笛）、予（笙）、有賢（和琴）、

㋺の『中右記』記事では、㋑の『後二条師通記』に比して、奏者や楽器が一部異なっていて比較しにくい。また、総体的に多様な捉え方がされて一定の位置を持たない、拍節をとる拍子の場所がこの場合にも相違している。

㋑例の拍子は奏者に先だち記されていて、一方『中右記』の㋺例ではその拍子をも含めた奏者全員が序列に則った記述がされている。先記項目、表現表記が二者二様であり、それぞれの方法によっていることが判明する。

② 永長元（一〇九六）年三月十一日。清涼殿での和歌会に先だつ御遊。

㋑『右大弁平時範記』

中宮大夫弾二倭琴一、左大将弾レ箏、皇太后宮権大夫取二拍子一、基綱朝臣弾二琵琶一、宗忠朝臣吹二答笙一、宗仲吹二横笛一、

㋺『中右記』

左大将〔箏〕、中宮大夫〔和琴〕、皇太后宮権大夫〔拍子〕、蔵人少将宗輔〔笙〕、右大弁基綱〔琵琶〕、下官〔付歌〕、宗仲〔笛〕、

㋑の『平時範記』では、奏者六名が中宮大夫・権大納言源師忠以下身分順に記され、他方の㋺『中右記』は、その師忠より先に左大将・権中納言忠実があり、また宗輔、基綱そして「下官」すなわち記主宗忠の三名も身分からみた妥当な位置にはいない。

この両記録中にみる笙の奏者は相違している。『中右記』の中で下位の宗輔が基綱や宗忠よりも先記される理由が、担当楽器の笙であることに与るのならば、『時範記』における答笙担当の宗忠が上位の基綱に先んずるはずであるが、そうではないのだから、担当楽器が当該排列に働きかけた結果ではないことが判明する。

御遊直前にこの両日記がともに、「堪二管絃一殿上人、依レ召候二簀子敷一」、また「依レ堪二絃歌一、近候二南簀子一」として、該当する人々の名、「右大弁基綱朝臣、右中弁宗忠朝臣、（左）中将忠教朝臣、蔵人（右）少将宗輔、（蔵人）式部丞宗仲」を列記する歴名部分の排列は、それぞれ身位に即したものであって、この部分では両記録が一

致している。なお、当日記事をもつ『後二条師通記』には、舗設などにつき記すものの、「堪二管絃一之人」の具体名は見えない。

③　長治二（一一〇五）年正月五日。堀河天皇の白河上皇への朝覲行幸。

㋑藤原為隆の『永昌記』

事了有二御遊事一、……箏右府殿下、拍子右大弁、琵琶左大弁、和琴拝《ママ》家、〔候二于地下一、予自二欄上一下〕給之一〕、横笛左宰相中将等也、

㋺源師時『長秋記』

舞了有二御遊一、……堂上役右大弁拍子、左大弁琵琶、宰相中将忠教笛、小舎人雅定笙、右府笙《ママ》、敦兼篳篥、兵衛佐宗能副声、主上又御笛、

㋩『中右記』

有二御遊一、右大臣殿取二御笛一令レ進二主上一給、召二内大臣童一令レ吹レ笙、下官取二拍子一、宰相中将忠教横笛、右大臣箏、左大弁琵琶、敦兼朝臣篳篥、右衛門督并左兵衛佐宗能付歌、

㋑『永昌記』中の、地下に伺候する拝《ママ》家は、次いで記される左宰相中将藤原忠教より低位であることは言うまでもないが、彼を除く他の奏者に関しては身分順である。次の㋺『長秋記』では、右大臣忠実が内大臣源雅実男の小舎人雅定の後に記される。楽器に弾物・吹物のグループの区別はみられない。そして、㋩の『中右記』の記事が奏者や楽器順に何らの基準を窺えないことは、㋺『長秋記』と同様であるが、その㋺と㋩二者の間にも共通項目を見出せない。同一御遊を描く三つの記録は全て、異なるそれぞれの排列によって記しているのである。なお、「主上」に関する叙述が㋺は最終部、そして㋩例では最初の部分にみえる。

④ 天仁元（一一〇八）年十一月二十三日に行なわれた、鳥羽天皇即位に伴う清暑堂御神楽及びその後の御遊。

㋑記録の分野からは外れるが、『讃岐典侍日記』

御神楽の夜になりぬれば、……
本の拍子按察使の中納言、笛その子の中将信通、琴その弟の備中守伊通、篳篥安芸前司経忠、
……
かくてみあそびはてかたになりぬれば、殿御琴、治部卿基綱琵琶、拍子もとの如く宗忠の中納言、笙の笛内大臣の御子の少将雅定、笛、篳篥もとの人々御つがひにて、

㋺『中右記』

神宴始、左中将信通吹二太笛一、（庭火）、兵部大輔経忠朝臣吹二篳篥一、侍従伊通調二和琴一了、……按察中納言（大拍子）、予（本拍子）、共打二拍子一、
……
神宴之後御遊、
先右少将雅定、笙、吹二雙調一、（雖二年少一甚優妙也）、信通笛、経忠篳篥、伊通和琴、治部卿琵琶、爰摂政殿令レ弾レ箏給、誠以神妙、希代勝事也、絃管之響、已以混同、按察中納言打二拍子一、

㋑と㋺の対比では、まず御神楽の描写に相違をみる。㋑『讃岐典侍日記』では、本拍子担当の按察使中納言藤原宗通から発する〝その子、その弟〟という血縁の人間関係を優先させる叙述である。一方の『中右記』の中には、そういう関係性は示されていない。身分的に下位にある左中将藤原信通が、兵部大輔藤原経忠より先記されている。因みに、御神楽開始以前に参候の廷臣十三名を記す歴名の部分では、身分秩序が作用する排列によって

いて、経忠と信通二名もその枠内に納まっている。

次いで御遊に移ると、㋑は弾物と吹物との間に拍子をとる宗忠が入る。拍子は既述のように位置が定まりにくいものであり、この宗忠と先に記される琵琶の基綱との関係は単純に測れるものではない。ここは楽器のグループ分けの意識が作用したものか、あるいは弾物と吹物奏者の身分懸隔の大きさによって二分されたものかは明らかではない。㋺の『中右記』における御遊は、先の御神楽で用いた楽器三種――笛・篳篥・和琴――の前後に笙と琵琶を付加した形であらわれる。「神宴之後ノ御遊」であり、御神楽での順がここに及んだものか、それともこの五種の楽器のもつ本来的な順であるのかは不明である。「笛、篳篥、和琴」という御神楽と御遊の双方に用いられている楽器の、それぞれの奏者は共通して、記される順も同じである。吹物そして一足遅れて加わった摂政右大臣忠実の箏を含めた弾物という、各グループに分かれてあらわれること以外は明確にはならない。[5] これは分野の異なる二つの文献による対比ではあるが、ここにも共通点は見出すことはできない。

清暑堂御神楽に関しては、『中右記』の中に上掲鳥羽天皇に先だつ、父帝堀河天皇即位の例をもみる。

寛治元（一〇八七）年十一月二十一日条。

有二御神楽事一、（民部卿取二本拍子一、源大納言（師）、末拍子、宗通笛、政長朝臣和琴、俊頼朝臣篳篥、付歌、皇后宮権大夫、新宰相中将、右大弁、新宰相、政長朝臣、敦家朝臣、基綱朝臣、下官）、

……

次御遊、下官取レ笙吹二調子一之間、俄有レ仰、渡二笙於新宰相一弾レ箏、内大臣弾二琵琶一、民部卿取二拍子一、自余如レ前、

御神楽の際の楽器は「笛――和琴――篳篥」の順で記されていて、先掲天仁元年のそれとは異なる。楽器奏者

三名の中では源政長が四位刑部卿であり最も高位ではあるが、笛の宗通に続く二番目に記されていて、身分順にはあらわれていない。更に、その後の御遊の場では、宗忠が得意の笙を吹いていると「俄カニ仰セ有」って、新宰相藤原公定に笙を譲って、自分は箏を弾くハプニングの模様が記述されていて、身分や楽器の排列基準を窺う余地はない。なお、御神楽の「付歌」に記される八名は、皇后宮権大夫・権中納言藤原公実から、「下官」こと当時左近少将の宗忠まで、一部に乱れを伴う排列となっている。この堀河天皇即位に際しての御神楽そして御遊、更に先掲の㋑『讃岐典侍日記』や㋺『中右記』における天仁元年次の鳥羽天皇に関する事例を合わせて考えるとき、楽のうちでも最も公的で〝儀式〟という側面を強く伴うと思われる清暑堂御神楽に、そしてまたその後の御遊に関しても、統一されてはいず、さまざまな排列をもつ表現がされていることを知る。

本節では、『中右記』に記録されている記事を軸として、同日に同じ場を描く複数の記録などと対比することによって、楽の場における奏者の排列に一定の基準、規則性をみることが可能か否かを探ってみた。しかしながら、どの場面においても図式化された枠組や様式を認めることはできないと判明した。それは、既述したように『村上天皇御記』の康保三年十月七日条、また『権記』長保二年十月十五日条、更に『殿暦』における康和四年三月九日、永久元年正月一日条をはじめとして、多くの記録にみられるように、楽の場に参集、伺候する人々が、明らかに身分秩序に従った排列によって記されている事実と、鮮やかな対比をみせる。この対比は、永長元年三月十一日の御遊を記す『時範記』および『中右記』の両者における、楽の場の奏者をあらわすこの二記録の異なる記述方法に対して、参候する人々の歴名部分においては、身分順で一致した排列表記方法とを重ねて考えるとき、一層明白なものとなる。

楽の場における奏者の排列が統一性をもたないことは、『中右記』と他の文献との比較検討のみならず、『中右記』が記しとどめている多様な儀式、場、すなわち既述の朝覲行幸、あるいは立后の儀、また院での御遊など、日記内部に複数の事例をもつ、さまざまな局面からの検討においても同様の結果を得るものである。[6] 身分序列、場、楽器、更には奏者と楽器の表記順と方法、どの視点から眺めても、定まった図式を見通すことはできず、またそれぞれの表現、表記がもつであろう、それぞれの理由、根拠も明らかにはならない。

四

前節までに検討した史料の他、故実書あるいは楽書などに、一部を除いては求める用例は僅少にすぎないが、その一である、藤原公任撰儀礼書『北山抄』に、「私記」として康保三（九六六）年二月二十二日の内宴が記される。

有二御遊事一、弾正親王琴、左大臣箏、右大臣琵琶、朝成宰相吹レ笙、博雅朝臣笛、寛信朝臣和琴、堪二其事一公卿侍臣唱歌、

前節に掲示した『村上天皇御記』における臨時楽と同年に行なわれた御遊であり、奏者の顔ぶれも、重なる人物が多い。『北山抄』の当御遊には『御記』にみられる打物の姿――公卿二名（師氏、重信）をみた――はないが、奏者の排列はともに身分順となっている。この二書から臨時楽と内宴、また御記と儀礼書の私記という異なる条件での相互のかかわりは、しかし明確に指摘することは難しい。

次に和歌関係に視点を移すと、勅撰八代集の和歌および詞書の中に求める表現はみられない。平安時代の歌合では、序や詞書中に数例をみることができる。その一例である「天徳内裏歌合」――「天徳四（九六〇）年三月三

十日、前年八月の内裏詩合に対抗して、後宮女性の要請により村上天皇の肝いりで行われた」(7)この歌合は、周知のように「御記」「殿上日記」また「仮名日記」をもつ。

歌合後に行なわれた御遊について、「御記」は、「比読歌終、令レ召二楽所人一、相分候二南北小庭一、逓奏二歌曲一、大臣弾レ箏、大納言源朝臣弾二琵琶一」と、左大臣藤原実頼が箏、大納言源高明が琵琶を奏したことを記す。「殿上日記」には、藤原朝成の笙、源雅信の拍子以下、侍臣や楽所の召人が「御記」の記事にプラスした形で描かれる。また、「仮名日記」は更に各人の担当をも含めて、「殿上日記」より詳述される。

以上三種の記事は楽所の召人を除いて、「御記」はともかく、「殿上日記」は左方右方それぞれが身分順に記されている。一方「仮名日記」には各楽器と、他の二種にはあらわれない〝歌〟とに区別の意識がみえているが、左右それぞれに楽器の奏者、そして「歌うたひ」という括りの中で、身分に従う排列であることは「殿上日記」と同様である。

また、いわゆる二十巻本には別種の「仮名日記」をみる。それには前掲「仮名日記」に比して、担当に一部異なりをみるが、左右とも楽器、歌、拍子の全員を一括りにして身分順に表わす。同じく仮名日記であっても楽器と歌とのグループ分け意識の有無、という相違点がみられる。「御記」「殿上日記」や「仮名日記」という異なる立場、視点によって記されるこれらは、それぞれに身分序列の大きな枠内に納まるものの、括り方に相違点を見出すものもある。

以上、二節から検討してきた史料は、多様な形態の表現、表記を示している。これら多岐にわたる形態をもつ表現、表記の方法は、同一記主の手によってさえも統一性をもつとは言えない。人名、楽器の先記順、弾物や吹物などグループ分けの意識[8]、そして身分序列に従った排列とそれに反する排列[9]。この身分秩序に反する排列による事例は、全体の中の例外、と言うわけではない。それは、前提である身分順排列に対する特殊例、と言うわけではない。対象用例の大略1／3ほどが、身分規範の枠からはみ出すものである。枠からはみ出した事例は、そしてそれぞれが個別的である。この個別的であり一括りにできない現象は、各場面が固有の表現をもつ、と捉えるよりはむしろ、それらを全体的に捉えて、〝楽の場が可能にする固有の表現〟と把握することができるのではないだろうか。それでは、その固有の表現の成立を可能にするのは何の力の働きかけによるのであろうか。次に身分秩序以外の諸条件を想定して検証することとする。

人間の排列を規定する基本原則は、身分秩序であるとは言うまでもない、平安時代であるなら、なおさら。しかしそれが絶対ではないことは検討してきた史料によって明らかであろう。それでは、一体楽の場においては身分秩序以外のどのような力が排列に作用するのであろうか。楽器か、場か、それとも上手の力なのであろうか。以下、こうした視点から排列に及ぶ力について考察を試みる。

まず、奏者を伴わずに楽器のみが複数であらわれる場合の排列を通して、〝楽器〟が規定する力となりうるかを考える。

漢文日記では、『醍醐天皇御記』延喜二（九〇二）年四月二十日条における、「左大臣飛香舎藤花下有二献物事一」に「暫献二横笛・和琴一」をみる。その他にはたとえば、『吏部王記』延長二（九二四）年十二月二十一日条。清涼殿での曲宴の、「次八條中納言執二琵琶一、……次琴、箏、和琴」ほか、先述『御堂関白記』中に多くの例をみたように、主として献物、送物の対象として楽器があらわれる。また、『村上天皇御記』応和三（九六三）年閏十二月二十一日条、「於二簾中一、聊調二琴、和琴等一」。あるいは、『中右記』の「女房在二簾中一、弾二箏琵琶一」（永長元〈一〇九六〉年七月七日）などといったように、弾奏の場面で複数の楽器があらわれてくる。

この他、故実書、楽書、そして『倭名類聚抄』をはじめとするわが国の字書類、更には中国宋代の類書『太平御覧』、唐代の題詠詩『李嶠百詠』といった漢籍に視点を投じても、一向に定まった方向性を求めることができない。時代的変遷その他〝楽器〟と一括りにはできない、たとえば〝名物〟と言った個別的な要素が絡むことも想定はされるが、総合的に考えて〝楽器〟が楽の場の排列を規定する力となりうると、確定することは至難である。

次に、楽を奏する〝場〟、つまり儀式などの種類や状況、場面が排列に影響するのかについて、いくつかの角度から考察を加えてみる。文学作品においては、同一作品中に同じ様な場面を描くことを避けて、平板化を防ぐという意図によるものか、比較できる材料は手に入らないが、史料、中でも漢文日記には、実施された事実を記録するという側面を強くもつ性質上、少なくない用例をみることができる。同一の場面を複数の人物が記録、記述する場合もあって、そのうちの数例は既に述べている。すなわち、『後二条師通記』と『中右記』が、寛治五年三月十六日の六条殿における曲水宴を、また、白河上皇五十御賀試楽については、康和四年三月九日の『殿暦』と『中右記』が記している。更に、長治二年正月五日に行なわれた堀河天皇の白河上皇への朝覲行幸に関しては、『永昌記』『長秋記』および『中右記』の三記録に記されている。そして、即位の際の清暑堂御神楽およびその後の御遊についても検討済みである。その他、同一史料内の同一状況、すなわち『中右記』に複数例をみる朝覲行幸ほかの項目についても考察を済ませた。しかしながらその結果は、やはり同種状況下においても、図式化、画一化された排列の基準は表出されず、楽の奏される〝場〟の力が奏者の排列を拘束するものではないことが判明した。

楽の〝上手〟という要素は排列に関与するのであろうか。物量的数値であらわすことの不可能な、楽を奏する力量を、客観的尺度をもって順位をつけ云々するのは難儀なことではある。しかしながら、上手と謳われ歴史上にその高名を残す人々について、もてはやされたであろうその力、上手という側面が演奏の場での排列に影響を与えたか否か、その可能性を探ってみることとする。

源博雅。醍醐天皇の第一皇子克明親王の御子である。横笛の譜「新撰楽譜」を撰し、和琴、横笛、琵琶などにも堪能の人として、彼の名は『今昔物語集』『江談抄』をはじめ、多くの説話や楽書の中に生きている。また、宇多天皇皇子敦実親王を父とする源雅信も管絃、郢曲に長じていて、先の博雅とともに、『体源抄』第十巻ノ本「管絃名人等事」に、『二中歴』第十三「管絃人」に、あるいは和琴や郢曲の血脈にも名を残す。

博雅、雅信の両名は、本論既述の「天徳四年内裏歌合」や『村上天皇御記』、また『北山抄』などにおける御遊の中にも、奏者として姿を見せていたが、いずれの御遊においても概ね身分序列の枠内に納まって記されていて、特別視された様子はみえない。更に、のちの平安時代後期の源経信や同じく源政長など、管絃に堪能で後世に高名を残す人々が、参加する御遊の奏者表記に関して、その力量によって格別の扱いがされている様子を窺うことはできない。

〝上手〟が奏者の排列に反映されていないことは明らかであろう。

〝演奏曲目〟という観点に立ち、楽書『体源抄』にみる演奏曲目に関して、該当史料を検討した結果は、他の〝場〟や〝上手〟という条件と同様に〝演奏曲目〟は排列への働きかけや拘束する力をもたない、と考えられるものであった。

五

前節までの検証によって、楽の場における奏者の排列記述から、その排列原則に定まったものを見出しがたいにしても、当然の身分秩序から解き放たれうること、また、排列に作用する可能性をもつと想定されるいくつかの要件からも自由であることが判明した。作用する力を特定することができない、と言うよりはむしろ、全ての条件から自由であるかのようにもみえる、楽の場に対する社会の理解認識を踏まえて、それに立脚し構築する文学作品の世界について、順次考察してゆくこととする。

まず、文学作品の中でも、記録性を有する随筆、日記、歴史物語といった分野においては、『土左日記』、また『蜻蛉日記』を嚆矢とする女流日記などの作品では、複数の奏者があらわれる楽の場は、作者の存在する空間、位置によって記述の有無が分かれるが、そうした中の『枕草子』に一例をみる。

御仏名のまたの日、地獄絵の御屏風とりわたして、宮に御覧ぜさせたてまつらせたまふ。……雨いたう降りて、つれづれなりとて、殿上人、上の御局に召して、御遊びあり。道方の少納言、琵琶、いとめでたし。済政、筝の琴、行義、笛、経房の中将、笙の笛など、おもしろし。（七七段「御仏名のまたの日」）

楽器は弾物が吹物に先行する。正暦四（九九三）年か五年かというこの時点では、「源経房――源道方――平行義――源済政」が身位の順であるが、経房は同じ吹物担当である下位の行義よりもあとに記されていて、妥当な序列とは異なる。

『紫式部日記』に記されている一例は、寛弘七（一〇一〇）年正月十五日、一条天皇皇子敦良親王の御五十日の儀を叙する段である。

御あそびあり。殿上人は、この対の巽にあたりたる廊にさぶらふ。地下はさだまれり。景斉の朝臣、惟風の朝臣、行義、遠理などやうの人々。上に、四条の大納言拍子とり、頭の弁琵琶、琴は□□、左の宰相の中将笙の笛とぞ。

四条大納言藤原公任の拍子に続いて、弾物から左宰相中将源経房の笙へ。特定できない琴の奏者を除いて、参議従三位経房が、琵琶の蔵人頭・正四位上源道方より後記される。先の『枕草子』「御仏名のまたの日」段とは、弾物から吹物へという楽器の順が同じで、またその楽器順が作用したのであろうか、経房、道方両名に関する身分的な逆転の記述が共通する。(10) なお、当該御五十日の儀は、『御堂関白記』や『権記』の公卿日記にも記録される。両日記ともに御遊の場面で奏者の名を記すことはないが、当儀式の役に任ぜられる人物を記す中に左宰相中将経房の名をみる。楽の場とは異なるその部分においては、身分秩序に添った位置に彼の名を見出すのは、言うまでもないことである。

その他、『讃岐典侍日記』中、天仁元年、鳥羽天皇即位に伴う清暑堂御神楽と御遊に関しては既述した。

歴史物語においては、『栄花物語』に一種類の楽器に対する複数奏者、という一例を別として、続編とされる三十一巻以降に求める用例を三例みるが、それらは一部に序列の乱れを有するものの、大略妥当な排列によって描かれている。『大鏡』には管絃の遊びが描かれるのは僅少であり、本論対象の場面をもってはいない。

いわゆる作り物語文学の分野において、求める用例の初出は『宇津保物語』である。音楽が主題の一であり、楽、わけても琴《きん》の琴に超自然性が与えられ、その演奏が奇瑞を生じ、霊琴譚と言えるこの物語は、作品内部の要求によって、当然ながら楽を奏する場面を多数もつ。大概の記録類とは異なって、奏者や楽器が単なる列記という形で描写されるのではなく、物語展開の流れに溶け込んだり、あるいはその方向を創出する目的をもって叙されているために、用例としての適否を見極めることが難しい局面も多い。作中人物の身分的位置についても同然であるが、個別に判断した結果、全体で三十例近くを数えることができる。その中から巻序に添って適宜選びとり、以下に示すこととする。

① 相撲の還饗。(俊蔭)

(仲忠は)からうじて、万歳楽、声ほのかにかき鳴らして弾くときに、仲頼、行政、今日を心しける琴を調べ合はせて、……行政琵琶、大将大和琴、みな調べ合はせて、あるかぎりの上達部、声を出だして遊び興じたまふ。

仲忠の琴《きん》を中心に弾奏する仲頼、行政は身分順に描かれるが、続く文中で兵衛佐行政が琵琶を、大将源正頼が和琴を調べる部分では、懸隔のある身分差をもつ下位の行政が先記され、逆転した排列によっている。

② 七夕に賀茂川の河原で遊ぶ正頼一家——絵解——。(藤原の君)

こゝは、河原に御髪洗ましたり。あて宮琴の御琴、今宮箏の御琴、御息所琵琶、大宮大和琴調べたまへり。

あて宮と妹今宮、姉の御息所・仁寿殿女御、そして彼女たちの母大宮。この四人の排列の基準は不明である。

手にする楽器は、琴《きん》、箏、琵琶、和琴。この四種の弾物は、『源氏物語』若菜下巻六条院の女楽で、四人の女性たちが奏した楽器と同じである。が、楽器の順は相違している。(11)

③　嵯峨院の吹上御幸。（吹上下）

御遊び始まりて、上、琵琶の御琴、仲忠に和琴、仲頼に箏の琴、源氏に琴の御琴賜ひて遊ばす。

嵯峨院を別格として、侍従仲忠と蔵人少将仲頼、そしてこの度殿上を許された、院のご落胤源涼。この三人は当御遊後に開かれた重陽の宴における「しばしあれば宣旨下りて、殿上人仲頼、行政、涼、仲忠、四人召されて横座に着きぬ」の文中にあらわれる序列が本来的であると思われるが、当御遊部分では「仲忠――仲頼――涼」の排列で描かれている。楽器は「琵琶――和琴――箏――琴《きん》」であり、これは六条院女楽で用いられた楽器四種が、排列も同一であらわれている。最後に叙される源涼に父院から「琴の御琴」が賜わる。

④　仲忠と女一の宮の御子・いぬ宮の七夜産養祝宴。（蔵開上）

かうて、御遊びしたまふ。琵琶式部卿の宮、箏の琴左のおとど、中務の宮に和琴、兵部卿の宮笙の笛、中納言横笛、権中納言大篳篥と、合はせて遊ばす。

楽器は弾物から吹物へと移る。箏を担当する左大臣藤原忠雅が、式部卿の宮と中務の宮、二人の宮の間に位置している。

⑤　仲忠らは仲頼を訪ねて水尾へ。和歌と管絃。（国譲下）

中将は琵琶、山籠り箏の琴、権の頭琴《きん》、近正和琴、時蔭横笛、右大将の御もとなる縫殿頭笙の笛、またそれらが中に篳篥吹く者と吹き合はせて、異人々は唱歌し、歌うたひ、夜一夜遊びたまふ。

山籠りの仲頼が行政の次にあることの当否はともかくも、彼以外の弾物、吹物各三名の奏者の描かれ方は妥当であろう。ここにも弾物四種があらわれるが、③例また六条院の女楽とは異なる排列による。なお、先だつ歌宴に参加した仲忠、涼はこの管絃には姿をみせていない。

⑤例を最終例として、以降には用例をみない。その後は俊蔭女、仲忠そして犬宮の、相承関係にある三代三人を軸に琴《きん》を伝承する様子が繰り広げられる。

以上例示した数例によっても、身分秩序が全体を拘束してはいないことが判明する。作中人物の地位を特定する難しさ、不明な点を考慮に入れても、総数で約三十という対象例のうちの十例余りが、一部あるいは全体的に身分秩序から外れる、と考えられるものである。

『宇津保物語』を構成する最大の要素は、仲忠を核とする琴《きん》の相承であると言えよう。その仲忠に拮抗する存在として源涼がいる。仲忠と涼、この二人が〝対〟となって登場する場面は数多いが、彼らの排列は、それぞれが先となる二つのパターンをもつ。この二パターンを検討すると、ある傾向を窺知することができる。

二パターンの各該当例を抽出し示すと、

Ⅰ 「涼——仲忠」

① 帝、左大将にのたまはす、「今宵、涼、仲忠に賜ふべき物、国の内におぼえぬを、朝臣のみなん賜ふべき」と仰せらる。（吹上下）

② 左大臣は太政大臣に、……中納言に涼、仲忠、権中納言に忠純、（沖つ白波）

Ⅱ 「仲忠——涼」

① せた風を、胡笳に調べて仲忠に賜ふ。はなぞのを同じ声に調べて、源氏の侍従に賜ふ。かしこまりて奏

す、（吹上下）

② 藤壺に立ち寄りて聞きたまへる、御前の方に（仲忠は）箏の琴弾き、涼琵琶かき合はせて、（内侍のかみ）

と、あらわれている。

「涼──仲忠」の排列による例Ⅰ②ののち、同じ沖つ白波巻で、「藤中納言（仲忠）は、左衛門督、非違の別当かけ、源中納言（涼）は、右衛門督かけ」たのを境として、その後は唯一例を除き「涼──仲忠」の形はみえなくなり、「仲忠──涼」の排列で終始する。二人は同じ中納言ながらも、左衛門督・検非違使別当を兼ねる仲忠が、右衛門督を兼務する涼より一歩先んじたことを示す記述であると考えられ、以後は場面のいかんを問わずに一貫して「仲忠──涼」であらわれてくるのである。上述した、例外の一例とは、東宮とあて宮・藤壺女御が参内する行列を見物する人々の言葉の中にある。

物見車、大将、中納言とを見ていふやう、「これは名立たりし涼、仲忠ぞな。めでたくもなりまさりにけるかな」といふ。（国譲下）

東宮と女御に供奉する二人は「大将、中納言」、つまり「右大将仲忠──源中納言涼」であって序列通りであるが、見物人の言葉は「名立たりし涼、仲忠」とある。これはかつて高位で源氏の涼を先に、世間の人々が「涼、仲忠」と言い習わしていて、その後の位置の変化がまだ及んでいないことを示すものと思われる。従って、当該例は「仲忠──涼」の排列で一貫することへの支障にはなりえまい。

他の用例と同様に、条件が錯綜していて明確な使い分け意識を把握できないものの、仲忠が涼に先行する場合には、俊蔭ゆかりの琴《きん》にかかわるときを中心として、楽の場であることが多い。全例にわたるものではないが、楽の場において仲忠の方が先行する例が目立つ。一方、涼先行の例は嵯峨院の御子という側面も与ってであろう、院とのかかわり、帝や東宮の言葉の中、また禄を受ける場面などと多様であって、涼先行表現の特殊性は見当らない。二様の排列の使い分けが明確ではないにしても、仲忠の官位が涼より高位になったと思われる記述の後では、支障にはならない上述一例を唯一の例外として、「仲忠――涼」の表現で統一されることを考えると、やはりそれ以前にみる仲忠先行の排列は、仲忠と音楽とのかかわりが配慮された結果のあらわれ、とみることができよう。

『宇津保物語』のほか、『落窪物語』には求める例はみえず、『源氏物語』の登場となるが、この物語については次節において別途考察することとする。

『浜松中納言物語』や『夜の寝覚』にみる例は、順当な排列によるもの、また単に身分規範に従うものではなく、場面の成り行きに合わせた叙述の双方をもみる。更に、『堤中納言物語』のうち「逢坂越えぬ権中納言」における対象一例は、まず妥当な排列によるものである。その他の作品、『今とりかへばや物語』『住吉物語』における各一例は当然の序列で描かれている。

そして、『狭衣物語』にみる用例のうち、巻一の、

(帝は)「今宵の宴には、候ふ限りの人、一の才を手の限り惜しまで一つづつ心みむ」とのたまはするを、……さまざまの御琴ども奉りわたす。権中納言に琵琶、兵衛の督に箏の琴、宰相中将和琴、中務の宮の少将笙の笛、源中将に横笛賜はす。ただ今のいみじき物の上手どもなるべし。

という条では、権中納言以下中務の宮の少将までの四名に関しては順当な排列で描かれる。ところが、源中将すなわち、主人公である狭衣が最後に、笙の笛担当の中務の宮の少将よりもあとに叙されている。これは、「ただ

今のいみじき物の上手ども」の中でも、言わば〝真打〟とも言うべき狭衣の、直後にその妙音に感応して天稚御子が天降る奇瑞を生じるという狭衣の横笛を、殊更に最終部分に配置して照準を合わせ、効果をもたらす意図によるものであろう。意識的な構図なのである。

説話文学作品では、『今昔物語集』本朝の部に楽器の列記をみるが、奏者とかかわるものではない。鎌倉時代に入った『古今著聞集』になると、巻第六「管絃歌舞第七」などに、平安時代における多くの音楽譚を収める。そこには本来的排列の他、一部排列を乱すもの、あるいは楽器のグループ分けの意識が作用したかと思われるものなども散見され、さまざまな形であらわれている。

以上検討してきた文学作品を、奏者を除き複数の楽器のみの排列、という観点で眺めると、物語文学では、成立時期の問題が残るものの、やはり初出は『宇津保物語』であり、作品のあり方から当然用例も多い。多様な排列をもつこれらの用例をまとめてみると、琵琶を筆頭とする排列が、その他の楽器の場合よりも多いが、その一方で、全く反転して琵琶が最後の位置になることもあって、単純に図式化することは難しい。その他の分野では、『蜻蛉日記』『紫式部日記』に「箏の琴、和琴」各一例をみ、また、『更級日記』や『栄花物語』から『今昔物語集』などまで、総称的な「琴笛」以外にも個別楽器の列記はみるが、それらも統一的な排列によったものではないと考えられる。

本節では、『源氏物語』以外の文学作品について考察を試みた。序列意識からの解放を可能にする楽の場、という社会理解をふまえた結果であろう、記録性を有する作品の中にもむしろ身分秩序に反する排列が目につくし、また、作り物語文学も場面に応じ、文脈に添った排列によって叙されることが少なくない。更に、こうした作品中にあらわれる楽器のみの排列表現という側面からも、図式化、パターン化された一定の形をみることはない。ただし、『宇津保物語』では、反転の例もあってパターン化はできないものの、先述のように琵琶を筆頭とする例を最多としていて、またその後の他の諸作品においては、箏、または琴と表現されて筆頭にあらわれることが圧倒的に多い。楽器のあり方も時代とともに変遷する。まず琴《きん》が廃たれ、そして平安時代も末になると和琴が御神楽などを別として奏されることが少なくなってくる。こうした楽器の時代的盛衰が作品世界にも反映して、文学作品中に登場する楽器にも変遷がみられることになるのであろう。

六

『源氏物語』については、まず楽器のみの排列に統一性や規則性を認めることができるかを検討する。

① 光源氏は明石から大堰に移った明石の君を訪問。その帰途、桂の院へ廻って管絃の興。（松風）
大御遊びはじまりて、いと今めかし。弾き物、琵琶、和琴ばかり、笛ども、上手のかぎりして、をりにあひたる調子吹きたつるほど、川風吹きあはせておもしろきに、

② 紫の上の薬師仏供養後の御としみ。（若菜上）
御琴どもは、東宮よりぞととのへさせたまひける。朱雀院より渡り参れる琵琶、琴《きん》、内裏より賜はりたまへる箏の御琴など、みな昔おぼえたる物の音どもにて、

③ 藤壺の藤花の宴。（宿木）

上の御遊びに、宮の御方より御琴ども、笛など出ださせたまへば、……次々に箏の御琴、琵琶、和琴など、朱雀院の物どもなりけり。笛は、かの夢に伝へし、いにしへの形見のを、

掲出三例を含めて、全体では琵琶を筆頭とする例が最多ではあるが、また一方で反転して最後となる形もみる。伝領、名物など楽器個々の事情も絡むであろうが、楽器排列に規則性をもたないことは、前節における他作品と同様である。

『源氏物語』の音楽に関しては、山田孝雄氏『源氏物語の音楽』をはじめ多くの先行御論をみることができる。(12) 楽器が、楽の音が、物語の構成に不可欠であるとは、各御論を挙げるまでもなく知られよう。この物語における楽の音は奇瑞を生じはしない。先蹤作品『宇津保物語』において、俊蔭のもたらした琴《きん》が風雲を動かし、氷を降らせ、雷を鳴らしたような奇瑞を起こしはしない。楽の音はあくまでも人間とのかかわりの中にあって、作中人物の想いを、胸の内を、時にはその存在、立場を余すところなく楽の響きが伝えるのである。このような楽のもつ位置を奏者の排列と重ね合わせて、その表現の意図するところを解明いたしたい。

『源氏物語』においても他の文献と同様、楽器のみの排列記述に統一性をもたないことは先述のとおりである。これを踏まえて、作品中に二十例近くをみる、楽の場における複数奏者の排列に関する事例を任意選び出して次に示すこととする。

① 冷泉帝、朱雀院に行幸して御遊。(少女)
楽所遠くておぼつかなければ、御前に御琴ども召す。兵部卿宮琵琶、内大臣和琴、箏の御琴院の御前に参

りて、琴《きん》は例の太政大臣賜はりたまふ。さるいみじき上手のすぐれたる御手づかひどもの、尽くしたまへる音はたとへん方なし。

源氏の弟宮・兵部卿宮、かっての頭中将である内大臣、朱雀院そして太政大臣光源氏。それぞれの楽器の上手たちである。この「いみじき上手のすぐれたる御手づかひども」、四人の奏者にその腕の順位をつけられるであろうか。少なくとも最後に叙される源氏の琴《きん》が四人のうちの最下位では、決してあるまい。「琵琶――和琴――箏――琴」という四種の弾物は、この物語の中で六条院の女楽に用いられた弾物と排列も全く同じ唯一の事例である。『源氏物語』以外の平安時代の作品中に、六条院の女楽に奏された四種の楽器と、種類、排列ともに同一の形であらわれるのは、既掲『宇津保物語』の③例、吹上御幸の御遊における一例のみである。

鎌倉時代初期成立の『古今著聞集』に、村上朝の話が伝わる一例が残る。

巻六「管紘歌舞第七」二四〇段「天暦五年（九五一）正月内宴に重明親王等管絃の事」

同五年正月二十三日、宴おこなはれけるに、式部卿重明親王琴《きん》、左大臣箏、中務大輔博雅朝臣和琴、侍従延光朝臣琵琶、散位朝忠朝臣・右近中将藤原朝臣笙、

式部卿重明親王、左大臣藤原実頼、中務大輔源博雅、侍従源延光と、身分順に描かれる弾物担当の四人の奏者が弾じるのは「琴――箏――和琴――琵琶」である。この楽器順は六条院の女楽とは全く逆、反転した順である。つまり、女楽の四人の奏者が身分に従って、「女三の宮――明石の女御――紫の上――明石の君」の順で叙される場合には、この「琴――箏――和琴――琵琶」の順と同一になるのである。楽器、その排列も同じ『宇津保物語』の③例――源涼をクローズアップさせる意図をもつ――とはまた異なる側面をもつ排列による叙述ではあるが、奏者の身分と楽器とのかかわりについて、一つの示唆を与えるものであろう。(13) この重明親王の日記『吏部

王記』に叙された、村上天皇の朱雀院への行幸（天暦二〈九四八〉年三月九日）での御遊については第二節に既述した。若菜下巻の当例は、この四種の琴を用いた史実を参考にしたと、『河海抄』ほかは注している。

② 冷泉帝の勅命を受けて夕霧が催行する、源氏の四十算賀の宴。（若菜上）

大臣の渡りたまへるに、めづらしくもてはやしたまへる御遊びに皆人心を入れたまへり。琵琶は、例の兵部卿宮、何ごとにも世に難き物の上手におはして、いと二なし。御前に琴《きん》の御琴、大臣和琴弾きたまふ。年ごろ添ひたまひにける御耳の聞きなしにや、いと優にあはれに思さるれば、琴《きん》も御手をさをさ隠したまはず、いみじき音ども出づ。

①例の少女巻の行幸における四人の奏者のうち、朱雀院を除く三人が同じく得意の楽器を手にする。太上天皇に准じる位置にある「御前」こと源氏よりも弟宮が先んじてあらわれる。

③ ②例に先だって行なわれた、玉鬘主催の源氏の四十賀宴。（若菜上）

すぐれたる音のかぎりを、かねてより思しまうけたりければ、忍びやかに御遊びあり。とりどりに奉る中に、和琴は、かの大臣の第一に秘したまひける御琴なり。さる物の上手の、心をとどめて弾き馴らしたまへる音いと並びなきを、他人は掻きたてにくくしたまへば、衛門督のかたく辞ぶるを責めたまへば、げにいとおもしろく、をさをさ劣るまじく弾く。……

琴《きん》は、兵部卿宮弾きたまふ。この御琴は、宜陽殿の御物にて、代々に第一の名ありし御琴を、……（兵部卿宮は）御気色とりたまひて、琴《きん》は御前に譲りきこえさせたまふ。

父太政大臣秘蔵の和琴を衛門督柏木がおもしろく弾く記述ののち、話は琴《きん》に及ぶ。源氏の弟兵部卿宮は、この琴の伝来にまつわる父院在世中の話に酔泣きする源氏の気色を汲みとって、手にしていた琴を源氏に譲る。この文脈は、最終的に当賀宴の主役である源氏自身に収斂してゆく。最後に源氏に焦点を絞ってゆく、という状況設定を目論む配置、排列なのであろう。

④ 薫、冷泉院の召しにより参上。(竹河)

御琴ども調べさせたまひて、箏は御息所、琵琶は侍従に賜ふ。和琴を弾かせたまひて、この殿など遊びたまふ。

叙述の主体である冷泉院の動作の順を示すものであろう、「和琴を弾かせたま」う冷泉院が最後に記される。主上、院という存在は当然ながら別格の扱いがなされ、殊に史料などにみる排列の位置は、基本的に最初または最後に定まる、と言うことができる。先掲少女巻の①例にあるように、奏者四人中の三番手として描かれる朱雀院の位置は例外的なものである。

『源氏物語』中に二十例近くをみる楽の場面のうちで、身分規範に従う例は半ばにも足らない。過半の、規範の枠外にある排列の大半は、単なる身分秩序の枠を超え、さまざまな条件を交錯させながら文脈の中に効果的に配置される排列であると考えられる。それはたとえば、

⑤ 冷泉帝の大原野行幸に参仕。(行幸)

今日は親王たち上達部も、みな心ことに、御馬鞍をととのへ、……左右大臣内大臣納言より下、はた、まして残らず仕うまつりたまへり。

⑥ 冷泉帝の勅命によって夕霧が行なう、源氏の四十賀宴に参集する人々。(若菜上)

親王たち五人、左右の大臣、大納言二人、中納言三人、宰相五人、殿上人は、例の内裏、東宮、院残る少

なし。

にみるように、官職表現ながら身分秩序に明確に添う排列による方法とは相違するものである。儀式、行事に参仕し、(14)賀宴に参候する人々を描く場面においては、物語世界の内側であっても、史料にみた歴名の部分と同様に、一貫して身分序列に即したものであり、他方、御遊の場では、奏者の排列はその枠を取り払ったものが多い。(15)身分秩序とは異なる位置をもつ場面は、楽の場において顕著にあらわれている。

七

「琴《きん》弾かせたまふことなん一の才にて、次には横笛、琵琶、筝の琴をなむ次々に習ひたまへると、上も思しのたまはせき」（絵合）と弟宮が語るように、多くの楽器を会得した中でも光源氏が最も得手とするものは琴である。〝琴者禁也〟と言われ、君子、為政者が身につけるという琴は、(16)基本的には身分の高い者に用いられる。琴は高貴性、不可侵性を象徴、具現するものと言えよう。『源氏物語』において琴は源氏のものとして描かれる。他にこの楽器を手にする者をみないわけではない。蛍兵部卿宮、宇治八の宮、末摘花、明石の入道、明石の君、小野の妹尼君そして女三の宮。しかし、これらの人々の琴を弾く手が優れると明らかに言及されることはない。琴は他の誰のものでもない、源氏のものなのである。謫貶の地須磨へ唯一持参したのもこの琴《きん》であった。

源氏が楽の場において琴を奏するときは、最終部に、他の奏者のあとにあらわされることが多い。先に、竹河巻中にみる④例の解説において、①例の少女巻にみるように、四人の奏者中の三番手に描かれている、例外的な朱雀院の位置を述べたが、それも源氏を最終部に配置するためのものであると考えられる。「琴は例の太政大臣賜はりたまふ」、そうして源氏に、琴に、焦点が集約される。排列の最終にいない場合には、概ね最後に琴への

言及が加わる。そうして琴《きん》に、源氏に、照準が合わされる。(17)

その琴を源氏は女三の宮に手ほどきすることになる。紫の上にも明石の女御にも夕霧にも、誰にも伝えなかった琴である。女三の宮の父・朱雀院や兄帝の手前を取り繕うために始めた宮への教授であり、また上達の具合はすなわち宮に対する源氏の愛情の程度を示すと見守られる状況下ではあったが、この琴を通じて源氏は女三の宮との間に、それまでもたなかった一体感を得て、琴を介して女三の宮は源氏の分身となったかのようである。女三の宮の奏する琴の音を透かして源氏の存在が映るようである。女楽の四人の奏者が手にする楽器は、各人それぞれを顕現するものであり、各人を象徴する楽器が付与されるとも言い換えられる。(18) 女三の宮には琴でなければならない、内親王として最高の高貴性をまとう宮には、琴こそが他のどの楽器よりもふさわしく、その琴に集約するための女楽の奏者四人の排列である。

女三の宮と明石の君は対極に位置し、対照的な存在として描き出される。身分、それに伴うあり方、楽の手の程。すなわち、受領層の出自ながら、全てを弁えて身分高い他の女性たちに比しても何ら遜色ない明石の君。一方、明石の君に欠如する尊貴な身分それのみを具する心幼い女三の宮。相伝の琵琶の上手として世間の聞こえも高く、「神さび」るほどに弾きこなす明石の君。対して「明石の君をはなちては、いづれもみな棄てがたき御弟子ども」（若菜下）三人の中でも、「さりとも琴《きん》ばかりは弾きとりたまへらむ」、「げに、さりとも、けはひことならむかし」と、父院そして兄帝の言葉に追いたてられて、源氏の手ほどきを受けることになった女三の宮。この二人の対比の相は鮮やかである。二人の位置が定まれば、残る二人、紫の上と明石の女御のそれは自ら決ってくるであろう。(19) その結果は、身分の低い順、当然の身分秩序に反転する排列となったのである。さまざまな条件を縒り合わせながらも、これほどあからさまな逆転の排列表現は他に例をみない。物語が展開してゆく過程で、この華やかな女楽がもたらす効果に当排列は一層の光彩を投げかけるであろう。

更に、これを明石の君の立場からみると、他でもない楽の場でのみ与えられる位置なのである。源氏が琴《きん》を手にする場面と同様に、琴に集約するがためのこの四人の排列であり、先学が指摘する、「明石の御方の琵琶が一番の上手」であるから筆頭に叙されるという設定も、琴に焦点を合わせるための欠かせない一要素として活きると考えられる。

この琴への、女三の宮への集約が意味するものは、一面でのちに発生する柏木との密通事件への一つの布石ともなって、ただ琴を通じて源氏と寄り添ったはずの女三の宮は、源氏自身をも否定することになる(20)。源氏が翌二月に盛大に催行するはずであった朱雀院の五十御賀は、女三の宮の懐妊によって延びに延びた。そして、年の暮もつまってやっと挙行された当賀宴は、女三の宮懐妊の当事者である柏木の病悩のため、「親はらから、あまたの人々、さる高き御仲らひの嘆きしをれたまへるころほひ」であり、源氏の当初の思惑とは大きく隔たった心外なものとなった。御賀は、当巻最終部分に、「例の五十寺の御誦経、また、かのおはします御寺にも摩訶毘盧遮那の。」と叙されるばかりであり、女三の宮の琴に触れられることはなかった。そして、光源氏の琴はもう誰にも伝えられることなく絶えたと思われる。

他に波及することのないこの劇的な排列表現は、楽の場においてこそ成立可能なものと思われる。身分という規範から解き放たれうる楽の場においてこそ。従って、楽の場面に続く人物評の段では、誰も身分秩序から自由にはなりえないことは言うまでもない。

それは、明石の家の血筋を背景に、四人の奏者のうちでも別格の扱いをされる〝上手〟である、明石の君に対する呼称にも反映している。楽の場における「明石の御方」は、人物評の段では「明石」と一変する。この物語の中で概ね晴れやかな面立たしい局面で用いられることの多い「明石の御方」に対して、一方の「明石」の呼称は、他者の優位性、明石の君の側面からすれば劣った立場を表現する呼称である。この、「明石の御方」そして「明石」という両様の呼称は、両様の排列、すなわち楽の場における筆頭の位置、そして人物評の条での最終の位置と、不離のかかわりをもつものである。

平安時代の史実を記す各種史料を通して、この時代の共通認識、了解を探った結果、楽の場においては、当然の身分規範から解き放たれる可能性を有することを知った。排列表現に反映するこの事実は、楽の場の奏者と、その場に参候する人々に関する排列方法の相違、すなわち、楽の場に参仕する人々の身分秩序に従う歴名の表現、そして、それに対する奏者としての彼らの、秩序の乱れを伴う排列表現という二様のあり方、その対比によって一層明白なものとなる。こうした社会の理解を下敷きとする文学作品のうちでは、『宇津保物語』と『源氏物語』において、楽の場における身分秩序、序列からの解放という傾向は抜きんでている。先蹤作品たる『宇津保物語』の作品世界、楽の音が奇瑞をもたらす世界とは別に、『源氏物語』は、〝音楽〟という素材を独自に用いて、奏者と楽の音、また周囲空間をも一つに融合する、人間主体の新しい物語世界を構築している。そうした楽の場を利用して、物語性を高めるための一つの意図的な手段として設けられている、〝女楽における四人の奏者の排列表現〟を等閑視することはできない。

解放される可能性を有する場、身分規範の枠から外れうる場、とは言いながらも、身分社会の秩序の中に生活する人々にとっては、その楽の場を記述、描写する際に、それではその枠を全面的に取り払って、自分なりの基準に則って記そう、というものでもないことは言うを俟たない。そうすることも可能な場であるとの認識をもちながらも、身についた規範意識によって自ずと枠を拵えてしまうのも当然の人間の習性であろう。従って、第四節に述べたように、調査した史料の「対象用例の大略1／3ほどが身分規範の枠からはみ出す」、1／3という割合は、決して小さくはない数字であると思われる。

楽の場はなぜ身分規範が作用しにくいのか明言することは難しい。しかしながら、検討した文献中にはその事実が明らかに確認された。楽の場にあっても身分序列に添う排列と、一方それに反する排列と、二様の表現の間に線引きするものは有るのか、有るとしたらそれは何であるのか。この問いには文献の如何を問わず明確な解答を得ていない。いくつかの視点による検討も明らかな結果は得られず、今後の課題は残る。(21)しかしながらそれは何か特定の力が存在して二様の表現をさせると言うものではなく、何れの力も作用しにくい場、そうしたものから解き放たれうる場、それが楽の場である、と考えることができるであろう。

六条院の女楽における奏者の排列は、そうした認識を前提として成立しえたのであり、その前提を効果的に生かしきった固有表現なのである。

【注】

（1）『源氏物語評釈』第七巻　角川書店　昭和五三年

（2）藤原千兼は『後撰集』入集の歌人で、琵琶の名手としても知られた。また、千兼の父は中古三十六歌仙の一人であり、笛の名手でもあって『胡蝶楽』を作ったと伝えられる忠房である。

（3）役に任ぜられている侍従中納言藤原行成の日記『権記』は、当該年次の記事は欠けている。また、左大弁・参議源経頼の日記『左経記』には、「戌剋遷御一条院、従摂政殿有貢馬并御送物等〈馬十疋、琴、琵琶等也〉」と記されるが、取り次ぎ役の名はみえない。

（4）『御堂関白記』においては、該当する八例中、寛仁二（一〇一八）年十月二十二日条、土御門第行幸を記す、「献御送物、左大将取本御笛筥、入道風二巻、……中宮権大夫取御笛筥、入笙笛、高麗笛等」の一例のみ、人物が先記される。この左大将は道長息教通である。続く「大后御送物」は、他例と同様に「送物」が先行する。なお、同記中にみる楽の用例は、寛弘四（一〇〇七）年四月二十六日条、「余献御笛、中務親王琵琶弾、宰相中将吹笙」という一例である。

（5）『御遊抄』は、清暑堂御神楽をはじめさまざまな御遊を、国史や記録から採出して編んだものであり、それぞれの御遊における楽器や奏者名などを記載する。『御遊抄』に記される排列は大略固定されたものであり、「拍子――付歌――笙――笛――篳篥――琵琶――箏――和琴」を基本排列としている。この排列が意味するところは不明である。当該天仁元年の清暑堂御神楽後の御遊の場合にも、いわば〝『御遊抄』順〟とも言うべき、右記の楽器主体の順に基づくものであって、身分序列の規範外にあり、当御遊を描く『讃岐典侍日記』や『中右記』とは、又異なる排列によるのである。

（6）たとえば立后の儀は、寛治五（一〇九一）年正月二十二日の媞子内親王、そして同七（一〇九三）年二月二十二日に篤子内親王の、ともに堀河天皇の后として立つ二例をみる。この二例に関しては共通点を多くもつものの一部に相違もみられ、統一されたものではない。

（7）『新編国歌大観』第五巻「解題」より。

（8）弾物、吹物ほか、楽器のグループ分けの意識は、文献の分野の如何を問わずに認めることができるが、その楽器のグループ順はまた確定されたものではない。

（9）以上を簡略にパターン化すると、

1．身分規範の有無
2．楽器のグループ分け意識の有無
3．楽器か奏者かの先行項目
4．割注表記など、表記の方法

であり、これが更に全体にわたるかそれとも一部のみか、途中変更の有無などという条件と合わせて、多様に交錯した形で表われている。

(10) 源経房は先掲『権記』の①例と②例に、ともに奏者として名が記されている。『紫式部日記』の中、敦良皇子御五十日儀の直前にみる、正月二日の殿上御遊はこの②例に示したものであるが、その場合における経房は頭弁道方より、また上位である頼通よりも先記されている。従って経房の個人的な事情によって道方よりもあとに記されるものではないと考えられる。あるいは、文献の種類の異なりが及ぶものであるのか、明らかではない。

(11) 当例は「絵解」部分であり、本文と同一視できるかは不明であるが、六条院女楽とのかかわりを考慮して例示した。

(12) たとえば、中川正美氏『源氏物語と音楽』（和泉書院　平成三年）、石田百合子氏「源氏物語の音楽」（『むらさき』第二十七号　武蔵野書院　平成二年）

(13) 天暦五年正月内宴の御遊については、奏者の一人である重明親王の『吏部王記』、また同時代の藤原師輔の『九暦』にはみることができない。注(5)で述べた『御遊抄』には、当御遊が記されるが、この場合にも「琵琶――箏――琴――和琴」という〝『御遊抄』順〟に准じて描かれている。

(14) 漢文日記中、行列の次第を記述する部分でたとえば、『小右記』長元四（一〇三一）年九月二十五日条。「女院参レ給八幡住吉天王寺一」の記事において、また、『中右記』寛治七（一〇九三）年十月三日の「太上天皇并郁芳門院有三御幸二日吉社一」その他、藤原頼長の『台記』にもあらわれる、「五位――公卿」などの順は、行列の次第に従って記されるものであり、当該部分の用例とは異なる様相にある。

（15）胡蝶巻において、六条院春の町の船楽に「親王たち上達部などあまた参りたま」ったが、夜に入って「みなおのおの弾物吹物とりどりにしたま」うのは、「上達部親王たち」であり、ここにも二様の排列をみる。

（16）琴《きん》は、山田孝雄氏『源氏物語の音楽』（宝文館出版　昭和四四年）でも指摘するように、『白虎通徳論』巻二に「琴者禁也。所以禁止淫邪、正人心也」、また『風俗通義』には「琴者楽之統也、君子所常御不離於身」とある。

（17）『宇津保物語』吹上上巻。嵯峨院の吹上御幸の折に、「源氏に琴《きん》の御琴たま」わったのは奏者四人中の最後である。当例も身分序列とは異なる排列表現ではあるが、涼が表舞台に登場する大事な場面であり、「琴の御琴」が語るように、涼の高貴性を示しつつ彼の存在をクルーズアップする効果をもたらしていよう。「（涼は）つゝむ事なく、おぼめく事なし。『如何で、かくはし習ひけん』と仰せ給ひて、又箏の御琴給ひて、弾かせ給へば、いづれもいと〳〵めでたし」と記述は続いている。

（18）楽の音に言及する段では、奏者名の代りに楽器が各人を表現する。

（19）女楽以前に紫の上と明石の女御に関しては、楽の手への言及はほとんどみられない。また、この時点で明石の女御が立后して中宮になっていたのならば、この「明石の君――紫の上――明石の女御――女三の宮」という排列にみられる効果は薄らいでしまおうし、成立しにくいものであろう。

（20）女楽ののち、源氏は夕霧を相手に音楽評を繰り広げる。琴《きん》について語る段。

　されど、なほ、かの鬼神の耳とどめ、かたぶきそめにけるものなればにや、なまなまにまねびて、思ひかなはぬたぐひありける後、これを弾く人よからず、とかいふ難をつけて、うるさきままに、今は、をさをさ伝ふる人なしとか。

女三の宮の半端な習熟、「なまなまにまねび」た琴、そして「これを弾く人よからず」に呼応するかのような、以後の展開を暗示するところである。

（21）身分秩序から解放されうる場が、楽の場以外にも存在するか否か、という問題も併せて検討する要があろう。

第四編　歌のこころ

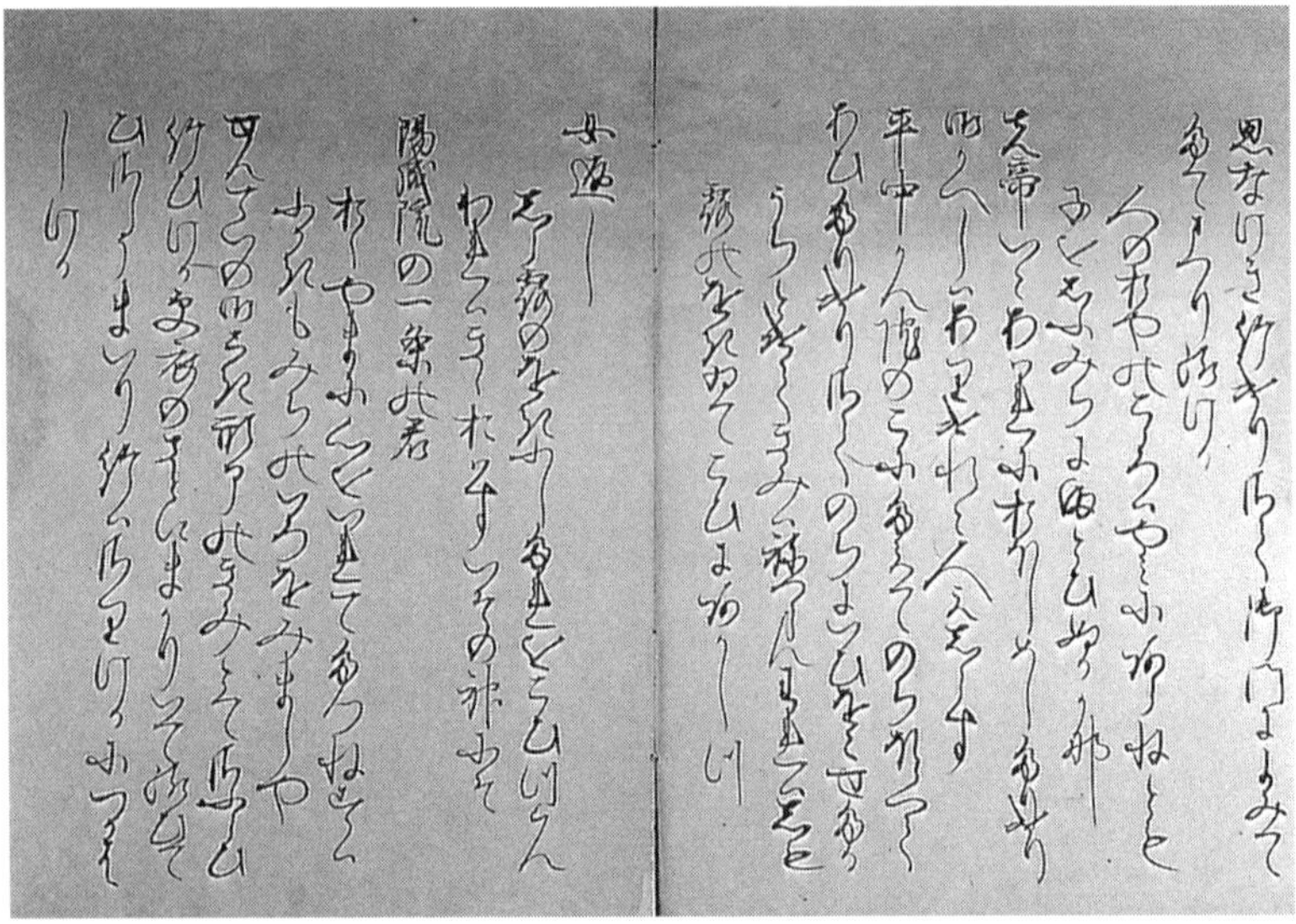

人のおやのこゝろはやみにあらねとも
子を思ふみちにまとひぬるかな
（『大和物語』四十五段
鶴見大学図書館蔵）

子を思う親のこころ。
『源氏物語』中、最多の引歌。

第一章　引歌表現――〝子〟をめぐる一様相

一

御歯の生ひ出づるに食ひ当てむとて、筍《たかうな》をつと握り持ちて、雫もよよと食ひ濡らしたまへば、「いとねぢけたる色ごのみかな」とて、

うきふしも忘れずながらくれ竹の　こは棄てがたきものにぞありける

と、ゐて放ちてのたまひかくれど、うち笑ひて、何とも思ひたらずいとそそかしう這ひ下り騒ぎたまふ。

『源氏物語』に描き出される子供たちの姿の中でも一際鮮やかに活写される、横笛巻の一場面である。入道した女三の宮を案じて、「はかなき事につけても絶えず聞こえたまふ」父朱雀院は、自らの西山にある「御寺のかたはら近き林にぬき出でたる筍《たかうな》、そのわたりの山に掘れる野老《ところ》などの、山里につけてあはれなれば奉れたま」ったのだった。「わづかに歩みなどしたまふほどなり。この筍《たかうな》の櫑子に何とも知らず立ち寄りて、いと

あわたたしう取り散らして食ひかなぐりなど」する薫はいま二歳。六条院に届いたタケノコを見つけた幼い薫の動作、あどけない姿がイキイキと描写され、その頑是なさに対比される、晩年を迎えた光源氏の苦衷に満ちた胸中が強い印象を与え、絵画化されることも多い、よく知られた一コマである。

当場面における源氏の独詠、「うきふしも忘れずながらくれ竹の　こは棄てがたきものにぞありける」は、薫が玩んでいる、目の前のタケノコを詠み込んでいるが、当詠は夙に指摘されるように、凡河内躬恒の一首、「今更になにおひいづらむ竹のこの　うきふししげき世とはしらずや」（『古今集』巻十八雑下　九五七）を引歌とするものである。

『源氏物語』には、実に多種多様な〝引歌〟[1]表現を見ることができるが、本稿はそれらのうち、当該躬恒詠をはじめとする、〝子〟をめぐるいくつかの引歌表現について考察し、その上で、最終的に上掲横笛巻における、櫑子に盛られたタケノコと薫の場面に立ち戻って、そのタケノコが示唆するところを明らかにすることを目的とするものである。読者に忘れがたい印象を残す当場面の解釈に関しては、少なくない先行御論[2]を見るが、本稿は〝子〟をめぐる複数の引歌表現をとおして、当場面の解釈に一視点を加えるものである。

二

『源氏物語引歌索引』[3]に見る、引歌と考えられた数多の和歌そして歌謡の中で、最多の用例をもつ和歌は周知のように、藤原兼輔による「人の親の心は闇にあらねども　子を思ふ道にまどひぬるかな」であり、二十六例という数が示されている。紫式部の曽祖父である兼輔による当詠は、『後撰集』に入集し、また『大和物語』に採録されるが、『源氏物語』中にこのように多数例引かれたことによって一層流伝した一首でもあろう。

『後撰集』巻十五雑一には、

太政大臣の、左大将にてすまひのかへりあるじし侍りける日、中将にてまかりて、こと終りてこれかれまかりあかれけるに、やむごとなき人二三人ばかりとどめて、まらうどあるじ酒あまたたびののち、酔にのりて子どもの上など申しけるついでに

兼輔朝臣

人の親の心は闇にあらねども　子を思ふ道にまどひぬるかな（一一〇二）

として所収される。

一方、『大和物語』四十五段では、

堤の中納言の君、十三のみこの母御息所を、内に奉りたまひけるはじめに、帝はいかがおぼしめすらむなど、いとかしこく思ひなげきたまひけり。さて、帝によみて奉りたまひける。

人の親の心は闇にあらねども　子を思ふ道にまどひぬるかな

先帝、いとあはれにおぼしめしたりけり。御返事ありけれど、人え知らず。

とあって、この二作品に見る限りでは、当歌が詠出された状況は異なっているが、しかしながら、そこにあらわれる詠作事情の相違はともかくも、親の子を想うゆえの真率な感情の発露であることに違いはないであろう。『兼輔集』(4)の掉尾に位置する二首は、「このかなしきなど人のいふところにて」という詞書をもち、当詠は一二七番目として先に記される。次の最終一二八番歌は、「このために残す命をすてしかな　おいてさきだつこひかくるべく」であり、この一首によっても、子を想う親の情愛の流露であることは言を俟たない。

引歌として当詠を作品中に取り込む作者の意図に関しては、やはり多くの先行御論を見る。伊井春樹氏「源氏物語の引歌――兼輔詠歌の投影――」(5)は、作者が「曽祖父兼輔を頂点とする一族の歌をしばしば用いたのは、家の自覚とその系譜につながる一人であることを意識していた結果による」と説き、それを受けて渡部徳正氏(6)は、「親心ゆえの心の乱れ」は「主題性の一部分にすぎないのであろう。『源氏物語』の引用の繰り返しは、そうした個々の引用の表現性とは別に、個々の位相を超え、血脈の中に継承されてゆく」と論じる。また萩野敦子氏(7)は、光源氏、明石入道、桐壺更衣の母君の〈道〉について、「「子を思ふ道に惑ひぬるかな」と兼輔が詠嘆した「親」の姿の普遍性にもかかわらず、それを凌駕する「親の〈道〉」の存在を説いている。稿者は、全二十六例に及ぶ引歌表現は、言うまでもなく曽祖父の存在を意識しながら、個別にそれぞれ特有の意図を添加しながらも、全例を支える基盤の部分には、紛れもなく真率に子を案じ途方にくれる、普遍的な親の子を想う心の乱れが占められている、と考えるものである。

『源氏物語』中には、「この道の闇・心の闇(8)・闇のまどひ・このよの闇」、また「この道・子を思ふ道」などの表現によって引用されていて、それぞれがこの一首の世界を多様な形で作品世界に活かしているのである。

当「人の親の」兼輔詠を引用すると考えて妥当な二十六例は、子を想う表現主体、その対象人物、という観点からは次のようにまとめられる。

A　桐壺更衣の母君――→桐壺更衣　三例　（桐壺　三）
B　藤壺・光源氏――→冷泉帝　一例　（紅葉賀　一）
C　光源氏――→冷泉帝　二例　（紅葉賀　一・賢木　一）

D　左大臣→葵の上　一例　（葵　一）
E　光源氏→夕霧　二例　（須磨　一・野分　一）
F　明石入道→明石の君　二例　（明石　一・松風　一）
G　明石入道→明石の君・明石の姫君　一例　（若菜上　一）
H　明石の君→明石の姫君　二例　（松風　一・薄雲　一）
I　大宮→夕霧・雲居雁　一例　（少女　一）
J　朱雀院→女三の宮　五例　（若菜上　三・若菜下　一・柏木　一）
K　致仕大臣・北の方→柏木　一例　（柏木　一）
L　雲居雁→蔵人少将　一例　（竹河　一）
M　宇治八の宮→大君・中の君　一例　（椎本　一）
N　夕霧→六の君　一例　（宿木　一）
O　今上帝→女二の宮　一例　（宿木　一）
P　母中将の君→浮舟　一例　（蜻蛉　一）

これらの表現様式は、会話内における用例が十三例と半ばを占め、その他、地の文に七、歌中四、消息文中一、そして草子地に一例と多様な形式で用いられている。

また、この中には、草子地を別として、表現主体者自身の感懐ではなく、他者が主体者の心中を想像し思いやっている当表現も見られる。それは、

B例――不義の子、のちの冷泉帝が誕生後、藤壺と光源氏の胸中を察して詠む王命婦の一首中に。

G例――明石の君が父入道の胸の内を思いやる詠中に。
K例――柏木に先立たれた両親の悲嘆に思いを馳せ、一条御息所に語る夕霧の詞中に。
N例――夕霧鍾愛の六の君に対する世間の思い。
O例――今上帝の、女二の宮への子煩悩ぶりへの世間の評判。
P例――浮舟を亡くした（と思っている）母中将の君への、薫の弔問文中に。

などであり、一首を作品世界に取り入れる表現方法においても実に多彩な手段によっていることを確認できる。

こうした多様な手段方式による当表現の主体と、その想いの向かう対象者との関係は、言うまでもなく〝親と子〟の間柄である。用例G、「明石入道→明石の君・明石の姫君」は、対象は娘の明石の君からはじまり、孫である姫君につながるものであって〝親と子〟の範疇内に納まると考えられる。また、「大宮→夕霧・雲居雁」のI例においては、〝子〟ではなくて、まぎれもなく〝孫〟ではあるが、死去した、あるいは再婚して不在の母親の代りという立場で、この孫たちを養育した祖母大宮ならではの事例であり、〝親子〟に准じるものと考えて妥当であろうから、全例を〝親と子〟の枠組で括って何ら問題はないと思われる。

このように各表現の主体と対象者との関係が、〝親と子〟であることは明らかであるが、それも血を分けた実の親子関係にある人々にのみ用いられることを指摘したい。冷泉帝に対する光源氏のように、名告れずとも血のつながりをもつ実父として、「子ゆえの心の闇」をうたうのである。従って、たとえば実子をもたない紫の上は、当詠の引用にはかかわらない、と言うことができる。血縁に繋がる我が子の幸せを祈求しながらも、そうした幸には距離をもつ状況にある場合に、多く当詠が引かれていて、親の心の乱れが当詠を媒体として表現されているのである。

更に、親にあるいは母親代りの祖母に「子の闇」を表現されていた〝子〟が、それは明石の君であり、雲居雁であり、また夕霧であるが、物語内の時間的推移に従って今度は自らが〝親〟の立場に立ち、当表現をもつようになる。これも人生の一断面であり、作者が意図したところであることは言うまでもあるまい。

全例中、朱雀院の女三の宮に対する「心の闇」が五例と最多であり、若菜上巻から柏木巻にかけて繰り返されている。この父院の「心の闇」に起因して、女三の宮が光源氏へ降嫁し、のちに柏木が宮に密通して、六条院の崩壊を導き出すことになるが、父院の「心の闇」表現は、柏木巻において女三の宮が薫を出産後に出家してのちには、もうあらわれてはこない。父院と同じく仏門に入った宮に対しては、「すべてこの世を思し悩まじと忍びたまふ。御行ひのほどにも、同じ道をこそは勤めたまふらめなど思しやりて、かかるさまになりたまて後は、はかなき事につけても絶えず聞こえたまふ」(横笛)父院であり、「この道」から「同じ道」へと状況表現の変化を見てとることができる。

その女三の宮が宿した、柏木との不義の子薫に対して、母宮の「心の闇」は作品の表面にはあらわれてこない。「心の闇」ばかりではなく、この母宮の子への心内、感情表現は明快にはあらわれてはこない。

柏木巻、薫の五十日の祝儀で〝父〟光源氏はさまざまな感慨を抱く。『国宝源氏物語絵巻』でよく知られた場面である。「あはれ。残り少なき世に生ひ出づべき人にこそ」と、抱きとった若君のもう今から抜きん出た資質を認めるが、「宮は、さしも思しわかず」、そして、

人々すべり隠れたるほどに、宮の御もとに寄りたまひて、「この人をばいかが見たまふや。かかる人を棄てて、背きはてたまひぬべき世にやありける。あな心憂」とおどろかしきこえたまへば、顔うち赤めておはす。

誰が世にかたねはまきしと人問はば　いかが岩根の松はこたへん

あはれなり」など忍びて聞こえたまふに、御答へもなうて、ひれ臥したまへり。

宮が返答のしようもない場面ではあるものの、源氏に「いかに思すらん。もの深うなどはおはせねど、いかでかただには」と、胸中を忖度される描写で終えていて、宮自身の心中に及ぶことはない。

その後もたとえば横笛巻。夕霧が六条院を訪れて明石女御所生の皇子たちや薫と対面する場面では、

宮の若君は、宮たちの御列にはあるまじきぞかし、と御心の中に思せど、なかなかその御心ばへを、母宮の、御心の鬼にや思ひ寄せたまふらんと、これも心の癖にいとほしう思さるれば、いとらうたきものに思ひかしづききこえたまふ。

などと、源氏の胸中をとおして母宮の気持が語られるが、これは密通により誕生した不義の子に対する扱い、という観点からの推測であって、この物語で繰り返されている「子の闇」の位置づけとは大いに異なるものである。つまり、薫の母宮には――父院から繰り返し「心の闇」表現を受けていた女三の宮には、その子に対する「心の闇」が表現されていない、と見える。「もののまぎれ」で、女三の宮と同様に不義の子をもった藤壺については、藤壺自身の言辞によるものではないが、近侍して藤壺の胸の内を最もよく知る王命婦が、言わば代理という形で、光源氏との二人の胸中を思いやって、当表現を用いた一首を詠じていたり、また後述するように「撫子」などにより愛児を表現していて、女三の宮の場合と状況は相違するのである。

三

親から子への愛情を表明する表現の一つに、「なでしこ・やまとなでしこ」がある。

「あな恋し今も見てしか山がつの　垣ほに咲けるやまとなでしこ」（『古今集』巻十四恋歌四　六九五　よみ人しらず）、また「ふた葉よりわがしめゆひしなでしこの　花のさかりを人に折らすな」（『後撰集』巻四夏　一八三　よみ人しらず）などの先行詠をふまえ、その花そのものばかりでなく〝撫でるようにして慈しみ育てる愛児〟をも指す当語句は、『源氏物語』中に多くの用例をもつ。「常夏」とも表現されるこの植物は、従来〝子〟の意を内包する場合には、基本的に「撫子」として用いられるが、当作品においても、「床」の意をかけることの多い「常夏」との別は明らかである。(9)「撫子」は、植物としてあるいは襲の色目などとして描写される場合であっても、単なる景物としてだけではなく、その場面の情趣を深めたり、また〝撫でし子〟にかかわる場面では、詠歌を導き出す仕掛けの役を担う場合もある。そうした際には、引歌表現をも織りこみながら場面性を高める効果的な役割を果たしているのである。

枯れたる下草の中に、龍胆、撫子などの咲き出でたるを折らせたまひて、……若君の御乳母の宰相の君して、

　　草枯れのまがきに残るなでしこを　別れし秋のかたみとぞ見る

匂ひ劣りてや御覧ぜらるらむ」と聞こえたまへり。げに何心なき御笑顔ぞいみじううつくしき。（葵）

葵の上を失った源氏が、遺児夕霧に准えた「撫子」を大宮のもとへ届け、「吹く風につけてだに木の葉よりけにもろき涙は、まして取りあへたまは」ない大宮からは、前掲『古今集』の一首をふまえた「今も見てなかなか袖を朽すかな　垣ほ荒れにし大和なでしこ」が返される。

大宮の詠中に見た「大和なでしこ」をも含む当作品中の「撫子」表現の対象となる〝子〟は、玉鬘、冷泉帝そして夕霧である。中でも最多は玉鬘で、十例以上の用例をもち、冷泉帝、夕霧における二、三例を大きく引き離す。帚木巻、「雨夜の品定め」において頭中将が語った女、すなわち夕顔の詠――『古今集』の先掲詠を引くこ

とは大宮の一首と同様である――「山がつの垣ほ荒るともをりをりに　あはれはかけよなでしこの露」によって、その子玉鬘が「撫子」に譬えられて以来の呼称である。玉鬘に対して当称を使用するのは、父母である頭中将と夕顔、そして光源氏である。他に対象となっている夕霧に父源氏が、そして母なき子を養育する大宮が当場面においても光源氏の詠に促されて、孫の夕霧を「大和なでしこ」と称する例は上述したが、用例をもつもう一人、冷泉帝に対しては藤壺と源氏、すなわち実の父と母が「撫子」表現を用いている。以上のように当表現では、実の親がその子に対して使用する例が圧倒的ではあるものの、一方、「のちの親」、血縁関係はもたない光源氏も常夏巻巻名の由来となる一首、「なでしこのとこなつかしき色を見ば　もとの垣根を人やたづねむ」と、玉鬘を「撫子」と称している例も見る。当歌は「とこなつかしき色」、いつも慕わしい姿、に「とこなつ」を掛けていて、一首の中に「撫子」と「常夏」を詠みこんでいる。「なでしこ」そして「とこなつ」の語句が備えている多義性をふまえて、より広範な状況に対応することを可能にしている。

四

竹の〝子〟であるタケノコも〝子〟をめぐる引歌表現の一素材である。

今更になにおひいづらむ竹の子の　うきふししげき世とはしらずや
物思ひける時いときなき子を見てよめる
（『古今集』巻十八雑歌下　九五七　凡河内躬恒）

幼いわが子への親の想いを詠じた当詠もよく知られた一首である。「竹の子」が「いときなき子」の比喩表現であるとは言うまでもなく、以後「竹の子」は多く親子関係における〝子〟の比喩として用いられる。

『詞花集』巻九雑上に入集の贈答歌は、その「竹の子」を詠みこむ代表的な二首である。

冷泉院へたかむなたてまつらせ給ふとてよませ給ける　　花山院御製

よのなかにふるかひもなきたけのこは　わがつむとしをたてまつるなり　（三三一）

御返し　　冷泉院御製

としへぬるたけのよはひをかへしても　このよをながくなさむとぞ思ふ　（三三二）

タケノコを親に献ずることに関しては、雪中に母親のためにタケノコを探し掘ったという孝行譚を残す孟宗の故事が指摘されもするが、タケノコをめぐって父冷泉院と子の花山院が互いを思いやっている御製二首である。

タケノコは周知のように、古典作品中に「たかうな」と「たけのこ」、二種の読みをもつ。その使い分けに関して、本居宣長は『古事記伝』神代四において、

笋は、字鏡に、筍笋　太加牟奈《タカムナ》、和名抄にも、筍亦作レ笋ニ、和名太加無奈《タカムナ》とあり、……［菜《ナ》は、食に添へて喰フ物の凡の名なり、かかれば笋も、菜にするときの名を、たかむなといひ、たゞには竹子《タケノコ》と云、故に歌には竹ノ子とのみよめり、……］

と記している。菜として食用する場合には「たかむな」で、一方食用とはしない場合は「たけのこ」であり、従って歌語に用いる際には「たけのこ」だと指摘する。

『源氏物語』中には両様の呼称があらわれる。「たかうな」と称されるタケノコは三例である。前掲横笛巻、朱雀院から女三の宮に贈られ、樏子に盛られて薫に玩ばれているタケノコが「たかうな」として地の文中にあらわれる三例が全てである。

一方の「たけのこ」も三例見る。

① 位を去りたまへる仮の御よそひをも、竹の子の世のうき節を、時々につけてあつかひきこえたまふに、慰めたまひけむ、

蓬生巻冒頭の部分。光源氏が須磨謫居の間、京に残されていた紫の上を語る段である。当例は、『河海抄』以下の古注釈以来、躬恒の「今更に」詠を引く表現であるとする。しかし、当例の「竹の子」は、〝子〟とのかかわりは稀薄であり、〝此〟の世の憂き節を言わんがための修辞であると考えられる。引用歌の下句にみる「うきふししげき世」を主旨とする表現であり、歌語意識のためであろう、「たけのこ」と称されている。

② 御前近き呉竹の、いと若やかに生ひたちて、うちなびくさまのなつかしきに、立ちとまりたまうて、

ませのうちに根深くうゑし竹の子の　おのが世々にや生ひわかるべき

思へば恨めしかべいことぞかし」と、御簾を引き上げて聞こえたまへば、ゐざり出でて、

今さらにいかならむ世かわか竹の　おひはじめけむ根をばたづねん

なかなかにこそはべらめ」と聞こえたまふを、いとあはれと思しけり。（胡蝶）

世間には実の娘として六条院に引き取られている玉鬘に想いを寄せる人は多く、ふさわしい相手をと、懸想文を吟味する源氏自身も、次第に〝親〟らしからぬ想いが強まってゆく文脈の中に登場する場面である。「御前近き呉竹の、いと若やかに生ひた」つ姿を玉鬘によそえて口ずさむ源氏から、〝子〟であって〝子〟ではない玉鬘の姿が照射される。夕顔巻における、五条の夕顔の仮住いの庭に見えた「されたる呉竹」とのかかわりも説かれる「御前近き呉竹」が詠中に「竹の子」を呼び出すが、当詠には躬恒詠の含意するところは稀薄であろう。その源氏詠をふまえて、玉鬘は自身を「わか竹」と称して〝後の親〟源氏に返歌する。躬恒詠による「今更に」の措

辞を用いて、実父と対面したい気持を押さえ源氏の心中を気遣う、玉鬘の処世の賢明さを表出する一首である。親子の関係性の一象徴としてのタケノコをめぐるやりとりに、この〝親子〟の危うい立場を描出する当例であるが、それは、玉鬘詠が引用する躬恒詠の、「いときなき子を見て」詠出した一首における親の嘆きとは異質の感慨を表出するものである。

なお、紫式部自身も『紫式部集』に、幼い娘賢子を「若竹」と称したと思われる歌を残している。「世をつねなしなどおもふ人の、をさなき人のなやみけるに、からたけといふものかめにさしたる、女ばらのいのりけるをみて」という詞書をもつ、「若竹のおひゆくすゑをいのるかな　この世をうしといとふものから」（五三）の一首である。

③　御歯の生ひ出づるに食ひ当てむとて、筍《たかうな》をつと握り持ちて、雫もよよと食ひ濡らしたまへば、「いとねぢけたる色ごのみかな」とて、

　　うきふしも忘れずながらくれ竹の　こは棄てがたきものにぞありける

と、ゐて放ちてのたまひかくれど、うち笑ひて、何とも思ひたらずいとそそかしう這ひ下り騒ぎたまふ。

本稿冒頭に掲出した横笛巻の再録である。(10) 当例の源氏詠は躬恒の「今更に」詠をふまえることは明白である。今は幼い歯の生えはじめた薫が、「雫もよよと食ひ濡ら」すタケノコが〝子〟を呼びこむ。この子の出生にかかわる「うきふし」は忘れられないけれど、〝此〟の〝子〟は「棄てがた」い、と〝父〟源氏は言いかける。源氏は当場面で、薫を受け入れる決断をしたのであり、口外できないその胸中に対し「うち笑ひて、何とも思ひたらず」大騒ぎをしている邪心のない薫との対比が効果的な場面である。躬恒が一首に籠めた「いときなき子」に向かう父の嘆嗟は、源氏の胸中に渦巻く複雑な感慨と共鳴した上で、眼前の「いときなき子」と共に生きようとす

る、〝父〟源氏の決意を表出するものに変質するのである。

タケノコの語句を伴わない、当躬恒詠引用のもう一例を柏木巻に見る。薫の五十日の祝の場で。

④「あはれ。残り少なき世に生ひ出づべき人にこそ」とて、抱きとりたまへば、いと心やすくうち笑みて、

つぶつぶと肥えて白ううつくし。

当場面の源氏の言辞も「今更になにおひいづらむ」をふまえたものである。晩年に授かった子は、妻の不義の子であった。その子をいま抱きとる源氏の胸の内は苦悩に満ちているが、無心に笑う幼い子を熟視しては、遂に「おほかたの世の定めなさも思しつづけられて、涙のほろほろとこぼ」れ落ちるのだった。

その後、「御歯の生ひ出づる」ほどに成長した横笛巻の薫。無邪気なその子のタケノコをめぐる所為を目の当たりにしては、もう「棄てがた」いと思う源氏である。③例は、「なほくちをしかりける」柏木と宮の「過ぎにし罪」ではあるが、見れば「憂き節皆おぼし忘れ」てしまいそうな、この幼い生命に命脈を継いでゆこうと決意する場面であると考える。

躬恒詠を引歌とする以上四例のうち、①そして②例は、当該詠全体の歌意と一致するものではなく、その一部を取り入れながら、縁語や掛かる語などの修辞を導き出す仕掛けとして作用する面が強い。それに対して、③および④例では異なる様相を見せている。一首の趣意全体をふまえていて、子の生い先を憂える躬恒詠の世界そのものを受け止めていることは顕著である。この二例の表現主体は源氏であり、その対象は「いときな」い薫である。躬恒詠をとおして源氏は〝我が子〟薫を抱き、その子を見つめている。

五

柏木の一周忌も過ぎたころの六条院、女三の宮の「例ならず御前近き」「筍の櫑子」に目をとめた、幼い薫の無邪気な振舞いに無量の感慨を抱く光源氏であるが、その頑是ない姿に「こは棄てがたきものにぞありける」と、自らの気持の整理に向かう。

このタケノコは朱雀院が女三の宮に贈ったものである。添えられた文の歌は、「世をわかれ入りなむ道はおくるとも　おなじところを君もたづねよ」。タケノコと共に贈られた「そのわたりの山に掘れる野老」の「ところ」を詠みこみ[11]、その文を目にする源氏は「この同じところの御伴ひを、ことにをかしきふしもなき聖言葉なれど、げにさぞ思すらむかし」と思う。若菜上巻から柏木巻まで「心の闇」が繰り返されていた、女三の宮に対する父院の慨嘆の心情表出は変容して、ここでは「ところ」に焦点が当てられている。宮の父院への返事も同様に「うき世にはあらぬところのゆかしくて　そむく山路に思ひこそ入れ」とあって、ここでは「野老」が父院と宮とを結ぶ素材として機能している。その野老と共に贈られていたタケノコは、父院と宮との間には介在していないかのようである。また、宮の「御前近」くのタケノコの騒ぎに、薫の母宮の存在は見えず、何らの関与もあらわれていない。父院と女三の宮と薫という血縁のかかわりに、このタケノコは作用を及ぼしてはいないように見える。当場面のタケノコは、まだ自らの出生の秘密に思い至るまでもない薫の、無垢な「いときな」い生命を表象し、その生命力にあふれる若い命を受け止めようとする源氏を照射する役割を担っている。朱雀院と女三の宮から源氏は薫を受け取ったと言えよう。従って、それは父院から女三の宮へ贈られたものでなくてはならないであろう。野老とタケノコはそれぞれの役割を付与されて、西山から六条院にもたらされたのである。

タケノコは贈答品として用いられる京の名産品であり、子から親へ、また親から子へとその事例は贈答歌を伴って少なからず残る。(12) そうしたタケノコが当場面で示唆するものを黙過することはできない。

薫は母宮から「心の闇」などの引歌表現をはじめとする、親としての想いを届けられていないかのようである。母宮自身が、出家ののちも「うつくしき子どもの心地して、なまめかしうをかしげなり」（柏木）、宮自身の持仏開眼供養に「人気に圧されたまひて、いと小さくをかしげにてひれ臥したまへり」（鈴虫）などと描かれていて、むしろ十五歳に成人した薫を、「この君の出で入りたまふを、かへりては、親のやうに頼もしき蔭に思し」（匂宮）ている母宮の造型があらわれてくる。「こは棄てがたきもの」と薫を受け止める光源氏の心情の背後には、この母宮の造型があることは言うまでもない。

個別例のみでなく複数の視点をもつことによって明らかになるものがあろう。本稿は、『源氏物語』における〝子〟をめぐる代表的な引歌表現、「子の闇」、「撫子」そして「今更になに生ひいづらむ竹の子」に関して考察したものである。これらのうち「撫子」は玉鬘を大半として夕霧、冷泉帝を対象とするが、愛しい「撫でし子」は、「とこなつ」という側面をも伴うからであろうか、血縁の有無を問わないかのような、広範かつ複雑な関係性を添える呼称として用いられている。それに対して、最多の二十六という引用例をもつ、兼輔の「子の闇」表現は、血縁に繋がる親子間でのみ、子ゆえの親の心の惑いを表明する。親心の乱れを類型的にではなく多様に描きながら、全例その基底には子の幸せを切実に希求する親の真情が存在するとは言うまでもない。

躬恒詠「今更になにおひいづらむ竹の子」を引く四例中、紫の上、玉鬘に関する例は、それぞれ引歌の趣旨を、修辞として活かすために一部摂取の形で用いられている。一方、「いときなき子」の行く末を案ずる、悲痛な親心それ自体を投影させる二例が対象とするのは薫である。血の繋がらない〝父〟源氏から子を案じる「心の闇」表現を受けず、実の母宮からもそうした表現を受け取っていない薫であるが、薫に対する〝父〟源氏の無量の想いは、躬恒詠をとおして表出されている。

朱雀院と女三の宮親子の紐帯は横笛巻当該場面においては「ところ」によって具現されている。しかしその「ところ」、またともに贈られたタケノコは、母宮と薫の絆を表象するものにはならなかった。それは、母宮ではなくて、血の繋がらない源氏が、薫を自らの懐に抱きとる契機をもたらすものになった。冷泉帝のため「心の闇」に惑いながら〝子〟とは呼べなかった光源氏は、血縁を超えて薫を自分の胸に掬い取ったのである。朱雀院から女三の宮に贈られ、母宮からは薫に届かなかったタケノコが、光源氏が薫を抱きとる機縁となったのであり、タケノコをめぐり躬恒詠を効果的に活かした、当場面固有の手法を見てとることができる。

【注】

(1) 〝引歌〟の定義は、たとえば有吉保氏編『和歌文学辞典』(桜楓社　平成三年)は、「有名な古歌の一部、または一首全体を自分の文章の中に引用して表現し、その箇所の情趣を深め広める表現技巧、またその古歌をいう」、また、小町谷照彦氏は『源氏物語の歌ことば表現』(東京大学出版会　昭和五九年)で、「和歌の一部の語句を引用することによって本歌を指示し、本歌の表現や内容を前提として、文脈に暗示的に装飾や意味を付加し、美的で含蓄に富んだ修辞効果をもたらして、豊かな作品世界を形成する技法」と述べている。

(2) たとえば大野妙子氏「「竹」のイメージ——横笛巻の素材について——」(『日本文学誌要』59号　法政大学国文学会　平成一一年)は、笛の相伝という視点で論じる。

（3）伊井春樹氏編　笠間書院　平成六年
（4）「家集の成立・編者は未詳。自撰の可能性もあるが、他撰でも兼輔没後後撰集以前であろう」（『新編国歌大観』第三巻　私家集編Ⅰ「解題」）
（5）『むらさき』17号　武蔵野書院　昭和五五年
（6）「「心の闇」に「まどふ」人々――『源氏物語』の表現構造――」（『国学院大学大学院紀要』21号　平成元年）
（7）『源氏物語』における親の〈心の闇〉と〈道〉」（『駒澤大学苫小牧短期大学紀要』30号　平成一〇年）
（8）「心の闇」は、当兼輔詠により成語となって、子を思う親心をあらわすが、その他にも、①恋心の闇、②煩悩を抱く心の闇、をも表現する。
①の場合は、『伊勢物語』「狩の使」として知られる六十九段、伊勢斎宮の「君や来し我や行きけむ思ほえず　夢かうつつか寝てかさめてか」への返歌、業平の「かきくらす心の闇にまどひにき　夢うつつとは今宵さだめよ」――『古今集』巻十三恋三　六四六では、第五句「世人さだめよ」――が知られる。
また、②の例歌としては「あきらけき法のともし火なかりせば　心の闇のいかではれまし」（選子内親王『玉葉集』巻十九釈教　二六三二）をみる。
（9）たとえば「雨夜の品定め」で頭中将が夕顔のことを語る段。夕顔から、子の比喩として「なでしこ」を詠みこむ歌が届くが、頭中将は「大和撫子をばさしおきて」「親の心をと」り、「とこなつ」の一首を返している。
（10）当物語内においては、「たかうな」と「たけのこ」の読みは、宣長の指摘する別に適うものである。
（11）歌語としての「野老」はこのように「所」を掛けることは常套の手法である。『拾遺集』巻十六雑春に入集の賀朝法師の一首は、
春物へまかりけるに、壺装束して侍りける女どもの野辺に侍りけるを見て、何わざするぞと問ひければ、ところ掘るなりといらへければ

春の野にところ求むと言ふなるは　ふたり寝ばかりみてたりやきみ　（一〇三二）

と女たちに戯れかけたもの。

また『実方集』における贈答二首（一六七・一六八）は、

世中の人のいへいとおほくやけたりし春、ところを人のおこせたりけるに

この春はめづらしげなきやけところ　つれなき人はいかが見るらむ

かへし、やけたる女のもとにかくてつかはす

けぶりたつひのもとながらゆゆしさに　こはもろこしのところとぞみる

という特殊な応答である。『枕草子』「恐ろしげなるもの」（一四一段）中に数えられる「焼けたるところ」と響きあうものであろうか。

（12）子から親への贈与は『詞花集』に残る花山院の例を既述したが、一方、親から子へは、たとえば『赤染衛門集』に、夫大江匡衡から赤染衛門のもとにいる幼い子に贈ってきた折の一首、「親のため昔の人はぬきけるを　たけのこによりみるもめづらし」（一一七）をみる。また横笛巻当該箇所に『河海抄』は、「大宮日記云延長六年亭子院よりたかうなたてまつり給へり」、宇多院が御子醍醐天皇の中宮穏子にタケノコを贈呈したことを記している。なお、『宇津保物語』国譲上巻には作り物の「沈の笋」が見える。

第二章 『和泉式部日記』との交渉 その一——「我は我」表現に関して

一

貶謫生活に終止符を打ち、明石から帰京した翌年二月、冷泉帝が即位して光源氏は内大臣に任ぜられた。三月には明石の君に女児が誕生し、源氏から届くさまざまな配慮に明石の人々は喜びにひたる。その女児は、「宿曜に『御子三人、帝、后必ず並びて生まれたまふべし。中の劣りは、太政大臣にて位を極むべし』と、勘へ申したりしこと、さしてかなふ」（澪標）ことに直結し、源氏の前途に光彩を添えるものである。この誕生が、謫居の地における明石の君との交情について、紫の上への告白を促すことになった。「尋ね知らでもありぬべき事なれど、さはえ思ひ棄つまじきわざなりけり。呼びにやりて見せたてまつらむ。憎みたまふなよ」（澪標）と、自ら告げる。

「人柄のをかしかりしも、所がらにや、めづらしうおぼえきかし」など語りきこえたまふ。あはれなりし夕の煙、言ひしことなど、まほならねどその夜の容貌ほの見し、琴の音のなまめきたりしも、すべて御心とまれるさまにのたまひ出づるにも、我はまたなくこそ悲しと思ひ嘆きしか、すさびにても心を分けたまひけむよ、とただならず思ひつづけたまひて、我は我と、うち背きながめて、「あはれなりし世のありさまかな」と、独り言のやうにうち嘆きて、

　思ふどちなびく方にはあらずとも　われぞけぶりにさきだちなまし

「すべて御心にとまれるさまにのたまひ出づる」、眼前の源氏の心は明石の地へ奪われていると、紫の上の目には映る。その年ごろこちらは京でひとり悲嘆の日々を耐えていたのに、気まぐれにしても他の女性に心を奪われていて、と衝撃を受ける紫の上である。源氏と「われ」との間に横たわる溝を感じとって、あなたはあなた、そして「我は我」と、源氏に背を向ける。だが、この紫の上を襲った落胆、孤独感は源氏には伝わらない。

　いとおほどかに、うつくしうたをやぎたまへるものから、さすがに執念きところつきて、もの怨じしたまへるが、なかなか愛敬づきて腹立ちなしたまふを、をかしう見どころありと思す。

源氏の視点からは、紫の上の「もの怨じ」する様はかえって「をかしう見どころあり」と捉えられる。信じる者に裏切られ失望の淵にある紫の上と、対する源氏と、二人の思いには齟齬が認められる。須磨流謫を経て源氏の心にひたと寄り添っていた紫の上が、帰洛後はじめて源氏に背を向ける当該場面で心中に呟く「我は我」の語句表現は、重い意を込めるキイワードとして捉えられよう。

　初出の当澪標巻をはじめ、『源氏物語』に四例みえる「我は我」という語句表現の担う意義、また、当語句の発生経緯、背景を解明することが本論の目的である。「我は我」と思い、また口にする作中人物たちが、当語句によって表現するその胸中に思い至りたいがためである。

二

『源氏物語』における四例のうち、先述澪標巻で紫の上が心中に呟いた「我は我」に続く事例を順次考察してゆくこととする。

まず、松風巻。

源氏の勧めに従い上京し、大堰に住まう明石の君を訪れた源氏は、幼い姫君とも初めて対面した。后がねである姫君の将来を慮って、二条院へ引き取り養育しようと考え帰邸した源氏に対し、紫の上は打ちとけないでいる。明石の君への嫉妬と見取って、源氏は、「なずらひならぬほどを思しくらぶるも、わるきわざなめり。我は我と思ひなしたまへ」と紫の上に「教へきこえたまふ」。比較するような身分でない人と比べるなどとはよろしくないことでしょう、あなたは「自分は自分」とお思いなさい、と喩す。「我は我」と「思ひな」すようにと。その晩、明石の姫君を手許に引き取り養育する心積りをもち出し、紫の上に「御心に思ひ定めたまへ。いかがすべき。ここにてはぐくみたまひてんや」と促す。紫の上の心情を思いやるかにみえる源氏であるが、その提案も宿曜の予言実現に向ける自らの立場の擁護という側面が言うまでもなく強いであろう。「(源氏が) 思はずにのみとりなしたまふ御心の隔てを、せめて見知らずうらなくやは、とてこそ」と「すこしうち笑みたま」う紫の上の方にこそ、源氏に対する淋しい「心の隔て」が感取される。

松風巻の当例と先の澪標巻例の「我は我」二例の主体は紫の上である。明石の君をめぐって源氏と紫の上とのかかわりの中であらわれる「我は我」二例は、互いに呼応するようでありながら、しかし、紫の上が源氏に向けて発信する「我は我」と、源氏が紫の上に対して喩すそれとの間には乖離が認められる。今はもう信頼に足ると安堵していた源氏に疎外されて、自分はひとりと悟った孤独な「我は我」、そして、他人と比べず自分は特別なのだと「思ひな」すべき、矜持ある「我は我」との間には。

次いで、真木柱巻における当表現の主体は玉鬘である。

髭黒が端なくも玉鬘を得て、落胆する人々は多かった。冷泉帝もその一人であり、尚侍として出仕した玉鬘のもとへ渡御する。髭黒の意向で宮中を退出せねばならない玉鬘に対して、帝は至極残念に思い名残りも尽きず、「いみじう心深きさまにのたまひ契りてなつけたまふ」。そうした帝に玉鬘は、「かたじけなう、我は我と思ふものをと思す」のだった。

当該「我は我」表現には、古注釈以来さまざまな解釈がされてきたが、大略次の二説にまとめられよう。

一は、当場面の直前に帝が玉鬘に語る、「人より先に進みにし心ざしの、人に後れて、気色とり従うよ。昔のなにがしが例もひき出でつべき心地なむする」の文中にみる「昔のなにがしが例」を、『河海抄』以来、平中譚によるとするものである。すなわち、『後撰集』恋三部入集の平定文詠の詞書、「大納言国経朝臣の家に侍りける女に、平定文いとしのびてかたらひ侍りて」以下によって、先に言い交した女を他の人に奪いとられてしまった話をふまえる、とするものである。具体的には、その定文の一首、「昔せしわがかね事の悲しきは　いかに契りしなごりなるらん」（七一〇）に返している「よみ人しらず」詠の、「うつつにて誰契りけん定めなき　夢ぢに迷ふ我は我かは」（七一一）中にみる「我は我」を引くものと考える。従って、当該箇所は、髭黒に慮外にも奪われた我が身の上によって夢ぢに迷う私ですのに、と解釈するのである。

他の一説は、『玉の小櫛』が説く。この「昔のなにがしが例」は平中譚ではなく他の類話によるものであろう、そして、「大将に心はそまず、帝につかへまほしく、心の内には思ふものを、さやうとはしろしめさじという意の詞也」との説をとるものである。玉鬘の「我は我」は、冷泉帝を慕い、お仕えしたいと心中には思うものの、現在の自分の立場からそれは口外すべきではなく、「私は私で」、「自分自身の気持では」と解釈するのである。(1)

そして、残る「我は我」表現の一例は、手習巻の浮舟が心中に呟く。

宇治で行方しれずになった浮舟は、今は小野の尼君に引きとられ、過去を葬ったように手習いなどをしていた。そうした折、尼君の今は亡き娘の婿であった中将が訪れ、尼君は中将を相手にしみじみと話を続ける。「姫君は、我は我、と思ひ出づる方多くて、ながめ出だしたまへるさまいとうつくし」、当該部ではじめて「姫君」と称される浮舟の耳にも、その話し声は届くけれど、現在の我身にはもうかかわりのないことである。中将を前に娘を追慕し、浮舟をその身代りとも思う尼君と、自分の来し方を思い返してぼんやり物思いに沈む浮舟と、二人の間に存在する懸隔を表現する「自分は自分」、他の人とは別の心にある自分、なのである。

以上、『源氏物語』にみる「我は我」表現の四例につき考察した。紫の上、玉鬘そして浮舟、三人の女君が呟く「我は我」は、自己と特定の第三者との間に一線を画す。その人物から我身を一歩退かせる心が言わせる語句表現である。それに対して、男君が唯一口にする、松風巻において源氏が紫の上に喩すそれは、異なる様相を呈していて、誇らかな「我は我」を表現している。

次章では、まず、「我は我」表現が、『源氏物語』と同様に散文部分にみることのできる他作品を探ることとする。

三

『源氏物語』に先行する文学作品中、散文部に同様の意をもつ「我は我」表現はみられない。『蜻蛉日記』の天徳元（九五七）年夏、著者道綱母の夫藤原兼家が通う、町の小路の女の出産が間近に迫った頃、兼家と女が著者邸の門前を賑やかに通って行った。余りな仕打ちに、「我は我にもあらず、ものだにい」うこともできなかったが、この場合には、作者が憤りの余りに「我は我にもあらず」、平静さを失い、自分を見失ってしまって物を言うこともできなかった、の意をあらわしていて、先に考察した『源氏物語』における「我は我」が、他者とは別にある「自分は自分」を表現するのとは全く意義を異にする。

『蜻蛉日記』当例と同義の、我を失う、呆然とする状態の意では、それ以前にもたとえば『竹取物語』にみることができる。くらもちの皇子が蓬萊の玉の枝を偽造したものの、一件が露顕して、「御子はわれにもあらぬけしきにて、肝消えゐ給へり」と、自失の態を「我にもあらぬ」と表現される。『蜻蛉日記』では更に「我は」が付加され、「我は我にもあらず」という強調された表現になっている。

このような、自分であるような気がしない、人心地がしない、という意の「我にもあらず」の言辞は、『源氏物語』にも十数例を数える。(2) その一例は、若菜下巻。六条院での女楽のあと発病し、二条院に移った紫の上が危篤におちいった。たまたま六条院の女三の宮を見舞っていた源氏には絶命したと伝えられ、源氏は急遽二条院へ向かい「我にもあらで入りたま」う。紫の上の病状の急変に動転した源氏が無我夢中で馳けつけるのである。こうした呆然自失の状態をあらわす「我にもあらず」、そして、その強意から発したと考えられる「我は我にもあらず」とは意義を全く異にしている、自分は自分であり、自分と他者との間に一線を画す意の「我は我」表現は、以上述べてきたように、散文部分においては先行用例をもたず、『源氏物語』に至って新たに用いられた表現であると考えられる。

当「我は我」表現は、それでは後出作品にあらわれるであろうか。

十一世紀半ばすぎ、ほぼ同時代の成立とされる二作品、『夜の寝覚』と『狭衣物語』には、『源氏物語』と同義、また類義で用いられている当該語句をみることができる。

まず、四例をもつ『夜の寝覚』を順次みてゆくこととする。

①「その人の女をこそ、いみじく懸想すなれ」など、「我は我」と思ふとも、まことしくとりなし言はれん音聞の、なにばかりならぬ身の際にも、なほくるしく思ひ給ひて、とゞめてしぞ」といふ心あがり、いとこよなくもの遠し。(巻一)

男君・中納言と会話する宮中将の詞中にある。契りを結んだ女君・中の君を、但馬守の三女と思いこむ中納言は、その女への懸想を身分柄人聞きが悪くて止めた、と語る宮中将の思い上りをうとましく思う。世間が何と言おうとも、自分の勝手だ、自分は自分だとは思うけれど、結局女との関係を絶った、という宮中将の話中に挿入されている「我は我」である。

② 男君は思い止みがたく中の君のもとへ忍んでゆき、次第に人に噂されるようになる。男君の北の方・大君の耳にもその噂は及んで、当然快くはない。

女君の思したる気色も、いとゞなつかしからぬ心地して、「我は我」と、世を思ひすみたるさまに、例よりも心とゞまらぬやうに、いとつらく覚えまさり給ひて、えもしのびあへ給はず、(巻二)

男君は大君のおもしろからぬ様子を窺うとますます親しめず、「我は我」、自分は自分だと悟った態で、常よりも一層関心がないようにふるまう。世間にもまた大君に対しても自分を隔てて、男君の想いはただ中の君ばかりに向かう。

③ ②例に続く段。大君は兄の左衛門督に、夫と妹・中の君との仲を訴えた。左衛門督は中の君びいきの弟・宰相中将が事情を承知しているはず、と推察する。

「いたりなき女房は、さもあれ、口惜しの主や。『我は我』と思ひたれど、えせ物にこそ侍なれ。人は、かたはなる事、みぐるしき事を、わき知れるこそ、人にてはあれ」(同)

と、左衛門督が大君の乳母に語る言葉は、情けない弟・宰相中将だ、彼は「自分は自分」という考えでいるけれど、いい加減な男だ、と弟の人物を評していて、宰相中将当人の言葉ではない。続く「人は」以下の分別を説く兄として、立場の異なる、平生そうした態度をもつ弟のあり様を指示する「我は我」の語句である。ただし、当該文脈からは、そう思うこと自体は非難されるべきものではなく、むしろ、そのような考えでいるのに実態が異なる、という指弾であると思われる。

④ 出家を決意した女君・寝覚の上だが、懐妊のためにそれを果たすことはできなかった。今や内大臣となった男君は寝覚の上を訪れて、二人の間に儲けた子供たちの姿をみるにつけ、契り深い二人の仲だと口説く。

世になく見どころおほかるを、「ほのかなりしを、かけはなれ思いでしこそ、人よりことなりと、心をとめてあはれもふかゝりしか、なかく\かゝるにつけても、もしながらふる命もあらば、うらめしき節おほく、心劣りし給ふべき人ぞかし」と思ふに、なきむかしのみ恋しく、「我は我」と、うちながめられて、

山のはの心ぞつらきめぐりあへど　かくてのどかにすまじと思へば　(巻五)

今はもう、亡き夫関白のことばかりが恋しく思い出され、眼前の男君に対しては、「もしながらふる命もあらば、うらめしき節おほく、心劣りし給ふべき人ぞかし」と、思いを巡らす寝覚の上は「自分は自分」と、男君とは異なる思いを抱いて心中に一線を画す。運命に翻弄され続けた寝覚の上が、男君を見つめて「我は我」と胸中

に呟く。(3)

以上四例は、宮中将、中納言、宰相中将そして寝覚の上の抱く所懐である。三名の男性の思いは、特定の個人に向かうものではなく、対世間、対複数の他者とのかかわりにおける「我は我」表現である。②例の中納言の場合も、大君個人への感懐というより、そうした状況下における自らの所為を、世間一般のあり様、世間が承認しうる様態とは隔たったものとして、自己の中に容認しようとするものであり、他の男君二人の用例と類似する。しかし、それに対して寝覚の上の「我は我」表現は、男君の述懐、口説きに向かうもので、ただ男君ひとりに対峙する「我」であり、男性三人の同表現とは異なる様相にある。

そして、『狭衣物語』中にみる唯一の例は、冒頭に続く部分、この物語を貫く、主人公狭衣が抱く源氏宮への恋慕の情が明らかになる場面においてである。

(二人は)たゞ、二葉より露ばかりへだつることなく生ひ立ちたまひて、親たちをはじめたてまつり、よその人々、帝、東宮も、ひとつ妹背とおぼしめしおきてたるに、我は我と、かかる心の付きそめて、思ひわび、ほのめかしてもかひなきものから、「あはれに思ひかはしたまへるに、思はずなる心のありけると、おぼしうとまれこそせめ」(巻一)

いとこ同士の狭衣と源氏宮の二人ではあるが、早くに親を亡くした源氏宮とは幼少の頃よりともに育ってきたので、親をはじめ世間の人も、また帝や東宮までも、同じ血筋の兄と妹と見なしている。従って、二人の結婚は思慮の外であるとする親や外部の人々に背を向けて、「我は我」、自分は自分と、他者の思惑を振り切るように、源氏宮への想いを狭衣は抱き続ける。

『源氏物語』澪標巻で紫の上が胸中に呟く「我は我」の語句表現をキイワードとして、この物語の散文部にみえる全四例を個別に考察した結果、当表現は、先行作品の散文部にはみえず、『源氏物語』に初出するものと考えるに至った。従来用いられる「我は我にもあらず」などと、何らかの事態に直面し、呆然として自失する態をあらわす表現とは相違する、自己と他者の間に明らかに一線を引く当該「我は我」表現は、後出作品に及ぶが、それは、『夜の寝覚』と『狭衣物語』の散文部においてである。この二作品の中で当語句は、『源氏物語』の用例と同義であらわれる他、その延長線上にありながら、対象を異にする変容も窺える様相であらわれる。

本章においては、『源氏物語』におけると同様、散文部分にみる当語句表現を考察したが、次章では、和歌の中にあらわれてくる様子を探ることとする。

四

本節では、「我は我」の語句を詠出する和歌を対象として考察するが、ここでは、「我は我」は慣用表現としてあり、分割不可能な一表現である語句中の「我は我」を対象とする。

当該表現をもつ『源氏物語』の成立と同時代までの和歌を抽出して、順次掲示する。

① 人恋ふる心ばかりはそれながら　我は我にもあらぬなりけり
（『後撰集』巻九恋一　五一四　よみ人しらず）

② うつつにて誰契りけん定めなき　夢ぢに迷ふ我は我かは
（『後撰集』巻十一恋三　七一一　よみ人しらず）

③ 誰がために君を恋ふらむ恋佗びて　我は我にもあらず成行く
（『続後拾遺集』巻十二恋二　七四五　源順）

④ 世中に身をしかへつるきみなれば　我は我にもあらずとや思ふ
（『朝光集』七二）

⑤ 君は君我は我とも隔てねば　心ごころにあらんものかは
（『和泉式部集』四一〇）

『後撰集』入集二首のうち、①歌は「よみ人しらず」詠で作歌年代は明らかではない。あなたを恋する心、それだけは確かなものとして在るけれど、あなた恋しさに「我は我にもあらぬ」、自分が自分でない状態、自失といった態です、と恋しい相手に訴えかける一首である。

②歌は、『源氏物語』真木柱巻において、冷泉帝が玉鬘に語る詞中にある「昔のためし」に繋っていて、玉鬘が胸中に呟く「我は我」解釈の一つとして、当②歌をふまえ、「夢ぢに迷ふ我」と考える、古注釈以来の解釈がみられることは先述したところである。定文詠の「昔せし我がかね事の悲しきは　いかに契りしなごりなるらん」と、かつて契った二人の仲をかき口説くのに対するこの返しは、定めない夢路に迷っているこの私は果たして以前と同じ私なのでしょうか、いゝえ私ではありません、と呆然として自分を見失っている状態をあらわす。一首の趣きは異なるものの、①歌とともに〝常の自分を失って呆然〟としている詠者の様態を示すものである。作者は「よみ人しらず」とあるが、既述のように、定文詠の詞書に記されている、大納言藤原国経の妻を甥の藤原時平が奪い取った当話は、『大和物語』などに所載されて広く知られ、在原棟梁女の詠とされる。

次いで、「天徳四年内裏歌合」に出詠された源順の③歌にみる「我は我にもあらず成行く」は、先の①歌の類型であり、あなたを恋い侘びて、その結果自分が自分でなくなってしまうと、恋する気持と因果関係にあるものである。そして、④の朝光詠の「我は我にもあらず」は、③までの〝自分を失う〟状態とは異なる様相をみせる。知らんふりする「きみ」すなわち「中宮のせんじ」に対して、自分がそうだから同じように私も私ではなくなったとお思いですか、いえ私は少しも変らない、と伝える「我は我にもあらずとや思ふ」である。散文部分においては『蜻蛉日記』に初見の「我は我にも」の表現は、『後撰集』の①歌、よみ人しらず詠に早くもみえていた。

そして、⑤和泉式部の詠である。「おなじこころにとあるかへりごとに」の詞書をもつ当詠は、『和泉式部日記』

によってよく知られる。帥の宮敦道親王から「我ひとりおもふ思ひはかひもなし　同じ心に君もあらなむ」の歌を贈られた女、すなわち和泉式部の返歌である。当詠の「我は我」表現は、先行詠にみた、惑乱して自分を失う、呆然自失の態を、また以前と同じ自分ではない、をあらわす「我は我にもあらず」や「我は我かは」とは、全く異なる立場にある。「我」は、「君」と固く結ばれて離れることはない。「君は君我は我とも隔てねば」、あなたの心と私の心は別々のものとして分けられない、と二人の同一性を高らかに詠う。宮の求める「同じ心」に、もう疾うから同じ心であると切り返す、和泉式部の口調さながらと思わせるこの詠は新鮮である。先行歌にみる「君」を恋する故に「我」を失うなどといった、「君」と「我」との因果関係は皆無である。「君」と「我」二者が並列に位置づけられて、「我」は失うものではなくひたすら「君」とともにある、「君」とひとつになってあるものなのである。和泉式部の一首はこのように先行詠とは全く異なる世界を詠出する。「君は君我は我とも隔てねば」と全面的に否定し、すなわち、あなたと私は同じ心、一つの心であると、高らかに宣言する和泉式部である。

弁乳母は生没年は未詳であるが、長和二（一〇一三）年、三条天皇皇女・禎子内親王の乳母をつとめた歌人であり、家集『弁乳母集』をもつ。その歌集中に次の一首をみる。

　　ほのほにおなじことといらむと有りしに、つねにうらみがちにて、なかあしきころ
　君は君我は我にてすぐすべき　いまはこのよとちぎりしものを　（八五）

歌集の中核をなす贈答歌中にあるが、片山剛氏の(4)、「相手を確定することはできないが、その位置から考えるとやはり道綱とみるのが穏当であろう」に従い、寛仁四（一〇二〇）年の藤原道綱薨去以前の詠歌と考える。弁乳母は承暦二（一〇七八）年内裏歌合に孫家通の代作をしていて、この時点での生存は明らかであり、長和二年に禎子内

親王の乳母出仕などを考え合わせると、九九〇年代に入ってからの誕生とするのが妥当であろう。従って、『弁乳母集』に入集の当詠は、長保五（一〇〇三）年十月、敦道親王に答えて詠じた先掲和泉式部の一首をふまえてのものと考えられる。和泉式部の「君は君我は我とも隔てねば」詠を全く逆に捉えて道綱が弁乳母に突きつけたものであると思われる。当「君は君我は我にてすぐすべき」は、本歌が擁する熱愛を知る者が、クルリと反転させた面白さを感取できる、二人の「なかあしきころ」の一首である。

『弁乳母集』中の一首が和泉式部詠を裏返して「君」と「我」は別々に生きてゆきましょう、と宣告するように、「君」と「我」は切り離せない一対のものとしてある。和泉式部が当該詠で「我は我」と一双のものとしてあらわす「君は君」表現を他作品に求めると、たとえば『大和物語』七十七段にみる大江嘉種詠、「竹取がよよに泣きつつとどめけむ　君は君にと今宵しもゆく」の場合には、二つの「君」と「君」は等号では結ばれない。先の「君」は嘉種が詠みかける桂の皇女を指し、後の「君」は皇女の父、宇多法皇を指示すると考えられそれぞれ別の人物を指呼していて、求める語句表現とは異なっている。

いま求めている「君は君」の語句を用いる詠を見出すのは、『源氏物語』である。若菜下巻。六条院の女楽ののち紫の上は発病する。二条院に移った紫の上を看病する源氏の不在を見計らい、柏木は女三の宮に通じることになるが、その紫の上の病いは重く危篤におちいる。命絶えたかにみえたが、源氏の必死の願によって調伏された物の怪があらわれた。それは六条御息所のさまであった。

「まことにその人か。よからぬ狐などいふなるもののたぶれたるが、亡き人の面伏せなること言ひ出づるもあなるを、たしかなる名のりせよ。また、人の知らざらむことの、心にしるく思ひ出でられぬべからむを言へ。さてなむ、いささかにても信ずべき」
源氏が問い詰めると、その物の怪は、
ほろほろといたく泣きて、
わが身こそあらぬさまなれそれながら　そらおぼれする君は君なり
いとつらし、つらし、
と泣き叫び、あり日さながらの様子で語りはじめる。我身は昔と変る姿になってしまったのに、昔と変らず同じ姿のまま空とぼけているのは、昔と変らない「君」、あなたです。ほんとにうらめしい、うらめしい。源氏を怨む物の怪の詠は「我身」と「君」を対比する。過去と現在の二重の時間構造の中で大きく異なる境遇にある怨みを語り、同一化を願う姿とは全く逆のあり様を嘆嗟する。

女楽のあとで源氏が紫の上に語った六条御息所に関しての、「さまことに心深くなまめかしき例にはまづ思ひ出でらるれど、人見えにくく、苦しかりしさまになんありし」以下の話が、物の怪には辛かった。「思ふどちの御物語のついでに、心よからず憎かりしありさまをのたまひ出でたりしなむ、いとうらめしく」と怨じるのである。「思ふどち」――ご親密なお二人、はこの場合は源氏と紫の上である。源氏への執心のために紫の上にとり憑いた御息所のさまをした物の怪の詠の中に「君は君」の語句を見出す。

『源氏物語』当該例の他には、先掲『弁乳母集』の一首を和泉式部詠の「君は君」とともにみるくらいである。『弁乳母集』中の詠が和泉式部歌をふまえて、一種のパロディの趣向でうたわれたことは自明であろうから、従って、『源氏物語』若菜下巻における物の怪の涙ながらの一首と、和泉式部の愛の絶唱とも言える一首の、この二首だけが「君は君」の語句表現をもつと捉えられる。

澪標巻をはじめとして『源氏物語』に初見の「我は我」表現は、「我は我なり」の意をあらわしていて、他者との断絶を表現するものである。そして、物の怪は、「我身」とはすっかり隔たってしまった「君」の立場を「君は君なり」と怨んで啜り泣く。一方、和泉式部詠の「君は君我は我とも隔てねば」は、「君は君なり」そして「我は我なり」とも隔てない、と「君」と「我」の心の紐帯を強くうたい上げていて、二つの作品の語句は背中合わせの表現をとる。

「君と我」、相手と自分を一対として表現するこの語句は、和歌世界では『万葉集』にすでにみることができ、その後も『小町集』『宗于集』などにも散見する。これは、『蜻蛉日記』応和二（九六二）年五月、兼家と兵部卿章明親王との贈答歌中、「君と我なほ白糸のいかにして　憂きふしなくて絶えむとぞ思ふ」という宮の詠中に、兼家と宮自身を示す「君と我」をみるように、当表現は相聞、恋から派生する「君と我」ばかりではない。なお、『源氏物語』には「君と我」表現はみられない。

そうした中で『和泉式部日記』には、「君」、「我」の強い意識をみることができる。固有表現ではないものの、「我ならぬ人」は当日記では互いに一人物を特定する。すなわち、敦道親王、また和泉式部を対象として多用される。「我ならぬ人、そして我」は、「君と我」の一表現であり、互いに相手を自分の中に引き込み凝視する、その視線を看取することができる。

二人が出会って半年ばかり経た十月、歌の贈答が頻りに交され、女が宮の住む南院へ移る決意を促されるころ、宮からの歌に、

我ひとりおもふ思ひはかひもなし　おなじ心に君もあらなん

とあった。互いに想い合う「同じ心」を求める宮に対して、女は強く反駁する。

君は君我は我とも隔てねば　心ごころにあらむものかは

二人の心は既に別々ではなく一つです、女の強い口調は「君」と「我」の隔てなき形、心の同化を訴えてやまない。南院入りを促す意も込める宮の詠に返す、絶唱とも言える当詠は、女自身の気持にも一つの転換点をもたらしたのであろうか、じきに「年も残りなければ、春つかた」に宮邸へ行こうと心を定める。

『和泉式部日記』中に「君」と「我」を直視して目を逸らさない女の詠は多いが、「君は君我は我」とたたみかけてうたうのは、ただこの一首のみである。(5)

『源氏物語』における「我は我」表現に発して、散文部や和歌にあらわれるこの表現を辿ってきた。その結果は、『源氏物語』に四例みる当該表現と『和泉式部日記』にうたわれる「君は君我は我とも」の一首が、「我は我にも」や「我は我かは」など、先行作品にみる従来的表現とは全く相違することが判明した。すなわち、「我は我にも」が「あらず」を伴い、また「我は我かは」の形で、自己を失って呆然としている様態また、以前と同じ我ではないを表現するのに対して、一方の「我は我」は、「我は我なり」の意をあらわすのである。和泉式部の「君は君我は我とも」は、「君は君なり、我は我なり、とも」を表現するのであり、向かい合う「君」を前提として「我」が在って、その「君」と「我」を隔てない、同一である、とうたうのである。『源氏物語』の全四例も同様に「我は我なり」をあらわすものであり、女君が呟く三例の「我は我」は「君」を前提とする「我」である。このように従来的用法の「我は我」表現に対して、和泉式部詠および『源氏物語』における「我は我」は、明らかに相違する表現なのである。

次節では、先行作品と異なる新しい「我は我」表現をもつ二つの作品、『源氏物語』と『和泉式部日記』の交渉について考えることとする。

五

『源氏物語』の執筆時期は、特定できないものの、長保三（一〇〇一）年四月に夫宣孝が没した後、残された紫式部が悲嘆のうちに筆を接いでいった、とされる。成立事情、また、物語五十四帖の執筆成立の順に関しても諸説がみられるが、第十四帖澪標巻以降には、作者が一条天皇中宮彰子のもとに女房として出仕してのちの生活が反映されると言われ、その出仕は寛弘二（一〇〇五）年か、あるいは翌三年の十二月二十九日と推定されている。『紫式部日記』寛弘五（一〇〇八）年十一月一日、彰子所生敦成親王の御五十日を祝う場における藤原公任の、「このわたりに若紫やさぶらふ」との問いかけに対する、「源氏にかかるべき人も見えたまはぬに、かの上はまいていかでものしたまはむ」という作者の思いや表現、中宮彰子還啓前の冊子作りなど、いくつかの徴証から、この時点では幻巻あたりまで書き進めていたかとも言われる。

一方、『和泉式部日記』の成立に関しても、自作か他作かという作者の問題ともからめ諸論がみられるが、現在では自作説が大勢となっていて、寛弘四（一〇〇七）年十月の「宮の薨後、式部が悲しみの中に於て、有りし日の思ひ出を書き綴った」説[6]、同五（一〇〇八）年四月一日ころ起筆し、同年十月二日までに筆をおく説[7]をはじめとした御論をみる。

この二つの作品、『源氏物語』と『和泉式部日記』とのかかわりに関しては先学の御論を多くみる。

たとえば、『和泉式部日記』の冒頭部分、

夢よりもはかなき世のなかを嘆きわびつゝ明かし暮らすほどに、四月十余日にもなりぬれば、木のした暗がりもてゆく。築地のうへの草あをやかなるも、人はことに目もとゞめぬを、あはれとながむるほどに、……

橘の花を取り出でたれば、「昔の人の」と言はれて。……

薫る香によそふるよりはほととぎす　聞かばや同じ声やしたると

とあるのが、『源氏物語』胡蝶巻における、

御前の若楓柏木などの、青やかに繁りあひたるが、何となく心地よげなる空を見出だしたまひて、……

箱の蓋なる御くだものの中に、橘のあるをまさぐりて、

橘のかをりし袖によそふれば　かはれる身ともおもほえぬかな

世とともの心にかけて忘れがたきに、慰むことなくて過ぎつる年ごろを、……

袖の香をよそふるからに橘の　みさへはかなくなりもこそすれ

とよく似た描写であるとする論である。この部分をはじめて指摘した島津久基氏[8]は、「(歌集は勿論であるが)日記からとしても、少なくとも胡蝶巻あたりならば一層撞着の疑懼が薄められるであらう」とし、また、吉田幸一氏[9]も同様に「(この)類似は、偶然の一致ではなく、明らかに日記を原拠として」いると、『和泉式部日記』から『源氏物語』へ直接的な影響の強い部分であると指示する。

これに対して藤岡忠美氏[10]は、従来の指摘に関しては「慎重ならざるをえない」としながらも、氏が指摘する箇所の、

和歌にかぎっていうならば、和泉の「かをる香によそふるよりは」に対して、胡蝶の「橘のかをりし袖によそふれば」「袖の香をよそふるからに橘の」は、直接関係の濃厚なものといえるのではあるまいか。和泉の

この歌がなんらかのかたちで、もとより和泉式部日記とは関係なく、紫式部の耳目にとどまっていたことは想像できるのである。……たんなる暗合とはいいきれぬものが、語句の相似に見られる。

と、日記中の和泉の歌に限って『源氏物語』への影響を述べている。

また、モデル論としても、寛弘二（一〇〇五）年四月に帥の宮敦道親王が和泉式部と同車して賀茂祭の見物をしたことが、葵巻で源氏と紫の上とが同車で祭見物に出かけた部分のモデルとなり、夕顔巻で源氏がなにがしの院へ夕顔を同車して伴う条は、宮が和泉式部を南院へ連れてゆく部分と類似するなどと、和泉式部の経験が『源氏物語』の描写に投影されているとする論があり、その他にも個別にさまざまな指摘をみることができる。

和泉式部の歌は、日記以外にも多様に『源氏物語』とかかわりをもつとの御論も多い。数例を示すと、まず、神田秀夫氏(11)は、

「中空なるわざかな。家路は見えず、霧の籬は、立ちとまるべうもあらずやらはせたまふ。つきなき人はかかることとこそ」（夕霧）

「と夕霧にぼやかせる条は、和泉式部の歌の

人はゆき霧はまがきに立ちどまり　さも中空に眺めつるかな（……）

の朝霧を夕霧に転用したものである」と示唆する。更に、鬼束隆昭氏(12)は、影響関係の認められそうな例を挙げて検討した結果、宇治十帖を中心として「和泉式部日記中の歌が源氏物語の多くの部分に影響を与えてい」て、「紫式部が和泉式部の歌および日記を読んでそれを自己の創作にとり入れたことはかなり確実性をもって推定でき」ると結論づける。

そして寺本直彦氏[13]は、帚木巻でいわゆる〝木枯しの女〟の詠、「木がらしに吹きあはすめる笛のねを　ひきとどむべきことのはぞなき」が、『和泉式部集』に入る「聞く人の耳さへさむく秋風に　吹きあはせたる笛のこゑかな」（一九三）と一致する点が多いと指摘する。和泉式部の当詠は「権中納言の屏風のうた」中の一首であるが、これは『源道済集』からの推定により、長保三（一〇〇一）年の「十月三日からあまりさかのぼらない時点」に詠じられて、同じ一群中にみえる他の一首が夕顔巻の頭中将詠とかかわることをも併せて、氏は、「和泉式部の歌が先に成立しており、紫式部はこれを雨夜の品定の中に少し形を変えて巧みに摂取したもの」とする。また、先述夕霧巻における「中空なるわざかな」以下の文辞に影響したと考えられる和泉式部詠の、「人はゆき霧は籬に立ちとまり　さも中空に眺めつるかな」が、正暦五（九九四）年七月十一日以前の詠作と思われる藤原公任の、「人はゆき霧は籬に立ちどまり　くもりながらぞ我はながめし」の後に成ったと考えられる、すなわち、「和泉式部が公任の一・二・三句をさながらとり、四・五句を『さも中空に眺めつるかな』と改変することによっていっそう巧妙適切な歌としたと考えられ」、「和泉式部の歌が夕霧の巻の歌文によるとは認められ」ず、この部分は「結局、……和泉式部の歌と近似しその類例というにとどまらず、紫式部が意識的に踏まえたものと認められる。」と続けるのである。[14]

夕霧の「中空なるわざかな　家路は見えず」の文詞には『源氏釈』以来の古注釈が注記している。『源氏釈』では、藤原道信の「帰さのみちやはかはるかはらねと　とくるにまとふけさのあは雪」を引く。ところが、藤原定家は『奥入（第二次自筆本）』において、所引の当道信詠に、「此哥同時人也不可為源氏證哥」と傍注していて、同時代人の歌は証歌とするべきでない、との見解を示す。

更に、時代が降って契沖の『源註拾遺』は、まず『細流抄』の「霧の深き空をいへり」を記して、次のように注釈する。

今案、帰るべきいへちは見えす、ゆるす人のなければ、霧のまかきは立とまるへうもあらて、つくかたなきを、霧のたつ空によせて中空といふ也。細流の説叶はす。和泉式部哥

人はゆき霧はまかきに立とまり　さもなか空にみえしよひかな

夕霧の詞とは心は表裏してよく相似たり。

『和泉式部集』では、末句は前述のように「眺めつるかな」であり、後朝の別れに男を見送る女の詠であるが、夕霧巻当場面では立場は男の側へと変化して、「どっちつかずのことです。帰る家路は霧で見えず、かと言って霧の垣根は立ち止まることができないように私を追い払う」と夕霧に言わせるのである。和泉式部詠をふまえて、『源註拾遺』が記すように、「心は表裏してよく相似た」表現とする作者の手法が明らかになる。

ただし、『源註拾遺』は影響の方向は明示していない。先の定家の「此哥同時ノ人ナリ。源氏ノ證哥トナスベカラズ」と同様の立場をとるのであろう、御法巻における、「かのくらき道のとふらひにたに」の文辞に対して、『孟津抄』が「くらきより闇みちにそいりぬへき　はるかにてらせやまのはの月〈和泉式部〉」と記すのに関して、「和泉式部か哥を孟津に引給へり。此哥拾遺集には入たれと、同時の人なれは引哥にはあるへからす。只類例なるへし」と難じているのである。

しかしながら、既掲御論をはじめ諸氏が指摘するように、『源氏物語』が同時代和歌とかかわりをもつことはすでに明らかであり、『源氏物語』が和泉式部の和歌と多くの交渉をもつことは、今や周知のことであると言えよう。

六

『源氏物語』そして『和泉式部日記』は、ともに成立時期を特定できず先後関係は明確ではなく、作品単位では両者の影響関係は確定しにくい。しかしながら、個別にその関係を論証する先学の諸論により明らかになってきた、『源氏物語』と和泉式部の作品との交渉の事実をふまえつつ、従来の指摘にはみえない、「我は我」という一つの語句表現を、この二作品の影響関係のあり方を示唆する一項目として付加することができると考えるのである。

『和泉式部日記』の冒頭部、「夢よりもはかなき世の中を嘆きわびつゝ明かし暮らすほどに」以下の散文部分は、まさしく日記成立時期の特定が不可避であろう。しかし、その日記中の和歌に関してはいかがであろうか。帥の宮敦道親王との贈答を中心に独詠歌も交えて百五十首近くの歌は、宮と和泉式部の長保五（一〇〇三）年四月の出会いから、その年末までに詠じられたものである。「四月十余日に」小舎人童が帥の宮の文に添えられた橘の花を持参したことをきっかけとしてはじまった二人の交情であり、その十二月十八日には宮が和泉を自らの南院へ迎え入れたのである。『和泉式部日記』はこの間の恋愛経緯を軸として記すものであり、日記成立の時期はさて措き、この八ヶ月余の間に二人が贈答しあった歌が記されている。歌の数々は長保五年に詠まれていて、それらの歌が日記中に残っているのである。日記作成に際して、和泉式部が日記作者、自作という立場に立っても、そうした歌に修正や一部加除を施すことはあるであろうけれど、繰り返すならば、宮と和泉式部二人の息の合った贈答歌が、長保五年の時点で存在したことは事実として残るであろう。それらの歌は全て、当日記成立後にはじめて第三者の耳目に触れたのであろうか。日記中の和歌と日記の成立を必ずしも同一視しなくともよいのではないか、と考えるのである。

帥の宮と和泉式部、二人の恋愛は世間が注目したであろう、彼らの言動は世間の耳目を集め、噂のタネになったことであろう。出会いの翌月、五月には早くも、宮の侍従の乳母が「出でさせ給ふはいづちぞ。このこと人々申すなるは」と、女を訪ねる宮に人々がとかくの噂をするようだと、制しているのである。

世間が二人に好奇の目を向けたばかりではない、宮自身からも発信したことは周知のとおりである。和泉式部を南院に迎えた翌寛弘元（一〇〇四）年二月には、和泉を伴って藤原公任の北白河荘へ花見に出かけて評判になっているが、中でも次掲賀茂祭での所為がよく知られよう。『大鏡』には、

この春宮の御おとゝの宮達はすこし軽々にぞおはしましゝ。帥宮の、祭のかへさ、いづみしきぶのきみとあひのらせたまて御覧ぜしさまも、いとけうありきやな。御くるまのくちのすだれをなかよりきらせ給て、わが御かたをばたかうあげさせたまひ、式部がのりたるかたをばおろして、きぬながういださせて、くれなゐのはかまにあかき色紙の物忌いとひろきつけて、つちとひとしうさげられたりしかば、いかにぞ、ものみよりは、それをこそ人みるめりしか。（巻四　太政大臣兼家伝）

と記され、また、『栄花物語』巻八はつはなにも、

今年はこの使のひびきにて、帥の宮、花山院など、わざと御車したてて物を御覧じ、御桟敷の前あまた度渡らせ給ふ。帥の宮の御車のしりには、和泉を乗せさせ給へり。

とあって、寛弘二（一〇〇五）年四月に賀茂祭の使をつとめる頼通[15]が評判で、特別に車を仕立てて見物した帥の宮が、同車の和泉式部を殊更に見せびらかす、奇矯とも思える様子が叙されている。島津久基氏[16]が「かなり派手

にわざと人目を惹くやうな御行動とて、当時専ら世上の噂に高かったらう事は想見に難くな」いと記す、世上に聞こえる二人の間に交された、日記に残る歌の数々が世間に漏れ出る可能性は絶無であろうか。[17] 女は和泉式部であり、その相手は帥の宮という尊貴の人である。当代の歌よみとして世に認められる和泉式部その人の歌は、二人の恋愛模様とともに関心を集め、期待されたであろうことは想像に難くはない。

現存の日記が原態であるのかは知らず、世間の注目を集める二人の交した歌は長保五年の時点で確かに存在していた。更に、和泉式部が南院入り後ではあるが、先述のように当事者が自分たちを世間に誇示する態度をもっていた。日記の発端部分で、はじめて受け取った和泉式部の歌に対して返歌をしたためた宮は、使いの小舎人童に向かい、「かゝること、ゆめ人に言ふな。すきがましきやうなり」と言う。二人の仲がその後のように展開してゆくとは思いもしなかったであろう宮の、他人に憚る気持が言わせた諫止の詞であった。しかし、ついには宮が自らの住む南院へ、正式な〝妻〟の立場でなかったにしても、和泉式部を迎え取るという結果へと進展したのだった。

日記成立時期の特定がたとえ困難であるとしても、日記中にみることのできる二人が交した〝歌の存在〟という視点に立つならば、第三者の耳目に触れた経緯や時期を具体的に示せないまでも、それらの歌が、それらの歌のいくつかが外部へ発信され、それを紫式部が何らかの機会に手を入れ、そして自分の作品に摂取したことは、ありえないことではあるまい。和泉式部詠の摂取吸収という点ではもう既になされていたことでもあろう。帥の宮が和泉式部の歌才を愛したことは『和泉式部日記』を一読しても明らかに伝わる。二人の間の曲折も和歌が繋ぎ止めた、と言うこともできよう。和泉式部詠、そして、その詠を引き出す自身の歌をも宮は誇らしく思ったことでもあろう。

紫式部の耳目に触れた和泉式部詠は、帥の宮の詠、「我ひとりおもふ思ひはかひもなし　おなじ心に君もあらなん」に反応して間髪を入れない「御かへり」なのであろう、和泉式部の息づかいがさながら伝わるようである。「君は君我は我とも隔てねば　心ごころにあらむものかは」。実体の認識がむつかしい、抽象的な「心」をうたいながら、日常語を用いて、会話と歌の世界の境界を取り払ってしまったようなこの一首は新しく、紫式部に強い印象を与えたことと思われる。「君は君我は我とも隔てねば」、恋心の極致を示し、かつてみられなかった直截的な当表現を自身の『源氏物語』の世界に活かし用いるにあたって、この物語の作者は全く逆の表現として使う発想をしたのである。クルリと反転させたのである。「君は君」であり、そして「我は我」であることを示して、和泉式部が高らかにうたい上げた「君」と「我」の同一性をひっくり返した。「君」と同一性を希求すべき「我」が、その「君」との間に懸隔を自覚した場面において用いたのである。「君は君なり、そして、その君とは別の、我は我なり」を表現する「我は我」である。紫の上をはじめ女君が呟く「我は我」表現は、「君は君」を前提としてあると言い換えられる。源氏が紫の上に喩す「我は我」は、しかしその前提をもたず、紫の上の詞との齟齬があらわれて、二人の心のすれ違いを焙り出すことにもなる。

『源氏物語』の作者は素材を活かす達人である。既掲夕霧巻における夕霧の言葉、「中空なるわざかな、家路は見えず、霧の籬は、立ちとまるべうもあらずやらはせたまふ」は、和泉式部の「人はゆき霧は籬に立ちとまり」の一首を摂取したものであろう。「心は表裏してよく相似た」ものとして。また、帚木巻、雨夜の品定にみる歌について、寺本氏[18]は、「つまり紫式部は、雨夜の品定の四つの話のそれぞれの歌に、古今集・伊勢物語の古歌とともに、同時代の和泉式部の新作を巧みに利用・脱化して話の点睛としたといえよう」と述べる。もっとも、こうした「利用・脱化」は紫式部の専売特許というわけではない。和泉式部も同様であり、たとえば公任の「人はゆき霧は籬に立ちとまり」の一首を自詠に活かしたことは前述のとおりである。このような本歌取りの手法は、当時においては稀有なことでないとは言うまでもなく、寺本氏はまた、「それは消極的な模倣というより、同一詞句を踏まえながら、これを深化させたり新趣を出したりすることに積極的な価値創造を認めていたから」である、とする。

『源氏物語』の内部世界にはこうして摂取活用した歌文が散りばめられていて、それらが一層作品の奥行きを深く豊かに、広がりを大きくしているのである。『和泉式部日記』に描出される帥の宮と和泉式部の熱愛を象徴するかのような、「君は君我は我とも隔てねば」の一首をふまえ、独自に『源氏物語』内に活かした「我は我」表現であると考える。

七

明石巻。八月十三夜に明石入道は「心ひとつに立ちゐ、輝くばかりしつらひて」誘い、源氏は明石の君のもとを訪うこととなる。

道のほども四方の浦々見わたしたまひて、思ふどち見まほしき入江の月影にも、まづ恋しき人の御ことを思ひ出で聞こえたまふに、やがて馬引き過ぎて赴きぬべく思す。

秋の夜のつきげの駒よわが恋ふる　雲ゐをかけれ時のまも見ん

とうち独りごたれたまふ。

『源氏釈』が引く古歌の、「思ふどちいざ見にゆかん玉津島　入江の底に沈む月影」をふまえる、「思ふどち見まほしき入江の月影」につけても、まず、「恋しき人」、紫の上を思い出し「時のまも」その人のもとへと願う。この「思ふどち」は当然光源氏と紫の上を指示する。当場面は明石の君を訪う道すがらにあり、その夜源氏は明石の君と契ることとなる。

澪標巻において明石の君のことを「すべて御心とまれるさまに」語る源氏に、疎外感を味わい「我は我」と心中に慨嘆する紫の上は、

思ふどちなびく方にはあらずとも　われぞけぶりにさきだちなまし

「独り言のやうにうち嘆」き、呟く。当詠の「思ふどち」は源氏と明石の君を指示し、その二人に相対する「我」の立場である。明石の君との逢瀬を境に「思ふどち」の対象が異なって、結果として紫の上の「我は我」の思いと繋がる「思ふどち」である。須磨、明石の流謫を経て、源氏との心の紐帯は固く結ばれていたはずであったのに、その信頼を裏切った源氏に対して不信に基づく違和感を抱く紫の上に、源氏への心の懸隔が生じることになる。紫の上は、物語中に二十三首の詠を残す。九首目にあたる当「思ふどち」詠は、紫の上がはじめて「けぶり」、つまり死を意識する一首である。先に須磨へ出立する源氏を見送る際に、「惜しからぬ命にかへて目の前の　別れをしばしとどめてしかな」とうたう。君との別れを目の前にして、切羽詰った気持を込める「惜しからぬ命」は、君とともにある一首である。一方、「思ふどち」詠は明石の君との別れに際して源氏が詠んだ「このたびは立ちわかるとも藻塩やく　けぶりは同じかたになびかむ」（明石）をふまえていて、相愛の藻塩やく煙に対し「我」はひとり苦しみ死んでしまおうと、「けぶり」の意の捉え方を変えて、孤独の辛さの余りに消え入るような

失望の気持が感じられるものとなっている。

「思ふどち」は更に、異なる局面においてあらわれてくる。既述の「君は君なり」と源氏を怨んで泣く、六条御息所の様をした物の怪が、「思ふどちの御物語のついでに」(若菜下)自分のことを紫の上に語った源氏を怨じている。二人に対する疎外感をあらわす一表現であろう。源氏にかかわる紫の上、明石の君そして六条御息所をめぐって、他者と自分との位置を自覚したときに発せられる「思ふどち」[19]の語句表現であると考えられる。従って、物の怪の「君は君なり」の言辞は、当「思ふどち」を媒材としても「我は我」と接近してきて、和泉式部の「君は君」があらわす「君は君なり」の一つの変型として活かしたものと捉えられてくる。

源氏の心を見失ったかのように紫の上は「我は我」と呟くが、その懊悩を受け止められない源氏は、「なかなか愛敬づきて腹立ちなしたまふを、をかしう見どころあり」とみる。[20]松風巻で源氏が口にする「我は我」は、従って紫の上の心情とは相容れない語句表現として機能している。源氏本人ではなく明石の君との対比における「我は我」は、言うならば「彼は彼」が前提としてあって、紫の上の胸中の闇を一層深めるものであろう。その後明石の姫君を引き取り養育する話を聞き「すこしうち笑」む紫の上に、新たに〝母〟という属性が付加されることになる。澪標巻にはじまる源氏と紫の上の心の懸隔について草苅禎氏[21]は、当「我は我」表現にも触れた上で、宿曜にみる「御子三人」以下の予言とのかかわりの中で、「たとえ、それが前面に押し出されてくるのは、若菜巻以降であるとしても、第二部の世界でいきなり浮上してくるのではな」く、澪標巻にその端緒をみるとする。澪標巻に初出する「我は我」表現は、源氏と紫の上の心の懸隔、齟齬をあらわし、その端緒をみる一つのキイワードとして捕捉されるであろう。

真木柱における玉鬘の「我は我」は、冷泉帝に向けられる。髭黒の妻となった現在の立場から自分の思いは包まねばならない、「君は君」、帝の思し召しは有難くはあっても隔ててあるべきもの、「我は我」、私は私で心より外の境遇にあると、我身を避ける心情を表現するものであろう。そして、手習巻で浮舟は尼君に対し一歩退いて「我は我」と呟く。亡き娘の身代りにと望む尼君を拒む浮舟の心内語であり、更にまた、のちに浮舟に言い寄る中将を同様に拒否する含みをも有するであろう。もう誰の形代でも身代りでもない、自分は自分、との思いによって、他の人々とのかかわりから我身を避けようとする、浮舟が心に呟く「我は我」である。「いとらうたげに」「人のさまいとらうたげにおほどき」（東屋）、「ただ、らうたげにこまかなる」「らうたげにおほどかなり」「いとらうたげ」（手習）と、繰り返されてきた「らうたげ」な浮舟の、辿ってきた道のりが言わせた言葉なのである。

以上四例の「我は我」表現のうち、紫の上、玉鬘、浮舟と、三世代とも言える三人の女君は、「君は君」を前提として「我は我」と呟き、一方、源氏の思いはそれと相違する。他者と異なる自分を信じよ、と紫の上に教える源氏の「我は我」には、女君たちのもつ前提はみえず、視線は違う方向に向かっている。

『源氏物語』における、他者と自己との間に一線を画す、心の懸隔をもたざるをえない状況にある女君たちが呟く「我は我」は、源氏の詞とともに全例が散文部にみられる。当「我は我」の語句表現は、後出作品の『夜の寝覚』や『狭衣物語』の、やはり散文部において用いられる。社会における女君の位置を背景とするものであろうか、『夜の寝覚』四例中、唯一女君が呟く「我は我」のみが、『源氏物語』の女君たちのそれと同様に特定の個人に向かうものであり、他の三例、そして『狭衣物語』にみる一例の、男君たちが発する「我は我」は、特定の他者を超えて広く世間や社会を対象とする。これは、『源氏物語』松風巻で源氏の言う「我は我」表現の延長線上にあるとも考えられるものの、しかし変容した対象を示している。彼ら男君たちの「我は我」には当然ながら「君は君」の前置きはみられない。対峙するのは世間や社会であるのだから。散文以外、和歌への影響という側面では、『弁乳母集』に一首をみた後には、たとえば鎌倉末期かと言われる『親清五女集』に、「我は我人は人とぞおもひわく　心よりこそまよひそめしか」をみるが、歌文ともに、当「我は我」表現は後出作品に多くみられるものではない。(22)

『源氏物語』の古注釈は、当該語句表現に関して、たとえば、澪標巻の「我は我」に関しては、

・紫上のゑんし給ふさま也　（細流抄）

・紫の源にうちそむきたるさま也　（岷江入楚）

・源氏君は源氏君と、明石の事を思ひ給ひ、我は又我と、別にながめし給ふ也　（玉の小櫛）

また、松風巻では、

・われはとおもひあかれと云心也、紫上にまさる人なしと也　（河海抄）

・源の紫へ対しての詞にむらさきの上はましたるとおもふ程にと也　（孟津抄）

そして、真木柱巻には、

・主上の御心也　（細流抄、弄花抄、孟津抄）

・玉かつらの心也　（山下水）

手習巻の「我は我」に対しては、

・あま君はむかしのむすめの事をおもひ浮舟は又我身のむかしの事をおもひいてたる也　（細流抄）

・手習君は匂宮薫なとの事をおもふほとにと也　（孟津抄）

などの注を付している。引歌としては、前掲定家の、同時代和歌は「源氏ノ証哥ト為スベカラズ」という立場の

継承であろうか、同時代人の和泉式部の歌は引かれず、澪標、松風、真木柱巻の当該部分に、「うつゝにてたれ契りけむ定めなき　夢ぢに迷ふ我は我かは（在原棟梁女）」をみるばかりである。

現行注釈も同様に慎重な扱いをしていて、『新潮古典集成』のみが澪標巻の該当頭注に、「あなたはあなた　私は私で　お互いに別々の心なのですね、の意」に続いて「君は君我は我とて《ママ》隔てねば心々にあらむものかは」（『和泉式部日記』）がある」と記すのみである。その他、『岩波新大系』が澪標巻では「引歌あるか」の後に「参考」として、「君は君我は我にてすぐすべき　今はこの世と契りしものを（弁乳母集）」を載せる。この『弁乳母集』にみる一首は、長保五年に詠まれてあった和泉式部詠を逆手にとって一種パロディ化したものであることは前述したところであり、『源氏物語』における当表現の方が早い時期にあらわれると考えて間違いないであろう。[23] 更に、手習巻の当該事例に対しては、「自分は自分だ（他の人とは違う）」と、孤独な自己を見つめる心。「「世の中に身をし変へつる君なれば　我は我にもあらずとや思ふ」（『朝光集』）」を注記する。しかし、朝光詠の「我は我にもあらず」は、本論に述べてきた従来からの用法、自分が自分でなく呆然とする様態を表現する慣用句とは異なるものであるが、以前と同じ〝我〟ではないと〝君〟はお思いですか、私はいつでも変りませんと詠みかけるものであり、「孤独な自己を見つめる心」には適当でないと考えられる。

『狭衣物語』にみる一例の「我は我」表現に関して注を付す『岩波旧大系』及び『新潮古典集成』には、それぞれ補注や頭注において「君は君我は我とも隔てねば　心ごころにあらむものかは」の和泉式部詠を記す。同時代でなく後出作品であるから躊躇は不要なのであろう。しかしながら、「引歌」であればともかくも歌文の引用を示すのならば、当和泉式部詠は間接的であり、直接的には『源氏物語』の影響を受けた語句表現なのである。

寺本氏は前掲論文において、『狭衣物語』四、宰相中将の妹君（在明の君）物語にみる、

籬の霧のいとゞひまなくたち渡りて、……立ち出で給ふままに、

葛のはふ籬の霧もたちこめて　心もゆかぬ道の空かな

の影響関係について、『岩波旧大系』や『小学館旧全集』では和泉式部の「人はゆき霧は籬に」の一首をも掲げるが、「夕霧の巻が和泉式部の歌を直接踏まえており、その夕霧の巻を狭衣の在明の君の物語が下敷きにしてい」て、従って、「和泉式部の歌と右の狭衣物語の場面との関係は間接的なものであろう。近似する公任集の歌、和泉式部の歌、源氏物語夕霧の巻の歌文、狭衣物語巻四在明の君物語の歌文は、結局この順序で影響を受けていった」と論じている。寺本氏が指示するこの影響の順序は、本論に述べる「我は我」表現と同様の方向を示すものである。

すなわち、帥の宮の贈歌に触発されてほとばしり出た、

和泉式部の「君は君我は我とも隔てねば　心ごころにあらむものかは」の詠

⟶和泉式部詠をふまえて、その歌意を全く逆に反転表現する『源氏物語』における「我は我」

⟶『狭衣物語』にみる「我は我」表現

この順で影響が及んでいったと考えるのである。

先行作品に用いられる「我は我にも」や「我は我かは」の表現とは全く異なり、新しい境地に立つ「君は君我は我とも隔て」ない、「君」と「我」の同一性を高らかにうたったのは和泉式部であった。長保五（一〇〇三）年十月に詠まれたこの一首は、その時期や経緯は特定できないものの、寛弘二（一〇〇五）年か三年の暮に作者が中宮彰

子のもとへ出仕して以後の執筆かとされる『源氏物語』澪標巻において、紫の上が失意のうちに呟く「我は我」の表現となって活かされた。愛し合う二人の同一性をうたう和泉式部詠の世界を裏腹に、陰画として描くこの語句表現は、従って、「君は君なり」に相対する「我は我なり」という二人の心の隔絶をあらわすものである。「君」と「我」と、二人は「同じ心」でなく「心ごころ」であることを示す「我は我」表現である。紫の上、玉鬘、浮舟、三人の女君が他者と自己を客観的にみつめる。自覚しようとしまいと、自分を生きざるをえない女君の「我は我」である。源氏が発するその言詞は逆に紫の上を受け止めえない姿を浮かび上げ、二人の心に生じる齟齬が明らかになってゆく。「君は君」を前提としない源氏の当表現は、のちの文学作品中にも男君の思いとして変容しながらも引き継がれる。

和泉式部がうたう熱愛の和歌世界をふまえているからこそ、女君たちが呟く「我は我」の言葉が内包する孤独は重い響きを放つ。和泉式部の一首を下敷きにして、『源氏物語』は「我は我」の表現においても、独自の表現世界を創出、構築したのである。

【注】

（1）現行注釈は、平中への女の返し「うつつにて」を引く本が多いが、「女の返歌の言葉によるか」（『新潮古典集成』）など疑問を付すものもみる。最新の注釈では『岩波新大系』が、『旧大系』における「帝が心深く契りなされても、どうにもならない、の意」から、「玉鬘の心内、私は帝の寵愛を受けるような者ではないのに、の意。『我はわれ』は自分は自分で、他とは異なる、の意」となって、「我は我」を明記している。また、『小学館新編全集』は二説を紹介する『旧全集』を踏襲する。

（2）他に、「我かのけしき」「我かのさま」などの表現も数例みられる。

（3）その寝覚の上の心中に思い至らないかのように、男君の視点は表面的である。
えもいはず匂ひおほく、香りみち、なつかしき気はひ、いといたく児めき、おほどかにもてない給へるほど、心のそこもおほかりける、身にしむばかりぞ、はかなきことも、思され給ひける。

と叙される。

（4）「『弁乳母集』序説」（『国文論叢』第12号　神戸大学文学部国語国文学会　昭和六〇年）

（5）『和泉式部続集』に、歌意の異なる詠、「たのみけん我が我にてあらばこそ　君を君ともわきておもはめ」をみる位である。

（6）玉井幸助氏『和泉式部日記新註』世界社　昭和二四年

（7）大橋清秀氏「和泉式部の歌と同時代の文学」（『論及日本文学』第9号　立命館大学日本文学会　昭和三三年）

（8）『釈評源氏物語講話』矢島書房　昭和二五年

（9）『和泉式部研究一』古典文庫　昭和三九年

（10）「源氏物語と和泉式部日記」（『国文学　解釈と鑑賞』至文堂　昭和四三年）

（11）『古小説としての源氏物語――神田秀夫論考集　第二』明治書院　昭和五九年

（12）「源氏物語と和泉式部との交渉」（『平安朝文学研究　作家と作品』早稲田大学平安文学研究会編　有精堂　昭和四六年）

（13）「源氏物語と同時代和歌との交渉――和泉式部の歌の場合――」（『古代文学論叢　第三輯　源氏物語・枕草子研究と資料』武蔵野書院　昭和四八年）

（14）『源氏物語』が一方的に和泉式部の歌を摂取吸収したばかりではない。逆に和泉式部が『源氏物語』から影響を受けた詠についての論議も、たとえば、注(7)大橋氏や、(12)鬼束氏にみることができる。

(15) ただし、寛弘二年の賀茂祭の使は、『御堂関白記』二月四日条をはじめ『権記』や『小右記』の記事によって源雅通である。また、『大鏡』の記事に従い寛弘元年とする説もみる。

(16) 注(8)と同じ。

(17) 『俊頼髄脳』に次の記述をみる。

四条大納言に、子の中納言の、式部と赤染と何れかまされるぞと尋ね申されければ、一口に言うべき歌よみにあらず。式部は、……いとやん事なき歌よみなり。

当時の歌壇の大御所、四条大納言藤原公任は息定頼の問に答えて、和泉式部を「いとやん事なき歌よみ」と称しているのである。『紫式部日記』に記されるように紫式部自身も和泉式部の歌に関心をもったであろうことは、その摂取の模様をみるに明らかである。

(18) 注(13)と同じ。

(19) 明石の君を訪う途次の「思ふどち見まほしき入江の月影」の場合には、源氏自身の言葉としてはあらわれない。また、当「思ふどち」は紫の上と自分自身であり、他者を介在しない。明石の君の存在の伏線としては考えられるが。

(20) 朝顔巻においても同様の場面をみる。源氏が紫の上に向かい、今は斎院を退いた朝顔の姫君との仲を弁明する場面である。

二条院に夜離れ重ねたまふを、女君は、たはぶれにくくのみ思す。忍びたまへど、いかがうちこぼるるをりもなからむ。

寂しさに沈みがちな紫の上を慰藉する源氏の詞中に、

おとなびたまひためれど、まだいと思ひやりもなく、人の心も見知らぬさまにものしたまふこそらうたけれ、とあって、そのような紫の上を「らうた」く思う源氏であり、そして、紫の上は「いよいよ背きてものも聞こえたまは」ないでいる。幼い時分から慈しんできた源氏ならではの「らうたけれ」の思いばかりではあるまい、注(3)の『夜の寝覚』における内大臣の視線と重なるものであろう、女君の胸中を理解し得ない男君の姿があらわれる。

(21)「光源氏と紫上の心の懸隔について――「澪標」巻からの展開――」(『立教大学日本文学』第70号　平成五年)

(22)『源氏物語大成』によると、特に多くの校異はみられない。その中では「我は〳〵と」の形が多く、また青表紙本系統が唯一例の校異であるのに対して、河内本系統や、別本では、比較的多い校異をもつ。

(23)弁乳母と道綱の交際に関して、守屋省吾氏は「弁乳母のこと」(『立教大学日本文学』第37号　昭和五一年)において、「その時期はおそらく弁乳母が禎子内親王に乳母として奉仕した長和二年から道綱が薨ずる寛仁四年の八年ほどの間」、または、長和元(一〇一二)年二月十四日、藤原妍子が三条天皇中宮に冊立の以前から妍子のもとへ出仕していて、冊立の際に中宮大夫を任ぜられた道綱と「職務的立場から弁乳母との交渉が生じ易かった」可能性をも述べる。いずれにしても『源氏物語』澪標巻において紫の上が呟く「我は我」表現の方が、『弁乳母集』中の「君は君我は我にて」より大分早い時期にあらわれると考えられる。

第三章　『和泉式部日記』との交渉　その二

――共通する二、三の語句表現に関して

一

先行作品の歌文にみることのない語句表現が、同時代の二つの作品中に複数例あらわれることは、何を知らせるのであろうか。

『源氏物語』と『和泉式部日記』、この二作品の交渉に関しては予てより先学諸氏の御論をみるが、これらの御論は、宇治十帖を中心とした『源氏物語』と『和泉式部日記』とのかかわりを、事件、状況そして表現などの類似性によって指摘するものが多い。本論においては、従来言及されることのなかった語句表現を対象として、それらが当該二作品間にどのようにかかわるかにつき考察を加えることとする。

この二作品の成立時期はともに確定されてはいず、また現存作品においての、それも語句レベルでの物言いは、慎重でなければならないとは言うまでもないが、先学の御説をふまえつつ、その影響関係を考える状況証拠の一端となることを願う試みである。〝心情の類似〟などではなく、具体的な語句表現を、二作品だけを対象として

検討するのではなく、周辺の作品、先行また後出の作品にも視野を広げて考えてみたい。

『和泉式部日記』の成立時期に関しては諸説があり、特定できないことは周知のとおりであるが、その日記に残る歌の数々、帥の宮敦道親王と、「女」こと和泉式部の贈答を中心とした百五十首近い和歌は、長保五（一〇〇三）年四月半ばから十二月までに詠じられたものである。その時期に詠が交されたという事実に目を向け、日記の成立時期については一応措くこととする。それらの歌の数々が、詠じられてすぐに逐一公表されたはずのないことは言うを俟たないが、しかし、日記成立以後にはじめて全ての歌が他人の目に触れたとするのも、世間の注目を浴びている当事者のあり方からして、むしろ不自然ではないだろうか。一部の和歌が何らかの手段によって第三者の耳目に達した可能性が絶無では決してない、と考えるのである。その手段も時期も特定することはできないまでも、それらの和歌が長保五年中には誕生していた事実に注目するものである。

一方、『源氏物語』の執筆成立時期は、確定されないまでも、長保三（一〇〇一）年四月、足かけ四年の結婚生活に終止符を打つ、夫宣孝の死去という現実に直面した紫式部が、そののち孤独のうちに筆を染めたものとされる。一条天皇中宮彰子のもとへの出仕も、その物語の評判が後押しをしたとも言われるが、初出仕の時期は『紫式部日記』内の記述から推測して寛弘二（一〇〇五）年か翌三年の暮れであると考えられる。現在目にする五十四帖各巻の執筆順に関しても論議をみるところであるが、その宮仕え経験が『源氏物語』第十四帖澪標巻以降に活かされている、と言われる。更に、史実の物語への反映などいくつかの徴証、また、『紫式部日記』寛弘五（一〇〇八）年十一月一日、彰子が儲けた一条天皇第二皇子敦成親王御五十日の祝宴における記述――藤原公任の言辞――などから、その時点では、いわゆる第二部の最終帖幻巻まで成立していたかとも考えられている。

以上の事柄をふまえながら、この二作品の中にみられるいくつかの語句表現について、そのかかわりを考察する。二作品間の交渉を検討する際には、先行作品における当該表現用例の有無が重い意味をもつであろうから、二作品のみならず、先行作品に用いられる表現と対比しながら個別に検討してゆくこととする。先行歌文に見出せる既成語句はそれぞれに蓄積された背景をもち、そうした蓄積を摂取活用して後出作品は自らの世界をふくらませる。語句は何らかの必然があって生まれるものであろうし、一つの表現が形づくられるには、その背後に個別の景が存在すると考えられるのである(1)。

先に、『和泉式部日記』の成立時期については一応措き、日記中の歌の存在を注視する旨を述べた。成立時期はともかくも、日記作成の際には宮と「女」の間で実際に交された歌に、修正が施され、改変が加わることは当然考えられよう。そうした可能性をも視野に入れながら、以下考察を試みることとする。

二

「ほととぎす」は、古来夏の鳥として春の鶯、秋の雁とともに人々に親しまれ愛されていて、従って、歌材としても当然多く用いられる。それは勅撰和歌集夏部の入集状況によっても明らかであるが、とりわけ『古今集』では、巻三巻頭の「わがやどの池の藤波さきにけり　山郭公いつか来なかむ」をはじめ、夏部三十四首中の二十五首が郭公に関する詠で占められているほどである。

郭公は、「鳴く」「声」を「聞く」ことがその鑑賞の眼目であり、これらの用語を組み合わせて一首が構成される。「声」は音、一声、二声、初声そして古声などとさまざまな表現でうたわれるが、郭公が「同じ声」と合わされる一首をみるのは、『和泉式部日記』である。

「夢よりもはかなき世の中を、なげきわびつつあかしくらすほどに　四月十余日にもなりぬれば」――よく知られる日記の冒頭である。冷泉院皇子・為尊親王が薨去して一年近くを経た長保五年四月、故宮に仕えていた小舎人童が和泉式部のもとを訪れた。為尊親王の弟・帥の宮敦道親王の使いであった。差し出された橘の枝に思わず、「さつき待つ花橘の香をかげば　昔の人の袖の香ぞする」（『古今集』巻三夏　一三九　よみ人しらず）の古歌から、「昔の人の」と和泉式部は口ずさむ。帥の宮が当古歌をふまえて、和泉式部にとっての昔の人、為尊親王を思い出す機縁として橘の花――懐旧の念を喚起する花を届けたことは言うまでもない。女は、

かをる香によそふるよりは郭公　聞かばや同じ声やしたると

と歌を贈る。香り高い橘の花によって亡き宮様をお偲びするよりも、その枝に宿ると言われる郭公の声が昔と同じ声かどうか――帥の宮様が兄宮様のお声と同じかどうか――お会いして聞きたい、と。表面的には兄宮の愛人への挨拶である橘の一枝を受け取った女は、そこに込められる弟宮の真意を察して、女から宮を誘う大胆な歌を返したと解釈される。「死出の山越えて来つらむ郭公　恋しき人のうへ語らなむ」（『拾遺集』巻二十哀傷　一三〇七伊勢）にみるように、多様な属性を歌に取り入れられる郭公はまた「死出の田長」という一つの異名をもち、死者の国と往来して亡き人について語る、と伝承されていた。「橘――昔の人――郭公――声」という語句の連なりに、亡き兄宮、そして弟宮の声を重ねている。女が親しんだ亡き人と、そしていま便りをよこした人が同じ声であるのか、直接お目にかかって確かめたいと、その鳴き声が古来賞美されるとともに、死出の山を越えて語る、冥界とかかわるという郭公が有する二面性を取り込んだ一首を宮に贈る。(2)

宮もさっそく返歌を届ける。

同じ枝に鳴きつつをりし郭公　声はかはらぬものと知らずや

同じ枝に鳴いていた郭公――ともに暮らした同母の兄弟です、声は同じであり変りません――同じようにあなたを愛しく思いますと、兄弟姉妹を示す「連枝」を響かせるのであろう、「枝」を詠みこむ。

女の歌に宮は、「同じ枝」(3)に「鳴く」「郭公」だから「声」は「変らぬ」、つまり「同じ声」であると応じた。古来一つの景物として詠みこまれる、橘と郭公、そしてその声が描き出す世界を端緒として、二人の交情が新たにはじまった。

二人が結ばれる弾みとなった和泉式部詠にみる「同じ声」は、兄宮と弟宮、そして橘、郭公とのかかわりの中で自ずと詠みこまれた語句表現であろう。同じ声で語られる人の心も変らない、とする「同じ声」は、従来は郭公と結びついてはいなかった。先行詠にはみられなくとも、当詠においては、「郭公――声」と常套的な歌材としてつながる語句の中に、当面する事態を実に相応して詠み、その意を的確に表現する。当場面にうまく適合するこの語句表現は、当場面にのみ用いられるもので、日記中の他の場面にはあらわれて来ない。『和泉式部日記』の他の場面に姿をみせる郭公は、四月晦日に「忍び音」とともに女に詠じられて、宮は「忍び音は苦しきものを郭公　こだかき声を今日よりは聞け」と返す。郭公に「忍び音」や「こだかき声」を配する手法は先行詠にもみることができ、先行詠をもたない「同じ声」の場合とは相違するものである。和泉式部の作品には、当日記のみならず正・続『和泉式部集』や、いわゆる「和泉式部集切」における和歌そして詞書の中に、「同じ」プラス「体言」の形をもつ語句表現は多い(4)。「同じ人、同じ心、同じ頃」その他の表現を数多くみる。しかし「同じ声」はその中に含まれてはいない、ただ日記冒頭部分の当該詠のみである。そして、これは、女にとって、為尊親王追慕の情が敦道親王への愛に変容する発端となる表現でもあった。

『蜻蛉日記』安和二（九六九）年六月、安和の変により太宰権帥に左降された西宮左大臣源高明の北の方・愛宮が出家した際に、著者藤原倫寧女が贈った長歌では、「君を見で　ながき夜すがらなく虫の　同じ声にや　たへざらんと　思ふ心は」と、「ながき夜すがらなく虫」に「同じ声」で鳴いている。当長歌中にみえる「山郭公」は、「君をしのぶの声絶えず　いづれの里か鳴かざりし」と続いていて、「同じ声」には鳴いてはいない。また、『大中臣能宣集』には、「ゆきかへりとぶかりがねはちぢの秋に　同じ声せよ君に聞かせむ」（一三）と「雁がね」が「同じ声」に鳴く。その対象はともかくも、上記用例が『和泉式部日記』にみた「同じ声」を詠んでいる先行歌である。それに対して後出作品になると、郭公に合わされるだけでも少なくはない。たとえば、「聞かばやなそのかみ山の郭公　ありし昔の同じ声かと」（『後拾遺集』巻三夏　一八三　皇后宮美作）、「年を経て同じ声なる郭公　聞かまほしさもかはらざりけり」（『風雅集』巻四夏　三一七　刑部卿頼輔）、また、「忍音を聞かばや夜はのほととぎす　去年もまたれし同じ声かと」（『建長八年百首歌合』四百六十番左　鷹司院帥）その他が、郭公の「同じ声」で一首を構築していて、それは他の歌材「山びこ、波の音」などといった組み合わせよりも多くみえるのである。

更に、散文部分に「同じ声」を表現する先行作品を求めると、『宇津保物語』には十数例を数えることができる。しかし、この物語の「同じ声」は、音楽譚という一つの主題に与って、その声は楽器の音色を示すものである。郭公に対して「声」が配されるのは、和歌の世界におけるのと同様であるが、ここに郭公の「同じ声」は聞こえては来ない。

『源氏物語』の散文部分には二例の「同じ声」を聞くことができる。まず竹河巻。

正月下旬、髭黒が没して今は未亡人として過ごす玉鬘の邸に、薫や夕霧息の蔵人少将らが訪れる。小宴が開かれて客人たちが琴を弾き歌をうたう。玉鬘所生の「主の侍従」つまり藤侍従は、「寿詞をだにせんや」と迫られ、

「竹河を同じ声に出だして、まだ若けれどをかしううたふ」。巻名の由来となる催馬楽「竹河」を薫とともにうたう。当場面にみる「同じ声」は、藤侍従が薫と声を合わせての意であり、ここに郭公は鳴いていない。郭公が「同じ声」に鳴くのは、花散里巻である。

須磨巻の直前に位置するこの小さな巻は、父院を失ってのちつらい状況下にある光源氏が花散る里を訪れて、心安まる一ときを描く。「五月雨の空めづらしく晴れたる雲間にわた」る途次、中川の辺りでかつて一度逢った女の宿に気づいた源氏は気持が動く。久しく逢わない女が応じてくれるものか、ためらう折しも郭公が「催しこえ顔」に鳴いて渡り、それに誘われて惟光を使にする。「をち返りえぞ忍ばれぬ郭公　ほの語らひし夜の垣根に」。女からは、「郭公言問ふ声はそれなれど　あなおぼつかな五月雨の空」と返る。婉曲な断りと察して引き返し、「本意の所」、花散る里へ向かう。まず、麗景殿女御のもとで亡き父院を偲び昔物語をしていると、昔の人を追想させる橘の香が懐しく匂う。と、

郭公、ありつる垣根のにや、同じ声にうち鳴く。慕ひ来にけるよ、と思さるるほども艶なりかし。「いかに知りてか」など忍びやかに、うち誦じたまふ。

橘の香をなつかしみ郭公　花散る里をたづねてぞとふ

中川の辺り、宿の垣根に鳴いて誘ったあの郭公が、源氏のあとを慕って来たのか、花散る里で「同じ声」に鳴く。過ぎ去った人の辺りと、そして昔の人を追憶する橘の香が懐しく匂う里とに「同じ声」で郭公の声が聞こえる。暗然たる立場にある源氏にとって、「いかに知りてか」、自分を「慕ひ来」て鳴く郭公の「同じ声」は、まさしくさまざまに「艶なりかし」の感慨をもたらしたことであろう。そして自らを故人を偲ぶ橘の花の香を訪う郭公に准える一首を口にするのである。

『和泉式部日記』の郭公の「同じ声」は、兄宮と弟宮、亡くなった昔の人と、その昔の人を偲ぶ弟宮と、二人の宮に重ねられる。「夢よりもはかなき世の中を、なげきわびつつあかしくらす」女のもとに届けられた橘の花を契機として、郭公が「同じ声」に来鳴くことになる。そして、『源氏物語』花散里巻では、源氏がかつて契りいまは過去の人となった女の宿と、故父院の思い出語りをする、橘の香が薫る花散る里とに、「同じ声」に鳴く郭公が描き出される。

二つの作品、『和泉式部日記』と『源氏物語』の影響関係を考えるとき、寛弘二年か三年の年末以降に執筆されたと言われる澪標巻の、三帖前に位置する花散里巻は、長保五年四月に詠まれた和泉式部詠よりも後に成ったと考える方が蓋然性は高いであろう。帥の宮から贈られた橘の枝に思わず「昔の人の」と口ずさみ、その古歌をふまえた「かをる香によそふるよりは郭公　聞かばや同じ声やしたると」の一首が、『源氏物語』作者の耳目に触れて、花散る里に趣向を変えて活用したと考える方が至極穏当な方向であろう。「同じ声」に鳴く郭公をめぐる状況から推しても、逆の方向は考えにくいと思われる。言うまでもなく和泉式部の一首が紫式部の耳目に届いた時期や手段は明らかではないけれども。

和歌を散文部に摂取活用する方法は、先章「「我は我」表現に関して」にみた「霧の籬」の場合におけると同様である。和泉式部の「霧の籬」を詠みこんだ一首は、「心は表裏してよく相似たり」(『源註拾遺』)という手法で夕霧巻の夕霧の詞に活かされていた。そして「我は我」表現もまた。この花散里巻の場面においてもまた、異なる条件――時間、空間、状況――を設定しながらも、郭公、橘、昔の人という素材に更に「同じ声」を文中に添加して、当場面に一層の豊かな情感を与えるものとなっている。

以上、『和泉式部日記』冒頭部にみる一首と『源氏物語』花散里巻散文部にみる郭公の「同じ声」に関して考えを述べたが、和泉式部の当「かをる香によそふるよりは」の詠が『源氏物語』に影響を及ぼすとは、早くより指摘されたことは前章において既述したところである。胡蝶巻。

源氏が六条院に引き取った玉鬘に源氏自身も魅かれてゆき、遂に思いを打ち明けるところとなって、玉鬘が当惑する場面である。

箱の蓋なる御くだものの中に、橘のあるをまさぐりて、

橘のかをりし袖によそふれば　かはれる身ともおもほえぬかな

……

袖の香をよそふるからに橘の　みさへはかなくなりもこそすれ

亡き夕顔を橘によそえた源氏の詠とそれに応える玉鬘詠を中心に和泉式部詠と表現描写が類似する、との御論である。

この二作品間の対比に基づく御論に、先行作品の表現という視点を加えてみると、当場面の二首の詠中にみる「（橘の）かをる香」プラス「よそふ」という表現は、当該和泉式部詠を除いては、『万葉集』以来の先行詠にみられない。「（橘が）香る袖」プラス「よそふ」も同然であり、また、『源氏物語』の歌文の中にも右掲胡蝶巻の二首以外にはみない。『拾遺集』には、「誰が袖に思ひよそへて郭公　花橘の枝に鳴くらん」（巻二夏　一一一　よみ人しらず）をみる。当「誰が袖」詠は、「花橘の香」によって「昔の人の袖の香」を懐古する古歌を下敷きにすることは勿論であり、その袖の香に思い准えて鳴く郭公をうたうが、「（橘の）かをる香」や「かをりし袖」プラス「よそふ」という直接的表現とは少しく異なるものであると言えよう。

島津久基氏[5]によって、日記冒頭文と胡蝶巻歌文の表現描写の交渉を指摘されて以来、大方は日記の影響を認めるが、藤岡忠美氏[6]はその影響を和歌に限定することは前章に既述した。「かをる香によそふるよりは」の和泉式部詠が、胡蝶巻二首の上句と「直接関係の濃厚なもの」で、「和泉のこの歌がなんらかのかたちで、もとより和泉式部日記とは関係なく、紫式部の耳目にとどまっていたことは想像できるのである。ともに『五月待つ花橘の』の古歌を踏まえてはいるものの、たんなる暗合とはいいきれぬものが、語句の相似に見られる」とする。「もとより和泉式部日記とは関係なく」、日記中の歌に限定して影響関係を指摘する点は、本論の趣旨と同様である。また上述のとおり先行歌文には「（橘の）かをる香」やその「かをる袖」の語句表現に、直接的に「よそふ」例はみられず、藤岡氏の言う「語句の相似」とともに、二作品中の当該和歌のかかわりの深さが明らかになって、胡蝶巻にみる二首が和泉式部詠からの摂取と考える方向に妥当性を添えるものである。

先行作品の歌文中において「よそふ」対象は、「君、なでしこの花、草の葉、水の泡、桜花、梅の花、月影」などと多様にあらわれてくる。そして、先行作品の歌文にはみられない、「橘」を暗示する「香」や「よそふ」「袖」を直接的に歌材にする後出の詠では、たとえば、「後朱雀院御時　長久二（一〇四一）年五月」以下の詞書をもつ、「ただならぬ花橘のにほひかな　よそふる袖はたれとなけれど」（『千載集』巻三夏　一七一　枇杷殿皇太后宮五節）をみる。古歌の「五月待つ花橘の」をふまえて、その香に喚起される恋の気分をうたったもので、この種の類歌は他にもみえて、先行詠にはみえなくとも、ともに後世に影響すること多大なこの二作品中の言辞が、後出作品には及ぶことが判明する。

物語作品中の散文部においては、先行作品にみられなかったと同様に、後出作品、たとえば『夜の寝覚』や『狭衣物語』などに、「よそふ」対象としての「（橘の）香」や「かをる袖」はあらわれてこず、散文部には及んではいない。以上のように他作品とのかかわりを視野に入れても、『和泉式部日記』の和泉式部詠と『源氏物語』胡蝶巻にみる二首との交渉は顕著である。

三

『古事記』に既に、「我が御魂を船の上に坐せて　真木の灰を」（中巻）と、その語をみ、また『万葉集』にも「おくやまの真木のいたどをとどとして　わがひらかむにいりきてなさね」とうたわれ、更に、

君や来む我やゆかむのいさよひに　真木の板戸もささずねにけり（『古今集』巻十四恋四　六九〇　よみ人しらず）

山ざとの真木の板戸もささざりき　たのめし人をまちしよひより（『後撰集』巻九恋一　五八九　よみ人しらず）

などにみる「真木」は周知のようにすぐれた木、立派な木の謂で、杉や桧などの総称であるが、歌語では一般的に「木」を指して、「真木の板戸」「真木たつ山」などとうたわれる。「真木の板戸」は「真木の戸」としてもあらわれ、「真木の戸のかりそめぶしもしにけるか　いたづらいねをなににつつまし」（『古今和歌六帖』第二「と」一三七六　なりくに）(7)、「夏はつるあかつきがたの真木の戸は　あけてののちぞすずしかりける」（『続古今集』巻十七雑一五五八　忠義公兼通）などをみる。『後拾遺集』入集和泉式部の一首にも「真木の戸」をみる。「やすらはで立つに立てうき真木の戸を　さしも思はぬ人もありけり」（巻十六雑二　九一〇）。これは「そのようにも」の意の「さしも」に、「戸を「鎖し」」を懸ける。右掲『古今集』の「君や来む我やゆかむ」、『後撰集』の「山ざとの真木の板戸」詠にもみるように、この「鎖す」は「戸」と縁語関係にあって多用される語句である。(8)

『和泉式部日記』、五月はじめに宮は女のもとへ三度目の訪問をする。

宮、例のしのびておはしまいたり。女、さしもやはと思ふうちに、日ごろの行なひに困じてうちまどろみた

るほどに、門をたゝくに聞きつくる人もなし。聞こしめすことどもあれば、人のあるにやとおぼしめして、やをら帰らせ給ひて、つとめて

開けざりし真木の戸口に立ちながら　つらき心のためしとぞ見し

……

心もなく寝にける物かなと思ふ。御返

いかでかは真木の戸口をさしながら　つらき心のありなしを見ん

叩いても開かなかった真木の戸の辺りに立ちながら、これがあなたの無情な心の証しと思いました。宮詠への女の返しは、どうして真木の戸を鎖したままで、私に冷たい心が有るか無いかをご覧になれましょう、と戸が開けられるまでもなく帰ってしまった宮へ切り返してみせる。この贈答二首は「真木の戸口」を詠みこむ。宮詠を受けて和泉式部も同じく「真木の戸口」を返している。

立ち侘びる場所を示す「戸口」は「に」を伴って「戸の辺りにおいて」起きてくる人を待って立ち尽くす宮の姿を描き出し、和泉式部の返歌は「を」を伴い「出入口の戸」を閉じる意の「戸口」であり、二首の「真木の戸口」の意味するところは異なっている。(9)

『和泉式部集』に「忍びて人に物いふ戸口にて」の詞書をもつ次の一首をみる。

しるければ枕だにせんぬるものを　真木の戸口やいはんとすらん　（七〇七）

当詠は、詞書にみるように「戸口」という場所「にて」うたわれ、「真木の戸口」の「戸口」に人の「口」を懸ける。忍んでいるのに真木の戸口が口をきいて話してしまわないかと擬人化して詠むものであり、前掲二首の「真木の戸口」の意とは同列には並ばない一首であろう。

『新勅撰集』に次の一首が入集する。

夜もすがらくひなよりけになくなくぞ　真木の戸口にたたきわびつる

（巻十五恋五　一〇一九　法成寺入道前摂政太政大臣）

藤原道長が紫式部に贈ったとされる当詠は、続く「返し」（一〇二〇　紫式部）詠とともに、『紫式部日記』に記されている、寛弘五（一〇〇八）年六月ごろと推定される挿話中の一にみえる。

渡殿に寝たる夜、戸をたたく人ありと聞けど、おそろしさに、音もせで明かしたるつとめて、

夜もすがら水鶏よりけになくなくぞ　真木の戸口にたたきわびつる

返し、

ただならじとばかりたたく水鶏ゆゑ　あけてはいかにくやしからまし

紫式部の局の戸を叩いたが開けてもらえなかった道長が「真木の戸口にたたきわび」たとあり、ここは叩きわびた場所を示す「真木の戸口に」である。

「戸口」と「戸」、二種の語が明らかに相違をもって示される例を『竹取物語』にみる。最終部、遂にかぐや姫が昇天するという八月十五日、そうはさせじと守りは固められ、かぐや姫は塗籠の中に抱き入れられる。「翁、塗籠の戸をさして、戸口に」――竹取の翁は、かぐや姫を入れた塗籠の出入口の戸を閉じて、その戸の辺りにいたのだった。また、『更級日記』にみる一例は、作者菅原孝標女が源資通と、よく知られる春秋のさだめを語らった翌年の八月、作者が参仕する祐子内親王が参内して、供奉した作者は資通と再会する場面である。

よもすがら殿上にて御あそびありけるに、この人のさぶらひけるもしらず、その夜は下にあかして、細殿の

遣戸をおしあけて見いだしたれば、……沓のこゑきこえて、読経などする人もあり。読経の人はこの遣戸口にたちとまりて、物などいふに、こたへたれば、

とある。細殿の「遣戸を」開けて外を眺めていると、その「やり戸口に」立ち止った人、資通と会話するのである。

「戸」と「戸口」はときに明確に二分できにくい使い方もされることは言うまでもない。ともに〝出入口〟をあらわすが、しかし以上の二用例中では二種の語がそれぞれに助詞「を」、「に」を伴うことにより明確な使い分けがされている。そして、このような二種の使い分けが大方の使用例の実態である。

その「戸口」が「真木」と結びつき「真木の戸口」としてあらわれる事例は、僅少である。すなわち、『和泉式部日記』中にみる帥の宮詠とそれに応える和泉式部詠の二首、『和泉式部集』の一首、そして道長の一首の、計四首が、『源氏物語』と同時代までにみえる和歌である。そして、物語作品などの散文部分における「真木の戸口」は、ただ一例より他にはみない。多くの作品中に「真木の戸」や「戸口」はあらわれるが、「真木の戸口」は一例のみなのであり、それは『源氏物語』明石巻においてである。

明石入道の誘いに応じて、源氏は明石の君のもとを訪う。入道の岡べの宿は、「いかめしうおもしろ」く作りなす海べの宿に対して、「心細く住みたるさま、ここにゐて思ひのこすことはあらじと思しやらるるに、ものあはれ」をもよおす住まいである。とりわけ「むすめ住ませたる方は、心ことに磨きて、月入れたる真木の戸口けしきばかりおし開けたり」、八月十三夜の月がさしこむ木戸口は少しばかり開けてあり、ここからと誘う心にくい心遣いをみせる。その「真木の戸口」から入って、源氏はその夜明石の君と契ることになる。

『花鳥余情』の当該部分に次の文がみえる。

定家卿の青表紙にはけしきはかりをしあけたりとあり　明石入道源氏を引導申につきてけしきはかりといふは源氏にこのとくちより入らせ給へと思へる心むけにことさらはかりあけたる心也　……

この月入たるまきの戸口は源氏第一の詞と定家卿は申侍るとかや

定家の『奥入』（第二次自筆本）では当部分に出典未詳の「槙の戸をやすらひにこそささざらめ　いかに明くつる秋の夜ならむ」を引き、以後の注釈もこれにならうが、『花鳥余情』に「申侍るとかや」と記された定家の詞、「この月入たるまきの戸口は源氏第一の詞」はここにはみえない。だが、定家にとって「真木の戸口」の語句表現も印象深かったであろうことは、『拾遺愚草』に「庭たづみかきほもたへぬ五月雨は　真木の戸口に蛙鳴くなり」（「皇后宮大輔百首」夏十首　一二二）の一首が残ることによっても想像できる。後代で「真木の戸口」を詠みこむのは、定家の当詠の他には、鎌倉時代末、文保二（一三一八）年の『文保百首』中にみる頓覚の一首、そして、室町初期の『為尹千首』の一首くらいであり、その理由は不明ながら、極めて用例の少ない語句表現なのである。

ともに「出入口」をあらわす「戸」と「戸口」はときに明確に二分しにくいこともある。『源氏物語』においても各二十例前後の用例を有する「戸」そして「戸口」であるが、しかし「戸」は建築物に付随する戸そのもの、出入口を指す場合がほとんどであり、一方の「戸口」は大概がその戸の辺り、戸の有る出入口の周辺を示すものである。それは、「戸を」、「戸口に」という表現が多いことによっても明らかになる。

「真木の戸口」が詠みこまれる『和泉式部日記』中の二首では、宮が「真木の戸口に」立ち侘び、和泉式部が「真木の戸口を」鎖したままでとそれに応じて、同じ「真木の戸口」を用いながらも異なる内容をあらわすが、この場合には宮詠の当語を受けて和泉式部がそのまま自詠に取り入れたものであろう。先行例をみない「真木の戸口」表現を宮が用いた意図は明らかではないが。

『和泉式部集』所収の「真木の戸口」を詠みこむもう一例、先掲「しるければ」詠は、清水文雄氏の分類[10]によると、歌群ⅡのE歌群内に位置する。E歌群は初頭と末尾に日記に含まれる和泉式部詠を「順次抄出した形」をもつ「特殊現象」がみられる歌群であるが、当該詠は日記歌ではなく詠作時期は不明である。しかしながら、「人の口」を懸けて「戸口にて」詠じられたものであり、日記内の二首とは異なる趣向を有する一首であると考えられる。更に、『紫式部日記』にみる道長の「真木の戸口」は、寛弘五年六月ごろという時期によって、あるいは帥の宮詠をふまえたかと考えられる後出歌である。従って、『和泉式部日記』中の贈答二首、そして『源氏物語』明石巻にみられる文辞、この二作品の「真木の戸口」が接近したものとして捉えられてくる。長保五年五月はじめに二人が交した「真木の戸口」の詠が、一首か二首ともにかは知らず、紫式部の耳目に達していて、明石巻の叙述に参考にした、と考えるのである。明石巻で源氏を迎える明石入道の岡べの宿の「真木の戸口」は、「開けざりし」でも「鎖しながら」でもなく、「真木の板戸も鎖さ」ない古歌を下敷きにしながら、更に、「月入れたる」によって、「けしきばかりおし開けたり」によって、出入口の戸そのものばかりではなく、源氏の訪れを待つ「真木の戸」辺りの描写に広がってゆき、この場面に一層の興趣を醸し出す。この物語の歌文に唯一叙される、八月十三夜、月の光に照らされている「真木の戸口」は、さながら一幅の絵のように描き出される。

明石巻の執筆時期は不明であるが、寛弘二、三年の暮以降に書かれたとされる澪標巻につながる、直前に位置する当巻は、長保五年五月はじめに詠じられていた帥の宮と和泉式部、二人の詠との、誕生時期の先後は自ら明らかになるであろう。

四

前節まで『和泉式部日記』和歌の、『源氏物語』の歌文に多少なりとも影響を与えたと考えられる二、三の語句表現について考えてみた。

次いで、『和泉式部続集』中の一語句表現を対象として、同様に『源氏物語』との交渉関係を考えてみたい。

人と物語してゐたるほどに、また人のきたるを、たれもたれもかへりたるつとめて

なかぞらにひとり有明の月を見て　残るくまなく身をぞ知りぬる　（一四）

『玉葉集』巻十恋二に入集の当詠は、既に『源氏物語』浮舟巻において、浮舟が手習いに記した、「ふりみだれ汀に氷る雪よりも　中空にてぞわれは消ぬべき」の詠に影響を及ぼすとの御論をみる。薫と自分との間で浮舟が迷っていると匂宮が誤解する当「中空に」の語句が、和泉式部の「手法と同巧であり、紫式部が和泉式部のこの歌を知っていて、いっそう巧妙に使用したとみられるかもしれない」[11]と、二人の男性の間にあって、我身のどっちつかずの立場をあらわす「中空に」をキイワードとして論じられるのである。

この和泉式部詠の、「中空に」とともに詠みこまれる「残る隈なく」の表現に視点をあてると、有明の月の光が「隅々まで余す所なく」照り渡る、と「残る所とてなく」明らかに我身のつたなさをつくづく思い知った、の意をあらわしている。「隈なし」は言うまでもなく、見えない所がない、つまり全てが明らかになっている状態を示す慣用語句であるが、ここには更に「残る隈なし」と一層の強調をみる表現になっている。

当「残る隈なし」表現を用いる先行他例を探るとき、散文部分においてたとえば、『宇津保物語』では、「十五夜の月のくまなくあかきに」「いたる隈なく」「あきらかに隈なく」、また「残る所なく」などという表現によっ

ていて、「残る隈なし」表現ではあらわれては来ない。これは『宇津保物語』ばかりではない、他の文学作品においても同様なのである。

和歌における当表現に関しては、『玉葉集』『続詞花集』そして『和泉式部続集』の各集に和泉式部の当詠がみられるが、その他には、唯一『源氏物語』に一例をみるばかりである。「残る隈なし」表現をみるその一例は、明石巻で源氏が詠じる一首の中である。

源氏が明石入道に迎えられて須磨から明石の浦に移って翌四月、「のどやかなる夕月夜に、海の上曇りなく見えわた」って、

ただ目の前に見やらるるは、淡路島なりけり。「あはとはるかに」などのたまひて、
あはと見る淡路の島のあはれさへ　残る隈なく澄める夜の月
久しう手ふれたまはぬ琴を、袋より取り出でたまひて、はかなく掻き鳴らしたまへる御さまを、見たてまつる人もやすからずあはれに悲しう思ひあへり。

凡河内躬恒の「淡路にてあはとはるかに見し月の　ちかき今夜は心からかも」（『新古今集』巻十六雑上　一五一五）を本歌として、今の懐郷の思いだけでなく、かつて躬恒が「あゝ、あれは」と眺めやった淡路島での感慨さえも思い出させて、すっかりと余す所とてなく照らし出す、澄みわたる今宵の月よ、と源氏はうたう。右掲引用文の前段に、

住みなれたまひし古里の池水に、思ひまがへられたまふに、言はむかたなく恋しきこと、いづ方となく行く方なき心地したまひて、

とある。京ではなかった、ここは。あれは淡路島だった、と現実に戻って、一層京恋しさに耐え切れない源氏の

心の内を、残す所なく照らし出す月をうたう。久しく手を触れなかった琴を取り出して掻き鳴らさざるをえない、京を離れた遣り場のない悲しさを「残る隈なく」照る月が映し出している。

この物語中には、「八月十五夜、くまなき月かげ」（夕顔）、「月くまなくすみわたりて」（夕霧）などと、「隈なく」光る月の姿は数例あらわれるが、(12)「残る隈なく」澄みわたる月が描写されるのは当該箇所のみである。

『和泉式部続集』入集の当「なかぞらに」詠の作歌時期は不明である。『和泉式部日記』中の歌が、原態であるのかはともかくも、長保五年の詠作と判明することとは相違して、こちらは明らかではなく、『源氏物語』との交渉の方向性は定めることはできない。「なかぞらに」と「残る隈なく」を詠みこみ、自然景を我身に照射させる和歌の世界を構築する「有明の月」の和泉式部詠と、往時の躬恒詠をふまえて、京恋しの我が思いを同様に重ねる「夕月夜の」源氏の一首と。印象によって軽々に専断すべきではないであろう。ただ、他の作品の歌文にみえない、また、それぞれの作品中にも他例をもたない「残る隈なく」照らす月が、この二首に残る事実を知るばかりである。

五

『和泉式部日記』を中心に和泉式部の詠と、『源氏物語』中にみる語句表現の共通性について考察した。先行作品にも、また同時代作品の歌文にも、更にはこの二作品の他の部分にもみることがない、二つの作品の歌文中に唯一共通してあらわれる語句表現のいくつかを新たに検討したものである。

『和泉式部日記』中の和歌にあらわれていた「郭公」の「同じ声」、そして「真木の戸口」という二つの表現は、

『源氏物語』の花散里と明石の二つの巻に、それぞれ文辞としてさりげない様にあらわれながら、各文脈に一層の深い情趣をもたらしていた。また、「かをる香によそふるよりは郭公」の和泉式部詠が、胡蝶巻の歌文に及ぶという先学の指摘に関して、「よそふ」の表現に注目して胡蝶巻の二首の和歌とのかかわりを検討すると、「(橘の)かをる香、その袖」と直接的につながる歌文は他にはみえず、やはり当該二作品の該当詠のみであることが判明して、和歌に関するその指摘の裏付けにもなるのである。このように、二作品においてのみ、それも該当部分においてのみあらわれる複数の語句表現は、全くの偶然の一致によるものとは思われず、二作品間の交渉を認めることができるのではないだろうか。具体的には、『和泉式部日記』の成立時期が特定されないとしても、その中に残る歌の数々は長保五年に詠じられたという事実を受けとめ、それらの歌の一部が、その時期や手段を確定することはできないものの、紫式部の耳目に触れて、『源氏物語』の、寛弘年間に入ってから執筆されたと考えられる巻々に摂取利用された、と考えるのである。

更に、『和泉式部続集』中の一首に詠まれる「残る隈なく」の語句もまた、『源氏物語』明石巻の表現との交渉を示唆するものである。和泉式部の詠作時期が明らかでないために、この場合にはその方向性は判断しえないものであるが。

紫式部と和泉式部、同時代に生きる二人の傑出した女性作家、歌人は、互いの力量を充分評価していたはずであり、互いが相手を意識し、その作品を摂取吸収したことは知られるところでもある。『和泉式部日記』作成の際に、交されてあった歌の補訂、修正がなされたであろうとは想像できることである。しかしながら、本論において対象にした歌中の語句表現は、それぞれの状況設定などからそうした改変が加わりにくいと判断して、考察の対象とした。

本論で対象とした語句表現は、全て特殊な語句ではないと思われる。あるいは当時の人々が折に触れ用いていたものであるのかもしれない。しかしながら、物語であれ、和歌であれ、作品内に意識し、自覚的に使用する語句は、研ぎすまされた感覚で選ばれたものであるはずである。ましてやこの二人の作品においては。その二人の作品にのみ共通する語句表現に関して、その交渉を探ったものである。

【注】

（1）たとえば、伊原昭氏「しらむ――和歌における白の系譜――」（『色彩と文学』桜楓社出版　昭和三四年）には、白色のあらわれる歌の変遷が指摘されていて興深い。

（2）太田晶二郎氏「ホト、ギスと史料」（『太田晶二郎著作集　第三冊』吉川弘文館　平成四年）には、この二面性を明記し、郭公が必ずしも愛好されたばかりではないことが述べられている。

（3）宮詠の「同じ枝」は、たとえば『古今集』に「おなじ枝を分きて木の葉のうつろふは　西こそ秋のはじめなりけれ」（巻五秋下　二五五　藤原勝臣）などをみることができ、「同じ声」が先行詠をもたないこととは相違する表現である。

（4）佐伯梅友・村上治・小松登美氏著『和泉式部集全釈』（東寶書房　昭和三四年）には、当詠の「同じ声」に関する語釈に、「中古の仮名文学では、『同じプラス名詞』で、きょうだい（主として同母）関係を暗示することが多い」として、『ねざめ物語』を例示する。

（5）『釈評源氏物語講話』矢島書房　昭和二五年

（6）「源氏物語と和泉式部日記」（『国文学　解釈と鑑賞』至文堂　昭和四三年）

（7）当歌は『後撰集』巻十二恋四に作者藤原成国として入集する。「秋の田のかりそめぶしもしてけるか　いたづらいねを何につままし」（八四五）とあって、ここは「真木の戸」ではなく「秋の田」である。

（8）紫式部も上東門院小少将からの贈歌に「真木の戸もささでやすらふ月かげに　なにをあかずとたたくひなぞ」（『新勅撰集』巻十六雑一　一〇六〇）と返し、また、散文部分でも、『源氏物語』花宴巻には、花宴ののち藤壺のあたりを窺うものの「語らふべき戸口も鎖してければ、うち嘆きて」と叙している。ここは「語ふべき」が呼び出すのであろう「戸口」とあって、『源氏物語大成』中に校異はみえない。

（9）当該二首の「真木の戸口」のうち、和泉式部詠にのみ京都大学蔵『和泉式部物語』（応永二十一年奥書本）ほかに「真木のいたとも」の校異がみられる。

（10）『和泉式部集・和泉式部続集』（岩波書店　平成四年）「解説」

（11）寺本直彦氏「源氏物語と同時代和歌との交渉――和泉式部の歌の場合――」（『古代文学論叢　第三輯　源氏物語・枕草子研究と資料』武蔵野書院　昭和四八年）

（12）同時代歌人の詠をいくつか例示すると、「我がやどの軒のうらいた数見えて　隈なくてらす秋の夜の月」（『夫木抄』巻十三秋四　五一八六　花山院御製）、「秋のよの隈なくてらすひかりにも　人の身のほどしらすてる月」（『大斎院前の御集』下　二五八　民部）、「見る人の心やそらになりぬらむ　隈なくすめる秋の夜の月」（『定頼集』四三）、「いづくにか思ふことをもしのぶべき　隈なく見ゆる秋の夜の月」（『相模集』二六一）などであり、いずれも「隈なし」表現ばかりである。

そして、後出歌になると、「月かげの残る隈なきのばらかな　くずのうらまで見する秋かぜ」（『秋篠月清集』「花月百首」五六）、また、「風さむみ木の葉はれ行くよなよなに　残る隈なきねやの月かげ」（『式子内親王集』三一七）などと、「残る隈なし」を詠みこむ和歌を多くみることができる。

第五編　時代とことばと

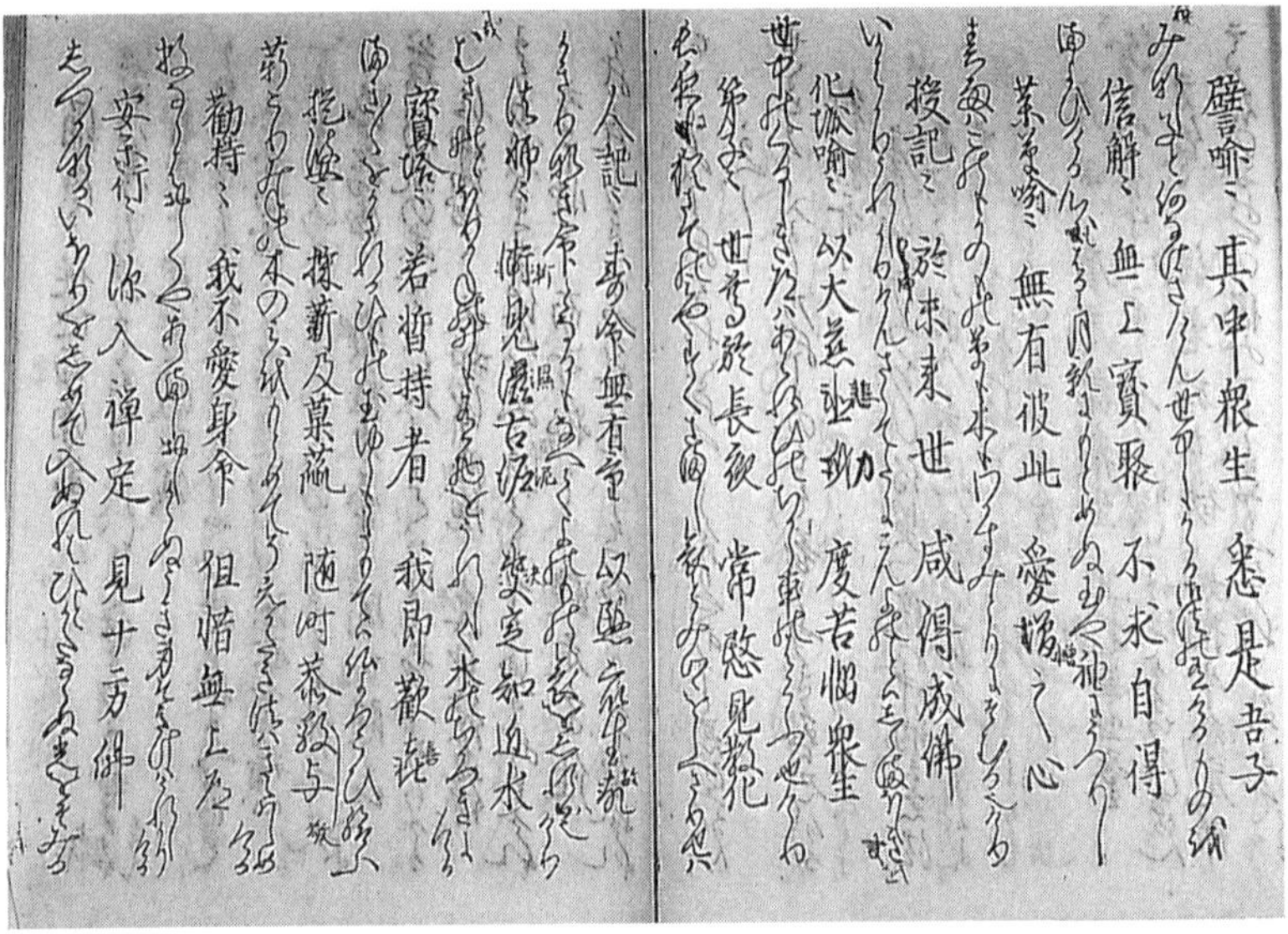

譬喩品　其中衆生　悉是吾子
みなし子と何なけきけん世中に
　かゝる御法の有けるものを
（『長秋詠藻』下　鶴見大学図書館蔵）

亡き父を敬慕するこころ。ことば。かたち。

第一章　俊成の父　定家の父——敬慕のかたち

一

藤原俊成は保安四（一一二三）年、十歳で父の従三位中納言俊忠と死別ののち、葉室家の養子となって顕広と称したが、仁安二（一一六七）年には、「十二月廿四日改㆓顕広㆒為㆓俊成㆒」（『国史大系本公卿補任』）[1]、本流御子左家に復した。安元二（一一七六）年九月、重病のため出家した正三位皇太后宮大夫藤原俊成であったが、その詠作活動は、元久元（一二〇四）年に没するまで衰えを知らなかった。

文治四（一一八八）年に、歌壇の中心的指導者であった俊成、法名釈阿が『千載和歌集』を撰進した際、彼自身が清書して、撰集下命者である後白河院に奏覧したことを、息男定家は自身の日記『明月記』に記している。その『千載集』書写の断簡である「日野切」をはじめ、個性的な筆癖をもつ俊成の手跡は、「御家切」「顕広切」「昭和切」など、多く古筆切として今に珍重されている。そうした古筆切の中に「補任切」がある。この「補任切」は、俊成自筆『公卿補任』の断簡であり、書写時期は「俊成独自の奇癖が顕著で、その晩年の筆跡と推定される[2]」

ものである。

二

「補任切」、すなわち公卿の官員録である『公卿補任』を俊成が書写した断簡は、『古筆学大成』[3]に集成された十九葉、『都地久連』[4]所載一葉、そして『平成新修古筆資料集　第一集』[5]に紹介された一葉の計二十一葉をいま確認することができる。

嘉承元（一一〇六）年から大治五（一一三〇）年までの補任の断簡であるこれらに記載されている公卿の名に「―」記号が使われることがある。それは藤原忠実、忠通の親子、そして源有仁を対象として用いられている。しかし、彼らが該当する部分の全箇所に用いられているのではない。たとえば、藤原忠実の「補任切」における該当六例の表記を年次順に示すと、

嘉承元（一一〇六）年　忠実
同　二（一一〇七）年　忠実
永久元（一一一三）年　忠―
元永二（一一一九）年　忠実
天治二（一一二五）年　忠実
大治元（一一二六）年　忠―

という具合であり、「忠実」が四例、「忠―」二例という二様の表記が混在する。

忠通に関しても同様であり、

元永二（一一一九）年　忠通
保安二（一一二一）年　忠通
天治二（一一二五）年　忠通
大治元（一一二六）年　忠―

と、該当する四例中に両様の書き方をみる。また、源有仁における一例は、大治元年次に「有―」と記されるものである。

俊成書写『公卿補任』は、この「補任切」以外にも、定家自筆の『公卿補任』とともに「冷泉家時雨亭叢書」[6]に所収される。『公卿補任』の古写本のうち、「宮内庁書陵部や天理図書館などに分蔵される九条家旧蔵本『中右記部類』計五巻の紙背に存するものが知られているが、所収の本はそれとほぼ同時期で最古のものの一つであ」[7]る『冷泉家本』のうち、「俊成本」は嘉承元（一一〇六）年から大治三（一一二八）年まで、断続して十一年分の残簡があり、そして「定家本」は、建久九（一一九八）年から承久三（一二二一）年までの二十四年間を途切れなく書写するものである。

もとは同じ一本であり、断簡となった「補任切」に見たように、この「俊成本」の中にも「―」表記を認める。ここで当表記の対象になっている人物は、「補任切」におけると同じ藤原忠実であり、そして「補任切」にはあらわれなかった藤原俊忠、すなわち書写者俊成の父である。

忠実については該当する二箇所中、天永二（一一一一）年次は「忠実」であり、もう一例の永久三（一一一五）年には「忠―」と記される。一方の俊忠は、天永元（一一一〇）年と永久五（一一一七）年の、その名があらわれる二例がともに「俊─」と記されている。また、先の「補任切」の中で「─」表記を用いられていた忠通と有仁の二人は、当該「俊成本」では、忠通については該当三例――天永元年、そして永久三年次の二箇所――が全て「忠通」となっていて、当表記はあらわれない。二例が該当する有仁もまた保安三年、大治二年次がともに「有仁」と記されていて、「─」記号があらわれないのは忠通と同様である。

「補任切」と「俊成本」を合わせてみると、嘉承元年から大治五年まで、いづれも残簡の形で残る中で、当該表記をもつ人物としては記載例が最多となる忠実は、嘉承元年から大治元年にわたる該当の全八例が、

忠実――忠実――忠実――忠─――忠─――忠実――忠実――忠─

という順をもっていて、「忠実」五例、「忠─」三例の二様の表記が混在する様子を明らかに見てとれる。また忠通は、天永元年以降の該当七例中、「忠通」が六例続いて、大治元年次の最終例のみに「忠─」表記をみる。更に、忠通と同じく大治元年にのみ「─」記号をもつ、計三例が記載される源有仁は、当表記をもった、その翌年の大治二年には「有仁」と変っている。

そして俊忠は、天永元年次の「正四位下藤、、俊─」および永久五年の「藤原、、俊─」の該当二例がともに「─」表記によっていて、いま目にすることのできない部分はともかくも、以上のように判明する「補任切」と「俊成本」の中では最初の当「─」記号使用の対象者なのである。

以上をまとめると次表のようになる。

	藤原忠実	藤原忠通	源有仁	藤原俊忠
嘉承元年（1106）	忠*実			
同　二年（1107）	忠*実			
天永元年（1110）		忠通		俊—
同　二年（1111）	忠実			
永久元年（1113）	忠*—			
同　三年（1115）	忠—	忠通　忠通		
同　五年（1117）				俊—
元永二年（1119）	忠*実	忠*通		
保安二年（1121）		忠*通		
同　三年（1122）			有仁	
天治二年（1125）	忠*実	忠*通		
大治元年（1126）	忠*—	忠*—	有*—	
同　二年（1127）			有仁	

*「補任切」

このように俊忠以外の、忠実、忠通、有仁については、「—」表記がされる場合とそうでない場合があるが、ここから各人の両様の表記に関する使い分けの基準は明らかにはならない。たとえば、天治二年次（「補任切」）においては、

前太政大臣従一位藤原、、忠実
摂政左大臣従一位藤、、、忠通　……
右大臣正二位藤、、、家忠　……

と記されている。ところが、翌天治三年、すなわち大治元年次（「補任切」）になると、

前太政大臣藤原、、忠—　従一位

摂政左大臣藤、、、忠― 従一位
右大臣藤、、、家忠 正二位 ……
内大臣源、、有― 正二位 ……

のように変っていて、官位に異動のない忠実と忠通に対してともに異なる表記がされている。この二年――天治二年と大治元年――分を比べてみると、「官職・位階・氏名」の記載順に交替をみる。しかしながら、天治二年次と同じ「官職――位階――氏名」の順で記されている、永久元（一一一三）年における忠実が「忠―」と記されているように、この違いは記載順が及ぼすものとは考えられない。従って、ここから当記号の使用・不使用の理由を窺うことはできない。

右掲天治二年および大治元年次の補任記事は、他の『公卿補任』、すなわち『国史大系本』や『異本公卿補任』(8)、また後述の「定家本」とは明らかに異なる形式をもつ。それは「藤原忠実」記載の位置である。保安二年正月関白を退いた忠実は、翌年からは散位として現官参議の後に名を連ねるのが当然の記載方法(9)であろうが、しかし、一の上・摂政左大臣である忠通の前、つまり忠通より上位を示す位置にその名が記されていて、前官者である「前太政大臣藤原朝臣忠実」が、あたかも当該年における最上位者のようなのである。『冷泉家本公卿補任』「解題」は、「（保安四年次ニ）参議伊通と前中納言藤原長忠との間に記されるべき前関白藤原忠実の記載が欠けている点も注目される。……国史大系本のように前官の冒頭に記されるべきである。しかも後述の一〇ウ（大治三年次）にも記されていないから、たまたま脱漏したのではなく、何らかの理由からあえて記載されていないのである――（ ）内稿者注――」と述べる。しかしながら、これは「記載されていない」のではなく、天治二年や大治元年にみるように、保安四年と大治三年次も同様に、関白あるいは摂政に任ぜられている藤原忠通の前に、つまり最高官位の位置に「前太政大臣」として忠実は記載されている、と考えるのが妥当であろう。何故そのような形式をとるのか、他本とは相違する「俊成本」独自の、忠実の位置に関する記載方法の理由は、しかし特定することはできない。

三

次いで、『冷泉家本』のもう一本、「定家本」を通覧すると、こちらにもやはり「―」表記はあらわれている。承久三（一二二一）年次、散位の記載部分に「前左大臣藤道―」とあり、これは藤原道家のことである。道家はこの四月、左大臣に摂政を兼ね、更に十月には罷免されて散位になっているので、当該年次には都合三箇所(10)に記されているが、その最終地位である散位の欄に「道―」と記されているのである。道家については、元久二（一二〇五）年の初出以来、当承久三年、すなわち「定家本」の最終記載年まで、ずっと継続して「道家」表記であらわれていたが、この前年の承久二年になって初めて「左大臣藤道―」と、当記号をもって記されていた。そして上述のように承久三年には、該当する三箇所中の最終的な「散位」での「―」表記となっていたのである。これはどのような意図によるものなのであろうか。

また、これに先だつ建保五（一二一七）年には道家の弟基家が、従三位非参議として補任されたが、その尻付には「摂政太政大臣良―三男」とある。当尻付に「―」表記されている摂政太政大臣「良経」の長男、前掲道家が初出の元久二年の尻付には「摂政一男」とあって、弟基家の場合とは異なる書き様である。嫡男道家が公卿の仲間入りをした翌年の建永元（一二〇六）年に良経は三十八歳という壮齢で急逝していて、十一年後に基家が公卿昇任の際には既に故人であった。なお、良経自身に関しては、「定家本」中の該当全例が「良経」と記されていて、「―」表記はあらわれていない。

藤原道家が摂政を罷免された承久三年は、承久の乱が発した年であり、定家は当該年を示したあとに長文の袖書を記している。「四月廿日譲㆓位皇太子㆒（帝御年四）」から始まる袖書の最終部分には次のように記されている。

八月十六日入道三品守―親王太上天皇尊号詔書、……

十二月一日天皇即㆓位於太政官庁㆒、

同日冊命、立㆓　子内親王㆒為㆓皇后宮㆒、（准母儀）

当袖書部分には、後高倉院となった「守貞親王」に「―」記号が用いられ、また、この度即位した後堀河天皇の准母として皇后に冊立された「邦子内親王」の「邦」一字を欠した闕字表記がされるという、名前表記における二種の方法が認められる。この二種の表記の使い分けの意識はともかくとして、この場合には、守貞親王・太上天皇の尊号を奉られた親王、そして天皇の准母として皇后に立った邦子内親王という皇統関係に対する表記の方法である。これは帝の年齢を「御年四」とあらわす表敬表記の意識と軌を一にするものと考えて当然であろう。

四

『公卿補任』は、「俊成本」と「定家本」を有する『冷泉家本』また「補任切」の他に、先述のように『国史大系本』および『異本公卿補任』が知られるが、これら二本の中にも「―」表記を見出す。『国史大系本』の中ではただ一人、寛平五（八九三）年初出の菅原道真にのみ、延喜元（九〇一）年に右大臣から左降されるまでの全例が

「菅道―」と記されている。また、『異本公卿補任』においては、長保二（一〇〇〇）年から、出家のために最終記載年次となる寛仁三（一〇一九）年の前年、寛仁二（一〇一八）年までの藤原道長に対して全例が「道―」と記される。[11]更にもう一人、道長嫡男である頼通にも、寛弘六（一〇〇九）から長久元（一〇四〇）年まで同様に一貫して「頼―」と表記されている。

『国史大系本』にみる菅原道真は、当「―」表記に加えて、皇統関係以外ではやはり唯一、その年齢表示に「御年」が付加されていて、のちに「天神」として尊崇の対象となった道真に対して格別の扱いがされていることが判明する。[12]また、『異本公卿補任』中の道長と頼通については、「北家藤原氏の勢力を盤石にした嫡流の人物」と言うのがふさわしいであろう。更に、「補任切」と『冷泉家本』において当表記の対象となっている人物を、回数を問わずに示すと、藤原忠実、忠通、源有仁、藤原俊忠、良経（尻付のみ）、道家である。この人々のうち、藤原忠実、忠通、良経、道家は、代々藤原氏の中心人物として位置する嫡流であり、先の『異本公卿補任』にみた道長、頼通と同様の立場と考えてよいであろう。源有仁は、後三条天皇皇子・輔仁親王を父とするが白河上皇の猶子となった。その後源氏に下ったが源氏の中心に存在した人物である。そして藤原俊忠は書写者俊成の父親である。こうした人々を「―」記号であらわすのである。

以上考察してきたことから、当「―」表記は、闕字、平出、抬頭また闕画などと同様に、表敬表記の一方法と捉えることができよう。天皇をはじめとする尊貴の人物、また父母、祖先に対する敬意の表明である表敬表記の一形式として位置づけられるであろう。この表記が皇統関係に用いられることも傍証となる。『国史大系本』、『異本公卿補任』、そして「補任切」をも含めた『冷泉家本』、と捉えてみるとき、以上三種の『公卿補任』の中に重複して当表記を有する人物は存在せず、対象はそれぞれの本によって異なっている。従って、その基準は、書写者なり作成者なりの判断によると考えられる。俊成また定家が『公卿補任』書写の際に用いた底本は明らかにはならないが、『冷泉家本』中の俊成と定家親子の書写にもその異なりはみえる。「定家本」の中には、父である俊成の名をみることはなく、「俊成本」における、俊成父の「俊―」表記とは比べようもないけれど、天永元年、永久五年次にあらわれる「俊―」、すなわち、摂政、関白でも、前太政大臣でも、ましてや天神でもない、「参議正四位下藤原朝臣俊忠」は、他でもない息男俊成の筆によって「俊―」と記されるものである。年少にして失った父の名を記す晩年の俊成の胸中には、どのような感慨が去来したであろうか。

　みなしごとなに思ひけむ世中に　かかる御法のありけるものを

（『長秋詠藻』下　四〇五）

「法華経　譬喩品　其中衆生　悉是吾子」を題して詠じた康治元（一一四二）年には俊成二十九歳。それから半世紀近くを経た文治六（一一九〇）年、いわゆる「俊成卿文治六年五社百首」に次の一首をみる。

　むかしだに昔とおもひしたらちねの　猶こひしきぞはかなかりける

（『新古今集』巻十八雑歌下　一八一五　「百首歌よみ侍りけるに　懐旧歌」）

六十三歳で出家したのち釈阿として九十一歳の長寿を得て、元久元年十一月三十日に入寂のとき、その模様を『明月記』に記す定家は、時に四十三歳であった。

　天晴、遅明欲レ参之間、遮有レ使、周章馳参、念仏音高聞、已令レ終給云々、入二臥内一、已令二閉眼一給、御気猶通之間也。

以下、詳細に綴られる最期に父の存在の重さが伝わる。

定家は、その晩年の文暦二（一二三五）年に、単独撰者として『新勅撰集』を撰進した。当集巻十釈教には、父俊成の右掲一首、「みなしごと」詠―第二句「なになげきけむ」―が入集される。

【注】

（1）「新訂増補国史大系」『公卿補任』第一編　吉川弘文館　平成三年
（2）小松茂美氏編『日本書道辞典』「補任切」項より。二玄社　昭和六三年
（3）小松茂美氏編『古筆学大成』第二十五巻　講談社　平成五年
（4）「冷泉家時雨亭叢書」『豊後国風土記　公卿補任』（朝日新聞社　平成七年）「解題」中に影印所載。
（5）田中登氏編　思文閣出版　平成一二年
（6）注（4）
（7）注（4）「解題」
（8）土田直鎮氏『奈良平安時代史研究』（吉川弘文館　平成四年）に翻刻所収される。
（9）「俊成本」の中でも、忠実以外の人物に関しては、『国史大系本』と同様にこうした形式で記されている。なお、『異本公卿補任』は散位の記載をもたない。
（10）『国史大系本』においては、当該年また建永元（一二〇六）年の異動によって、藤原家実に関する四および三箇所に記載されている部分が、「定家本」では、二および一箇所でその異動を記していて、ここに述べる道家についての記載方法とは異なっている。

（11）出家のため道長の最終年次となる寛仁三年の記載方法は、前年まで継続していた「道―」表記とは異なって、「北太政大臣道　」となる。「長」の該当部分は空白であらわされるのである。「冷泉家定家本」承久三年次袖書において、邦子内親王に対する表敬を示す闕字の空白表記と同一の意識によるものなのであろうか。『異本公卿補任』中唯一あらわれる当空白の意図するところは詳らかではない。

（12）『国史大系本公卿補任』における、菅原道真に関する当表記、および「御年」付加については、真壁俊信氏が『天神信仰史の研究』（続群書類従完成会　平成六年）の中で触れている。また、拙稿「「天真・道具」一つの表敬表記」（京都大学『国語国文』66―十一　平成九年十一月。本著第三編第一章に収録）は、その道真を中心に論証したものである。

第二章　「由祓」覚書——変遷のすがた

一

弥生の朔日に出で来たる巳の日、「今日なむ、かく思すことある人は、禊したまふべき」と、なまさかしき人の聞こゆれば、海づらもゆかしうて出でたまふ。いとおろそかに、軟障ばかりを引きめぐらして、この国に通ひける陰陽師召して、祓せさせたまふ。舟にことごとしき人形のせて流すを見たまふに、よそへられて、

知らざりし大海の原に流れきて　ひとかたにやはものは悲しき

とて、ゐたまへる御さま、さる晴に出でて、言ふよしなく見えたまふ。

『源氏物語』須磨巻末の、よく知られた場面である。退居している須磨に春がめぐってきた。三月初旬の巳の日に水辺に出て、上巳の祓を行なう。流離のわが身を嘆く光源氏の姿は言いようもなく美しい。物語はその後、この祓によって突如暴風雨が発生して俄かに緊張が高まる。そしてそれを契機として明石へ移る展開となってゆく。

同じく「弥生の朔日」の三日、そして九月の三日には「御燈」、つまり天子が北辰——北極星を祀って国土の安泰を祈念する年中行事が行なわれていた。この御燈に関して、『西宮記』三には、天皇が御燈を霊厳寺——仁和朝以後は円成寺——に奉って北辰に供すること、予め宮主が御卜をして、もし不浄であれば御燈を奉らずに当日玉体の祓をなすことなどが記される。平安時代初頭には既にその起源を見、中期まで盛んに行なわれたと言われるが、当儀の次第を詳述する、院政期の『江家次第』によると、「近例絶不レ被レ奉二御燈一、是宮主必卜申下有二穢気一由上也」と、御燈を奉らずに宮主から御身の祓を受けるのが慣例であったことが判明する。[1]

この御燈を奉らない由を告げる祓のことを「由ノ祓」と言う。山中裕氏『平安朝の年中行事』[2]は、当由祓にも触れて「御燈」につきまとめるが、小稿は当該書をふまえつつも、「由祓」に照準を合わせて、そこに行事の実態が推移、変遷してゆく一つの形をみるものである。

二

御燈を奉るのを停める理由はさまざまである。穢の忌避は言うまでもなく、諒闇をはじめとする服喪、犬産の触穢などの他にも、中宮の懐妊、更には大嘗会、斎宮群行などによっても停止された。その際には、由祓まで停める場合もあるものの、通常は当祓がなされていた。三月三日の当日は御燈による廃務となり、また曲水宴が催されることは通例となっていた。御燈の停止の際にも開かれた曲水宴については、たとえば天徳三(九五九)年次に見えるが、これは『年中行事秘抄』「御燈日被レ行二他事一例」中の「神事吉事。遊宴共不レ憚」に該当するものと考えられる。

御燈の儀は、天皇のみならず中宮や東宮なども行なう。中宮のそれは『延喜式』の「中宮式」に早く記されているが、『御堂関白記』長和二（一〇一三）年三月三日条に記主藤原道長は、「今日東（宮）御禊不レ令二奉仕一、是去年依二御服一停止、可レ有二今年一也、而依レ有二触穢一、依二最初事一便止了」と、東宮の祓に関して記し、また同五（一〇一六）年九月三日条に「御并宮々無二御燈御禊一」とあって、前日二日の「大嘗会年無二御燈一者」を受けた記事の中に「御并宮々」をみる。

こうした御燈由祓は、公家ばかりではなく私家においても行なわれていた。同じく『御堂関白記』には、

・「早朝出二東河一解除、女房同レ之」（長和二年三月一日）
・「出二東河一解除、不レ献二御燈一由也」（同年九月一日）
・「向二東河一解除、先由、次七瀬、女方同」（同五年三月一日）

などとみえ、長和五年三月一日には室倫子とともに、先ず由祓を、次いで七瀬祓を行なったことが判明するが、その後も同様の記事をみることができる。更に、寛仁二（一〇一八）年九月三日条に「依レ有二今年斎宮群行事一[3]」「此日無二公私御燈一」とあり、そしてそれに先だつ長和四（一〇一五）年二月二十九日条には、

光栄、吉平等申云、御燈解除、触穢間非レ可レ有、仰云、所レ申如何、年来公私有二由禊一[4]、近公家御慎如レ常、有レ穢時猶有二御禊一、所レ申不レ当者、公家穢時無二御卜一、私又如レ此。

とあって、「公私」に由祓が行なわれていた明証となる。

私家における当儀の模様は、時代はやや降るが、『中右記』元永元（一一一八）年三月一日に記される「内大臣殿初有二御燈御祓一」に続く注記が参考になろう。「御衣冠、前駆十八人、大炊御門末河原立レ幄、家栄勤仕」、大炊御門の末、賀茂川の河原に幄舎を立てて御祓を行なったこと、それには賀茂家栄が奉仕したことがみえる。この場合には、

藤原忠通の初めての由祓であるから、例年のそれとは相違する面もあろうが、しかしその一端を窺うことはできよう。

三

私家の由祓は御燈ばかりではない。『御堂関白記』寛弘元（一〇〇四）年四月八日条では、「出㆓東河㆒祓、不㆑奉㆓幣梅宮㆒由」と、梅宮祭に奉幣しない由で、また賀茂祭には「不㆑参㆓賀茂㆒」（四月十九日）の「由」[5]で賀茂川に出て祓をしている。その「由」の「祓」をする「由祓」の語句自体を同日記中に見るのは、翌寛弘二（一〇〇五）年十二月二日のことである。

その日は、大原野祭と吉田祭に「不㆓奉幣㆒由祓」で「出㆓東河㆒」とあって、これが管見に入った当語句の初出例[6]となる。その後もたとえば、「梅宮不㆓奉幣㆒由解除」（長和四年十一月三日）、「出㆓東河㆒解除、是不㆑参㆓祇園㆒由也」（寛仁元〈一〇一七〉年六月十五日）などの表現をもって記されている。基本的に賀茂川の河原で行なっている当祓を、時には、安倍吉平、同吉昌、秦文隆そして大中臣実光といった陰陽師の名をも添えて、藤原道長自らが河原に出かけて行なった記録が多く残されている。

『御堂関白記』と一部重複する記載年月をもつ源経頼の『左経記』もまた、当祓を記す。

・「早旦臨㆓東河㆒解除、不㆑奉㆓御燈㆒之由也」（寛仁四〈一〇二〇〉年九月一日）
・「明日大原野祭也、宮使不㆑被㆑立之由、可㆑有㆓御祓㆒欤、仰云、重服人不㆑行㆑祓由云々」（長元元〈一〇二八〉年二月一日）
・「大原野祭如㆑常、……家女大原野不㆓奉幣㆒之由祓不㆑行、依㆓重喪㆒也」（同二日）

と記している。更に、長元元年九月一日条には、犬の死穢のために「来三日可レ有下被レ停二御燈一之由御祓上歟」とあって、ここからも公私にわたる御燈や他の祭に際して、それが行なわれると否とにかかわらず由祓の意識が存在することを知る。

由祓は、院政期に入った『後二条師通記』や『殿暦』にも引き続き書き留められている。記主の藤原師通や藤原忠実自身が河原へ出て祓をする場合もあるが、そうではない場合も記されてくる。それはたとえば、『師通記』によると、

・寛治三（一〇八九）年三月一日条。

「依二物忌一也、御燈祓不レ出云々、由祓使被レ立歟」

・寛治四（一〇九〇）年九月一日条。

「御燈祓、河原不レ出、依レ有二所レ居痛一」

・寛治五（一〇九一）年九月一日条（別記）。

「依二物忌一、不レ出二於東流一云々、差二使五位一人一云々」

・寛治六（一〇九二）年三月一日条。

「御燈不レ出、物忌也、差二使一人一候二河原一、於陰陽師告二其由一、祓如レ常」

などとあって、物忌やその他の理由によって当人は行かずに、使を河原へ遣して祓をさせるという例が多くなってゆく。こうした傾向は、師通の息男である忠実になると一層強まってゆき、『殿暦』中には、

・康和五（一一〇三）年九月一日条。

「依㆑障」

・長治元（一一〇四）年三月一日条。

「依㆓衰日㆒」

・同　六月十五日条。

「依㆓蒜忌㆒」

・嘉承元（一一〇六）年八月四日条。

「依㆓服薬㆒」

ほか、種々の理由によって、多く「不㆑出㆓河原㆒」、そして「職事一人向㆓河原㆒由祓」をすることになる。その忠実は、天仁元（一一〇八）年二月十日条に大原野祭の由祓に関してこう記している。

不㆓奉幣㆒由祓也、須向㆓河原㆒也。而大殿以㆓職事㆒遣㆓河原㆒有㆓此事㆒、付㆓近例㆒行㆑之、御堂多出㆓御河原㆒、其由見㆓御記㆒、

代理の者を河原へ向かわせて祓を行なうことにつき、父師通の跡に准う旨を記すついでに、祖である御堂こと道長は、自身で河原へ出向いていたと記す。

『中右記』保安元（一一二〇）年九月一日に記主藤原宗忠は、その忠実の詞を残している。

殿下雖㆓御物忌㆒、依㆓御燈祓㆒出㆓河原㆒給也、

殿下被㆑仰云、御堂入道殿犬死穢中、出㆓御河原㆒、被㆑行㆓御燈祓㆒也、是為㆓由祓㆒也、然而其後有㆑見㆑穢之時、人々不㆓出御㆒、以㆑人遣㆓河原㆒令㆓由祓㆒也。

四

道長から三代裔の師通、そしてその息忠実と、時の経過とともに由祓の実態は変貌してゆく。道長が触穢のために奉幣しない由を河原で告げた由祓は、その後、触穢が河原へ出ない理由となるのである。[7] こうした変遷は、既掲『江家次第』にみた、「近例絶不レ被レ奉二御燈一、是宮主必卜申下有二穢気一由上也」という、公家における御燈行事にみた時代的変化と重なってみえてくる。

その後も『台記』また『玉葉』その他の公卿日記中に由祓は散見する。公家が公事として行なった年中行事が臣下に広まってゆく例は少なからずみられるが、当該御燈の由祓もその一つの例と考えられる。三橋正氏は「(御燈は)もと民間の習俗が、国土安穏や天変地異の回避などを祈る儀として宮中にも取り入れられた[8]」と述べる。その御燈を奉らない由祓は、年中行事として変容しながら公家に形づくられ、また同様に私家に伝わったものでもあろう。

御燈を中心に由祓という視点をもって平安時代末までを概観した。行事としては存続するものの、時間の推移に従ってそのあり方は変化をみせていった。

冒頭に掲げた、光源氏が行なった祓は上巳の祓であった。『源氏物語』をはじめ他の文学作品の中に、稿者はまだ由祓を見出してはいない。しかしながら、『源氏物語』が執筆成立したと考えられる一条朝の寛弘二年には、既にその語句をもって由祓が『御堂関白記』にあらわれていたことは既述のとおりであり、表面上に登場することはなくとも、文学作品の背景に、時の経過とともに変化をしながらも存在した、一つの年中行事を把捉することができる。

【注】

(1) 時代が降った『建武年中行事』三月「御燈」に、後醍醐天皇は、「一日、宮主、御燈たてまつるやいなやの御卜奉る。穢気あればあるよし申す。今はさだまれる事に成にたる。いと心えがたし。さて、三日御燈を奉らざるよしの御祓あるなり」と記す。

(2) 塙選書75　昭和六〇年

(3) 『中右記』には、たとえば、

今日不レ勤二御燈由祓一、是依二太神宮事一潔斎之時、依レ不レ及二他事一也、凡斎宮群行之年、無二御燈祓一云々、

（嘉保元〈一〇九四〉年九月一日）

また、翌二（一〇九五）年九月一日条には、「今日予無二御燈祓一、……依レ為二（群行ノ）行事官一、今案止二件祓一也」などと、斎宮群行に関して記されている。

(4) 祓と禊は本来的には異なるものであるが、平安時代以降は混同して用いられていて、祓、禊また解除といった表現で示されている。本稿冒頭の『源氏物語』須磨巻の文中においても、「禊したまふべき」と言われて、光源氏は「祓せさせたまふ」とあった。

(5) 『御堂御記抄』のうち「長徳元年記」は、本記にはない部分であって身許は明確ではないが、次のような、他には見えない祓が記されている。

出二東河一令二解除一、旧例知二行氏事一人、先申二事由於鹿嶋・鎌取一、発二使者於春（日）・大原野等社々一、始用二氏印一云々、而依二軽服一無二其事一、仍所二解除一也、（七月十四日）

（6）当例によっても、「由祓」は、『日本国語大辞典　第二版』（小学館　平成一四年）における「由」項の子見出し「よしの祓」所引例である、『玉葉』安元三（一一七七）年二月二日条の「遣二職事一人於河原一修二由祓一」より百七十年ほど遡ることができる。

（7）一つの形を『中右記』の中から摘出してみよう。

・大治五（一一三〇）年九月一日条。

依レ服レ韮止二御燈祓一、是依二家栄朝臣申一也、或有レ障時遣二於河原一祓云々、

・長承二（一一三三）年九月一日条。

近日服レ薤之間、御燈有無（尋カ）二陰陽頭一之処、返事云、或被レ止、或遣二使於河原一有二被レ行之例一、可レ在二御意一者、仍止畢、

・保延元（一一三五）年九月一日条。

服レ薤之間、御燈之祓可レ有哉否事、問二陰陽頭家栄一之処、申云、如レ此時、以二御使一遣二御衣於河原一祓之後、持二帰之一後、其御衣を可レ奉也者、件定ニ行了、

と、先例を勘考しつつ、陰陽頭の説も次第に整定されてゆく様子を看取できる。

（8）『平安時代の信仰と宗教儀礼』（続群書類従完成会　平成一二年）。稿者は、本稿発表後、三橋氏が当該書において「由の祓について」の中、「由の祓の変遷——成立から形骸化まで——」、また「御燈の由の祓」に関して言及することを知った。「変遷」については拙稿と同じ主旨ではあるが、視点の異なる点もあり本著に再録したものである。三橋氏は、三つの神祇儀礼——「臨時祭・春日祭・由の祓」につき論述し、「摂関期の貴族たちによって主体的になされていたものが、院政期以降、社会情況の変化と共に形骸化し、本来の意味を喪失したにも関わらず、貴族社会内で継承されていったということである」とまとめる。

第三章　六条院の筍料理——地火炉次のこと

一

延喜十七（九一七）年三月十六日、醍醐天皇は父宇多院がおいでの六条院に行幸した。

此日参二入六条院一云々。……玄上朝臣賜レ菓。……於二御前地火炉一、令レ焼レ笋、調供。（『醍醐天皇御記』[1]）

その朝六条院の敷地内で掘り上げたものか、旬の——時に新暦四月十日——筍を、「御前ノ地火炉」、つまり囲炉裏で焼かせて、御子醍醐天皇の御膳に供する父院のおもてなしがあったことが記されている。

又召二王卿一給レ盃云々。山南辺発二音声一。又命二王卿一、奏二管絃一云々。賜二御盃一。給レ盃飲了。把レ笏、於二南廂一拝舞。

と記事は続いて、父と子と、そして君と臣との和やかな饗宴がくり広げられた様子を窺うことができる。

二

右掲『醍醐天皇御記』延喜十七年三月十六日条における記事が、管見に入る〝地火炉〟料理の嚆矢であるが、こうした地火炉を用いた饗応を、地火炉次《じかろついで》、また羹次《あつものついで》(2)などと言い、醍醐朝より降って一条朝あたりの公卿日記に数多の例を見ることができる。

『小右記』寛和元（九八五）年には、

・早朝従レ内退出、渡殿地火炉始塗、聊儲二小食一、人々両三来、（正月十九日）
・遠資朝臣来、聊有下如二地火炉次一之事上、（同二十一日）
・遠業朝臣地火炉次如レ昨、（同二十二日）

とあって、記主藤原実資が自邸の渡殿に地火炉を設けて人々をもてなす次第が記される。また、同記の永祚元（九八九）年十一月十九日条では、「参二摂政殿一、修理大夫奉二仕彼殿羹次事一、三四輩公卿参会」と、摂政藤原兼家第においても同様の饗応が催され、修理大夫である、実資兄の懐平が奉仕した旨が記されている。

寛弘元（一〇〇四）年冬には、清涼殿の台盤所に新設した地火炉を用いて、「内ノ羹次」が十月十日から十一月三日までの間に三度行なわれている。当宴は、藤原道綱らの公卿が順に当番となって薯蕷粥を作ったり、また料理上手が腕をふるう興もあって、大層くつろいだ賑やかな地火炉次だったようである。

十月十日の『御堂関白記』は、

天晴、早朝春宮大夫来云、可レ奉二仕内羹次一、可レ参者、同道参入、奉二仕其事一、候二女方一、渡殿南北障子并蔀等取放、為二上達部座一、後涼殿簀子候二殿上人一、火炉等新造、女方御障子南立二大床子一御然《ママ》、御二其下一終日、

と詳しく、次いで十六日そして十一月三日条にもその開催を記す。藤原行成は『権記』十一月三日条に「左大将饗次也。事了主上御二藤壺一、有レ被物事一」と記していて、この日は藤原公季が奉仕した地火炉次であった。こうした公卿日記ばかりではなく、『古事談』や『続古事談』という説話作品にもその折の模様が伝えられている。そこには、宴のくつろぎが過ぎたものか、楽しい宴席の場で座の人々を弾指嘆息させた、大納言藤原道綱と右大臣藤原顕光とのトラブルが描かれている。(3)

この清涼殿台盤所における地火炉のぬくもりの名残りか、続いて十二月十二日には、左大臣藤原道長が自第に上達部や殿上人たちを招集して遊宴をもち、更に翌二年十月十一日にも再び宮中の殿上で催された饗次の記事を、『御堂関白記』などにみたりと、一条朝のこの時期に繰り返し開かれた地火炉次を通して君臣また廷臣たちの交流の一場面を垣間見ることができる。

三

清涼殿の石灰壇の一隅にある、へこんだ部分を「塵壺」という。ここはその名の通りに塵を払い入れたりするが、それればかりではない。冬期には地火炉として火を熾し、(4)料理もしたという。故実書『大槐秘抄』には、「君は、我御座ならぬ所にゐさせおはしまさず、……石灰の壇に円座めして、冬は火たかせて、しかるべき上達部めして御遊候。これ恒例の事なり」などと記され、また『大内裏図考証』が引く『禁掖秘抄』の「清涼殿」項には、

石灰の壇、……一の間の中のほどにつぼあり、ふたをくはふ、ちりなどはきいるゝゆゑに、ちりつぼともいふ。むかしは、火おこして、料理などせられける、

と、「むかし」が語られている。

『古事談』第一「王道后宮」二九　にこんな話が残る。

一条院の御時、清涼殿において御酒宴有る日、讃岐守高雅朝臣……包丁に奉仕す。左府竹台の笋を抜きて、石灰壇にて焼きてしひ申されければ、度々聞し食しける、……

一条朝のいつ頃のことか、先掲の公卿日記、冬期に催されていた地火炉次を記録する部分とは重ならず、時期の特定はできない。夏期には蓋をする石灰壇ではあるが、記述の内容から考えると筍の生える頃であろう。清涼殿での御酒宴の折に、左大臣藤原道長が「竹台の笋」を抜いて、石灰壇の火でそれを焼き、一条天皇に「強ひ」お勧めしたので、主上は「度々聞こしめし」たというのである。

この、道長が抜いて主上に供したと伝えられる「竹台の笋」は、清涼殿東庭の河竹、呉竹、どちらの台のものであろうか。どちらの竹の〝子〟も食用にはなるが、竹が細く淡竹《はちく》の異名をもつ呉竹ではなくて、より美味とされる真竹の古名である河竹、石灰壇に近い河竹台に生えた〝子〟であろうか。いずれにしても竹台には竹が植わっているのだから、時期が到来すればその〝子〟が生まれてくるのは至極当然のことなのだった。

平安末期、天皇の心得書とでもいうべき『大槐秘抄』には、この呉竹、河竹の〝子〟に関して次のように記されている。

むかしはたけの台のたかうな生たれば。蔵人御はむもちておりて。みづし所に給ひて。ゆでてこそ御膳にまいらせて候へ。……竹の台のたかうな。……たえて今はあるべくも候はぬことかな。

「むかしは」竹台に竹の〝子〟が生えてきたら、蔵人が採って、御厨子所でボイルしてから主上の御膳に上げた、という。太政大臣藤原伊通が応保二（一一六二）年過ぎに作成、二条天皇に献上された当該書は、その筍の処理方法を「むかし」とは相違して、「たえて今はあるべくも候はぬこと」とする。『古事談』が載せている一条天皇と道長と筍の一話が、その「むかし」に該当する時代であったのかは不明である。

　一条朝に先だって成立した『倭名類聚抄』草木部に立項する「笋」には、「本草云、竹筍、味甘平無レ毒、焼而服レ之」と記されている。筍は焼いて食するものだったようである。清涼殿東庭にある竹台の筍は、『大槐秘抄』には「ゆでてこそ」とあったから、主上の召し上がるものとしては、道長が石灰壇で焼いて勧めたような、また冒頭に掲げたように宇多院が地火炉で焼いて醍醐天皇の御膳に供したような〝焼き〟筍は、例外的な調理方法だったのであろうか。[5]

四

『源氏物語』夕顔巻において、光源氏が夕顔を伴い、その揚句にその廃院に棲みつく物の怪のために夕顔を死に至らしめてしまう、荒れはてた「なにがしの院」は、河原院をモデルにするともいわれる。河原左大臣融、風流人として名高く、光源氏造型のモデルの一人としても数えられる源融が、六条、賀茂川のほとりに建造した広大豪奢な河原院、融の没後には伝領した子の昇から宇多院に提供されたこの河原院は、周知のように六条院とも呼ばれ、冒頭御記における呼称も六条院であった。

　河原院繁栄の姿は、『伊勢物語』第八十一段「むかし、左の大臣いまそかりけり。賀茂川のほとりに、六条わたりに、家をいとおもしろくつくりて住みたまひけり」をはじめとして、多様な作品の中に留まるが、寛平七（八九五）年に融が薨去ののちには、たとえば、『古今集』入集の紀貫之の一首、

　河原の左のおほいまうちぎみの、身まかりてののち、かの家にまかりてありけるに、塩釜といふ所のさまをつくれりけるを見てよめる

君まさで煙たえにし塩釜の　浦さびしくも見えわたるかな
（巻十六哀傷　八五二）

をみるように、主を失った荒寥感を呈してゆく。そして次第に、広大であるがゆえに一層荒廃の度が加わってゆき、

八重葎しげれる宿の寂しきに　人こそ見えね秋は来にけり
（『拾遺集』巻三秋　一四〇「河原院にて、あれれたる宿に秋来るといふ心を人々よみ侍りけるに」　恵慶法師）

と詠われ、ついには『源氏物語』夕顔巻の廃院のモデルと目される状況になってゆく。

そうした、のちの荒廃をまだ知らない、賑わいの残る河原院＝六条院における、父院おもてなしの、地火炉で焼かれた筍はどのような調味料によって聞こしめされたのであろうか。醤であろうか、それとも塩であろうか。源融は、その河原院内に陸奥塩釜の浦を模して塩を焼かせたといわれるが、融の没後既に二十年余を経た延喜十七年にはどうであっただろうか。右掲貫之詠にみた、「煙たえにし塩釜」には、もう煙が昇ることはなかったのだろうか。あるいは六条院の筍料理に、できたての塩が添えられはしなかっただろうか。

【注】

（1）「増補史料大成」『歴代宸記』（臨川書店　平成九年）による。当該部分は『西宮記』十七臨時五裏書によるものであるが、他にも『河海抄』『御遊抄』が当行幸を記す。

（2）仮名作品中、たとえば『枕草子』「すさまじきもの」（二三段）に、「火おこさぬ炭櫃、地火炉」などと、〝地火炉〟の語句はあらわれるが、〝地火炉次・糞次〟の表現は管見に入らない。仮名作品と漢文日記に描かれる対象の相違をみるところでもあろう。

（3）『古事談』第一「王道后宮」二八に、また『続古事談』第一「王道后宮」一六にも伝わる。
（4）『年中行事秘抄』「清涼殿行事」に「自二冬初一熾レ火、至二夏初一覆レ蓋」と記される。
（5）筍を贈り物とすることは珍しくはなく、『源氏物語』横笛巻、西山に住む父朱雀院から女三の宮に筍などが贈られた場面に、『河海抄』は、「大宮日記云延長六年亭子院よりたかうなたてまつれ給へり」と、宇多院から醍醐天皇中宮・穏子に筍を贈られたことがみえる。

その他、たとえば、花山院が父冷泉院に献上の際の、『詞花集』所収の御製はよく知られる。

冷泉院へたかむなたてまつらせ給とてよませ給ける

世の中にふるかひもなきたけのこは　わがつむ年をたてまつるなり　（巻九雑上　三三一）

冷泉院の「御返し」は、

年へぬる竹のよはひをかえしても　このよをながくなさむとぞ思ふ　（三三二）

竹の〝子〟を介して、親と子それぞれの思いが籠められた贈答二首である。

更に、南北朝末期成立の『新後拾遺集』巻二十慶賀には、後伏見院と花園院きょうだい二院の贈答歌をみる。

花園院位におはしましけるとき、おほきなるたかんなをたてまつらせたまふとて、つつみ紙にかきつけさせたまふける

百敷にみどりそふべき呉竹の　かはらぬかげは代代久しかれ　（一五四六　後伏見院）

御返し

ももしきにうつしうゑてぞ色そはん　はこやの山の千世の呉竹　（一五四七　花園院）

【初出一覧】

第一編　背景としての史実考察

第一章　もう一人の一世源氏——醍醐皇子允明の場合
「もう一人の源氏——允明の場合」(『国語国文』七八—一二　京都大学　平成二一年)

第二章　「乳母子惟光」誕生の時代背景
「乳母子のこと　惟光のこと」(『鶴見日本文学』創刊号　鶴見大学　平成九年)

第二編　蔵人所の人々

第一章　蔵人所の〝兄弟同職〟にみる一設定
「『源氏物語』に表れる一設定——蔵人所の「兄弟同職」」(『国語国文』六九—一一　京都大学　平成一二年)

第二章　「蔵人五位時方」をめぐって
「『源氏物語』の背景——蔵人五位時方をめぐって——」(『国文鶴見』三二号　鶴見大学　平成九年)

第三章　「蔵人より冠たまはる」——叙爵時年齢の考察
「「蔵人より冠たまはる」——叙爵時年齢の考察——」(紫式部学会編『古代文学論叢』第十六輯　武蔵野書院　平成一七年)

第三編　表現のちから

第一章　「天神・道真」一つの表敬表記

「「天神・道真」一つの表敬表記」(『国語国文』六六―一一　京都大学　平成九年)
第二章　「后と女御」排列表現考
「「后・女御」考――平安時代仮名散文の世界から――」(『国文鶴見』二八号　鶴見大学　平成五年)
第三章　六条院の女楽・奏者の排列表現考
「六条院の女楽・奏者の排列に関する一考察」(『鶴見日本文学』三号　鶴見大学　平成一一年)

第四編　歌のこころ

第一章　引歌表現――〝子〟をめぐる一様相
「『源氏物語』の引歌表現――〝子〟をめぐる一様相」(『国文鶴見』三八号　鶴見大学　平成一六年)
第二章　『和泉式部日記』との交渉　その一――「我は我」表現に関して
「『源氏物語』と『和泉式部日記』和歌――「我は我」表現考――」(『鶴見日本文学』四号　鶴見大学　平成一二年)
第三章　『和泉式部日記』との交渉　その二――共通する二、三の語句表現に関して
「『源氏物語』と『和泉式部日記』和歌――二、三の語句表現に関して――」(『国文鶴見』三四号　鶴見大学　平成一一年)

第五編　時代とことばと

第一章　俊成の父　定家の父――敬慕のかたち
「俊成の父　定家の父」(『ぐんしょ』四一号　続群書類従完成会　平成一〇年)
第二章　「由祓」覚書――変遷のすがた

「「由祓」覚書」（『ぐんしょ』五七号　続群書類従完成会　平成一四年）

第三章　六条院の筍料理——地火炉次のこと

「六条院の筍料理」（『ぐんしょ』六四号　続群書類従完成会　平成一六年）

あとがき

家庭生活との両立が最も叶いそうな立地条件にあると、何の情報も気負いももたずに受験し、学びのご縁をいただいた鶴見大学には、豊かな学問の世界が待っていました。とりわけ『源氏物語』が放つ強烈な磁場にひき込まれ、大学院博士課程まで進み、続いて非常勤講師として教壇にも立たせていただき、この春までの在職中は学生に学ぶ楽しさをも伝えてまいりました。その間「専門は〝国文学〟と思うこと」、「教師は何でも知らなくてはいけない」という厳しい指導方針のもと無我夢中で過ごした年月でした。その成果はともかくも、多くの先生方から学ぶ喜びをいただいた知の世界は、それはそれは楽しい日々でもありました。

広く学問全般を視野に入れた『源氏物語』研究の泰斗でいらっしゃる両先生、池田利夫名誉教授、高田信敬教授を指導教授にいただく贅沢さ、その上に、専門分野の垣を払う自由闊達な学風の中で、中世文学の、いえ〝国文学〟研究の大家、岩佐美代子名誉教授の研究室へも押しかけました。私が悩み、途方にくれた折には、いつもさりげなくお手をさし延べて下さった岩佐先生、退職後も読書会でご指導いただいている先生には、この度も小著に過分な「序」をたまわりました。

興味関心の向くままにマイペースで考えをまとめ、時に事後報告というような我儘勝手を大きく見守り、お許しいただいていた寛容な研究環境は、私にとって何ともありがたく、改めて感謝の気持に満たされます。更に、何事にも疎い私を見かねてのことでしょうか、学位取得を強くお勧め下さったのは池田先生でした。またこの度の小著刊行は高田先生そして岩佐先生の暖かな叱咤とお励ましによって実現いたしました。

独学で学問を究めた北宋の文人・蘇洵を引き合いに出すのもおおけないことですが、その言葉、「我晩学ニシテ師ナシ」とは逆に、私は「我晩学ニシテ師多シ」の感懐を抱きます。学内外を問わず多くの〝師〟のお導きがあったからこその研究生活であったと、いましみじみ感じます。そして、いつも陰にひなたに見守り支えて下さった多くの方々にも改めてお礼を申し上げます。

豊穣な、果てしもなく広く深い『源氏物語』作品世界の中にあっては、一粒の砂にも及ばないような研究成果ではありますが、小著を出発点として今後微力であっても歩を進めてゆかねばならないとは存じております。そのためにも厳しいご叱正、ご示教をたまわりたくお願い申し上げます。

小著の図版掲載のため貴重な史料をご提供下さいました鶴見大学図書館、南園文庫・高田信敬先生に厚くお礼を申し上げます。

最後に小著の刊行をお引き受け下さいました笠間書院の池田つや子社長、橋本孝編集長、そして初めてのことゆえ何もわからない私に一からお教え下さった大久保康雄氏に心より感謝申し上げます。

二〇一一年六月二〇日

今野　鈴代

【か】

【き】

【く】

【け】

【こ】

【め】

【も】

【や】

【よ】

【り】

【る】

【れ】

【ろ】

【わ】

文献索引

【凡例】

- 文献名は通行のよみに従い、五十音順とした。
- 本文中に略称などを用いている場合は正式名により立項した。たとえば『三代実録』は『日本三代実録』にまとめて記した。
- 『源氏物語』は頻出するため立項はしていない。

【あ】

【い】

【う】

【え】

【お】

〔著者紹介〕
今野鈴代（こんの・すずよ）
神奈川県横浜市生まれ。
鶴見大学大学院文学研究科博士後期課程修了。
博士（文学）。
主要論文
・「第三句末「て」にみる展開の様相——永福門院の一つの表情」（『国語国文』平成９年）
・「「天神・道真」一つの表敬表記」（『国語国文』平成９年）
・「もう一人の源氏——允明の場合」（『国語国文』平成21年）

『源氏物語』表現の基層

2011年11月25日　初版第１刷発行

著　者　今　野　鈴　代

発行者　池　田　つ　や　子
発行所　有限会社　笠間書院
東京都千代田区猿楽町2-2-3〔〒101-0064〕
NDC 分類：913.36　電話 03-3295-1331　Fax03-3294-0996

ISBN978-4-305-70556-3　モリモト印刷